Daisy Goodwin

Minha Última Duquesa

2013, Editora Fundamento Educacional Ltda.
Reimpresso em 2014.

Editor e edição de texto: Editora Fundamento
Adaptação de capa e editoração eletrônica: Lílian Ávila; Willian Bill
Foto da capa: copyright © Dougal Waters / Getty Images
CTP e impressão: Benvenho & Cia. Ltda.
Tradução: Beatriz Sidou

Copyright © 2010 Daisy Goodwin Productions Ltd.
Todos os direitos reservados.
Os direitos morais da autora foram assegurados.

Este livro é uma obra de ficção. Todos os personagens e situações são fruto da imaginação da autora. Qualquer semelhança com acontecimentos ou pessoas, vivas ou mortas, é mera coincidência.

Nenhuma parte deste livro pode ser arquivada, reproduzida ou transmitida de qualquer forma ou por qualquer meio, seja eletrônico ou mecânico, incluindo fotocópia e gravação de backup, sem permissão escrita do proprietário dos direitos.

Dados Internacionais de Catalogação na Publicação (CIP)
(Câmara Brasileira do Livro, SP, Brasil)

Goodwin, Daisy
    Minha última duquesa / Daisy Goodwin ; [versão brasileira da editora] –
1. ed. – São Paulo, SP : Editora Fundamento Educacional Ltda., 2013.

Título original: My last duchess.

1. Literatura inglesa – ficção I. Título

12-02442   CDD-823

Índices para catálogo sistemático:
1. Literatura inglesa – ficção 823

Fundação Biblioteca Nacional
Depósito legal na Biblioteca Nacional, conforme Decreto nº 1.825, de dezembro de 1907.
Todos os direitos reservados no Brasil por Editora Fundamento Educacional Ltda.

Impresso no Brasil

Telefone: (41) 3015 9700
E-mail: info@editorafundamento.com.br
Site: www.editorafundamento.com.br

Este livro foi impresso em papel pólen soft 80 g/m² e a capa em papel-cartão 250 g/m².

Parte um

LADY FERMOR HESKETH

SRTA. FLORENCE EMILY SHARON
 Filha do finado Senador William Sharon, de Nevada.
 Nasc. em 186...
 Casada, em 1880, com

SIR THOMAS GEORGE FERMOR-HESKETH
 Sétimo baronete; nascido em 9 de maio de 1849; é Major do Quarto Batalhão do Regimento Real; foi Xerife de Northamptonshire; é vice--delegado e juiz de paz do condado.
 Descendência
 Thomas, nascido em 17 de novembro de 1881.
 Frederick, nascido em 1883.
 Assentos no Parlamento: Rufford Hall, Omskirk, e Easton Neston, Towcester.
 Criação do título: 1761.
 A família está instalada em Lancashire há setecentos anos.

Americanas tituladas, uma listagem de senhoras americanas que se casaram com estrangeiros de excelente nível social, no ano de 1890.

CAPÍTULO 1

O homem do beija-flor

Newport, Rhode Island, agosto de 1893

A hora das visitas estava quase terminando, por isso, o homem do beija-flor encontrou apenas uma e outra carruagem enquanto empurrava seu carrinho pela estreita faixa da estrada entre as mansões de Newport e o Oceano Atlântico. As senhoras de Newport haviam deixado seus cartões cedo naquela tarde, algumas para se prepararem para o último e mais importante baile da estação, outras para, no mínimo, parecerem estar fazendo o mesmo. A algazarra e a agitação costumeiras da Bellevue Avenue desapareceram no momento em que os Quatrocentos repousavam antecipando a noite que teriam logo mais, deixando para trás somente a batida firme das ondas nas rochas lá embaixo. A luz começava a sumir, mas o calor do dia ainda emanava das fachadas de calcário branco das enormes casas aglomeradas ao longo dos penhascos como uma coleção de bolos de noiva, cada uma rivalizando com a vizinha para ser a mais bela das refinadas construções. Contudo, o homem do beija-flor, que usava um fraque empoeirado e um chapéu-coco cinzento muito batido em algo mais ou menos parecido com um traje de noite surrado, não parou para admirar a varanda nos Breakers, as torrinhas dos Beaulieu ou as fontes dos Rhinelander, que podiam ser vislumbradas por entre as cercas-vivas e os portões dourados. Ele continuava pela estrada, assoviando e matraqueando com seus encargos em gaiolas negras cobertas, para que escutassem um ruído familiar em sua última viagem. Seu destino era o castelo francês logo antes da ponta, a maior e mais complicada criação em uma rua de superlativos, o Sans Souci, chalé de verão da família Cash. A bandeira da União tremulava em uma das torres, o emblema da família Cash na outra.

Ele parou no portão, e o zelador apontou a entrada do estábulo a uns oitocentos metros. Enquanto caminhava até o outro lado da propriedade, luzes alaranjadas começavam a pontilhar o crepúsculo. Lacaios caminhavam pela casa e pelo terreno, acendendo lanternas chinesas em tons de seda âmbar. Assim que virou depois do terraço, foi ofuscado por um raio de luz fraca do sol que morria refletido nas compridas janelas do salão de baile.

No salão dos espelhos (visitantes que haviam estado em Versalhes declararam ser mais espetacular do que o original), a sra. Cash, que enviara oitocentos convites para o baile daquela noite, olhava para si mesma refletida até o infinito. Ela batia o pé, esperando com impaciência o sol desaparecer para que pudesse ver todo o efeito de sua fantasia. O sr. Rhinehart estava por perto. O suor pingava de suas sobrancelhas, talvez mais suor do que o calor justificaria.

– Quer dizer que só tenho que apertar a válvula de borracha, e a coisa toda vai se iluminar?

– Sim, com certeza, sra. Cash. A senhora só precisa agarrar essa bolota com firmeza, e todas as luzes se acenderão com um efeito realmente celestial. Devo lembrar que será apenas um momento. As baterias são muito trabalhosas e só coloquei no vestido a quantidade compatível com um movimento fluente.

– Quanto tempo terei, sr. Rhinehart?

– É muito difícil dizer, talvez não mais de cinco minutos. Qualquer instante a mais e não poderei garantir a sua segurança.

A sra. Cash já não escutava. Limites não tinham o menor interesse para ela. O brilho rosado do anoitecer desaparecia na escuridão. Estava na hora. Ela agarrou a bolota de borracha com a mão esquerda e ouviu um leve estalido enquanto a luz viajava pelas cento e vinte lampadazinhas em seu vestido e as cinquenta em sua meia-coroa. Eram como fogos de artifício soltos no salão de baile espelhado.

Enquanto volteava lentamente, lembrou-se dos iates na baía de Newport iluminada para a recente visita do imperador alemão. A vista na parte de trás era tão esplêndida quanto na parte da frente, a cauda do vestido que descia de seus ombros parecia uma faixa do céu noturno. Ela fez um aceno alegre de satisfação com a cabeça e soltou a bolota. O salão ficou às escuras até um criado aparecer para acender os candelabros.

– É exatamente o efeito que eu esperava. O senhor pode mandar a conta.

O eletricista passou nas sobrancelhas um lenço não muito limpo, meneou a cabeça à guisa de reverência e se virou para sair.

– Sr. Rhinehart!

O sujeito gelou em cima do parquê brilhante.

– Confio em que o senhor seja discreto, conforme minhas instruções.

Não era uma pergunta.

– Ah, sim, sra. Cash... Fiz tudo sozinho, razão pela qual só pude entregar hoje. Trabalhei nisso todas as noites na minha oficina depois de todos os aprendizes terem ido para casa.

– Muito bem.

Ele estava dispensado. A sra. Cash se virou e foi até o outro lado do salão dos espelhos, onde dois lacaios esperavam para abrir a porta para ela. O sr. Rhinehart desceu a escadaria de mármore, deixando com a mão uma mancha úmida na balaustrada gelada.

No salão azul, Cora Cash tentava se concentrar no livro. Ela achava difícil simpatizar com a maioria dos romances – todas aquelas governantas chatas –, mas este era muito bom. A heroína era "bonita, inteligente e rica", igual a ela. Cora sabia que era bonita... os jornais não se referiam a ela como "a divina srta. Cash"? Era inteligente – sabia falar três idiomas e fazer cálculos. Quanto ao rica... claro, sem a menor dúvida, era rica. Emma Woodehouse não era rica no mesmo sentido de Cora Cash. Emma não dormia *em um lit à la polonaise* que havia sido de Madame du Barry em um quarto que, afora um leve cheiro de tinta, era uma réplica exata do quarto de dormir de Maria Antonieta no Petit Trianon. Emma Woodehouse ia a festas em clubes e não vestia fantasias espetaculares em salões construídos especialmente para bailes. Mas Emma Woodehouse não tinha mãe – o que, pensava Cora, queria dizer que a personagem de Austen era bonita, inteligente, rica e... livre. Não se podia dizer o mesmo de Cora que, naquele momento, segurava o livro bem à sua frente porque havia uma barra de aço prendendo sua coluna vertebral. Seus braços doíam, e ela ansiava por deitar-se na cama de Madame du Barry, mas a mãe da jovem acreditava que passar duas horas por dia com aquele suporte de coluna daria à Cora a postura e o porte de uma princesa, ainda que princesa americana, e, pelo menos por enquanto, Cora não tinha opção que não fosse ler em extremo desconforto.

Ela sabia que, naquele momento, sua mãe verificava os lugares para o jantar que daria antes do baile, ajustando aqui e ali, de modo que seus quarenta e tantos convidados saberiam exatamente como seu brilho faiscava no firmamento social da sra. Cash. Ser convidado para o baile à fantasia da sra. Cash era uma honra; ser convidado para o jantar pré-baile, um privilégio; mas estar sentado muito perto da matriarca era a verdadeira marca de distinção, que não era concedida à toa. A sra. Cash gostava de se sentar diante do marido, durante o jantar, desde que descobrira que o Príncipe e a Princesa de Gales sempre ficavam um à frente do outro na largura – não no comprimento – da mesa. Cora sabia que seria colocada em uma cabeceira, ensanduichada entre dois solteiros com os quais esperava-se que ela flertasse apenas o suficiente para fazer jus à reputação de *belle* da estação, mas não tanto que colocasse em risco os planos da mãe para seu futuro. A sra. Cash estava dando o baile para exibir Cora como uma caríssima gema para ser admirada – mas não tocada. Esse diamante se destinava, no mínimo, a uma coroa.

Logo depois do baile, os Cash partiriam para a Europa em seu iate, o SS Aspen. A sra. Cash não fizera nada tão vulgar como sugerir que estavam indo para lá para encontrar um título para sua filha; ela não assinava, como algumas outras senhoras de Newport, a *Americanas tituladas*, uma revista trimestral, que dava detalhes de jovens europeus de sangue azul, sem dinheiro, que procuravam uma noiva rica americana. Cora sabia que as ambições de sua mãe não tinham limites.

A jovem deixou o romance de lado e se remexeu na incômoda couraça da espinha. Já estava na hora de Bertha aparecer para soltá-la. A correia que passava pela testa estava se encravando em sua pele. Cora ficaria ridícula no baile à noite com aquele debrum vermelho na altura das sobrancelhas. Ela não se incomodaria nem um pouco de embaraçar sua mãe, mas tinha as próprias razões para desejar estar em sua melhor forma. Aquela noite era a última chance com Teddy antes de ter que partir para a Europa. No dia anterior, no piquenique, haviam estado tão perto... tinha certeza de que Teddy estivera a ponto de beijá-la, mas a mãe encontrou os dois antes de qualquer coisa acontecer. Cora deu um sorrisinho ao pensar em sua mãe suando enquanto pedalava para alcançá-los. A sra. Cash, outrora, desprezara bicicletas como coisa de moça estouvada, até perceber que a filha as utilizava para fugir dela, e então, aprendera a pedalar em uma tarde. Cora podia ser a garota mais rica da América, mas com toda certeza era também a mais perseguida. Aquela noite era a festa da despedida, e ali estava ela, amarrada a seu instrumento de tortura. Já era hora de ser solta. Levantou-se desajeitadamente e tocou a campainha.

Bertha estava na cozinha com o homem do beija-flor. Ele era da mesma região da Carolina do Sul de onde ela viera, e, todos os anos, quando vinha abastecer as anfitriãs de Newport com seu truque preferido, trazia para Bertha uma mensagem do que restara de sua família. Ela não via nenhum dos parentes desde o dia em que, há dez anos, havia sido escolhida pelo reverendo para ir para o norte, mas, às vezes, quando andava pelas cozinhas nos dias de assados e sentia o cheiro quente e doce, acreditava ouvir o som emitido pela saia listrada de azul e branco da mãe. Naqueles dias, mal conseguia lembrar o rosto de sua mãe, mas o cheiro a levava de volta à velha cabana tão depressa que lhe trazia lágrimas aos olhos. No início, enviara cartas com os presentes e o dinheiro, imaginando que a mãe encontraria alguém que as lesse para ela, mas havia parado porque não queria que algum estranho ficasse lendo em voz alta os segredos de seu coração.

– A sua mãezinha mandou dizer que o tio Ezra faleceu – disse o homem do beija-flor, tirando o chapéu-coco, talvez em sinal de respeito, talvez para impressionar Bertha com os nobres planos de sua mente.

Bertha fez um sinal com a cabeça, lembrando-se vagamente de ter sido carregada para a igreja nos ombros do tio Ezra e tentando imaginar se seria seguro agarrar-se nos pelos que saíam das orelhas dele.

– Foi um enterro muito bonito, até a sra. Calhoun apareceu para prestar seu respeito.

– E a mamãe, como está? Ela usa o xale que mandei? Conte para ela que a patroa o trouxe da Europa.

– Não vou me esquecer de contar...

O homem do beija-flor fez uma pausa e olhou para a gaiola envolta em panos no chão, onde os beija-flores dormiam. Bertha sabia que havia algo errado, que aquele sujeito tinha algo a dizer e não encontrava as palavras... Ela devia ajudar, fazendo-lhe a pergunta que levaria a revelar o que o estava perturbando, mas foi tomada por uma estranha relutância. Queria que a mãe continuasse com seu vestido listrado de azul e branco, quente, delicado e completo.

Ouviu-se um estrondo da cozinha, e os beija-flores se agitaram. Seus voozinhos curtos perturbaram o ar com suspiros suaves.

– De que cor são eles desta vez? – perguntou Bertha, dando graças pela distração.

– Disseram para fazer todos de ouro. Não foi fácil. Os beija-flores não gostam de ser pintados... de alguns eu desisti, deixei-os para lá, e eles não voam mais.

Bertha se ajoelhou e levantou o pano. Via centelhas de claridade em movimento no escuro. Quando todos os convidados estivessem sentados para a ceia, à meia-noite, os passarinhos seriam soltos no jardim de inverno como uma chuva de ouro. Seria o assunto da sala por uns dez minutos, talvez, e depois os rapazes tentariam apanhá-los para dar de presente às garotas com quem flertavam. Com um toque de austeridade, as outras anfitriãs pensariam que Nancy Cash não se detinha diante de nada para impressionar, e, na manhã seguinte, as criadas varreriam aqueles minúsculos corpinhos dourados, fazendo com eles uma pilha sacrificial.

– A mamãe mandou algum recado para mim, Samuel? Há alguma coisa errada? – perguntou Bertha calmamente.

O homem do beija-flor estava falando com seus passarinhos, fazendo barulhinhos e estalando a boca. Estalou a língua e olhou para Bertha com tristeza.

– Ela mandou dizer que está tudo muito bem, mas ela não está nada bem, viu, Bertha? Está tão magra, que pode até ser carregada pelo vento na época dos furacões. Ela está sumindo... não dou mais *um* inverno para ela. Se quiser ver a sua mãe de novo, é bom ir depressa.

Bertha olhou para os passarinhos no chão, crepitando como velas romanas em sua gaiola. Passou as mãos nos cabelos, que eram lisos. Os cabelos de sua mãe era ondulado – tinha sempre que ser contido debaixo de enormes lenços. Bherta sabia que o homem do beija-flor esperava emoção, pelo menos umas lágrimas. Mas ela não chorava há anos... dez anos, para falar a verdade, desde que viera do norte. Qual seria o problema? Afinal de contas, não havia nada que pudesse fazer. Bertha sabia muito bem que tinha sorte, não conhecia nenhuma outra garota negra que tivesse se transformado em criada de moças ricas. Desde o momento em que se tornara criada da srta. Cora, tentava falar, vestir-se e comportar-se igual a ela, tanto quanto possível. Lembrou-se das mãos calosas de sua mãe e descobriu que não conseguia olhar para o homem do beija-flor.

A campainha da sala azul soou de novo. Uma das criadas saiu da cozinha e berrou:

– É a segunda vez que a campainha da srta. Cora toca... *melhor você se levantar logo, Bertha!*

Ela deu um pulo.

– Tenho que ir agora. Volto para encontrá-lo mais tarde, quando o baile tiver começado. Não vá embora sem falar comigo!

Tentou esconder o alívio pela interrupção dando veemência ao tom de sua voz.

– Vou ficar esperando você, Bertha – disse o homem do beija-flor.

A campainha soou estridente mais uma vez. Bertha subia a escada da criadagem o mais depressa que ousava. Correr era proibido. Uma das empregadas havia sido mandada embora porque descera a escadaria de mármore de dois em dois degraus. O sr. Simmons, o mordomo, chamara aquilo de falta de respeito.

Bateu na porta da sala azul e entrou.

Cora quase chorava de frustração.

– Onde você estava, Bertha? Devo ter chamado três vezes... *me tire dessa coisa infernal!*

Ela puxava as tiras de couro que circundavam seu corpo. Ficavam nas costas todas as fivelas do endireitador da coluna (feito segundo um desenho criado especialmente para a sra. Cash) e, por isso, era impossível tirá-lo sem ajuda.

Bertha tentou acalmá-la.

– Desculpe, srta. Cora, o homem dos beija-flores trouxe notícias da minha casa. Acho que não escutei a campainha.

Cora bufou.

– Não é uma boa desculpa ficar escutando fofoca enquanto eu estou aqui amarrada feito uma galinha.

Bertha não disse nada, apenas mexia nas fivelas. Podia sentir a patroazinha se contorcendo com impaciência. Assim que se viu livre daqueles arreios, Cora sacudiu o corpo como um cachorro tentando se secar, depois deu meia-volta e agarrou Bertha pelos ombros. A criada se preparou para uma repreensão, mas para sua surpresa, Cora sorria.

– Eu *preciso* que você me conte como se beija um homem. Sei que você sabe, eu a vi com o cavalariço dos Vandermeyer depois do baile deles.

Os olhos de Cora brilhavam com a urgência. Bertha se afastou da patroazinha.

– Acho que beijar é uma coisa que não dá para ensinar... – disse ela bem devagar, para ganhar tempo.

Será que a srta. Cora contaria à sra. Cash sobre a criada e Amos?

– Então me mostre. Tenho que fazer direito – insistiu Cora impetuosamente, inclinando-se para Bertha.

Enquanto a jovem curvava o corpo, um raio de luz do sol que se punha atingiu seus cabelos castanhos e os deixou incandescentes.

Bertha tentou não se afastar.

– Você quer mesmo que eu a beije como beijaria um homem?

É claro que a srta. Cora não estava falando sério.

– Sim, sim, isso mesmo! – a jovem jogou a cabeça para trás.

A marca da couraça ainda era visível em sua testa.

– Mas... srta. Cora, não é muito natural duas mulheres se beijando. Se alguém vir a gente, eu vou perder o meu trabalho!

– Ah, não seja tão cheia de melindres, Bertha! E se eu der cinquenta dólares para você?

Cora sorriu sedutoramente, como se estivesse oferecendo um doce para uma criança.

Bertha pensou no caso. Cinquenta dólares era o salário de dois meses... Mesmo assim, beijar outra mulher não era direito...

– Acho que você não devia me pedir uma coisa dessas, srta. Cora, não *tá* certo...

Bertha tentou soar o mais parecido possível com a madame, porque sabia que a sra. Cash era a única pessoa no mundo de quem Cora tinha medo. Mas a garota não estava a fim de ser dissuadida.

– Você está imaginando que eu quero beijá-la? Eu tenho que praticar! Preciso beijar alguém esta noite e tenho que fazer direito!

Cora se agitou com determinação.

– *Booom*... – Bertha ainda hesitava.

– Setenta e cinco dólares!

Cora adulava. Bertha sabia que não seria capaz de aguentar por muito tempo quando a patroazinha queria muito alguma coisa. A jovem persistiria até conseguir o que queria. Só a sra. Cash podia dizer não à filha. Bertha decidiu aproveitar a situação da melhor forma possível.

– Está bem, srta. Cora. Vou mostrar como se beija um homem, mas eu gostaria dos setenta e cinco dólares primeiro, por favor.

Bertha sabia muito bem que a sra. Cash não dava mesada para Cora, por isso tinha todos os motivos para pedir para ver o dinheiro. A jovem era especialista em fazer promessas que não cumpria. Para surpresa de Bertha, Cora puxou uma bolsinha e debaixo do travesseiro e contou os dólares.

– Agora, você pode deixar de lado seus escrúpulos? – perguntou, segurando as notas.

A criada hesitou ainda por um segundo, depois pegou o dinheiro e o enfiou no corpete. Setenta e cinco dólares fariam o homem do beija-flor parar de olhar para ela daquele jeito. Inspirando profundamente, Bertha tomou cautelosamente o rosto vermelho de Cora nas mãos e inclinou a cabeça para a patroazinha. Comprimiu seus lábios contra os dela com uma pressão modesta e levantou a cabeça o mais depressa que pôde.

Cora se libertou com impaciência.

– Não, eu quero que você faça direito. Eu a vi com aquele homem. Parecia que... – fez uma pausa, procurando a expressão certa. – Que vocês estavam se comendo!

Desta vez, ela pôs as mãos nos ombros da criada, puxou o rosto de Bertha para o seu e apertou seus lábios contra os da empregada com toda a força.

Relutante, Bertha fez a patroazinha abrir os lábios com sua língua e passou-a de leve pela boca da outra mulher. Sentiu que ela enrijeceu por um instante com o choque. Mas logo Cora começou a beijá-la, enfiando a língua entre seus dentes.

Bertha foi a primeira a se afastar. Não era agradável fazer aquilo, foi o beijo com o gosto mais doce que ela já dera. Melhor do que Amos, que fedia a tabaco mascado.

– Você tem um gosto muito... picante! – disse Cora, limpando a boca com um lenço de renda. – É só isso que se tem que fazer? Você não se esqueceu de nada? Tenho que fazer isso bem certinho.

Olhava seriamente para Bertha.

Não era a primeira vez que a criada se perguntava como alguém poderia ser tão educada como Cora e, ao mesmo tempo, tão ignorante. Claro, era tudo culpa da sra. Cash, que a educara como uma linda boneca. Bertha não se importaria de ter o dinheiro ou o rosto de Cora, mas com toda a certeza não desejaria ter a mãe da garota, nem no inferno!

– Se é só beijar que você está querendo, srta. Cora, acho que é só isso que precisa fazer – disse Bertha firmemente.

– Você não vai me perguntar quem é?

– Desculpe, srta. Cora, mas eu não quero saber. Se a madame descobrisse o que você está a fim de fazer...

– Ela não vai descobrir, ou melhor, até vai, mas na hora em que isso acontecer será tarde demais. Tudo será diferente depois desta noite.

A jovem olhava para a criada de lado, como se estivesse desafiando Bertha a perguntar mais. Só que Bertha não se deixava atrair. Enquanto ela não fizesse perguntas, Cora não poderia lhe dar respostas. Seu rosto relaxou.

Entretanto, Cora perdera o interesse nela. Estava olhando para si mesma no espelho comprido de moldura dourada. Depois que ela e o rapaz tivessem se beijado, o resto entraria nos eixos. Anunciariam seu noivado, e, quando chegasse o Natal, ela estaria casada.

– É melhor aprontar a minha roupa, Bertha. A minha mãe vai chegar aqui em um minuto para ver se segui as instruções dela ao pé da letra. Não posso acreditar que tenho que usar uma coisa tão perfeitamente medonha. Mas Martha Van der Leyden me disse que a mãe dela mandou fazer para ela um vestido de virgem puritana. É, poderia ser pior...

O vestido de Cora fora copiado de um quadro de Velázquez com uma infanta espanhola – uma obra que a sra. Cash havia comprado porque ouvira falar que a sra. Astor admirava.

Enquanto tirava do armário a complicada saia de anquinhas, Bertha se perguntava se a madame havia escolhido a roupa de sua filha por causa da maneira como a peça restringia os movimentos de quem a usava... ou por alguma questão artística. Nenhum rapaz conseguiria chegar a um metro da srta. Cora. A lição de beijo logo se mostraria inútil.

Bertha ajudou Cora a sair do vestido do chá e entrar na saia-balão. A criada precisou puxar as tiras como se estivesse fechando um portão enquanto a jovem entrava na peça. O brocado de seda da saia e do corpete havia sido criado especialmente na Lyons americana com um tecido denso e pesado. Cora oscilou um pouquinho enquanto o peso daquilo assentava-se na armação. Bastava a mais leve pressão para que ela perdesse inteiramente o equilíbrio. O vestido tinha um metro de largura, e, por isso, Cora teria que passar de lado em todas as portas. Dançar a valsa em um vestido assim era impossível.

Bertha se ajoelhou para ajudar Cora a enfiar os sapatos de brocado com salto alto e pontas reviradas para cima. Cora começou a balançar de um lado para o outro.

– Não consigo usar esses sapatos, Bertha. Vou cair. Pegue as minhas chinelinhas.

– Tem certeza, srta. Cora? – perguntou a criada cautelosamente.

– Minha mãe está esperando oitocentas pessoas esta noite – disse Cora. – Duvido que ela vá ter tempo para inspecionar os meus pés. Pegue as minhas chinelinhas.

Mas as palavras de Cora eram mais valentes do que ela sentia... as duas sabiam que a madame nunca deixava nada passar despercebido.

A sra. Cash fez uma última inspeção em sua fantasia. O pescoço e as orelhas ainda estavam nus, não por austeridade, mas porque ela sabia que a qualquer minuto seu marido entraria com alguma "coisinha" para ser usada e admirada. Winthrop andava passando muito tempo na cidade ultimamente, o que significava que seria de se esperar uma "coisinha". Algumas de suas contemporâneas haviam usado as infidelidades do marido para comprar sua liberdade, mas a sra. Cash, depois de passar cinco anos sacudindo a Farinha Finíssima de Cash das suas saias, não tinha nenhuma vontade de macular sua reputação conquistada, a duras penas, depois que se tornou a anfitriã mais elegante em Newport e na Quinta Avenida, com algo tão prosaico como o divórcio. Enquanto Winthrop fosse discreto, ela estava preparada para fingir que nada sabia a respeito da paixão que ele tinha pela ópera.

No entanto, houve tempos em que ainda não era tão confiante. Nos primeiros anos de seu casamento, ela não aguentava deixá-lo sair de seu campo de visão, por medo de que ele fosse dar aquele mesmo sorriso confiante para qualquer uma. Naquela época, a sra. Cash pensava que joias não serviam de substituto para o olhar límpido de Winthrop. Mas agora tinha sua filha, suas casas, e era *a senhora* Cash. Esperava que desta vez Winthrop trouxesse diamantes. Ficariam bem com a roupa.

Uma batidinha na porta e Winthrop Rutherford II entrou usando calções de cetim, colete de brocado e uma peruca empoada Luís XV. O pai podia ter começado a vida como menino de estábulo, mas o filho era um rei Bourbon bastante convincente. A sra. Cash pensou com satisfação que ele estava muito distinto em sua fantasia, afinal não havia muitos homens que sabiam usar meias de seda. Seriam um par muito elegante.

O marido limpou a garganta um tanto nervosamente.

– Você está magnífica esta noite, minha querida. Ninguém diria que este é o último baile da estação. Será que me daria licença para acrescentar uma coisinha à perfeição?

A sra. Cash movimentou a cabeça para a frente, como se estivesse se preparando para o machado. Winthrop tirou o colar de diamante do bolso e o prendeu no pescoço dela.

– Como sempre, você adivinhou... É realmente um colar – disse ele.

– Obrigada, Winthrop. Sempre esse bom gosto! Usarei os brincos que você me deu no verão passado. Combinam perfeitamente!

Sem hesitar um momento, ela estendeu a mão para uma das caixas de couro marroquino na penteadeira, deixando Winthrop tentando adivinhar, não pela primeira vez, se a mulher conseguia ler sua mente.

– Sabe, Winthrop... eu quero muito que esta noite seja lembrada.

Cash sequer precisava se perguntar por que queria que a noite fosse lembrada. Ela só estava interessada em uma coisa: perfeição.

CAPÍTULO 2

Um espírito de eletricidade

Houve um momento, quando a família Van der Leyden estava parada no alto da famosa escadaria dupla do Sans Souci esperando ser anunciada, em que Teddy Van der Leyden pensou que sua mãe poderia ter lamentado a escolha da fantasia. Estar usando piquê e fustão liso em um salão cheio de cetim, veludo e diamantes exigia certa força de vontade. O caso é que a sra. Van der Leyden desejara defender uma ideia que valia o sacrifício. A sóbria fantasia da família era um silencioso lembrete para os convidados reunidos e, em especial, para os anfitriões, de que os Van der Leyden podiam traçar sua linhagem até o *Mayflower*. Era uma linhagem que não terminava em um beco farinhento. O triste preto e branco era um sinal de que até mesmo ali, em Newport, algumas coisas não poderiam ser compradas.

Teddy Van der Leyden sabia muito bem qual era a intenção de sua mãe e se divertia com isso. Estava muito satisfeito usando um colarinho branco engomadíssimo e uma casaca preta, embora tivesse preferido ser um dos pais fundadores da pátria, quem sabe Jefferson. Ele compreendia a necessidade que a mãe tinha de distinguir-se de toda essa opulência nem tão variada. Cada canto do salão de baile espelhado brilhava, cada joia se refletia ao infinito.

Ele ia ao balneário todos os verões, e até onde podia lembrar, fora bastante feliz, mas este ano era diferente. Agora que decidira ir a Paris, sentia-se impaciente com o rigoroso cumprimento das regras em Newport. A cada hora havia uma satisfação a dar: tênis no clube pela manhã, passeios de carruagem à tarde e, todas as noites, bailes que se iniciavam à meia-noite e só terminavam ao amanhecer. Dia após dia, ele encontrava as mesmas cento e tantas pessoas. Só mudavam as roupas.

Lá estavam Eli Montagu e sua mulher, vestidos como Cristóvão Colombo e o que Teddy acreditou ser madame Pompadour. Já havia encontrado os dois aquela manhã no Cassino e, no dia anterior, no passeio de bicicleta – que terminara de modo muito precipitado. Voltaria a encontrá-los no dia seguinte, no desjejum oferecido nos Belmont e depois no piquenique dos Schooner. Nem piscou, como fez sua mãe, ao escutar as vogais de Eli ou estremeceu ao ver a tonalidade atrevida dos cabelos da sra. Montagu. Ele gostava quando ela sorria mostrando os dentes... mas não queria conversar com o casal. Olhou à sua volta em busca de Cora. Era a única pessoa que queria ver. Ela sempre surpreendia. Lembrou-se de como a jovem havia soprado os cabelos para tirá-los dos olhos no dia anterior, ao pedalar a bicicleta, quando o cacho irritante flutuara e depois repousara em seu rosto.

Saiu da fila da recepção e dirigiu-se a uma das fontes de champanhe. Um lacaio em libré Bourbon completa ofereceu-lhe uma taça. Bebeu rapidamente, observando os que chegavam como uma inundação pelas imensas portas duplas. A maioria dos convidados escolhera vir de aristocratas franceses do *ancien régime* – já tinha visto três Marias Antonietas e incontáveis Luíses. Talvez fosse um cumprimento ao ambiente inspirado em Versalhes, talvez fosse o único período da História cuja opulência lembrasse a do presente. Sentia-se agora muito satisfeito com suas vestes puritanas. Havia algo incômodo naqueles barões da estrada de ferro e magnatas do aço vestindo meias de seda e casacas bordadas de outra era dourada.

Então, viu Cora e seus descontentamentos foram esquecidos. O vestido dela era ridículo, a saia se projetava tão longe de cada lado que ela abria uma clareira ao atravessar o salão, era como um remo na água quando dançava – mas estava radiante até mesmo naquela fantasia absurda. Os cabelos castanhos-avermelhados caíam em anéis sobre o pescoço e os ombros pálidos. Pensou naquele pontinho de beleza que havia notado no dia anterior, no oco de sua garganta.

Ela estava de pé logo abaixo de seus pais, instalados em cima de um estrado envolto em veludo, rodeada de rapazes – o que fez Teddy se dar conta de que devia convidar Cora para dançar ou jamais teria chance de conversar com ela. Ele seguiu em sua direção, passando por um cardeal Richelieu e uma marquesa de Montespan. Esperou uma abertura entre os jovens e aí atraiu o olhar dela. Cora cerrou um pouco os olhos para certificar-se de que era mesmo ele e voltou ao salão de dança – mas Teddy sabia que ela estava esperando que se aproximasse. Rodeou a plataforma formada pela saia e posicionou-se atrás dela.

– Estou muito atrasado? – perguntou baixinho.

Ela virou a cabeça e sorriu para ele.

– Tarde demais para uma dança. Acabaram há séculos... mas acho que vou precisar tomar fôlego daqui a pouco. Quem sabe por aí?

Ela apontava com seu pequeno lápis de marfim para uma valsa no salão.

– Podemos nos encontrar no terraço...

Seus olhos pestanejaram na direção em que sua mãe se postava majestosa. Teddy entendeu o olhar: Cora não desejava que a mãe visse os dois juntos.

Será que a sra. Cash pensava que ele queria dar um golpe do baú? Estremeceu ao pensar quanto sua mãe ficaria horrorizada se imaginasse que ele fazia avanços a Cora Cash...

A sra. Van der Leyden poderia ir a um baile oferecido pela sra. Cash, mas isso não significava que ela considerasse Cora uma esposa conveniente para seu filho, por mais rica que fosse. Jamais haviam conversado a respeito, mas Teddy tinha a impressão de que sua mãe considerava que o menor de dois males era o seu desejo de ir para a Europa e pintar.

No jardim de inverno, o mordomo Simmons inspecionava as mesas da ceia. Sobre cada uma havia um canal de prata, pelo qual passava uma corrente, agitada por pequenas bombas para que borbulhasse com efervescência. No fundo da corrente havia areia branca puríssima, sobre a qual Bertha colocava pedras para parecerem pequenos matacões submersos. Cada um desses matacões era uma gema preciosa em estado bruto: diamantes, rubis, esmeraldas e topázios. Ao lado de cada porta-cartão havia uma pequena pá de prata para os convidados "extraírem" esses tesouros. O mordomo pedira que Bertha tomasse todo o cuidado para distribuir uniformemente aqueles matacões. Apesar da imensa riqueza de muitos dos convidados, haveria uma competição feroz entre os "prospectores" para juntar a maior quantidade de rochas possível. Houve uma disputa bastante inconveniente pelos bombons Fabergé no baile dos Astor na semana anterior.

Engenhosamente, Bertha cobria cada matacão com areia para deixar apenas uma pontinha aparecendo. Simmons pedira que não deixasse fácil demais encontrá-los, tinha a intenção de fazer isso ele mesmo, mas Bertha sabia que o mordomo achava que era uma tarefa muito abaixo dele. Ele não havia contado o que eram as pedras, mas a criada sabia muito bem quanto valiam. Ela esperaria até chegarem ao fim da última das mesas para pegar uma. A ceia deveria começar à meia-noite, quando a sra. Cash iria para o terraço, e acenderia sua fantasia para então conduzir, como uma estrela, os convidados ao jardim de inverno. Ao mesmo tempo, os beija-flores seriam soltos, para criar a ilusão de que estavam entrando nos trópicos. Bertha calculava que Simmons estaria tão envolvido ajudando na procissão que não notaria a falta de uma gemazinha.

Teddy esperava Cora no terraço. Era uma noite quente, tranquila. Escutava uma cigarra em algum lugar perto de seus pés. Uma Lua alaranjada iluminava a rocha pálida que o circundava. As placas de mármore que revestiam o terraço não eram lisas, estavam gastas por gerações de pisadas. Todo o terraço fora trazido de alguma *villa* toscana, pensava Teddy, para que as nove musas de pé sobre a balaustrada não aparentassem a idade que tinham. A minuciosa perfeição da sra. Cash era admirável! Nada em seu mundo era deixado ao acaso. E aqui estava Cora, apertando os olhos para encontrá-lo no terraço, sem acompanhante e despreocupada. Pela maneira como a sra. Cash pedalara atrás deles no dia anterior, quando se puseram à frente de todo o grupo no passeio de bicicletas, tornando sua compleição marmórea bastante rosada, Teddy sabia que ela não aprovaria que sua filha aparecesse ali. Sabia também que não deveria estar sozinho com a jovem Cora porque não fazia parte do futuro que planejara, mas aqui estava ele...

Enquanto ela caminhava em sua direção, por entre as poças de luz em tons de abricó lançadas pelas luminárias de seda chinesa penduradas nas árvores, viu uma filigrana vermelha marcando a clavícula e a garganta de

Cora. Ela parou na sua frente, porque as anquinhas da saia impossibilitavam que parasse em qualquer outro ponto, a não ser bem diante dele. Teddy percebeu um ligeiro arrepio na pele do antebraço da garota o que deixava os pelinhos macios e dourados parecendo uma pele valiosa. Sabia que existia uma cicatriz minúscula naquele pulso. Ele gostaria de pegar sua mão para ter certeza de que ela ainda estava ali.

– É a mais linda noite – disse ele. – Hoje de manhã eu estava com medo de que caísse uma tempestade.

Cora deu uma risada.

– Como se a minha mãe fosse permitir um mau clima na noite de sua festa! A chuva só cai em cima de anfitriãs inferiores...

– Ela tem um olho notável para detalhes... foi ela que estabeleceu o padrão elevadíssimo aqui em Newport.

Teddy estava sendo gentil. Os dois sabiam que a velha-guarda, como a mãe de Teddy, considerava as festas dadas por recém-chegados, como os Cash, exageradas e vulgares.

Cora o encarou diretamente, os olhos estudando seu rosto.

– Diga uma coisa, Teddy. Ontem, se minha mãe não tivesse nos alcançado, o que você teria feito?

– Eu teria continuado nossa encantadora conversa sobre as nossas chances de vencer o arco e a flecha e, depois, voltaria para casa de bicicleta para me vestir para o jantar...

O tom de sua voz era deliberadamente superficial. Ele não queria pensar na cor das maçãs do rosto de Cora no dia anterior nem nos pontinhos dourados na íris de seu olho esquerdo.

Cora não estava interessada em mudar de assunto.

– Acho que você não está sendo... – ela franziu a testa, buscando a palavra certa – sincero.

Cora pôs as mãos no ombro de Teddy, inclinou-se para ele, oscilando em contrapeso com o vestido. Ele sentiu o cálido toque seco dos lábios dela nos seus. Sabia que deveria parar agora, recuar, fingir que nada estava acontecendo, mas queria tanto beijá-la... sentiu que ela ia caindo naquela fantasia ridícula e pôs as mãos em sua cintura para firmá-la. E foi então que se deu conta de que a beijava.

Quando, por fim, se afastaram, nenhum dos dois sorria.

Cora disse:

– Eu estava certa, então!
– Você estava certa quanto à intenção. É claro que eu quero beijá-la, que homem não desejaria? Há cinquenta sujeitos ali que dariam qualquer coisa para tomar o meu lugar, mas prometi a mim mesmo não fazer isso.

Teddy sorriu por suas boas intenções.
– Por que, se era isso que você queria?
De repente, ela pareceu bem mais jovem do que seus dezoito anos.
Teddy desviou o olhar para o horizonte, onde viu o reflexo da Lua brincando no mar.
– Porque tenho medo.
– De mim?!
Cora estava satisfeita.
Teddy virou-se para encará-la.
– Se eu me apaixonar por você, tudo... todos os meus planos mudariam.

A voz dele foi sumindo, ele via que o rubor se espalhara pelo peito de Cora, descendo abaixo da linha do modesto decote da infanta. Teddy pegou a mão dela e virou-a para cima, comprimindo seus lábios sobre a cicatriz.

Cora estremeceu dentro daquele vestido.
– Você sabe que estou indo para a Europa? – a voz dela era tensa.
– Todo mundo sabe que você está indo para a Europa, para encontrar um consorte conveniente para os milhões dos Cash...

Teddy tentou desviar a emoção dela, mas Cora não reagiu no mesmo tom. Inclinou-se com olhos vazios e opacos para ele. Ela quase cochichava.
– Não quero ir, sabe... eu gostaria de ficar aqui... com você.

Teddy soltou a mão dela e sentiu o calor do olhar de Cora. Queria muito acreditar nela, ainda que isso tornasse sua opção muito mais difícil. Ela o beijou novamente, desta vez com maior intensidade. Era difícil resistir ao cheiro sensual de seus cabelos e à penugem macia de seu rosto. Teddy mal conseguia tocar o corpo dela através da arquitetura daquela fantasia, mas podia sentir o pulso batendo no pescoço de Cora. Quem era ele para resistir a Cora Cash, a garota que todas as mulheres em Newport invejavam e todos os homens desejavam? Beijou-a mais ardentemente, mordiscando seus lábios. Queria arrancar os pentes e as joias de seus cabelos e tirá-la da prisão que era aquela fantasia. Podia escutar sua respiração acelerar.

A música parou. A batida de gongo soou, ondulando-se pelo ar parado da noite.

Pela primeira vez, Cora parecia nervosa.

– Minha mãe vai notar que eu desapareci!

Ela fez um gesto como se fosse voltar para dentro, mas voltou atrás e disse a ele em uma torrente de urgência:

– Podemos ir agora para a cidade e nos casarmos! Assim ela não vai poder me tocar! Eu tenho meu próprio dinheiro, o meu avô deixou um patrimônio que será meu quando eu tiver vinte e cinco anos ou quando me casar. E tenho certeza de que meu pai nos dará alguma coisa. Não quero ir embora!

Ela implorava.

Teddy percebeu que não ocorrera à Cora que ele poderia recusar aquela proposta.

– Agora é você que não está sendo sincera! Será que realmente acha que eu posso fugir com você? Não apenas arrasaria o coração da sua mãe, mas com certeza também arrasaria a minha vida. Os Van der Leyden não são tão ricos quanto os Cash, mas são honrados. As pessoas diriam que eu dei um golpe do baú.

Teddy tentou tirar as mãos na cintura dela, mas Cora as segurou.

– Eles dirão isso de qualquer pessoa! Não é culpa minha se sou mais rica do que todo mundo. Por favor, Teddy, não seja tão... tão *escrupuloso* com isso. Por que não podemos simplesmente ser felizes? Você gostou de me beijar, não gostou? Eu não beijei direito?

Ela estendeu a mão para dar um tapinha no rosto dele. De repente, um pensamento passou por sua cabeça e a deixou impressionada pela própria audácia.

– Existe alguém na sua vida? Alguém de quem você goste mais do que de mim?

– Não, não é alguém, é alguma coisa. Eu quero ser pintor. Vou a Paris para estudar. Acho que tenho talento, mas quero ter certeza.

No instante em que disse isso, Teddy se deu conta de como estava sendo fraco em relação à intensidade apaixonada de Cora.

– Mas você não pode pintar aqui mesmo? Bom, se você tem mesmo que ir a Paris, posso ir com você!

Para ela tudo parecia tão fácil...

– Não, Cora – disse ele quase brutalmente, com medo de ser persuadido. – Não quero ser aquele tipo de pintor, um sujeito excêntrico de Newport que veleja de manhã e pinta à tarde. Não quero pintar retratos de senhoras com seus cachorrinhos no colo. Quero produzir alguma coisa séria e não posso fazer aqui, não posso fazer com uma esposa!

Por um momento, pensou que ela começaria a chorar. Cora abanava as mãos diante do rosto como se estivesse tentando afastar as palavras dele, oscilando desajeitadamente naquele vestido que parecia um galeão.

E voltou a olhar para ele irritada. Com um alívio carregado de arrependimento, Teddy percebeu que ela não estava muito magoada, apenas sentia-se frustrada. Com firmeza, disse:

– Admita, Cora, você, na verdade, não quer se casar comigo; quer sair de perto de sua mãe. É um sentimento que aprecio plenamente, mas se você vai à Europa, com certeza encontrará um principezinho e poderá mandar sua mãe de volta para a América.

Cora deu uma cutucadinha furiosa em Teddy.

– E dar a ela a satisfação de ser a casamenteira? A mãe que casou sua filha com o solteiro mais cobiçado da Europa? Ela finge que está acima desse tipo de coisas, mas sei que não pensa em outra coisa. Desde que eu nasci, a minha mãe escolhe tudo para mim: as minhas roupas, a minha comida, os livros que posso ler, os amigos que posso ter. Ela pensa em tudo, menos em mim.

Cora abanou a cabeça com força, como se estivesse tentando arrancar a mãe de sua vida.

– *Aah*... Teddy, por que você não muda de ideia? Eu posso ajudá-lo, não seria tão terrível, não é? Afinal, é só dinheiro! Não precisamos de dinheiro... Não me importo de viver em um sótão!

Talvez, pensou Teddy, se ela realmente se importasse com ele... mas sabia que, para Cora, ele representava principalmente a fuga. Gostaria de pintá-la daquele modo, furiosa e direta – o espírito do Novo Mundo nos enfeites do Velho. Não conseguiu resistir: tomou o rosto dela em suas mãos e a beijou uma última vez.

Mas... exatamente no momento em que ele sentia sua decisão fraquejar, em que sentia Cora estremecer, o Espírito da Eletricidade explodiu na escuridão, e eles foram iluminados. A sra. Cash parecia um general brilhando à frente de sua legião de convidados.

Um suspiro de surpresa se alastrou como uma onda pelo terraço.

As lampadazinhas radiantes lançavam sombras fortes nos contornos do rosto da sra. Cash.

– Cora, o que você está fazendo?

A voz dela era suave, mas penetrante.

– Ora, mãe, beijando o Teddy – respondeu a filha. – Com a força de todas essas velas, será que você não está enxergando?

O Espírito da Eletricidade deixou a insolência da filha de lado e virou sua cabeça luminosa para Teddy.

– Teddy, com todo o orgulho que a sua família ostenta a respeito de sua linhagem, parece que você não tem mais moral do que um menino de estábulo. Que atrevimento aproveitar-se de minha filha!

Foi Cora quem respondeu.

– Ora, ele não estava se aproveitando de mim, mãe. Fui eu que o beijei. E o meu avô é que foi menino de estábulo... por isso você não poderia esperar nada melhor, não é?

A sra. Cash permaneceu em silêncio, o eco do desaforo de Cora ressoava no ar a sua volta. E então, exatamente quando a sra. Cash ia contra-atacar, uma língua de chamas serpenteou em volta da estrela de diamante em seus cabelos, transformando a tiara em um halo de fogo. No mesmo instante, a sra. Cash estava em brasa, com a expressão tão feroz como as chamas que estavam a ponto de devorá-la.

Por um momento ninguém se mexeu. Era como se os convidados tivessem todos se reunido para ver uma apresentação de fogos de artifício e, para falar a verdade... as faíscas que emanavam da cabeça de sra. Cash brilhavam lindamente contra o céu noturno. Então, as chamas começaram a lamber o rosto da mulher, e ela uivou – um uivo altíssimo, de animal em sofrimento. Teddy correu até ela, lançando o casaco sobre a cabeça em chamas, e a jogou ao chão, batendo em seu corpo com as mãos. O cheiro forte de carne e cabelos queimados era avassalador, um eco horrível da alusão ao almíscar selvagem que momentos antes ele havia sentido em Cora. Teddy não tinha muita consciência disso... mais tarde, lembrava apenas que a banda tocava um compasso da abertura do *Danúbio Azul* quando Cora se ajoelhara a seu lado e, juntos, viraram a mãe dela com o rosto para as estrelas. O lado esquerdo daquele rosto era uma confusão de carne tostada e bolhas.

Teddy ouviu Cora sussurrar:

– Ela está morta?

Não respondeu e apontou para o olho direito de sra. Cash, o olho bom, que brilhava com a umidade. Os dois viram uma lágrima abrindo caminho por uma faixa suave da parte do rosto que não havia sido queimada.

No jardim de inverno, o homem do beija-flor tirou o pano de cima de sua gaiola. O gongo havia soado, era o sinal. Ele abriu a porta cuidadosamente e se pôs ao lado enquanto os passarinhos se espalhavam como lantejoulas pelo veludo negro do ar da noite.

Um minuto depois, Bertha o encontrou diante da gaiola vazia.

– Samuel, tenho algo que quero que você leve para minha mãe. Isto deve ser uma ajuda enquanto eu estiver na Europa.

Estendeu uma bolsinha com setenta e cinco dólares. Ela havia decidido guardar o "matacão" – não era o tipo de coisa que sua mãe pudesse vender facilmente.

O homem do beija-flor disse:

– Não havia ninguém para ver os passarinhos voando. Foi lindo!

Bertha estava ali com a mão estendida. Bem devagar, Samuel se virou para encará-la e, sem pressa, apanhou a bolsinha. Não disse nada... nem precisava. Bertha preencheu o silêncio:

– Se pudesse ir agora, eu iria, mas partiremos no fim da semana. Este é um bom emprego. A sra. Cash cuida de mim – a voz de Bertha subiu um tom, como se ela estivesse fazendo uma pergunta.

O olhar do homem do beija-flor não hesitou.

– Adeus, Bertha! Não tenho ideia de quando voltarei aqui.

Apanhou a gaiola e entrou na escuridão.

CAPÍTULO 3

A caçada

Dorset, Inglaterra, janeiro de 1894

– **Tenha** cuidado com essa agulha, Bertha... Não quero ficar ensanguentada antes de a caçada começar.

– Desculpe, srta. Cora, mas essa camurça é dura de costurar e você fica se mexendo demais. Se não quer ser espetada, é melhor ficar parada!

Cora tentou ficar imóvel diante do espelho oval enquanto a criada ajustava o corpete de camurça para que ficasse perfeitamente moldado aos contornos de seu corpo. A sra. Wyndham insistia em que os únicos trajes de montaria que valiam a pena ter eram os de Busvine, que "mostram a forma com perfeição, minha querida, de modo quase indecente. Há um toque de nudez no corte dele. Com o seu corpo, seria um crime escolher qualquer outro". Cora lembrava o brilho nos olhos da sra. Wyndham quando ela disse isso e a maneira como as mãos cheias de joias da viúva haviam medido sua cintura:

– Quarenta e oito centímetros, eu diria... Muito bom, mesmo. Feita para um Busvine.

Para garantir que o traje tivesse a indispensável linha suave, Cora não podia usar o corpete e o espartilho habituais. Por isso, a roupa de baixo era de camurça e tinha que ser costurada no corpo, para que nenhum gancho ou botão protuberante desfigurasse o corte impecável. Cora quase agradeceu à mãe pelas horas passadas no colete postural quando viu como estava esbelta e ereta naquele traje. Seus cabelos castanhos foram puxados para trás e presos em um coque alto, expondo sua delicada nuca. No momento em que ajustava a aba do chapéu para que ele ficasse enviesado, exatamente no ângulo certo sobre o olho esquerdo, sentiu-se bastante capaz de enfrentar o dia que tinha pela frente. Somente quando puxou o véu sobre o rosto, para ver se deveria pintar os lábios de vermelho como a sra. Wyndham havia aconselhado ("Só um pontinho de cor, minha querida, para iluminar"), é que a jovem pensou em sua mãe e na maneira como cobria a metade esquerda do rosto com um véu de gaze branca para esconder a devastação abaixo. Cora sabia que sua mãe esperava que ela entrasse e se submetesse à aprovação, mas detestava ver o rosto mutilado sem o véu. É claro que, o acidente da mãe não fora exatamente culpa sua, mas, de qualquer modo, sentia-se responsável.

    A garota pegou o corante de cochonilha e, com umas batidinhas, aplicou um pouco nos lábios. Muitas vezes, aquela mulher estava certa: um pingo de cor fazia toda a diferença. Não gostara nada da maneira como a sra. Wyndham a examinara de alto a baixo, como se estivesse avaliando o preço da carne de cavalo. Cora sentia-se envergonhada quando sua mãe a trouxera "para nos apresentar às pessoas certas". Tinha quase a certeza de que a mãe pagara pelos serviços da sra. Wyndham. Bem, mas a sra. Wyndham estava certa em relação a Busvine... a jovem sentia o couro quentinho e macio em sua pele. Inclinou-se para a frente, encantada com a liberdade que o traje proporcionava: podia tocar os pés! Quando se endireitou, descobriu o laço no lado esquerdo da peça, que lhe permitia levantar a saia enquanto caminhava – do lado esquerdo, a saia era quase um metro mais comprida do que do lado direito, para que suas pernas ficassem cobertas quando ela montasse de lado na sela, à amazona. Era um truque para segurar o excesso de tecido do outro lado do corpo com a mão direita, parecendo um drapeado grego. Cora revirou o pano até obter o efeito desejado.

    Bertha olhava com impaciência, queria a srta. Cora fora dali para poder tomar seu desjejum. Sua barriga roncava, e o café da manhã dos criados superiores era servido exatamente às sete e meia em Sutton Veney.

    Alguém bateu à porta, e uma das criadas da casa entrou timidamente.

    – Com licença, *senhorita*, o patrão mandou dizer que o seu cavalo está sendo trazido dos estábulos.

    – Diga a lorde Bridport que já descerei.

    Cora se virou para Bertha.

    – Você pode dizer para minha mãe que lorde Bridport insistiu em que devemos partir imediatamente, e, por isso, não terei tempo de visitá-la esta manhã?

    – Ela não vai ficar contente, srta. Cora. Você sabe como sua mãe gosta de ver se você está vestida de acordo...

– Eu sei, eu sei, mas não tenho tempo de ficar lá parada enquanto ela me examina meticulosamente. Já não é nada bom ver todas aquelas senhoras inglesas com suas mãos vermelhas, olhinhos azuis e nariz torcido quando me olham como se eu fosse uma selvagem. Não preciso ficar ouvindo minha mãe me dizer que a felicidade dela depende de me ver esplendidamente casada.

Cora pegou o chicote com cabo de marfim e o ergueu para a criada. Bertha olhou para ela com enfado.

– Vou dar o recado à madame. O que você quer vestir à noite?

– Acho que o vestido de musselina rosa de Madame Fromont. Vai deixar todas aquelas bruxas inglesas verdes de inveja. Uma pena que eu não possa usar a fatura no pescoço! Eu gostaria de ver a cara delas quando se derem conta de que eu gasto mais em um vestido do que ela gastam em roupas o ano inteiro. São muito *démodées* e ainda têm a petulância de levantar aqueles narizes compridos e úmidos para olharem para mim de cima a baixo, mesmo estando desesperadas para me casar com um daqueles palermas dos filhos delas.

Cora deu uma chicotada na cama.

Ela sorriu quando viu Lincoln, que a esperava no pátio do estábulo, bufando impaciente. Era um garanhão cinza de mais de um 1 metro e 60 de altura, o mais requintado animal dos estábulos de seu pai. Cora não queria admitir que poderia encontrar um cavalo britânico adequado para ela; por isso, trouxera seus cães de caça e com eles caminhava todos os dias no convés do SS *Aspen*, o iate a vapor de seu pai. A respiração de Lincoln se condensava em uma nuvem branca no frio do pleno inverno daquela manhã de janeiro. Durante a noite, caíra uma geada, o chão estava branco e havia névoa. O sol começava a romper o nevoeiro, e, pela primeira vez desde que chegara à Inglaterra, infeliz e culpada pelo acidente da mãe, Cora sentiu-se animada ao pensar no dia que despontava. Cavalgar quanto pudesse, sem ter que conversar ou observar costumes, era uma perspectiva irresistível. Tinha a sensação de ter tirado mais do que o espartilho. Sentia-se livre.

Os Myddleton se consideravam a mais refinada caça no sudoeste. Lorde Bridport, o Senhor, era pão-duro quando se tratava de sua casa e de seus filhos, mas nada poupava quando se tratava de seus amados cães de caça. Sua mãe havia sido uma das primeiras senhoras da sociedade a caçar a cavalo, e Myddleton era agora uma propriedade famosa por suas "Dianas" e pela qualidade do esporte.

Naquele momento, Cora não havia entendido muito bem o que significava o feito da velha senhora – mas agora, quando cavalgava atrás de lorde Bridport, percebeu que a competição havia começado. Até então, sua exposição ao mulherio elegante da Inglaterra fora restrita. Cora e sua mãe haviam chegado a Londres no fim da estação, quando todas as pessoas da moda já estavam no interior ou voando baixo para não chamar atenção para o fato de não terem propriedades às quais ir. Na opinião de Cora, a mulher e a filha de lorde Bridport não eram "elegantes", ainda que pudessem traçar sua linhagem até Guilherme, o Conquistador, que invadiu a Inglaterra em 1066 com seu exército de normandos, bretões, flamengos e franceses. No entanto, aqui estavam mulheres cujos trajes de Busvine vestiam tão bem quanto o dela. Seu aparecimento não causou a onda de expectativa que sempre anunciava a sua chegada em sua terra. Nem uma única cabeça esplendorosa se virou em sua direção quando ela seguiu lorde Bridport no meio da multidão. Cora não sabia muito bem como se sentia com isso; para ela, ser anônima era uma sensação desconhecida.

– Ah, Charlotte, deixe-me apresentá-la para a srta. Cash. Srta. Cash, esta é Lady Beauchamp, minha sobrinha por parte da família de meu marido.

Uma cabeça loura virou uma fração na direção de Cora e lhe deu o mais leve de todos os acenos.

– E este é meu sobrinho Odo, srta. Cora Cash... Sir Odo Beauchamp.

Odo Beauchamp deixava até mesmo a elegância de sua mulher para trás. Sua casaca cor-de-rosa e seus culotes brancos tinham um corte imaculado. Os cabelos eram louros como os da mulher, mas o chinó dela era firme, enquanto uma sugestão de cacho ondulado se permitia escapar por cima do colarinho dele.

Odo virou seu grande rosto corado de límpidos olhos azuis para Cora.

– Como vai, srta. Cora? É a sua primeira caça a cavalo? Imagino que em sua terra existam esportes mais violentos...

A voz era surpreendentemente alta e leve para um homem do tamanho dele, mas tinha algo inequívoco. Cora respondeu com sua fala arrastada muito americana:

– Ah, em minha terra caçamos raposas, até bastante bem, mas achamos que elas são bem mansinhas perto dos ursos e das cascavéis.

Odo Beauchamp levantou uma sobrancelha.

– Vocês, meninas americanas, são muito corajosas... vamos ver se continuam tão valentes depois de um dia com os Myddleton. Esse animal que você tem aí é muito grande, espero que consiga montar de novo sem ajuda.

– De onde eu venho, Sir Odo, uma mulher deve se envergonhar se sai em um cavalo que ela não consiga dominar sozinha...

Cora sorriu.

– Uma amazona, nada menos... Charlotte, meu anjo, você tem que vir aqui e admirar a srta. Cash. Ela é realmente elegante!

Odo acenou com a mão enluvada para a mulher. A cabeça loura se virou. Cora sentiu a impressão de olhos azuis bem separados e certa dureza na boca. O tom era inesperadamente profundo para uma voz feminina.

– Venha logo, Odo. Você não deve ficar implicando com a srta. Cash. Não há de querer estragar as primeiras impressões que ela tem dos Myddleton. Deve ser muito diferente do que você está acostumada, srta. Cash... embora eu saiba que as meninas americanas adoram uma boa caça...

Cora ouviu o sarcasmo e estreitou os olhos.

– Só quando há alguma coisa que valha a pena perseguir – retrucou.

Novas hostilidades foram cortadas pelos latidos dos cães que farejavam.

O guarda caça soprou a corneta, e os cavaleiros foram atrás de lorde Bridport, que seguia os cães a meio galope. Cora enfiou os calcanhares nos flancos de Lincoln, que entrou em um ritmo suave, abrindo caminho até a frente. Saltou a primeira cerca-viva sem hesitação, e lorde Bridport dirigiu à jovem um aceno de estímulo.

O terreno da Virginia onde Cora aprendera a montar era plano e aberto, mas aqui a paisagem estava cheia de mato, com cercas-vivas e bosquezinhos. Era um ritmo duro, e a garota logo se viu quase sem fôlego. Lincoln estava se divertindo, saltou cerca após cerca sem nenhuma hesitação. Pelo menos ele não tinha nenhuma reserva em relação a esse terreno desconhecido. O campo começou a ficar mais aberto. Cora viu-se sozinha à frente, até que um jovem grandalhão com uma casaca cor-de-rosa a alcançou.

– Um prazer vê-la saltando aquelas cercas. Adorável, bastante adorável!

Cora sorriu, mas instigou o cavalo. Não ficou muito claro, pelo tom do rapaz, se o prazer era dirigido a ela ou a Lincoln, e Cora não se preocupou em descobrir. Mas o admirador mantinha seu cavalo no mesmo passo que o dela.

– Caço com os Myddleton desde menino. É o melhor bando aqui da região.

Cora assentiu com o ar mais indiferente possível, mas o rapaz da casaca rosa não se deixou rejeitar.

– Fiquei de olho em você desde o momento da partida. Está aí uma garota corajosa, pensei. Uma garota que poderia apreciar um esportista como eu! Uma garota que não gostaria de outra coisa senão conhecer o que tenho para oferecer...

Ele pegou Lincoln pelo freio e reduziu o passo dos animais até uma caminhada. Cora começou a protestar, mas ele fez sinal de silêncio e passou a enrolar a manga. Para seu espanto, a jovem viu que a mão e o braço dele estavam cobertos por uma detalhada tatuagem dos caçadores, montarias e cães de Myddleton. A majestosa imagem de lorde Bridport inequivocamente subia a trote pelo antebraço do sujeito. Cora não conseguiu segurar uma gargalhada.

– Bom trabalho, hein? Levou três dias e um quarto de garrafa de conhaque. É notavelmente detalhado. Claro que não posso ver tudo, cobre todas as minhas costas.

– Veja mais de perto. Não seja tímida!

– Posso apreciar muito bem o detalhe daqui mesmo, senhor?

– Cannadine, esse é meu nome. Não quer ao menos dar uma olhada na raposa? As pessoas me dizem que é muito realista.

O sr. Cannadine pôs as rédeas na outra mão e começou a tirar a luva. Cora podia ver o nariz vermelho da raposa saindo da manga.

– Tenho certeza de que é, mesmo, sr. Cannadine, mas quem sabe outra hora... não quero perder a pista.

Cannadine pareceu desconsolado.

– Está me dando um fora, é? Quem viu a raposa diz que é um Landseer. Não mostro para todo mundo, é claro. Mas não é sempre que se vê uma garota que monta como você.

Ele soltou as rédeas de Lincoln para enfiar as luvas, e Cora aproveitou a oportunidade para apanhá-las e levantar a cabeça do cavalo.

– Foi um prazer encontrá-lo, sr. Cannadine!

Ela ajeitou os calcanhares em Lincoln, que começou a galopar. Cora ainda escutou o sr. Cannadine gritar enquanto disparava atrás dela.

A caçada se aproximava de um matagal. O sr. Cannadine guinou à esquerda atrás do grupo, e Cora aproveitou a chance para virar à direita. Não tinha o menor desejo de ver mais nenhum pedaço da raposa do sr. Cannadine. Se rodeasse o matinho pelo outro lado, ela o perderia de vista.

Era um bonito bosque de faias. As árvores estavam em geral sem folhas, mas os ramos mais baixos se mostravam cheios de visco e cobertos de hera. De repente, um faisão saltou diante de Lincoln, que tropeçou e diminuiu o passo. Cora o deixou caminhar um pouquinho para verificar se estava ferido. Guiou o animal para dentro do bosque, pensando que assim encontraria os outros mais depressa. O ar estava calmo, fora o pesado bufar de Lincoln e o estranho matraquear das últimas folhas ainda presas nos galhos. E aí escutou um som: uma exclamação em tom baixo, em algum ponto entre a dor e o prazer. *Seria animal ou humano?*, ela se perguntou. Cora seguiu um pouco mais adiante e ouviu de novo, desta vez mais alto e um tanto penetrante. Vinha de um pedaço denso do emaranhado de arbustos no chão, quase no centro do bosque. Sem saber exatamente por que Cora virou o cavalo em direção daquele som. A criatura soava mais urgente agora. Em seguida, um grito agudo a fez sobressaltar-se. Era um som que ela reconhecia, ainda que nunca o tivesse ouvido antes. Não deveria estar ali, era um lugar privado. Ela deu um puxão nas rédeas de Lincoln, empurrando sua cabeça com força para a direita, e enterrou os calcanhares em seus flancos, agora desesperada para sair dali. O cavalo reagiu à sua urgência e partiu tão depressa que ela não teve tempo de evitar os ramos baixos que vinham em sua direção. O primeiro arrancou-lhe o chapéu; o segundo, atingiu sua testa... e ela apagou.

A primeira coisa que viu foram os galhos em arco acima dela, formando uma espécie de gaiola de costelas. Estonteada pela queda, sentia cada detalhe muito nitidamente, mas não conseguia juntá-los. Ossos, cheiro de folhas e um vento quente que soprava em seu ouvido.

Vento? Cora virou a cabeça. Percebeu que estava deitada no chão. O hálito que tocava seu rosto era de um cavalo, o seu cavalo bufando e batendo as patas com impaciência, ela imaginou. O som fez Cora lembrar-se de alguma outra coisa, um outro ruído que havia escutado, mas que não conseguia distinguir. Sentia-se confusa... por que estava deitada no chão? Viu uma forma escura por perto. Um balde ou uma chaminé... não, era um chapéu. Cora tentou levantar a cabeça, mas era muito esforço. Deitou de novo. Fechou os olhos, mas logo os abriu outra vez. Não podia dormir, havia algo que tinha que lembrar. O cavalo relinchou. Alguma coisa sobre uma brincadeira, se gostou da brincadeira... sra. Lincoln. Lincoln era o nome de seu cavalo, do cavalo dela. Mas por que estava deitada no chão? Que som era aquele que empurrava sua consciência? Não conseguia entender, ele estava sempre fora do alcance. Outras coisas se amontoavam: uma coroa de chamas, um rosto que não via atrás de um véu, um beijo que não era um beijo, uma raposa meio entreolhada. E, então, uma voz.

– Você está me ouvindo?

Seria uma voz real ou apenas parte daquele ruído em sua cabeça?

– Você está machucada? Precisa da minha ajuda?

Cora tentava encontrar a voz. Havia havia algo inclinado sobre ela... um rosto, pensou, não era o homem da raposa, mas outro, diferente. Estava olhando para ela, procurando alguma coisa, Cora pensou de repente, mas ele falou de novo:

– Está me ouvindo? Você caiu do cavalo. Consegue mexer as pernas?

Minhas pernas, pensou Cora, no limbo. *Estou no limbo, sempre no limbo.* Sorriu para o homem, e ele, que agora ela percebia ser um jovem, sorriu de volta. Não era um sorriso fácil, mas, sim, um sorriso conquistado, de puro alívio.

– Ah... graças a Deus, você está viva! Por um minuto, quando vi que estava... Aqui, deixe que eu ajudo.

Passou o braço pelas costas de Cora e a ajudou a se sentar.

– Mas aqui não é a minha terra – disse ela. – Eu não deveria estar aqui. Sou americana.

Ela não sabia exatamente o porquê, mas, por alguma razão, era muito importante dizer aquilo agora mesmo. Havia alguma coisa pela qual ela não queria ser tomada. O rapaz assentiu com a cabeça.

– Não é, mesmo. Esta é a minha terra. Este é o meu bosque, a minha terra. A minha família mora aqui há setecentos anos. Mas você é muito bem-vinda, senhorita?

– Cash. Eu me chamo Cora Cash. Sou muito rica. Tenho uma fortuna de farinha... farinha mesmo, dessa com a que se faz *pão*. Pão, como você sabe, é a base da vida. Você gostaria de me beijar? A maioria dos homens quer, mas eu simplesmente sou rica demais.

Mas ela sentiu a escuridão voltando, e, antes que o jovem pudesse responder, Cora desmaiou nos braços dele.

CAPÍTULO 4

Água quente

Desta vez, quando abriu os olhos, Cora viu um anjo de madeira olhando para ela com olhos vazios. Estava em uma cama – uma cama com dossel e cortinas. Despertou sentindo-se lúcida e com uma boa dor de cabeça. Ela era Cora Cash, havia caído do cavalo e onde estava agora? Que roupa era aquela? Deu um gritinho de espanto, e, de repente, houve uma rápida agitação e cabeças de homem e mulher inclinadas sobre ela.

– Srta. Cash... Você é a srta. Cash, não é? – dizia uma voz que ela reconhecia.

Era o homem do bosque. Algo havia acontecido lá. Mas o quê? Havia coisas que ela quase podia perceber, formas que quase distinguia, por trás de um véu que não conseguia penetrar. Isso era irritante. Havia algo importante ali, ela só precisava lembrar. Como a mãe, Cora não tinha nenhuma paciência com obstáculos.

– Srta. Cash, da América, não é? – disse a voz novamente, com uma insinuação que ela achou vagamente perturbadora.

Esse homem de cabelos escuros e olhos de um castanho-claro parecia muito bem informado... por que estava sorrindo?

– Encontrei você caída no chão no bosque do Paraíso. Eu a trouxe para cá e chamei o médico.

– Como é que você sabe o meu nome? – perguntou Cora.

– Você não se lembra da nossa conversa?

Aquele homem estava implicando com ela... por quê?

– Não, eu não me lembro de nada desde que saí a cavalo hoje de manhã... bom, nada faz sentido, de qualquer modo. Lembro-me do seu rosto, mas só isso. Como eu caí? Lincoln está bem?

– Você está falando daquele belo cavalo americano? Ele está nos estábulos, onde suas opiniões republicanas estão causando muita angústia em meu cavalariço – disse o rapaz.

– Há quanto tempo estou aqui? Minha mãe sabe onde estou? Ela vai ficar furiosa. Tenho que voltar!

Cora tentou se sentar, mas o movimento deu-lhe náusea, podia sentir a bílis quente na boca. Vomitar na frente daquele estranho inglês seria horrível. Ela mordeu o lábio.

– Minha querida srta. Cash, tenho a impressão de que você terá que ficar aqui até o médico chegar. Pancadas na cabeça são traiçoeiras. Você talvez queira escrever um bilhete para sua mãe.

O homem virou-se para a mulher a seu lado. Cora imaginou que ela fosse uma espécie de criada.

– A senhora poderia arranjar um papel para a srta. Cash, não é, sra. Softley?

A empregada saiu com um rugir de bombazina.

– Você sabe o meu nome, mas eu não sei o seu – falou Cora.

O rapaz sorriu.

– Meus amigos me chamam de Ivo.

Cora teve a sensação de que ele escondia alguma coisa. Ficou aborrecida. Por que nada neste país era direto? Era como se estivesse sendo forçada a fazer um jogo cujas regras todo mundo conhecia, menos ela. Resolveu atacar.

– Por que todos vocês, ingleses, têm nomes que parecem nomes de remédios? Ivo, Odo, Hugo. Brometos, sais de banho... todos são assim.

Ela acenou com a mão, deixando claro seu desdém.

O rapaz fez uma pequena reverência.

– Só posso pedir desculpas, srta. Cash, em nome dos meus compatriotas. Na minha família, os homens se chamam Ivo há centenas de anos, mas talvez tenha chegado a hora de mudar com os tempos. Você prefere me chamar de Maltravers? Não é meu nome há um bom tempo, mas acho que devo começar a me acostumar com ele. Creio que não tem nenhuma propriedade medicinal...

Cora olhou para ele atordoada. Quantos nomes tinha aquele sujeito?

A voz dele não era aquele rugido estrangulado que ela começara a pensar que todos os ingleses da classe alta recebiam ao nascer. Era uma voz muito baixa e calma, e seu interlocutor tinha que se inclinar para entender todas as palavras. Cora percebeu que ele deveria ser uma pessoa importante, pois nem todos os homens podiam falar em resmungos e ter a mais completa confiança de que cada palavra sua seria escutada e compreendida. Sentiu-se embaraçada. Será que esse homem sabia quem era ela, que não era simplesmente *qualquer* garota americana? Voltou a dirigir-se a ele com toda a dignidade que conseguiu reunir.

– Você está rindo de mim porque ousei questionar coisas perfeitamente ridículas de seu país, que vocês acham muito normais. Vocês fazem o que fazem não porque seja a melhor maneira de fazer, mas porque é como sempre fizeram. Ora! Na casa em que estou hospedada existem dez criadas cujo trabalho é carregar água quente, subindo os degraus das escadarias imensas e corredores sem fim, todos os dias de manhã, para que um hóspede possa tomar o seu banho na frente da lareira. Quando perguntei para lorde Bridport por que ele não tinha banheiros, como temos nos Estados Unidos, ele disse que eram vulgares. Vulgar! Uma pessoa se lavar! Não é de se espantar que todas as mulheres aqui sejam cinzentas e pareçam encardidas. Tenho visto garotas... garotas até bem bonitas, com o pescoço sujo! De onde eu venho, pelo menos nos mantemos limpos!

Olhou para seu anfitrião com um ar desafiante. Ela até poderia ficar confinada à cama em uma casa estranha, mas diria o que achava.

O anfitrião não pareceu ofendido pela explosão – afinal, estava sorrindo.

– Terei que levar a sério a sua palavra, srta. Cash. Você não estava lá muito limpa quando a encontrei na floresta, e lamento nunca ter visitado a sua terra. Tenho a impressão de que você também ficará decepcionada com os arranjos para lavagem que temos por aqui. Não tenho nenhuma objeção moral a banheiros, muito pelo contrário, só tenho objeções a seus custos. Mas garanto que me lavo muitíssimo bem. Não quer inspecionar o meu pescoço?

Ele se inclinou para ela e ofereceu-lhe o pescoço, como se estivesse no cadafalso. Estava realmente limpo, e, embora os anéis escuros dos cabelos fossem bem mais compridos do que seria aceitável na América, Maltravers não tinha cheiro de cachorro molhado, como tantos ingleses. Não, ele tinha um odor completamente diferente. Cora não saberia descrevê-lo. Sentiu uma louca vontade de enfiar os dedos naqueles cabelos. Mordeu o lábio de novo.

– Seu pescoço está imaculado. Parabéns!

Cora tentou se agarrar à indignação que sentia. Com certeza ela não se deixaria seduzir.

– Agora, diga para mim: de quantas empregadas você precisa para levar a água quente até a banheira? Quantos degraus elas têm que subir com a água? Qual é o comprimento desses corredores que elas têm que percorrer com os baldes cheios? É claro que água encanada seria mais econômica a longo prazo, para não dizer que seria melhor para os criados!

Cora tentou se sentar para conseguir ouvir a resposta mais claramente e em um instante ele estava atrás dela com outro travesseiro.

– Está melhor assim? Excelente!

Ele fez uma pausa.

– Se tivéssemos água corrente, não precisaríamos de tantas empregadas, o que poderia perturbá-las imensamente, para não mencionar suas famílias que esperam o dinheiro que elas enviam.

– Há muitas coisas para as garotas fazerem nos dias de hoje além de carregar água quente e acender lareiras. Elas podem dar aulas, fazer chapéus ou aprender a datilografar.

Cora sabia que sua mãe estava sempre perdendo empregadas para lojas e escritórios. Os salários eram melhores, e elas poderiam ter todos os admiradores que desejassem.

– Sim, realmente, poderiam, srta. Cash... mas tenho a impressão de que a maioria dessas garotas só quer ganhar um salário até se casarem, e uma casa grande como essa é um lugar muito bom para encontrarem um marido.

– Ah, sim, ouvi falar do mercado de casamento na área dos empregados. Bertha me contou.

– Bertha é a sua criada? – o tom do homem era divertido.

– É, ela veio comigo dos Estados Unidos.

– E, como garota americana, ela não tem nenhuma objeção por estar em serviço?

A jovem quase deu uma risada. Ela não tinha presenteado Bertha com três dos seus vestidos velhos no mês passado? Bertha só poderia estar feliz!

Cora disse em seu tom de voz mais honrado:

– Garanto que Bertha está gratíssima pela oportunidade de trabalhar para mim. Não sei se você pode dizer o mesmo sobre qualquer uma das suas criadas!

A resposta de Maltravers perdeu-se quando a governanta entrou com uma mesinha, que arrumou em cima da cama, diante de Cora. Trouxera uma boa quantidade de um espesso papel creme. A jovem pegou uma folha com uma insígnia no alto e logo abaixo uma única palavra: Lulworth. Ela já estava na Inglaterra tempo suficiente para entender que bastava aquilo: Lulworth evidentemente era uma casa "importante", e seu proprietário devia ter algum título. Mas por que ele não havia contado quando deu seu nome? Esses ingleses eram de enlouquecer! Tudo era planejado para deixar qualquer um de fora em desvantagem. Se você tinha que perguntar, é porque não fazia parte...

O homem foi até o pé da cama e olhou para ela.

– Vou deixá-la em paz para escrever para a sua mãe. Antes de sair, quero que satisfaça a minha curiosidade a respeito de uma coisa: se você acha o sistema inglês tão ruim, por que está aqui? Eu achava que vocês, americanos, até gostavam bastante dos nossos costumes tão esquisitos e do nosso jeito de ser antiquado... mas você parece que não nos acha nada encantadores!

Cora olhou para ele. O tom em que ele falava era leve, embora tivesse um quê de incisivo. Ficou satisfeita porque o incomodara. Ele tinha a vantagem, mas ela conseguira provocá-lo.

– Ora, eu diria que isto é óbvio. Como herdeira americana, vim aqui para comprar uma coisa que não posso ter na minha terra: um título. Minha mãe gostaria de um príncipe de sangue azul, mas acho que ela até aceitaria um duque. Isto satisfaz a sua curiosidade?

– Perfeitamente, srta. Cash. Espero que você convide sua mãe para vir passar uns dias aqui em Lulworth. Não quero ouvir falar de você ir embora até o médico dizer que sua saúde se encontra em perfeito estado. E acho que sua mãe vai gostar daqui, apesar da ausência de banheiros. Sabe como é, posso não ser um príncipe, mas sou o 9º Duque de Wareham.

Cora sentiu a bílis subindo de novo. Abanou as mãos na frente do rosto para ele sair.

O Duque estava preocupadíssimo.

– Sra. Softley, tenho a impressão de que a srta. Cash não está se sentindo muito bem!

Cora conseguiu segurar a náusea até o Duque sair do quarto.

CAPÍTULO 5

A pérola negra

A Sra. Cash estava arrumando as dobras do tule em volta de seu pescoço. À luz da vela, na prata manchada do espelho alto entre as janelas, os efeitos do acidente eram quase imperceptíveis; apenas a tensão lustrosa onde a carne havia queimado se mostrava naquela claridade complacente. Para qualquer um sentado à direita de sra. Cash, não haveria motivo para imaginar que houvesse algo errado; a devastação causada pelo fogo era revelada somente quando ela virava a cabeça. Pelo menos, pensava sra. Cash, seu elevado perfil em geral sempre fora mais admirado. Ela tivera sorte, as chamas não haviam atingido seu olho esquerdo, embora toda a área em volta tivesse sido chamuscada. Quando se formaram, as cicatrizes haviam esticado a pele, por isso o lado ferido do rosto de sra. Cash era uma imitação grotesca da juventude naquela meia-luz. Através da névoa de seus olhos semicerrados, ela via o espectro da garota que fora há algum tempo. Puxou os cabelos postiços que usava para que os anéis cobrissem o caroço de carne deformada que havia em sua orelha esquerda. Ao sentir a maciez cerosa da cicatriz, estremeceu de medo. Os médicos haviam dito que ela tivera sorte por sua pele ter se curado tão depressa, mas detestava tocar aquela lisura de carne morta, que a incomodava bem mais do que as dores lancinantes que ainda sentia. Endireitou-se e começou a empoar o rosto.

Bateram na porta, e o mordomo entrou com uma carta em cima de uma salva de prata.

– Acaba de chegar para a senhora... Vem de Lulworth.

A sra. Cash nada sabia sobre Lulworth, mas a julgar pela pequena pausa que o mordomo fez antes de pronunciar o nome, deduziu que fosse um lugar de certo significado. Apanhou a carta e, para sua surpresa, reconheceu o garrancho cheio de alças de sua filha.

— Mas... é de Cora! Por que escreve para mim? Pensei que ela estivesse caçando!

O mordomo fez um movimento cortês com a cabeça. A pergunta da sra. Cash era retórica; como a carta não estava fechada, qualquer criado na casa poderia dar-lhe uma resposta.

Para surpresa do mordomo, a mulher não suspirou nem pediu os sais enquanto lia a carta da filha. Se estivesse à direita da sra. Cash, o mordomo teria visto o esboço de um sorriso...

Na área da criadagem, Bertha estava remendando uma camisola de renda que fora rasgada por Cora, que não teve paciência para desabotoá-la antes de se despir. Havia sido uma daquelas noites em que ela subira barulhenta e truculenta do jantar, depois de passar a noite escutando docilmente as ideias de lorde Bridport a respeito da rotatividade das safras. Bertha não conseguira desfazer os laços com rapidez suficiente, e Cora arrebatou e puxou a camisola pela cabeça, rasgando a renda Bruxela de duzentos anos que cobria o corpete. Cora sequer notara o rasgão, mas Bertha, pensando no dia futuro em que aquela camisola de renda seria passada para ela, sentira o tecido rasgar como uma laceração na própria carne. A renda fora feita por freiras, um trabalho tão belo e refinado que era quase um ato de veneração. Precisava de toda a sua concentração para juntar as pontas irregulares daquela teia de aranha e costurá-la perfeitamente. Estivera tão absorta juntando uma flor de filigrana à correspondente ao lado, maravilhando-se com o intrincado daquela redezinha branca contra seus dedos marrons, que não percebeu a entrada do cavalariço de Lulworth com a carta para a sra. Cash. Mas, agora, entreouviu o nome de Cora na conversa entre a governanta e a cozinheira, e olhou para a frente.

— A srta. Cash teve sorte de não quebrar o pescoço como aconteceu com o duque anterior. Foi o novo Duque que a encontrou. Por sorte, ele estava no bosque, senão teria ficado lá a noite toda — dizia a governanta.

— Não creio que tenha sido a sorte que pôs o Duque no bosque. Lembre que dia é hoje!

A cozinheira lançou um olhar cheio de significado para a sra. Lawrence, a governanta, que deu um suspiro ao lembrar e assentiu com a cabeça.

– Ah, é hoje! Quase esqueci. Aquele pobre rapaz... tão perto da morte do velho Duque...

Fechou os olhos por um momento e quando os abriu, viu Bertha olhando para ela.

– Parece que você vai até Lulworth, srta. Cash!

Bertha levou um susto ao escutar o nome. Quando chegou, sra. Lawrence lhe havia dito que os criados dos visitantes eram conhecidos pelo nome de seus patrões, mas ainda assim aquilo era muito esquisito.

A governanta continuou.

– A sua patroa caiu quando estava caçando e foi levada para uma cama em Lulworth. O cavalariço veio com uma carta para a mãe da jovem. O sr. Druitt está aqui esperando uma resposta.

Ao ver a cara de Bertha, a governanta suavizou o tom.

– Ela está bem... Se houvesse acontecido alguma coisa ruim, o Duque teria vindo pessoalmente.

A cozinheira deu uma risadinha.

– Acho que ele não quis deixar a srta. Cash sozinha. Lá tem um montão de buracos no telhado!

– Quer dizer que o Duque não é casado, sra. Lawrence? – Bertha sentiu que a informação da cozinheira lhe dera permissão para fazer a pergunta.

Em todo caso, ela sabia que precisava ser cuidadosa, que o limite entre uma pergunta inocente e tomar uma liberdade era bem tênue. Pouco depois de chegar, perguntara à criada de Lady Beauchamp quanto ela ganhava e fizeram-na perceber que era um erro. Como criada pessoal da srta. Cash, tinha certa precedência entre a criadagem – podia jantar antes das criadas que atendiam nas salas, por exemplo – mas esse *status* não lhe permitia fazer perguntas. O sr. Druitt a levara para um canto e dissera que salários, ganhos e assim por diante poderiam ser assunto de muita conversa lá de onde ela viera, mas aqui na Inglaterra algumas coisas eram mantidas em particular. Bertha inclinou a cabeça e aprendeu a lição.

Apesar do sermão do mordomo, ela estava gostando da estada em Sutton Veney. Em casa, Bertha comia no fim da mesa dos criados com as outras garotas negras. Aqui, ia jantar todas as noites no braço do criado pessoal de Sir Odo. Na primeira noite, ela se retirara para seu quarto, mas a sra. Lawrence mandara uma das criadas lá para cima para dizer que ela precisava ir à área da criadagem. Jim, o criado, ficara vermelho quando o sr. Druitt lhe disse para levar a criada da srta. Cora para jantar. A conversa entre os dois era limitada, pois Druitt falava sem parar, mas sempre que Bertha olhava para seu lado, Jim a estava olhando. Era bem bonito, pelo menos parecia ter vivido ao ar livre, ao contrário de muitos dos criados, cuja compleição pastosa dava a impressão de que haviam passado a vida inteira nos porões. Desde aquele primeiro contato, Jim a esperava todas as noites para levá-la à sala de refeições, e passava por ela duas ou três vezes por dia na escada dos criados.

Bertha olhava para as duas mulheres, esperando que a rejeitassem. Mas a cozinheira não retrocedeu à pergunta da criada, até pareceu gostar da oportunidade de se mostrar diante da rival, que era a governanta.

– Não, o novo Duque é solteiro. Eu trabalhava na cozinha de cima em Lulworth antes de vir para cá. Trabalho escravo, aquilo. Elas ainda cozinham em cima de um fogão imenso na cozinha, e quarenta pessoas esperam para comer. As coisas aqui são bem melhores, ainda que lorde Bridport esteja sempre perguntando pela carne assada de ontem. Eu estava lá quando a srta. Charlotte foi para Lulworth. Eles estavam sempre juntos, lorde Ivo e srta. Charlotte, brincando com seus arcos e flechas. Costumavam descer até a cozinha para pedir comida para levarem às expedições de arco e flecha. Uma pena que a srta. Charlotte não tivesse dinheiro, ela daria uma duquesa muito elegante...

– Um pouco mais de chá, sra. James? – interrompeu a governanta, evidentemente irritada com essa exibição de conhecimento superior a respeito do Duque.

Bertha apanhou sua cesta de costura e subiu a escada dos fundos para os aposentos de Cora. O quarto ficava na ala direita da casa e dava para o parque na frente e para o bloco dos estábulos ao lado. A luz começava a diminuir, e Bertha podia ver o criado caminhando pelo pátio do estábulo com uma tocha, acendendo as lanternas. As bolas amarelas de luz se dependuravam no crepúsculo cinzento como lanternas de abóbora do dia das bruxas. O rapaz que acendia havia chegado à lanterna mais perto da entrada quando entrou uma amazona. Assim que a tocha foi erguida, a criada conseguiu ver o brilho de cabelos louros sob um chapéu de montaria.

Bertha comprimiu a testa no vidro gelado da janela. Queria dar uma olhada no rosto da loura, mas o chapéu estava tão puxado para baixo que ela só conseguiu enxergar a curva de um rosto liso. A montadora jogou as rédeas para o criado e saltou do cavalo, revelando um vislumbre de branco por baixo do traje azul. Quando ela se virou, a parte inferior de seu rosto ficou visível, e Bertha percebeu que sua boca estava curvada para cima, no que poderia ser um sorriso. A criada estremeceu. O quarto de repente pareceu vazio sem Cora.

Pela primeira vez desde que chegara à Inglaterra, Bertha sentiu saudades de sua terra – não por se lembrar do cheiro de sua mãe, há muito ela compreendera a inutilidade daquilo –, mas pelas certezas bastante claras de sua vida americana, onde tinha 150 dólares em sua caixa de costura e sabia o preço de tudo.

Foi até o guarda-roupa e começou a tirar dali as peças mais sofisticadas da srta. Cora. Seja lá o que fosse acontecer em seguida, ela sabia que a patroazinha desejaria vestir o que tinha de melhor e mais caro.

A sra. Cash quis sair de Sutton Veney assim que recebeu o bilhete de sua filha, mas lorde Bridport a persuadira de que seria melhor ir pela manhã. Ao sentar para o jantar, sentia-se grata pela oportunidade de descobrir um pouco mais sobre o homem no qual agora pensava como "o duque de Cora".

– A senhora deve estar transtornada com a preocupação por sua filha, sra. Cash – disse Odo Beauchamp, que habilmente se sentara do lado bom do rosto dela. – Que acidente infeliz... e sua filha monta tão bem! Charlotte e eu a vimos hoje pela manhã cavalgando esplendidamente. Muita gente diria que é uma inglesa.

A sra. Cash suspirou.

– Cora me garante que não está ferida, só um pouco abalada. O Duque foi muito gentil em insistir em que ela ficasse em Lulworth até se recuperar e por me convidar para ficar lá com ela. Irei amanhã – então, sorriu. – Estou bastante curiosa por encontrar um duque inglês. Tivemos a sorte de entreter o *duc* de Clermont Tonnere, que esteve em Newport no verão passado... e ele foi muito educado, bem mais do que o Grão-Duque Michael da Rússia. Viajava com seu próprio prato, como se pensasse que não haveria nada suficientemente magnífico na América! Mas tenho a impressão de que ele percebeu seu equívoco perto do final de sua visita.

As reminiscências ducais da sra. Cash foram interrompidas pelo criado que servia a sopa. Lorde Bridport insistia que o jantar não deveria levar mais de uma hora, por isso cada um dos sete pratos permanecia bem pouco tempo diante do comensal. A sra. Cash, cujo apetite foi despertado pela perspectiva de ir a Lulworth, viu que devia focar sua atenção na *bisque* de lagosta. Enquanto ela se concentrava em levar a sopa ao lado bom de sua boca, Odo aproveitou a oportunidade. Como único herdeiro de considerável fortuna, que recebera ainda mais de seu avô materno, Odo não se perturbava com a riqueza da sra. Cash, e não estava interessado em seu catálogo de títulos estrangeiros.

– Eu a invejaria bastante por sua ida para Lulworth, não fosse por circunstâncias tão trágicas. É uma casa encantadora, uma das poucas realmente requintadas por aqui. Não é um ducado grandioso como os que temos ao norte, é mais sutil do que isso. Lulworth tem seu encanto, se é que se pode dizer que uma casa tem encanto – Odo conteve o riso. – A senhora precisa ver a capela, um requinte, uma pequena gema rococó.

Fez um círculo no ar com o dedo para indicar as curvas da capela antes de continuar.

– Claro, não estive lá desde o enterro do velho Duque, mas me parece que as coisas estão indo morro abaixo desde então. Acho que são os malditos deveres da morte.

Odo olhou para a outra ponta da mesa, onde estava sua mulher, e levantou um pouco a voz.

– Eu quase sinto pena de Ivo. Ele era um filho mais moço tão perfeito... excelente atirador, popular com as moças, inteligente. Falava-se até na diplomacia depois que ele saiu dos Guardas... mas aí Maltravers, seu irmão mais velho, quebrou o pescoço dezoito meses depois da morte do velho Duque, e tudo recaiu em cima do Ivo. Isso aconteceu um ano atrás, e desde, então, ele se tornou um chato. Trancou-se em Lulworth e não sai nem para jogar. Não vem à cidade para aproveitar a estação, ninguém o vê há meses. Nem Charlotte consegue tirá-lo dali... e eles eram *tão* amigos!

À menção de seu nome, a esposa de Odo começou a conversar com uma animação nada característica com o pároco rural à sua esquerda. Se a sra. Cash não tivesse o hábito de observar apenas o que estava diretamente ligado a seus próprios interesses, teria notado o rubor se disseminando pelo rosto de Charlotte. Mas a atenção de sra. Cash estava toda em Odo.

– Quer dizer que não há nenhuma duquesa em Lulworth? – perguntou o mais casualmente que lhe foi possível.

Ela não se lembrava de ter visto o nome Wareham na lista dos nobres solteiros em *Americanas tituladas,* uma revista que jamais admitiria comprar, embora estivesse exaustivamente a par de seu conteúdo. Tinha absoluta certeza de que não deixaria passar um duque tão bem qualificado.

– Nem sequer uma viúva – disse Odo, olhando diretamente para a sra. Cash, seus olhos azuis saltados faiscando.

Ele notara a animação de sua mulher e o repentino rubor no rosto dela. A língua de Odo dardejou entre os lábios involuntariamente. Ele fez uma pausa para tomar um clarete. Sabia que tinha toda a atenção da sra. Cash e também tinha perfeita consciência de que ela não era sua única ouvinte: sua mulher continuava a tagarelar com o sacerdote, mas escutando cada uma de suas palavras.

– Não, no momento em que o velho Duque morreu, a Duquesa Fanny deu o fora. Mal saiu do luto, casou-se com Buckinham. Claro, todo mundo sabia como eles eram amigos especiais, mas mesmo assim... Talvez estivesse preocupada com a ideia de que alguém passasse a mão nele, embora quem lá se interessaria pelo pobre do velho Buckingham... sabe Deus! Em todo caso, a Dupla Duquesa não poderia estar mais feliz!

– *Dupla Duquesa*? – foi o mais próximo a um guincho que a sra. Cash chegou desde a infância.

– Primeiro a Duquesa de Wareham e agora a Duquesa de Buckingham... que eu saiba, a primeira mulher a fazer essa dupla – Beauchamp sorriu. – Alguns pensam que o pobre velho Wareham morreu na hora certa. A Duquesa Fanny gastou uma fortuna em Lulworth. Ela chegou a mandar fazer um ramal para que o Príncipe de Gales pudesse ir até lá mais depressa. Bom, agora ela o entretém em Conyers... a terra de Buckingham. A caçada é melhor em Lulworth, mas o caro velho Buckers tem os recursos!

A sra. Cash remexeu no tule que recobria o lado desfigurado de seu rosto, perguntando-se por que o vizinho estava sendo tão atencioso. Em sua terra, ela sabia até o último centavo quanto valiam seus amigos e inimigos, se constavam no Registro Social ou se figuravam na lista de Ward McAlister para o baile do Patriarca. As coisas eram muito diferentes aqui. A sra. Cash fizera grande esforço para memorizar a ordem de precedência da nobreza inglesa; acima de tudo, apreciava um conjunto de regras. Entretanto, ficara atônita, para não dizer chocada, quando chegou a Londres, ao descobrir que teria a probabilidade de encontrar uma atriz (por exemplo, a sra. Patrick Campbell) como condessa nos eventos mais elegantes da sociedade! Em Newport ou até em Nova York, era possível contratar uma pessoa desse tipo para atuar em uma festa, mas seria absolutamente impensável estar socialmente com ela em iguais termos. Quando defendeu essa ideia para a sra. Wyndham, a quem havia persuadido, a certo custo, a apresentar Cora e ela à sociedade, a sra. Wyndham reagira de tal maneira que a sra. Cash teve a sensação nada familiar e muito desagradável de estar sendo motivo de piada.

– Ora, hoje é possível ir a praticamente qualquer lugar quando se é uma pessoa divertida... – disse a sra. Wyndham. – Ou suficientemente rica – acrescentou, apertando os olhos para a sra. Cash.

A sra. Cash se ressentira muitíssimo com o que havia implícito e chegara a pensar em romper relações com sua madrinha. Mas Wyndham sabia muito bem, Cash precisava de sua ajuda. Cora era rica e bonita o suficiente para que corressem atrás dela – mas somente a sra. Wyndham estava preparada para lhe dizer que lorde Henry Fitzroy tinha sífilis ou que Patrick Castlerose fora mencionado como co-réu no divórcio de Abergavenny. Por isso, a sra. Cash ficou surpresa e encantada ao ver o sobrinho de lorde Bridport tão disposto e até ansioso por satisfazer sua curiosidade sobre o Duque de Wareham.

– Mas quando você diz que o Duque se isolou, há alguma razão para isso? Ele está doente?

A sra. Cash gostaria muito de saber se a saúde do Duque de Wareham seria mais um daqueles temas de conhecimento geral apenas dos que pertenciam à sociedade.

– Não há nada errado fisicamente com ele. Mentalmente... bom, eu não saberia dizer. Claro, ele é católico, como todos os Maltravers, por isso apenas o Senhor sabe que tendências papistas tortuosas existem na cabeça daquele homem. Não se preocupe, sra. Cash – disse Odo ao ver a expressão em seu rosto. – É uma família católica muito antiga, não são convertidos. Não, acredito que o Duque enfrente problemas de dinheiro.

Lulworth é uma enorme propriedade, mas as rendas estão lá embaixo. A Duquesa Fanny gastou cada tostão e um pouco mais para entreter o Tum Tum, e, depois, o velho Wareham e o coitado do Guy, que morreram tão perto um do outro... Com isso, houve despesas com funerais e respectivas obrigações duas vezes.

A sra. Cash pressupôs que Tum Tum fosse o Príncipe de Gales e que, sendo estrangeira, não seria muito seguro usar o apelido.

Odo ainda falava.

– Não é de se espantar que Ivo esteja tão caído. É uma pena, mesmo, porque o que ele precisa é de uma boa esposa rica. Quem sabe, sra. Cash, talvez a senhora o anime a ir para Newport e encontre uma jovem herdeira encantadora? Mas tem que ser bonita. Ivo é muito especial.

A sra. Cash estava pensando em como responder quando, do outro lado da mesa, irrompeu uma pequena algazarra. Charlotte Beauchamp, que remexia com os dedos na gargantilha de pérolas negras em seu pescoço, deve ter tocado inadvertidamente em algum elo mais fraco do fio, e o colar se rompeu. As pérolas explodiram pela mesa, batendo nas travessas e ricocheteando pelos copos de cristal. Elas emitiam um som, em algum ponto, que ficava entre um grito agudo e uma gargalhada, Charlotte tentava recuperar as pérolas da maneira mais desinteressada que podia. O pároco rural encontrou uma dentro de seu clarete e entrou em uma prolixa alusão ao jantar de Cleópatra com Antônio

– Ela disse que lhe ofereceria um jantar caríssimo, e ele ficou muito espantado ao receber uma comida nada especial... quando Cleópatra tirou um de seus brincos de pérola, deixou-o cair dentro de uma taça de vinho, onde ele se dissolveu. Então, ofereceu a Antônio vinho para beber. Que gesto magnífico! Não posso dizer que sou Antônio, é claro... mas, minha querida lady Beauchamp, com certeza você é uma Cleópatra moderna.

O pároco se deteve, impressionado com o ponto até onde sua eloquência o levara.

Charlotte estava ocupada procurando apanhar a pérola com uma colher de chá, quando seu marido gritou:

– Espero, reverendo, que não esteja insinuando que minha mulher deveria ser-lhe entregue em um tapete para melhor seduzi-lo! Não enfie esse tipo de fantasia na cabecinha dela!

O pároco ficou muito satisfeito consigo mesmo.

— A idade não pode fenecer, nem o hábito estragar a infinita variedade dessa mulher.

— Dezoito, dezenove, vinte — dizia Charlotte contando as pérolas que rolavam em seu prato. — Só falta uma. Não estará no bolso de seu colete, reverendo?

— Pedirei a Druitt para mandar fazer uma busca completa depois — garantiu lady Bridport apressadamente, tão alarmada com a ideia de ver Charlotte revistando os bolsos do pároco quanto com a disposição do pároco em citar Shakespeare em um jantar civilizado. Levantou-se e deu o sinal para as senhoras se retirarem.

Quando, mais tarde naquela noite, Odo foi visitar o quarto de sua mulher, encontrou-a de *peignoir* diante da penteadeira. Notou as veias azuis que percorriam seus braços esguios conforme ela puxava a escova de prata ao longo dos cabelos claros. Cleópatra era uma imagem muitíssimo grosseira para Charlotte, pensou ele. Sua mulher tinha a cabeça de uma beleza da Itália renascentista. Na última vez em que estivera em Londres, o *marchand* Snoad lhe havia mostrado um quadro do pintor de Siena, Martini di Bianca Saracini. Era uma jovem com longos cabelos claros e testa alta como a de Charlotte; segurava uma bola de neve, representando sua pureza. Ele tinha que mandar pintar um retrato de Charlotte, embora não conseguisse pensar em ninguém capaz de lhe fazer justiça. Enquanto isso, compraria o Martini e o daria a Charlotte em seu aniversário. Ela gostava de presentes.

— Uma pena o seu colar, Charlotte. Uma cor tão exótica... Eu já tinha visto?

Os cabelos de Charlotte cintilaram em uma repentina tempestade de estática. Odo tirou a escova da mão dela e começou a escovar os cabelos. Gostava de pacificá-los, formando uma lâmina brilhante. Charlotte se esquivou, evitando os olhos dele no espelho enquanto dizia:

— Pertenceu a minha tia-avó Georgina... você sabe, a que esteve na Índia. Eu nunca tinha pensado em usar, mas diante de todo esse brilho americano, não quis ficar parecendo desmazelada.

— Pérolas a porcos, hein?

Ele soltou a escova e puxou para trás os cabelos de Charlotte, para beijar seu pescoço.

– É uma pena que eu a tenha perdido hoje na reunião. Onde você estava? – Odo começou a puxar o fecho do *peignoir*.

– Ah, não sei, o meu estribo ficava se retorcendo, e, quando consegui consertá-lo, você tinha sumido. Tive que passar horas me esquivando daquele palhaço do Cannadine.

Odo apertou com força o mamilo dela.

– O Cannadine, puxa! Coitada da Charlotte! Você sabe que não gosto quando você desaparece. Vou ter que castigá-la...

Odo pegou a escova de cabelos.

No refeitório da criadagem, Bertha terminava o jantar. Comia uma espécie de pudim enfeitado com groselhas. Era um prato com o qual todos pareciam se deliciar, mas ela achava difícil de engolir. De repente, sentiu uma louca vontade de tomar um sorvete de frutas com cobertura. Era uma das guloseimas nas tardes de folga em casa, sorvete da *drugstore* de Newport. Ela ia lá nos trinques, em um dos vestidos mais sofisticados que a srta. Cora lhe dera, um guarda-sol e um chapéu com veuzinho. Bertha podia até passar por branca, e, naquele luxo parisiense de segunda mão, o rapaz atrás do balcão não estava a fim de questionar sua cor. A combinação de sorvete gelado e cobertura de chocolate quente a fazia suspirar de prazer. Não conseguia entender como é que a srta. Cora, que poderia comprar todos os *sundae*s que quisesse, não os comia noite e dia. Aquilo, sim, era luxo!

Bertha sentiu um tapinha em seu ombro. Olhou para cima e viu Jim.

– Acho que você deixou cair isto, srta. Cash.

Ele pôs algo no colo da criada. Era um lenço (não um dos dela) dentro do qual havia um minúsculo pedaço de papel amassado. Escondeu-o na manga, pois sabia que Druitt e a sra. Lawrence estavam de olho nela.

Ao sair do refeitório, Bertha desdobrou o bilhete e o aproximou da luz da vela. Em uma letra redonda e caprichada, leu:

Encontre-me perto dos estábulos. Tenho uma coisa para você.
Seu para sempre,
                                            Jim Harman

Ele a esperava perto da baia de Lincoln, batendo os pés no frio. Quando a viu, seu rosto relaxou em um sorriso:

– Ah, você veio. Boa menina! Não vai se arrepender.

– Espero que não, posso perder meu emprego por isso!

– Veja!

Jim estendeu o punho fechado para ela. Bertha hesitou.

– Vá, abra!

Ela puxou os dedos, um por um. Ali, na palma da mão estendida, estava uma pérola negra. Debaixo da luz, a criada via o suave brilho iridescente, como uma gota de óleo em uma poça. Era grande como uma bola de gude e quase perfeitamente esférica. Bertha a pegou e esfregou em seu rosto.

– É tão macia... Onde você encontrou? Você a encontrou, não é?

Olhou para o rosto dele, na esperança de encontrar seus olhos. Jim não hesitou.

– Eu estava servindo a mesa esta noite, porque era uma festa bem grande, e aí, enquanto eu dava a volta com o último prato, uma das senhoras arrebentou o colar porque ficou remexendo nele enquanto conversava. Ela achou que tinha pegado todas, mas esta rolou para baixo do meu sapato, e eu fiquei ali em pé, até todas elas subirem. Eu queria dar para você. Você é uma pérola negra, Bertha, é, sim, e é um direito seu ter essa pérola.

A criada olhou espantada para ele. Ninguém jamais tinha falado assim com ela! Lábios de mel, é o que sua mãe diria. *Lábios de mel e almofadinha... é muito bom, mas primeiro vem o anel!* A mãe de Bertha, no entanto, jamais teve o anel. O homem que a seduziu era branco e, por isso, casamento nem entrava em questão. A sra. Calhoun a mantivera na lavanderia depois que Bertha nasceu. O reverendo chamara aquilo de "ato de caridade cristã" – mas a mãe da criada jamais pareceu satisfeita. Bertha não se afastou quando Jim se abaixou para beijá-la. Era diferente de todos os outros beijos que ela já dera: mais delicado, mais titubeante... As mãos dele seguravam sua cabeça como se fosse feita de vidro.

Quando ele se afastou, Bertha perguntou:

– Você não se importa?

– Importa com o quê? – sussurrou ele.

– A minha pele. Você não se importa de beijar uma garota negra?

Ele não respondeu, beijou-a de novo, desta vez com ansiedade maior. Por fim, disse:

– *Se eu me importo...?* Eu já disse, você é a minha pérola negra. Quando botei os olhos em você, no refeitório da criadagem, percebi que era a coisa mais bonita que já tinha visto em toda a minha vida! Quando o velho Druitt me disse para levá-la ao jantar, achei que eu tinha morrido e ido parar no céu!

Não havia nenhum engano na sinceridade do tom de sua voz. Bertha ficou tocada. Procurou a mão dele e a apertou. Os olhos azuis de Jim se arregalaram de preocupação.

– Você não ficou chateada porque a beijei, ficou? Você estava tão bonita ali, de pé na minha frente, que não consegui resistir. Não é que eu tenha achado que podia, não acho que você tenha sido rápida ou qualquer coisa assim...

Ele parecia tão preocupado que Bertha deu uma risada e balançou a mão.

– Não, não estou chateada. Nem um pouquinho.

Inclinou-se na direção dele para mostrar bem claramente que não estava nada chateada – mas eles ouviram passos, e Jim se afastou.

– Tenho que ir. Guarde isto para mim.

Tocou com o dedo nos lábios dela e desapareceu.

Bertha voltou para a casa, rolando a pérola entre os dedos. A joia aquecia em suas mãos. Enfiou-a no corpete do vestido e, enquanto ia caminhando, sentiu um calorzinho em algum ponto logo acima de seu coração.

CAPÍTULO 6

Um elo na corrente

Se tivesse sido educada tão elegantemente como sua filha, se houvesse lido Byron ou examinado as gravuras de Doré para a *Divina Comédia* de Dante, a sra. Cash teria reconhecido Lulworth com suas torrinhas e chaminés retorcidas em silhueta contra o mar resplandecente como um glorioso exemplo do pitoresco. Mas a sra. Cash era filha de um coronel do exército confederado e, quando cresceu, não sentiu nenhuma atração pela poesia. A mulher era um bom tiro e sabia comandar um exército de criados, mas não teve nenhuma educação sentimental.

Depois da rendição dos confederados em Appomatox, Nancy Lovett, como se chamava então, fora enviada para o norte, para ficar com a tia em Nova York. Era uma garota bonita, de cabelos escuros e um queixo delicado, mas firme. A mãe a enviara para o território inimigo com receios, mas Nancy não olhou para trás. Ela gostava das cores vivas da casa de sua tia, das saias amplas, das sanefas muito enfeitadas. Gostava da comida farta e da companhia próspera e animada. Quando Wynthrop, o filho do Moinho de Ouro, propôs casamento, ela aceitara de bom grado. Sua mãe havia suspirado e pensado no que poderia ter sido, mas, na época, o pai já estava no manicômio, onde morreria três meses depois. Mais tarde, quando se consolidou como sra. Cash, a matrona da sociedade, a noiva Nancy sentira algumas lacunas em sua educação – por exemplo, não falava uma palavra em francês. Em todo caso, para uma mulher com um talento tão natural para o comando, a incapacidade de conversar com o embaixador francês na língua natal dele era o menor dos obstáculos. O Coronel Lovett fora um entusiástico disciplinador antes de sua "indisposição" e teria apreciado a capacidade de impor a ordem que tinha sua filha.

Por isso, a sra. Cash não perdeu o fôlego, como tantos visitantes, diante dos românticos encantos de Lulworth. A casa, com suas quatro torrinhas ladeadas por alas jacobeanas guarnecidas de rendas com janelas de caixilhos, era imponente, mas delicada, como uma rainha cujos mantos de coroação não disfarçam a delicadeza de sua cintura ou a suave curva de sua cabeça.

Não. Como a comandante que era, a sra. Cash ponderou cuidadosamente os pontos fortes e os pontos fracos de seu novo alojamento. A julgar pela irregularidade da fachada, com suas torres e ameias, ela diria que a comida estaria no máximo tépida no momento em que chegasse à sala de refeições. Ao entrar no parque, vislumbrou o grande cervo de bronze sobre os portões de ferro fundido. Estava bem mais interessada no estado dilapidado das janelas da casinha da guarda. A meio caminho, na alameda ladeada por olmos de duzentos anos, já tinha uma avaliação bastante realista do sistema de encanamentos de Lulworth.

No entanto, nem a sra. Cash encontraria defeito no magnífico par de lacaios que a ajudaram a descer da carruagem. A libré verde e ouro de Lulworth era elegante, sem dúvida, ela jamais tinha visto borlas de ombro de tal esplendor. Teria sorrido de apreço, não fosse tão doloroso... Tinha que poupar seus sorrisos para ocasiões mais importantes. Talvez o Duque pudesse dar-lhe o nome do alfaiate que fazia as librés.

Uma voz sussurrou em seu ouvido:

– Seja bem-vinda a Lulworth, madame. Sua Graça me pediu para levá-la para ver a srta. Cash e espera que a senhora junte-se a ele para o almoço.

Ela seguiu o mordomo pela escada de pedra, atravessou a imensa porta em arco e entrou em um saguão abobadado com uma lareira de pedra esculpida do outro lado. O carvalho enegrecido do madeirame do teto não estava ao gosto da sra. Cash, que preferia madeira dourada, mas ela sentiu seu peso.

– Por favor, é por aqui, madame.

A sra. Cash seguiu o criado por uma ampla escadaria de madeira iluminada por uma claraboia no teto. Havia animais fantásticos nos pilares do corrimão: grifos, salamandras e leões. A sra. Cash admirou os entalhes, mas notou que não haviam sido bem espanados. Quando, finalmente chegaram a uma galeria larga, o mordomo virou à esquerda e seguiu em frente até uma porta no meio.

Cora estava deitada em uma imensa cama de madeira com um dossel de damasco verde e anjos entalhados em cada canto. Estava pálida e, para irritação da sra. Cash, bastante simples. Boa parte do encanto de Cora residia na vivacidade de suas cores: os anéis castanhos claros de seus cabelos, os olhos verde-musgo e a pele rosada. Deitada ali, com círculos escuros sob os olhos, cabelos desfeitos e emaranhados contrastando com os montículos brancos como a neve dos lençóis, ela não parecia nenhum pouquinho com a *belle* de Newport. Pela primeira vez, desde o acidente da filha, a sra. Cash começou a se preocupar com a extensão de seus ferimentos. Sua esperança era que a filha não tivesse sofrido algum tipo de estrago.

– Olá, mãe... – Cora sorriu.

– Cora, estou tão aliviada por vê-la!

A sra. Cash inclinou-se para beijar o rosto da filha, permaneceu ali um pouco antes de sentar-se na cama, para que a filha visse o lado bom de seu rosto. Enquanto isso, a mulher dizia:

– Que camisola mais indecente, deixa você bastante pálida...

O sorriso de Cora desapareceu.

– Pertence à mãe do Duque – e começou a brincar com um dos anéis dos cabelos desgrenhados.

– Pode-se pensar que uma duquesa, uma Dupla Duquesa, deveria se envergonhar de usar uma coisa tão esfarrapada... Um algodão muito ordinário e nem ao menos um pedacinho de renda... Eu não daria isso para a minha criada!

A sra. Cash pegou com dois dedos o punho de pano da camisola, Cora puxou o braço.

– Mãe, você trouxe Bertha?

A sra. Cash estava examinando o baldaquim sobre a cama. Foi abaixando lentamente a cabeça até encontrar o olhar da filha.

– Bertha está vindo na carroça da governanta dos Bridport. Você não haveria de querer que ela viajasse comigo!

Cora deu um suspiro e encostou-se nos travesseiros. Fora difícil dormir a noite passada nessa casa estranha que estalava; a jovem estremecia na escuridão, presa de medos a que não sabia dar forma ou nome. O médico disse que ela poderia sentir alguma tontura por alguns dias, mas nada comentou a respeito de alucinações. A irritação e o aborrecimento que a picaram no momento em que sua mãe começou a falar foram tranquilizadores. A mãe era bastante real. Pelo menos esta parte de sua mente não estava danificada.

A sra. Cash percorria o quarto fazendo uma inspeção. Virou-se para Cora.

– Essas casas inglesas são muito irregulares. Não há nenhum planejamento, nada combina com nada. Eu poderia dar um bom jeito nesta propriedade.

A sra. Cash fez uma pausa e estreitou os olhos como se estivesse remodelando o que estava a sua volta. Aqueles batentes de chumbo das janelas... tão antiquados e tão horrorosos! Os ingleses viviam há tanto tempo naquelas casas que já nem reparavam nessas coisas. Era preciso um olho do Novo Mundo, como o dela, para enxergá-los como realmente eram. A localização até era bem boazinha, ainda que um tanto isolada – e a sra. Cash se perguntava: quanto tempo seria necessário para construir uma casa nova digna de uma duquesa americana?

Cora lia seus pensamentos.

– Mãe, você sabe que o fato de eu estar aqui foi apenas um acidente.

A sra. Cash preferiu fingir que não entendia.

– Minha pobre filhinha, que medo você deve ter sentido! Mesmo assim, foi realmente uma sorte ter sido salva tão depressa... e por um samaritano como ele!

Cora se deu conta de que nada impediria sua mãe de acreditar que o acidente e subsequente salvamento eram sinais de que a Providência apoiava suas ambições para a filha. Cora poderia pensar que tinha vontade própria, mas a sra. Cash e o Todo Poderoso é que sabiam o que era bom para ela. Sem a menor dúvida, a matriarca estava preparada para admitir que o método usado pelo Destino para trazer sua filha à distância da proposta de casamento de um duque era mais engenhosa do que qualquer ideia que ela pudesse ter. A única mácula no plano divino residia no fato de o ferimento de Cora não ser tão sério a ponto de a obrigar a permanecer indefinidamente em Lulworth. Um tornozelo quebrado seria bem mais definido. Realmente, não havia nada mais cativante do que uma linda garota confinada a um sofá. Bom, não havia nada a fazer. O mais importante era tirar Cora daquela camisola medonha e vesti-la com algo mais apropriado. A mulher começou a se arrepender por ter deixado Bertha para trás, talvez não fosse tão ruim trazê-la em sua carruagem. Não queria que o Duque ficasse pensando que ela era o tipo de pessoa que viajava com uma serviçal – um escrúpulo inútil, já que, quando a sra. Cash chegou, o Duque não fora cumprimentá-la pessoalmente. Teria sido uma desfeita, ou haveria algo no impenetrável livro das regras inglesas que dizia que anfitriões acima de certo *status* jamais aguardavam seus convidados na porta? Era uma das muitas perguntas que ela teria que fazer à sra. Wyndham...

Voltou-se para Cora.

– Tenho que deixá-la agora, o Duque está me esperando para o almoço.

– Acho que você não vai ficar decepcionada, mãe. Maltravers é tudo o que um duque teria que ser. Em todo caso, eu não mostraria a minha insatisfação com o *décor* muito claramente. Tenho a impressão de que ele é muito apegado a esta casa.

– Como se eu fosse tão mal-educada! Ora, minha filha, às vezes acho que você se esquece de que sou dona de uma casa que não fica nada atrás desta!

– Não sei se o Duque concordaria. Acho que ele não tem o hábito de se comparar com os outros.

Mãe e filha se entreolharam. Cora cerrou os olhos, fingindo cansaço. A sra. Cash não se calaria tão facilmente.

– Até os duques sabem contar, Cora! – disse, saindo do quarto.

Cora se deitou, imaginando o avanço impaciente de sua mãe pela casa. Inconsciente quando o Duque a trouxera para Lulworth, no dia anterior, até então ela só vira o interior do quarto e conseguira dar uma espiada no corredor escuro para onde dava a porta. Ah, se Bertha estivesse ali... Cora queria ver a casa por si mesma, mas não poderia perambular pelos corredores com a camisola da Duquesa. Não pela primeira vez, a jovem amaldiçoou as noções de conveniência de sua mãe.

A sra. Cash encontrou um lacaio à sua espera do lado de fora do quarto da filha, pronto para escoltá-la até a sala do almoço. As tábuas largas de carvalho rangiam enquanto ela descia com todo o cuidado os degraus polidos.

O lacaio abriu a porta da biblioteca.

– A sra. Cash... Sua Graça.

A sra. Cash ficou na dúvida se deveria fazer uma reverência, mas chegou à conclusão que era desnecessário. Ela havia esperado um daqueles ingleses leitosos, cuja magreza juvenil seria quase uma censura a uma corpulência futura, mas o Duque era mais moreno do que qualquer inglês teria o direito de ser, seus cabelos eram negros e seus olhos, ligeiramente velados, eram castanho-dourado. A mulher não conseguia imaginar sua idade. Sabia que ele não poderia ter mais de trinta anos, mas não havia nada de juvenil na gravidade com que tomou sua mão. Sulcos profundos iam de seu nariz à sua boca, havia manchas cinzentas em suas têmporas.

— Sra. Cash, seja bem-vinda a Lulworth! Espero que sua estada seja agradável, ainda que o motivo de sua visita não seja.

Suas palavras eram cordiais, mas ele não sorria e não olhava nos olhos dela. Pela primeira vez, em muitos anos, a sra. Cash se sentiu embaraçada. Viera na expectativa de avaliar se o Duque seria adequado para se casar com sua filha, mas o rapaz, que tinha diante, de si não estava agindo como um pretendente. Talvez não tivesse consciência de quanto valia a recompensa que estava a seu alcance. Em todo caso, pelo que ela vira de Lulworth, ele não poderia dar-se ao luxo de ficar indiferente.

Respondeu em seu tom de voz mais encantador:

— Sua Graça foi muito gentil ao trazer para cá minha pobre filhinha. Sabe-se lá o que poderia ter acontecido se não a tivesse encontrado. Jovem, sozinha, ferida e tão longe de casa...

O Duque replicou:

— Ora, não creio que ela teria sofrido tanto em um bosque de faias na Inglaterra, e, do pouco que conheço sua filha, ela me parece bem capaz de cuidar de si mesma. As garotas americanas são muito corajosas.

A sra. Cash não ficou muito feliz com as palavras. Era como se o Duque houvesse julgado sua filha, achando-a insatisfatória. Sentiu-se em desvantagem, uma sensação nada agradável que lhe era inteiramente desconhecida.

O Duque conduziu-a até a sala do almoço, onde a eles se juntou, para surpresa da sra. Cash, um padre.

— Sra. Cash, eu gostaria de apresentar o padre Oliver. Ele está escrevendo a história de Lulworth e dos Maltravers.

O padre, cujo rosto era redondo e liso como um balão, dirigiu-se radiante para ela.

— É um prazer conhecê-la, sra. Cash. Gosto muitíssimo do seu país. Estive em Nova York, no ano passado, com a sra. Astor. Que mulher incomparável! Que educação! E que bom gosto!

A sra. Cash sorriu constrangida. Será que o padre Oliver sabia que seu relacionamento com a lendária sra. Astor não era tão íntimo quanto ela gostaria? Será que todos ali estavam decididos a fazê-la dar um passo em falso? Ela poderia dar a festa mais falada em Newport, mas, até então, a sra. Astor jamais aceitara um de seus convites. Era uma razão pela qual tanto ansiava para que sua filha fizesse um casamento esplêndido. Nem a sra. Astor poderia olhar de cima para uma duquesa... ou para a mãe da duquesa.

Apesar da indiferença que aparentava, ela notou que o Duque a chamou para se sentar à sua esquerda, de modo que o lado não deformado de seu rosto ficasse voltado para ele, mesmo que, sendo a única mulher presente, devesse ficar à sua direita. Surpreendida, a sra. Cash sentiu-se grata pelo gesto tão cheio de tato. O padre Oliver sentou-se na outra ponta da mesa e deu graças, ao que o Duque disse um *amém* bem alto. Como havia previsto, a comida mal e mal estava morna.

Tomaram a sopa em silêncio, e, então, o Duque disse:

– Talvez a senhora ache tudo muito calmo por aqui, sra. Cash. Minha mãe era uma grande festeira, mas, agora que ela se mudou para Conyers, as festas foram junto... Minha mãe tem uma energia maravilhosa!

Ele disse a palavra "mãe" com uma ênfase bastante especial, quase como se estivesse pondo em dúvida o relacionamento.

– Ora, a calma não poderia ser mais deliciosa – garantiu a sra. Cash. – Cora e eu chegamos à Europa depois de um verão frenético em Newport. Tivemos quase mil convidados no baile de despedida de minha filha. As pessoas tiveram a gentileza de dizer que foi o acontecimento da estação. Contudo, depois de meu acidente... – a sra. Cash fez um gesto ondulante com a mão em direção a seu rosto – os médicos disseram que devo repousar para recuperar minhas forças.

Ela observava atentamente o rosto do Duque, mas ele não reagiu à menção dos mil convidados.

– Foi uma travessia agradável, sra. Cash? – perguntou solicitamente o padre Oliver. – Espero que sem tempestades no Atlântico. Minha última viagem foi muito tumultuada. O mar estava tão revolto que muitos passageiros me pediram para ouvir suas confissões! Eu acabei me tornando o pároco do convés superior.

O padre Oliver falava muito e muito depressa, mas já estava em Lulworth há um mês e meio, com incontáveis refeições feitas em silêncio. Os visitantes eram poucos, e nenhum como a sra. Cash. O irmão do Duque lhe pedira para escrever a história de Lulworth. Fora uma bela encomenda, mas o religioso tinha a impressão de que o atual Duque não estava tão ansioso para celebrar o passado da família quanto seu irmão se mostrara.

O padre se inclinou para a americana.

– Em que embarcação a senhora veio, sra. Cash? Creio que há um navio novo na linha White Star que tem a própria quadra de tênis.

O sorriso triunfal da sra. Cash se espalhou pelo lado imaculado de seu rosto. Uma boa chance de deixar muito claro seu lugar no mundo.

– Temos o nosso próprio iate a vapor, o *Aspen*. Meu marido Winthrop mandou construí-lo há cinco anos, depois de uma péssima travessia em um vapor. Ele tem medo de ser confinado com estranhos.

O padre Oliver ficou calado, mas o Duque olhou para a frente, interessado.

– Ah, isso explica tudo. Eu não conseguia entender como sua filha trouxe de lá o cavalo dela.

– *Cavalos*, Duque – a sra. Cash o corrigiu com um tremelique de satisfação.

Ela chegara à conclusão de que estava na hora de usar um tratamento mais familiar – "Sua Graça" era subserviente demais.

– Ela trouxe três cães de caça e insistiu em passear com eles pelo convés de manhã e à noite, qualquer que fosse o clima. Houve dias em que pensei que os quatro seriam levados pela água. Mas Cora é teimosa. Ela puxou a meu pai, o Coronel... que tinha mais condecorações por galantaria do que qualquer soldado no exército confederado.

– Quer dizer que a senhora é do Sul, sra. Cash? – indagou o padre Oliver.

– Minha família, os Lovett, é uma das mais antigas da Virginia. O primeiro Delmore Lovett saiu da Inglaterra há duzentos anos. Não há muitas famílias que cheguem tão longe. A propriedade da família, l'Hirondelle, era uma das melhores fazendas no rio Chesapeake.

– Duzentos anos? Eu não sabia que vocês americanos tivessem tanta história – comentou o Duque, mas antes que a sra. Cash pudesse responder, o padre irrompeu:

– "Era"... sra. Cash?

– Ela foi arrasada pelo general Sherman. Creio que meu pai nunca mais voltou ao juízo depois daquilo.

– Que selvageria! – murmurou o Duque.

– Foi somente pela graça de Deus que Lulworth não teve semelhante destino no século 17, Sua Graça – explicou o padre Oliver. – Lembre o que fizeram os exércitos de Cromwell no castelo de Corfe, apenas a uns trinta quilômetros daqui... Eles poderiam ter facilmente marchado para a costa. É surpreendente que não tenham, feito, já que o segundo duque era um amigo tão próximo do rei. Mas, como tantas famílias, eles tinham um pé em cada campo. Seu homônimo, lorde Ivo, o filho mais jovem do Duque, estava no exército do Protetor. Deve ter sido a razão pela qual Cromwell não foi para o Sul. Uma sorte!

– Uma sorte, pois sim! – concordou o Duque sem entusiasmo.

A sra. Cash olhou para ele surpresa.

– Sem jamais deixar a verdadeira fé, Sua Graça – disse suntuosamente o padre Oliver. – Os Maltravers são uma das pouquíssimas famílias aristocráticas que podem reivindicar uma fidelidade ininterrupta à Santa Mãe Igreja desde a conquista normanda. Para um convertido como eu, é uma realização extraordinária. Se posso assim dizer, Sua Graça é um elo vivo para uma época mais simples. Quando todo o país estava unido em uma só fé.

O padre dobrou as mãos a essa última observação, como se estivesse dando uma bênção.

O Duque empurrou seu prato para longe com uma ligeira impaciência e se voltou para a mulher.

– A senhora deve perdoar o entusiasmo do padre Oliver, sra. Cash. Ele é muito apegado a esse tema.

– Ah, compreendo. Temos um grande respeito pela história da família de onde vim, ainda que nossa história não se estenda por tanto tempo quanto a sua.

Ela levantou um pouco o queixo enquanto falava e, pela primeira vez, encontrou os olhos do Duque. Encarou-o friamente. O Duque poderia sentir-se ambivalente em relação a seus ancestrais, mas ela não. Não havia gostado da maneira como ele dispensara a orgulhosa história da família dela como pretensão colonial.

O Duque viu o aborrecimento no rosto da americana e deu para ela um sorriso encantador, que a deixava bem mais jovem.

– Meu pai costumava dizer que era um elo na corrente. Creio que todos nós temos as nossas correntes, sra. Cash.

Ela balançou a cabeça com dignidade.

– Sim, é verdade, Duque. E agora, se me desculpar, devo ir ver a Cora.

Levantou-se, e os homens também. O Duque foi até a porta e a manteve aberta para a mulher passar.

– Espero que a srta. Cora logo esteja capaz de se juntar a nós lá embaixo. Aguardo um momento para encontrá-la de modo conveniente.

O Duque parecia sincero, e a sra. Cash balançou a cabeça mais uma vez para ele. Talvez, no final das contas, estivesse interessado em sua filha.

– Cora não é o tipo da menina que prefere ficar na cama um momento a mais do que precisa. Mas decidirei quando ela estiver pronta para se levantar.

Tendo afirmado seus direitos maternais, ela passou pelo Duque em direção à grande escadaria.

À caminho do quarto de sua filha, a sra. Cash passou por uma galeria em que de um e outro lado estavam os retratos da família Maltravers. Parou diante do segundo Duque, resplandecente em cetim azul, com longos anéis escuros caindo sobre seu colarinho de renda. Estava emoldurado por uma grande cortina de damasco e, atrás, os baluartes de Lulworth. A seus pés, dois cães marrons deitados em almofadas de seda com borlas douradas. Seu rosto tinha um quê de melancólico, seus olhos estavam um tanto úmidos, e seus lábios eram um pouco cheios demais para o gosto da sra. Cash, mas o rapaz no retrato tinha um ar que ela conhecia bem: a completa indiferença pela posição herdada. Era algo que raramente via em Nova York, mas que, no mesmo instante, reconhecia: a característica a que ela mais aspirava. Cash sabia que, ao contrário de seu salão dos espelhos ou do iate revestido de cedro, aquilo não era algo que pudesse ser adquirido ou mesmo reproduzido. Tinha que ser desenvolvido com o tempo, como a pátina sobre o bronze. Era um revestimento que significava que não havia dúvida alguma sobre o lugar que você ocupava no mundo ou qualquer preocupação a respeito da percepção que o mundo tinha de você. A sra. Cash sabia que dava uma boa imitação dessa indiferença, mas, quando olhava para o segundo Duque, tinha consciência de que sua famosa compostura não tinha a autenticidade dessa aristocracia há tanto tempo morta, que permanecia calada, mas esplendidamente no centro do mundo dele. Ficou imaginando se os filhos de Cora algum dia encarariam o mundo com tal serena falta de interesse.

Passou o dedo no dourado da moldura do quadro, acariciando seus arabescos barrocos.

O dedo veio negro de poeira.

CAPÍTULO 7

Arcos e flechas

Cora permaneceu nos aposentos por três dias. No quarto dia, o médico disse que ela estava boa o suficiente e que podia se levantar. O Duque não viera vê-la desde aquele primeiro dia, e ela foi obrigada a escutar a interminável narrativa da mãe sobre o atencioso anfitrião. Mas essa atenção não era para ela. Por um instante, Cora chegou a pensar que o Duque talvez preferisse a companhia de sua mãe, mas esse pensamento se dispersou quando ela se olhou no espelho oval. Usava seu mais belo vestido de noite, de seda verde pálido com bordado de prata no corpete. Fizera Bertha apertá-la bem mais do que o habitual, de modo que sua cintura desaparecia sob o belo trabalho de renda e seda. As lágrimas de diamante em suas orelhas faiscavam sobre o fundo castanho claro de seus cabelos. Cora beliscou as bochechas e mordeu os lábios para dar alguma cor ao rosto. Naturalmente, o Duque não a vira em sua melhor aparência, como agora. Talvez ele não tivesse ainda percebido que ela, Cora, era tão bonita quanto era rica.

– O que você acha, Bertha? Estou bem o bastante para ir lá para baixo?

A criada sequer tirou os olhos da anágua que estava dobrando.

– Acho que você já sabe a resposta, srta. Cora, a julgar pela maneira como está se olhando nesse espelho!

– É, mas às vezes olho para mim e só vejo o calombo no meu nariz e a pinta no meu pescoço. Admito que esta noite também estou vendo outras coisas, mas, se consigo enxergar de modo tão diferente, talvez outras pessoas também vejam.

– Acho que as outras pessoas vão pensar que você está simplesmente linda, srta. Cora. Ninguém vai ficar olhando para o seu calombo.

Bertha endireitou as dobras da anágua com uma sacudidela.

– Quer dizer que você está vendo? O calombo? Sabe, se ele não estivesse aí, eu teria um perfil clássico perfeito. Dá vontade de cortar fora. Minha mãe tem uma amiga que mandou injetar cera de parafina na ponte do nariz para deixá-lo bem retinho. Talvez eu devesse fazer isso. É horrível pensar que eu poderia ser realmente bonita não fosse por essa coisinha!

– Não esqueça a pinta no pescoço, srta. Cora, e aquela cicatriz no joelho que você ganhou quando caiu da bicicleta.

– Ah, mas ninguém pode ver a cicatriz no meu joelho!

Agora Bertha passava uma fita de cetim pelos ilhoses nas bordas de uma camisola de cambraia. Olhou para Cora por um momento e com tanta firmeza, que a srta. Cash se viu forçada a dar uma risada, ainda que um tanto insegura. As duas sabiam como Cora tinha feito aquela cicatriz. Teddy Van der Leyden estivera ensinando-a a andar de bicicleta. Andava correndo a seu lado, apertando o assento, e depois o soltara. No começo, ela não havia notado e seguira livremente, mas, quando olhou em volta esperando encontrá-lo, ao se dar conta de que estava rodando sem ajuda, caíra imediatamente, arranhando o joelho. Havia chorado, mais pela humilhação do que pela dor. Teddy rira de suas lágrimas, o que fizera com que elas caíssem ainda mais depressa. Por fim, ele se compadecera da garota e sussurrara em seu ouvido: *Volte para a bicicleta agora, Cora. Você consegue. Você não quer ser livre?* Dera seu lenço para que ela amarrasse em volta do joelho e a ajudara a se levantar quando, ainda trêmula, a garota montou na bicicleta e saiu oscilando para lá e para cá, bem devagar. No início, ainda estava assustada, mas, de repente, as lições se juntaram em sua cabeça, e ela começou a pedalar com mais força e a sentir a brisa erguendo seus cabelos e secando as lágrimas em seu rosto. Teddy estava certo: Cora se sentia livre! Quando saía para passear a cavalo, tinha que ser acompanhada por um cavalariço, mas não havia regras para as bicicletas... agora ela podia simplesmente pedalar por aí afora. Percebeu que Teddy tinha visto e compreendia isso muito bem – e gostou da sensação de ser notada.

Cora estremecia impaciente.

– Eu sei que você acha que estou sendo ridícula, mas seria horrível pensar que sou bonita se na realidade eu não fosse. Eu não seria melhor do que aquelas garotas inglesas pavorosas que se acham tão atraentes quando, para falar a verdade, parecem uns cavalões sorridentes com aqueles narizes brilhantes e aqueles olhos saltados!

– E nem são tão ricas quanto você, srta. Cora – complementou Bertha.

– Então por que o Duque não veio me ver nenhuma vez nesses três dias? Ele deve saber que cansei de chorar aqui em cima. Até minha mãe, mal e mal vem me visitar. Longe dos olhos, longe do coração!

– Estou achando que, desde que chegamos aqui, a madame está muito parecida com o que era antes. Ela não está nada entediada e muito menos chora. Estava usando aquele colar de diamante com as gotas de safira que o sr. Wynthrop deu para ela. Não vejo a madame usando aquilo desde...

Cora estendeu a mão. Detestava que aquela noite fosse mencionada. Especialmente agora. Aquela noite em Newport havia começado muito bem. Ela e Teddy tinham chegado bem perto de um entendimento... e tudo havia mudado da esperança para o desastre em um segundo! Até agora, quando Bertha acidentalmente queimava sua franja com o ferro de frisar, Cora sentia a bílis subindo pela garganta com aquele fedor dos cabelos queimados de sua mãe. Não fosse por Teddy, a sua mãe poderia ter morrido...

Lembrou-se do momento em que as faixas foram removidas, e a sra. Cash pedira um espelho. Cora trouxera o espelho de mão ornamentado com casco de tartaruga que havia pertencido à Maria Antonieta. Sua mão havia tremido ao entregá-lo, não queria presenciar a reação da mãe ao ver o rosto deformado, mas a sra. Cash sequer piscara ao se dar conta do que as chamas fizeram. Ela olhou para aquela feição desconhecida com a mesma indiferença glacial com que encararia um dos "entusiasmos" operáticos do marido. À exceção do cuidadoso véu de tule e da rede que usava para disfarçar o lado lívido de seu rosto, a sra. Cash não fizera concessões à sua infelicidade. E tal era o controle que tinha de si mesma que, nas ocasiões em que os estranhos a encontravam, eram seus olhos que os prendiam, não o mistério por trás do véu. Mais tarde, eles até poderiam querer saber algo e fazer discretas perguntas, às quais recebiam respostas sussurradas: "Foi uma espécie de acidente no baile de despedida da filha, a cabeça dela virou uma bola de chamas, o cometa Cash, como os palhaços de Nova York estão chamando. Ela só não fritou feito uma batata por causa de Teddy Van der Leyden". Triste história, mas ninguém que houvesse encontrado a superfície adamantina da compostura da sra. Cash ousaria sentir por ela qualquer coisa parecida com piedade.

A mãe jamais mencionou a cena que havia testemunhado no terraço, antes de seu vestido pegar fogo, e Cora não via motivo para trazer essa razão à tona. Talvez o choque da conflagração houvesse afetado a memória dos minutos que precederam o acidente na cabeça da sra. Cash – era possível, mas não muito provável. Cora suspeitava de que sua mãe se lembrava de cada detalhe, mas preferia deixar de lado essas memórias enquanto fosse conveniente. Era errado que o papel de Teddy no salvamento de sua vida também fosse posto de lado, mas a jovem apenas sentia alívio pelo fato de sua mãe ter decidido não jogar a culpa em cima dela. Já era bastante difícil enfrentar a possibilidade de que fosse culpa sua. Não deixava de sentir que o beijo que dava em Teddy tivesse sido a faísca que dera início à fogueira de sua mãe.

O sino do jantar soou, e Cora se permitiu mais uma espiada no espelho. Talvez o calombo não fosse tão proeminente do lado esquerdo, se ela puxasse os anéis da franja um pouquinho para baixo. Será que a seda verde era realmente apropriada ou seria um tanto fútil demais? Cora poderia trocar e usar algo mais interessante. O veludo azul com o decote quadrado, que Teddy uma vez dissera que a deixava parecendo Isabella Gonzaga, uma duquesa do Renascimento. Bom... será que realmente queria parecer uma duquesa?

O azul ou o verde? O Velho ou o Novo Mundo? Cora não sabia. Há uma semana ela poderia ter tomado a decisão sem nenhum receio, mas agora... Virou-se para Bertha pedindo socorro, mas a criada estava de pé ao lado da porta.

– Está bem, está bem, estou indo. Não fique tão irritada... Quem está atrasada sou eu, não você!

– E quando é que você acha que vou conseguir comer, srta. Cora? Você talvez não tenha apetite deitada naquela cama, mas eu estou morta de fome! Quanto mais depressa você descer e chegar faiscante para o Duque, mais depressa posso comer.

Cora tinha a impressão de que as criadas inglesas não falariam com suas patroas assim tão francamente... para falar a verdade, a sra. Cash teria ficado horrorizada se tivesse escutado aquela conversa, mas era exatamente por isso que Cora aguentava a severidade da criada.

Enquanto descia os amplos degraus, com a cauda de seda e renda envolvendo cuidadosamente sua mão esquerda, começou a achar a casa mais grandiosa e mais íntima do que havia imaginado. Passou por uma porção de retratos ducais na escadaria, mas se deteve ao ver um arranjo de pequenos retratos detalhados a óleo com imagens de galgos mestiços cinzentos, evidentemente cães de estimação muito amados. Embaixo de cada quadro havia o nome, a data e o lema de cada animal. "Campion", no canto inferior esquerdo, morrera apenas três meses atrás. Será que o animal descrito como *semper fidelis* havia pertencido ao Duque? A garota esperava que sua mãe não o tivesse visto: Cora imaginava muitíssimo bem o quanto ela adoraria a ideia de cachorros dinásticos!

No final da escadaria, havia duas portas de carvalho altíssimas, minuciosamente entalhadas, flanqueadas por um par de lacaios iguais, que as abriram quando Cora se aproximou. Como herdeira americana, crescera sob tetos altos; mesmo assim, não deixava de se impressionar com a escala da galeria abobadada que percorria todo o comprimento da frente sul. Cora podia ver o Duque e outros convidados perto da lareira entalhada, no meio do salão, a mais de trinta metros de distância. O Duque estava no meio de uma história quando ela entrou no salão, e, como todos estavam se esforçando para entender cada palavra que ele emitia em voz baixa, ninguém olhava em volta. Cora fez uma pausa. Normalmente, não sentiria nenhuma apreensão ao juntar-se a um grupo em uma casa estranha, entraria no meio da multidão, com a mão estendida, na plenitude de seu radiante encanto americano. Algo na maneira como o Duque dominava a atenção daquela meia dúzia de ouvintes – entre os quais a mãe de Cora – a fez hesitar. Não conseguia ouvir o que ele dizia, mas podia garantir que, da parte dos ouvintes, não era apenas uma atenção polida: o Duque fascinava sua plateia. Um momento depois, ele chegou a um intervalo na história, e seus olhos caíram em Cora. Levantou uma sobrancelha e retomou a narrativa. Ela o viu erguer o braço e balançá-lo de repente, ouviu dizer "ponto!" – aparentemente, falava sobre polo. Por que a ignorava?

Cora ficou parada como um picolé de pistache derretendo em seus babados e rendas de Bruxelas verde-menta. Tinha passado os últimos três dias imaginando o momento em que se revelaria em total esplendor ao Duque. Esperava aquele olhar que já vira tantas vezes em outras pessoas – um olhar que não a via, mas enxergava tudo o que ela representava: os palácios de mármore, os iates, os beija-flores dourados. Não podia censurá-los por isso, porque ela era tudo aquilo. Ela seria Cora Cash se não fosse vestida por Worth e não estivesse rodeada de luxo? Naturalmente, era tão bonita e tão divertida quanto qualquer uma de suas contemporâneas, mas sabia que era seu dinheiro que produzia aquele bolsão de silêncio que a precedia sempre que entrava em um salão estranho. Era seu dinheiro que provocava todos aqueles olhares de soslaio, toda aquela hesitação nas conversas quando ela se aproximava. Ninguém deixava de ser afetado pelo dinheiro – até mesmo Teddy, que não o queria, deixava-se afastar por ele.

Ela havia chegado preparadíssima para o rápido momento de decepção em que veria o Duque se ajeitando em torno do volume de sua herança. Estava quase imaginando vê-lo moldado pelo peso da herança. Não lhe ocorrera que ele poderia sentir-se indiferente.

Podia sentir um riachinho de suor gelado descendo por dentro de seu corpete, e o calor de uma onda de rubor atravessando-lhe o peito. Não poderia voltar disfarçadamente para o quarto? Sentia-se bastante fraca. Bom, o Duque a vira, saberia que ela estava se retirando. Formalmente e sem nada de seu garbo costumeiro, Cora avançou sala adentro, com seus passos fazendo as tábuas largas de carvalho rangerem como se sentissem dor. Ela se forçava a sorrir, como se não houvesse perdido nada.

Foi então que ouviu seu nome sendo anunciado pelo mordomo.

– Srta. Cash, Sua Graça.

De repente, Maltravers interrompeu sua história e avançou na direção dela como se a estivesse vendo pela primeira vez.

– Srta. Cash! Que bom saber que se recuperou tão... plenamente!

O olhar do Duque percorreu a seda verde, a renda de Bruxelas, a franja artisticamente ondulada, o colar de pérolas cor-de-rosa perfeitas, o ligeiro rubor sob as pérolas. *Será que ele a ignorara justamente?*, pensou Cora. Será que ela *realmente* tinha que ser anunciada por um lacaio antes de admitir que estava em sua própria casa? Aquele era um grau de formalidade que deslumbrava Cora, embora ela houvesse crescido na atmosfera codificada de Nova York e Newport.

Deu o mais encantador de seus sorrisos para Maltravers. Não queria que ele percebesse sua confusão. Quer a hesitação dele tenha sido deliberada ou não, ela não lhe daria a satisfação de ver sua vacilação. Agora estava sendo perfeitamente atencioso, mas ela não via nada, nenhuma falhazinha nos modos dele que indicasse o conhecimento de que ela poderia comprar a ele e a tudo o que ele possuía...

O Duque a conduziu para o círculo em volta da lareira, apresentando-a para o grupo reunido como a *indomável Srta. Cash*, milagrosamente recuperada. O tom de sua voz era suave, e, se havia algum toque de ironia, esse toque se perdeu na Sra. Cash, que aceitou o elogio à resistência de sua filha como um tributo cabível a seus talentos de mãe. Cora se deu conta de que Bertha estava certa em sua avaliação do retorno de sua mãe à forma. A sra. Cash parecia especialmente nobre em um vestido de brocado lilás com costuras douradas. Um conjunto de diamante e safiras resplandecia em seu pescoço, em seus pulsos e no lóbulo de sua orelha saudável. Cora não precisava olhar para as outras mulheres na sala para saber que nenhuma delas chegava aos pés do espetáculo que era sua mãe. Naquele mundo de significados ocultos e regras não ditas, não havia nenhum erro no valor de sra. Cash: parecia uma rainha, o que ainda era enfatizado pelo padre ao seu lado, escutando cada palavra que ela dizia com a atenção de um cardeal.

Cora iniciou uma conversa com o Hon. Reggie Greatorex, o filho mais moço de lorde Hallam – um rapaz de seus vinte e tantos anos que estivera em Cambridge com o Duque.

– Maltravers me disse que você trouxe seu próprio cavalo da América, e que ele mata de vergonha todos os nossos animais domésticos. É muitíssimo injusto, srta. Cash, que vocês, americanos, nos superem assim, sem nenhum esforço. Vocês chegam aqui tão esplendidamente equipados que me dá a impressão de que nada temos a oferecer, a não ser, é claro, nossa eterna devoção.

Cora deu uma risada, tinha anos de prática com os Reggies deste mundo. Polido, louro e, imaginava ela, ocioso. Reggie provavelmente sabia mais sobre a exata magnitude de sua herança do que ela mesma.

– Ora, ora, Sr. Greatorex, você está me dizendo que a sua família não pode traçar sua linhagem até Guilherme, o Conquistador? Algo a que você sabe muitíssimo bem que nós, americanos novinhos em folha, jamais poderemos igualar.

Reggie respondeu na mesma moeda:

– Ah, eu trocaria todos os Ethelreds e Athelstans na linhagem Greatorex, sendo saxões, muito mais espertos do que os simplórios normandos, se pudesse pertencer a uma nação de criaturas tão magníficas!

– Sim, mas você nos olha de cima, da mesma maneira. Eu li o seu Oscar Wilde. O que diz ele? Que as garotas americanas são tão boas em esconder seus pais quanto as inglesas são boas em esconder seu passado...

Reggie abanou as mãos, fingindo horror.

– Garanto que meu Wilde não é, querida srta. Cash. Ele não é apenas irlandês, mas ainda por cima é de Oxford. Além do mais, está muito errado. Quem desejaria esconder a sua mãe, por exemplo? Ela é impressionante. Deixaria para trás qualquer uma das nossas duquesas em matéria de dinheiro.

Cora olhou para ele, subitamente curiosa.

– Você acha? Eu nunca encontrei uma duquesa inglesa. Elas são assim, tão formidáveis?

– A velha guarda, talvez, mas hoje em dia está mais na moda ser encantadora do que ser nobre. Há duquesas por aí que podem ser realmente travessas. A mãe do Ivo, por exemplo, tem uma risada bem juvenil.

Cora se deteve.

– A mãe do Duque? Ela está aqui?

A garota não sabia se teria dado algum *faux pas* por não reconhecê-la.

Reggie riu de sua confusão.

– Não se preocupe, se a Duquesa Fanny estivesse presente, você saberia... embora eu esteja espantado por ela não estar aqui. Talvez não saiba que o Duque tropeçou em uma herdeira americana. Você é uma herdeira, não é, srta. Cash? Eu simplesmente pressuponho que todos os americanos sejam ricos hoje, embora tenha a impressão de que não pode ser verdade. A julgar pelas joias que sua mãe ostenta, deve ser o seu caso.

Ele arregalou tanto os olhos azuis para mostrar como estava deslumbrado com a fortuna dos Cash que Cora deu uma risada.

– E onde está a Duquesa? Ela não vive com o filho?

– Ih, não... A Duquesa Fanny se casou de novo, assim que pôde, depois que Wareham morreu. Não estava pronta para ser viúva.

Reggie olhou em volta para certificar-se de que o Duque não escutaria e disse baixinho:

– Ivo não gostou nadinha desse casamento, mas agora ele anda muito mal-humorado, e eu não censuro a Duquesa por ir embora.

Cora continuava olhando para ele cheia de curiosidade.

– Você é muito indiscreto, sr. Greatorex.

Ela falava com leveza, mas estava testando o rapaz.

Reggie simplesmente sorriu.

– Você acha, mesmo? Só você para extrair todos esses segredos de mim. Normalmente sou a alma da discrição, mas senti uma necessidade enorme de confiar em você!

– Estou lisonjeada. Eu gostaria de ter também alguma coisa interessante para contar para você.

– Bom... – ele estreitou um pouco os olhos. – Você poderia me contar como chegou aqui. Ivo não tem companhia nenhuma em Lulworth desde que recebeu o título, e, o hoje de manhã, recebi um telegrama me convocando para uma festa na casa.

– Não há segredo algum. Eu estava caçando com os Myddleton e me perdi.

Cora não queria contar nada ao novo amigo sobre o sr. Cannadine e suas tatuagens. Então, continuou.

– Estava em um bosque, e algo assustou o meu cavalo, devo ter batido com a cabeça em um galho. O Duque me encontrou inconsciente. Quando acordei, estava aqui na casa dele.

– Uma donzela em perigo, puxa! Ora, muito bem, o velho Ivo é um sortudo!

– Ah, mas, com certeza, quem teve sorte fui eu. Se o Duque não tivesse me encontrado, sabe-se lá o que poderia ter acontecido – rebateu Cora, enquanto Reggie a examinava com olhos de avaliador.

– Não, continuo dizendo que *ele* é quem teve sorte – Reggie sorriu para Cora, que sorriu para ele, mostrando seus dentinhos brancos.

Depois do estranho encontro com o Duque, era tranquilizador encontrar-se em território conhecido. Ela estava acostumada a ser admirada por rapazes encantadores. Reggie evidentemente compreendia seu valor, ainda que o Duque não.

A sra. Cash podia perceber um flerte a cem passos de distância. Acenou para a filha com a mão resplandecente de safiras.

– Com licença, sr. Greatorex, estou sendo chamada.

– É bom você ir. Creio que a sua mãe está a ponto de me dar uma olhada, e, com certeza, vou desmoronar.

Cora foi até a lareira apoiada em cariátides entalhadas cujas proporções ecoavam as da sra. Cash.

– Minha filha, quero que conheça o padre Oliver, que está escrevendo a história da família Maltravers. É um assunto fascinante, tanta tradição, tanto autossacrifício... Creio que é justamente o tipo de coisa de que você gosta.

A sra. Cash levantou ligeiramente a voz de modo que, de pé ali perto, não deixaria de ouvi-la.

– Cora é uma grande leitora. Ela teve todos os tipos de tutores e superou a todos. Você deve pedir ao Duque para lhe mostrar sua biblioteca, minha filha.

Isso teve o efeito desejado de atrair o Duque para a conversa.

– Com relação à biblioteca, tenho a certeza de que o padre Oliver é um guia bem mais adequado do que eu a uma jovem com os dotes intelectuais da srta. Cash. Meu irmão era o estudioso da família. Ele era fascinado pelas vicissitudes dos Maltravers... foi Guy que chamou o padre Oliver para cá. Ele se orgulhava muito de nosso *status* de desobedientes, achava que a recusa da família Maltravers em aceitar os tempos e abandonar a igreja de Roma era a prova de que éramos de tecido moral mais refinado do que os outros.

E sorriu ironicamente.

– Creio que, se não fosse o filho mais velho, Guy teria seguido sua vocação e se tornaria padre. Quando éramos crianças, estávamos sempre brincando de Cruzadas. Ele era o cavalheiro templário, e eu era sempre o sarraceno. Guy sempre atirava suas infernais flechas de brinquedo em mim pelas ameias, até que eu me rendesse. Eu sempre me rendia, claro.

O Duque ficou indeciso. Cora quase fez um comentário engraçado, mas, repentinamente sem jeito, percebeu que Guy, o irmão mais velho, devia ter morrido. Olhou para o Duque, mas ele se recuperara e dirigia-se a ela com exagerada galantaria.

– Portanto, srta. Cora, o padre Oliver mostrará a biblioteca para você, mas vou lhe mostrar os melhores lugares para brincar de Cruzadas!

– Você ainda tem arcos e flechas? – perguntou Cora no mesmo tom.

– Claro, nunca se sabe quando será preciso rechaçar os saqueadores!

O Duque sorriu para Cora ao dizer aquilo, mas ela percebeu uma advertência naquele sorriso. Sentiu as palavras dele como uma bofetada. Afinal, ela estava ali por puro acidente. Como poderia ele insinuar que estivesse sob ataque? Resolveu convencer a mãe a ir embora na manhã seguinte.

O mordomo apareceu para anunciar que o jantar estava servido, e Reggie, sorrindo e sem complicações, conduziu a jovem ao salão.

Cora se viu sentada entre Reggie e o padre Oliver. O Duque tinha a mãe da garota de um lado e, do outro, lady Briscoe, uma senhora avantajada meio surda, com uma trombeta para escutar. Reggie flertava com Cora a respeito do peixe; na entrada, o padre Oliver discorreu para ela sobre a Reforma. A comida não era farta nem lá muito apetitosa. Quando um dos lacaios se inclinou para servi-la, uma enorme bolota branca caiu de seus cabelos empoados no prato da jovem. Cora olhou atônita para aquilo. O lacaio ficou sem fôlego, horrorizado, e tirou o prato. Reggie, que vira toda a cena, piscou para ela.

– Esse é o problema de hospedar-se em uma casa sem uma senhora. Os criados podem surpreender de modo horrível. As coisas eram bem mais organizadas quando a Duquesa Fanny estava aqui!

– Não posso dizer que inveje a futura duquesa, se seus deveres consistirem em verificar se os lacaios empoam direito seus cabelos! É um costume bem ridículo... Por que fazer os criados adotarem algo que os patrões usavam há mais de cem anos? Parece coisa de guilhotina!

Cora falou em um tom estridente. Convenientemente, esquecia que os lacaios de sua mãe também usavam cabelos em estilo antediluviano.

– Ah, srta. Cora, como você é moderna! Em todo o caso, parece-me que subestima tanto nós, ingleses, gostamos das nossas tradições. Tenho certeza de que o lacaio se orgulha imensamente de seus cabelos brancos como a neve e de seus calções na altura dos joelhos. A questão de ser um lacaio é parecer magnificamente *ancien régime*. Eles têm uma enorme cotação entre a criadagem e são remunerados conforme sua estatura. Você realmente quer trazer essas gloriosas criaturas ao chão obrigando-as a se apresentarem sem os cabelos empoados e em roupas comuns?

– Eu só pensei que eles poderiam preferir...

O lacaio em questão estava servindo um pouco de molho para Cora, que se virou para ele e perguntou:

– Como é o seu nome?

O lacaio ruborizou e respondeu:

– Thomas, senhorita.

– Posso fazer uma pergunta, Thomas?

– Certamente, senhorita – disse ele com evidente relutância.

– Gosta de empoar seus cabelos todos os dias? Você gostaria se pudesse usar seus cabelos ao natural?

O lacaio olhou para o chão e gaguejou:

– Muito, senhorita...

Cora olhou triunfante para Reggie, mas o criado continuava:

– Significaria que fui promovido a mordomo. Agora, com licença, senhorita, tenho que terminar de servir.

Cora aquiesceu, sentindo-se um pouco idiota, mas Reggie tinha tato suficiente para se mostrar superior e habilmente mudou de assunto.

Quando a refeição se aproximou do final, o Duque virou-se para a sra. Cash e disse:

– Na ausência de uma anfitriã, sra. Cash, eu gostaria de saber se poderia fazer a gentileza de conduzir as senhoras à sala de estar. Peço desculpas pela imposição, mas será apenas por mais um dia. Minha mãe chegará depois de amanhã com Sybil, minha meia-irmã.

– Ah, que encantador, Duque! Eu gostaria muito encontrá-las, mas tenho a impressão de que Cora e eu não podemos nos impor mais à sua hospitalidade. Como está vendo, ela já está recuperada, e realmente temos que retornar à Sutton Veney.

As palavras da sra. Cash eram mais enfáticas do que o tom de sua voz.

O Duque aceitou o desafio.

– Mas... cara sra. Cash, minha mãe deseja muito encontrar a senhora e sua filha. Ela ficará decepcionada se não vê-las, depois de ter feito a viagem de Conyers para cá. Para ser franco, sra. Cash, a decepção de minha mãe não é fácil de aguentar... a menos que tenha algum compromisso muito urgente, talvez a minha proposta de pedir que permaneça por mais uma ou duas semanas possa prevalecer. Eu gostaria muito de mostrar à sua filha mais um pouco de Lulworth... um pouco mais do que apenas o bosque em que ela sofreu o acidente.

Embora na mente da sra. Cash não houvesse nenhuma dúvida a respeito de sua intenção de permanecer, a observação do Duque foi tranquilizadora. Tomou-a como uma declaração de interesse e olhou para Cora para ver se ela também havia registrado esse aspecto. Contudo, sua filha conversava com o jovem à sua esquerda, um tanto animadamente demais para o gosto da sra. Cash, e não escutara. A mulher limpou a garganta e ergueu-se.

– Neste caso, Duque, não tenho escolha senão aceitar o seu convite muitíssimo generoso. Eu detestaria ser causa de decepção de uma duquesa. Escreverei esta noite para lorde Bridport. Senhoras, vamos?

O Duque se levantou para abrir a porta. Quando Cora passou, olhou e sorriu para ela, desta vez sem reservas.

A jovem apanhou a cauda de seu vestido e seguiu a mãe, que subia a escadaria. Enquanto os lacaios tiravam da mesa o restante dos pratos e traziam o vinho do Porto, o padre Oliver se levantou e fez uma mesura para os outros dois homens.

– Se Sua Graça me permite, eu gostaria de voltar ao Quarto Duque, um devoto, verdadeira inspiração. Boa noite, cavalheiros.

O Duque revirou os olhos enquanto o vulto bem alimentado do padre deixava a sala.

– Ele tem o zelo do convertido. Leva tudo muito a sério. Guy e ele eram muito ligados.

Fez uma pausa, e Reggie sentou-se a seu lado. Em silêncio, o Duque passou-lhe a garrafa de licor. Na sala agora estavam apenas os dois rapazes. Os únicos ruídos eram o fogo estalando na lareira e os dedos do Duque tamborilando um ritmo irregular na polida superfície da mesa. Por fim, ele falou:

– Obrigado por vir, apesar de o convite ter sido em cima da hora. Prometo que a brincadeira será no mínimo tolerável.

– Já faz bastante tempo, Ivo... Não vejo você desde... – Reggie se deteve.

A última que estivera em Lulworth fora no enterro de Guy.

Ivo olhou para ele, lendo seus pensamentos.

– Esta semana faz um ano. Parece mais tempo...

– É por isso que a Duquesa está vindo?

– Ela gostaria de me fazer pensar que é por isso, mas só ontem me enviou o telegrama – o Duque imitou o tom ansioso de sua mãe. – *Sinto uma enorme necessidade de estar com você...*

Reggie concordou acenando com a cabeça para a porta.

– As americanas?

– Claro.

– Mas como é que ela soube?

– No começo, suspeitei que o padre Oliver tivesse escrito para ela, mas agora estou achando que foi Charlotte. Ela estava em Sutton Veney quando aconteceu o acidente e sentiu que minha mãe deveria saber.

– E como está Charlotte? Mal a vejo desde que se casou com Beauchamp. Nunca se preocupou muito com ele na escola e costumava manter um diário cheio das "observações" medonhas dele. Ainda não consegui entender por que Charlotte aceitou se casar com aquele homem.

– Não está óbvio?

– Mas entre todas as pessoas, o Beauchamp coleciona... *porcelana*!

– Ele adora coisas bonitas, e a Charlotte sempre adorou ser admirada.

– Todos nós a admirávamos, Ivo!

– Só que nenhum de nós tinha os meios para apresentá-la devidamente.

Os dedos do Duque, que haviam parado de tamborilar o ritmo irregular, de repente tocaram um acorde *fortíssimo,* e os copos se entrechocaram.

Outro silêncio se instalou. Os dois rapazes esvaziaram e encheram novamente seus copos.

– Foi incrível encontrar a srta. Cash daquela maneira... – comentou Reggie, olhando especulativamente para o amigo. – Uma espécie de sorte inesperada, pode-se dizer.

Outro entrechoque dos copos. Por fim, Ivo disse:

– Bom, eu não podia deixar a garota ali. Não tinha a menor ideia de que ela tivesse vindo com toda essa... *coisa.*

Ivo apanhou um descanso de copo de prateado e lançou-o para o outro lado da mesa. Os dois ficaram observando, enquanto o objeto dava voltas até ir parando aos poucos.

– Você acha que ela sabia a quem pertencia o bosque?

– Eu até me perguntei, especialmente depois que encontrei a mãe, mas acredito que a filha não costuma inventar tramoias desse tipo. Não... acho que a chegada da srta. Cash à Lulworth seja inteiramente acidental.

– E? – Reggie deixou o monossílabo entre os dois.

– Ora, não seja ridículo! Você é tão maldoso quanto a minha mãe. A srta. Cash é uma americana... – a voz de Ivo foi diminuindo, adotando um tom de desdém.

– E espetacularmente rica!

– É, como ela mesma nunca deixa de me lembrar – Ivo encheu seu copo mais uma vez e virou-se para o amigo. – Quer dizer que você anda com fantasias a respeito da srta. Cash, hein, Reggie? Eu vi como ficou sussurrando com ela no jantar. A coitada da Sybil vai ficar de coração partido!

Reggie deu risada.

– Tenho a impressão de que a srta. Cash não tem nenhum interesse em mim, mas eu gosto dela, Ivo. Em matéria de sorte inesperada, você poderia se dar bem mal...

Ivo estava olhando o retrato de sua mãe pintado na época do primeiro casamento. Loura com cabelos aveludados, ela contemplava serenamente o filho, que levantou o copo para o retrato e disse com sardônica transparência:

– À Dupla Duquesa!

Reggie percebeu que o amigo havia bebido um pouco demais. Não sabia muito bem se queria escutá-lo falando sobre a Duquesa. Ivo sempre havia sido o filho preferido e tinha com sua mãe, um relacionamento descontraído, de mútua admiração. Mãe e filho jamais tinham maior consciência da própria beleza e encanto do que nos momentos em que estavam na companhia um do outro – mas era assim antes do segundo casamento da Duquesa, quando ela mal tinha deixado o luto. Havia os que a desaprovavam, mas isso seria um luxo, porque a Duquesa era tão encantadora, tão hospitaleira... e tão próxima da Casa de Marlborough! Não obstante, se a sociedade estava preparada para deixar passar a pressa da Duquesa, parece que seu filho não estava.

Reggie repetiu o brinde do amigo, mas sem a inflexão irônica.

Ivo entendeu a censura e levantou-se.

– Creio que está na hora de nos juntarmos às senhoras, antes que a sra. Cash comece a arrumar os retratos...

No salão da criadagem, Bertha aceitou um copo de Madeira da sra. Softley, a governanta. Era grata pelo calorzinho que sentiu espalhar-se por seu peito. Lulworth era uma casa bem mais antiga do que Sutton Veney. Se lá ela via Jim de vez em quando para mantê-la aquecida, aqui nada havia para esquentar os corredores gelados.

A porta forrada de feltro verde abriu completamente quando entraram os lacaios carregando bandejas repletas de pratos e talheres.

Assim que passou pela porta, Thomas explodiu.

– Você ouviu o que a garota americana me disse quando eu a estava servindo? Ela me perguntou se eu gostava de empoar os meus cabelos, como se eu fosse um macaco de circo. Não está certo!

O bonito rosto de Thomas estava vermelho de emoção. O outro lacaio riu.

– Você devia cuidar do que diz, Thomas... ela pode vir a ser a nova Duquesa! Sua Graça vai levá-la para uma volta pela casa amanhã. Você acha que ele vai mostrar para ela os buracos no telhado?

A governanta franziu as sobrancelhas e se levantou.

– Thomas... Walter! Basta! As senhoras ainda estão na sala de estar?
– Terminando, sra. Softley...

E ela se virou para Bertha.

– Neste caso, srta. Cash, você deve estar querendo subir para estar com sua patroa – a governanta fez uma pausa e deu uma sacudidazinha nas chaves em seu cinto. – Thomas e Walter são uns bobos. Eles não querem desrespeitar a moça.

Bertha agradeceu à governanta e começou a longa subida até o quarto de Cora. Os degraus de pedra estavam implacavelmente gelados sob seus pés.

A criada queria saber como estaria o humor de Cora. Não lhe contaria o que disseram os lacaios. A srta. Cora ficaria bastante irritada só de pensar que seu destino já estava selado entre a criadagem. Ela gostava de fazer seu próprio juízo. Enquanto subia aquela escadaria sem tapete, sentindo o ventinho gelado que entrava pelas janelas sem cortinas, Bertha tentava imaginar se esta seria sua nova casa.

Na manhã seguinte, uma espessa névoa vinda do mar pairava sobre Lulworth, encobrindo suas torres e ameias e ocultando a vista luminosa que dava até às peças mais sombrias da casa uma esplêndida perspectiva. Cora sentiu o frio úmido quando abriu a janela de seu quarto. Pensara em levar Lincoln para o ar livre, carregando as incertezas que se penduravam nela como teias de aranha, mas aquele não era um clima para se cavalgar em terreno desconhecido. Disse a Bertha para deixar de lado o traje de montaria e resolveu usar um vestido matinal de lã cinza pombo, com galões de crochê. Era a vestimenta mais modesta que tinha. Lembrava-se dos olhos de Reggie percorrendo a magnificência cheia de joias de sua mãe na noite anterior.

Não havia mais ninguém por ali, ninguém além da única empregada. Em Sutton Veney, depois do café da manhã, as senhoras iam até a sala para escrever cartas e mexericar, mas, nesta casa, não havia nenhuma senhora a quem se juntar. Cora sabia que deveria procurar sua mãe, mas não se sentia pronta para a conversa que estava por vir.

Refletindo sobre seus passos na noite anterior, ela se via novamente na comprida galeria em que o Duque a vira e não a vira. As paredes de pedra refletiam a luz do mar, banhando a sala em uma névoa perolada. Não havia nenhuma lareira acesa, e Cora podia sentir o suor gredoso da rocha calcária. Sentou-se em um dos vãos das janelas de caixilhos para contemplar o céu cinzento. A neblina eliminara tudo, até o som do mar chegava abafado.

Cora estava examinando o arco entalhado da abóbada, tentando descobrir o que era o motivo entalhado lá em cima, quando escutou alguém tocando piano. Foi até o final da galeria, na direção do som. Parou um pouco e ficou ouvindo. A melodia era entrecortada e sombria, cheia de falsos inícios e acordes menores, trechos de *pianissimo* rendilhado e *crescendos* surpreendentes. Ela sabia tocar piano bastante bem, conhecia o repertório de valsas de Strauss e noturnos de Chopin que toda jovem educada devia conhecer, mas sabia que quem quer que estivesse tocando estava em um universo diferente. Não era apenas a dificuldade técnica daquela peça: tinha a sensação de que aquela pessoa estava inteiramente submersa na música.

O conjunto de acordes foi desaparecendo até cair no silêncio. Cora empurrou a porta para abri-la um pouquinho. Aquela área era outra câmara de pedra – como a galeria, parecia mais antiga e mais austera do que o resto da casa. No centro, debaixo de uma estreita janela arqueada havia um piano de cauda, e diante dele estava sentado o Duque, olhando o teclado com a testa franzida, como se estivesse tentando lembrar alguma coisa. Então, ele começou a tocar. Cora reconheceu a peça: era uma sonata de Beethoven – mas nunca a escutara tocada assim. A abertura era *allegro con brio*, mas nas mãos do Duque não era apenas rápida, chegava a ser perigosa. Ele havia tirado o casaco e enrolara as mangas da camisa. Cora podia ver seus antebraços nus, os tendões se esticando e contraindo conforme subia e descia pelas notas. Permaneceu imóvel, sem saber muito bem se queria que ele a encontrasse ali. Estaria ela ouvindo ou se intrometendo? Era um momento muito particular, mas a jovem não conseguia tirar os olhos do piano. Estava fascinada pela maneira como ele oscilava em direção ao teclado, como se estivesse abraçando o instrumento, na mais completa absorção. O Duque estava em outro lugar, ela tinha certeza. O longo *glissando*, ao final do primeiro movimento terminara, e ele ergueu os olhos por um instante. Inicialmente olhou através dela, e Cora depois viu que ele registrara sua presença com um sorriso desconfiado.

A jovem não disse nada. Ela não sabia se deveria se desculpar ou elogiar a execução.

Por fim, ele falou primeiro:

– Você conhece essa peça?

– Beethoven, não é? A minha professora de música sempre tocava, mas não assim.

Cora estava dizendo a pura verdade, impressionada com como partituras podiam soar tão diferente.

– É a Waldstein. Beethoven estava apaixonado pela condessa Waldstein, mas não havia nenhuma possibilidade de ela se casar com um músico. Escreveu essa peça para ela, mas dedicou-a ao irmão da condessa. Estava quase completamente surdo quando a escreveu.

O Duque olhou para o teclado e tocou um trecho em que a música parecia buscar uma solução.

– Você consegue perceber que ele parece estar procurando algo? ...alguma satisfação?

Cora estava prestes a comentar sobre como era triste que Beethoven jamais houvesse escutado a própria peça, mas ficou calada quando se deu conta de que seria o óbvio, não queria parecer óbvia. Sabia que estava ali por consentimento tácito, o que pensara ser uma sala de música era evidentemente o lugar sagrado do Duque, seu quarto particular. Havia pilhas de livros no peitoril das janelas e, no outro extremo, uma escrivaninha coberta de papéis. Nenhuma poltrona ou sofá, mas apenas uma cama de campanha de aspecto bastante desconfortável.

– Você toca muito bem!

Ele encolheu os ombros.

– Você é muito generosa. Eu toco adequadamente, só isso... mas, para um homem, até toco muito bem.

Cora sorriu. Ele estava certo. A jovem sentia-se surpresa. Para ela, o piano de casa, em oposição ao piano da sala de concerto, era um instrumento exclusivamente feminino. O Duque continuou.

– Minha mãe me ensinou a tocar quando eu era bem pequeno. Ela não tinha uma filha e precisava de alguém com quem tocar duetos. Então me chamava depois do jantar, e tocávamos para os convidados. A casa estava sempre cheia, e pude me exercitar bastante.

Começou a tocar uma canção de ninar de Brahms com suavidade exagerada.

– Este era o meu *finale*. Eu tocava a minha canção de ninar e depois era despachado para cima, para a cama.

– Você ainda toca duetos?

– Não. Quando cresci, jamais conseguíamos encontrar horários. Minha mãe sempre quer que tudo seja muito encantador. O problema dela sempre é o efeito, enquanto eu simplesmente gosto de tocar.

Ele passou os dedos pelo teclado em um glissando muito delicado. Olhou para ela.

– E você, srta. Cora, gosta de tocar? – a pergunta terminou com um *arpegio* menor.

– Sim – ela respondeu com firmeza. – Gosto.

Se houvesse algum desafio na pergunta do Duque, ela o enfrentaria.

– Bom, então... que tal um pouquinho de Schubert?

Ele se levantou e revirou as pilhas de partituras no chão até encontrar o que procurava. Colocou-a no piano e fez um gesto convidando-a para sentar-se ao seu lado. Cora foi lentamente, consciente de que não tocava desde que saíra de Newport, na esperança de que a peça que ele havia escolhido não fosse muito difícil.

O Duque perguntou:

– Que parte você gostaria?

Cora olhou para a partitura e sentiu o coração disparar em pânico. As semicolcheias explodiam pela página. Certamente ele não escolhera uma peça muito fácil. A parte de baixo parecia ligeiramente mais calma, e foi para onde ela apontou.

Quando ele sentou-se a seu lado, ela se sentia tensa. O Duque teve o cuidado de não tocar em Cora. Abriu as mãos sobre as teclas e ela fez o mesmo.

– Quando estiver pronta, srta. Cash!

Cora assentiu e começou. A peça iniciava com um *cantabile sostenuto* na parte dela por alguns compassos e depois entrava o agudo com a melodia. Ela tocou suavemente no início, com a a esperança de encobrir seus erros, mas foi ganhando confiança. Segundos depois, encontrou a melodia no registro mais alto, e, de repente, os dois estavam tocando juntos – as mãos se entrelaçavam na complexa dança da música. A certa altura, a mão esquerda do Duque passou por cima da mão direita de Cora, e ela sentiu o calor que vinha da palma dele como uma chama. Mas a jovem não podia se dar ao luxo de se distrair: tocar "adequadamente" exigia todas as reservas de concentração e habilidade de Cora. Schubert estava justamente no limite de sua competência, mas seu desejo de não falhar significava que ela estava tocando melhor do que havia tocado em toda a sua vida. Quando a música se aproximava do *finale*, houve uma sequência de compassos que foram tocados em uníssono, e, para surpresa de Cora, os dois tocaram em perfeita sincronia. Sem pensar, ela procurou o pedal *sostenuto* para segurar o acorde final, mas encontrou o pé do Duque já ali. Ela tirou o pé imediatamente, mas ele sentira a pressão e, quando terminaram, virou-se para ela com um sorriso.

– Desculpe, esqueci de combinar os pedais com você. Faz muito tempo que não toco um dueto.

– E eu! Nunca toquei com ninguém tão bem como toquei com você!

– Duetos não são uma questão de desempenho individual, mas do relacionamento entre os dois pianistas. O todo deve ser maior do que a soma das partes.

– E nós somos? – Cora não conseguiu deixar de fazer a pergunta.

– Talvez ainda seja muito cedo para dizer, mas, no geral, tenho a impressão de que nos daremos muito bem. Vamos experimentar o segundo movimento?

Entretanto, Cora sabia que deveria se retirar naquele momento. Não queria tocar de novo e ser considerada insatisfatória.

– Acho que tive sorte até agora. Eu gostaria de praticar antes de tocarmos outra vez...

O Duque sorriu.

– Como queira, srta. Cash... mas, como eu disse: me parece que estamos indo muito bem.

Ao deixar o quarto, ela o escutou começando a sonata Waldstein. Estava claro que era uma de suas peças preferidas. Ouvindo-o tocar, lembrou-se da observação que o Duque fizera sobre Beethoven estar em busca da satisfação.

CAPÍTULO 8

Nós temos um Rubens

Como criada inferior em Lulworth, Mabel Roe começava seu dia de trabalho às 5 horas da manhã. Ainda estava escuro, por isso tinha que se lavar e se vestir à luz da última vela da noite. Suas mãos eram vermelhas, secas e rachadas, as juntas dos dedos estavam inchadas de anos usando o escovão. Não estava tão frio esta manhã a ponto de ela precisar quebrar o gelo com a bacia de mão, mas Mabel via sua respiração saindo em plumas geladas pelo ar implacável do quarto que ficava no sótão.

Normalmente, a criada aproveitaria a cama por mais cinco preciosos minutos antes de se levantar. Íris fora para o enterro da mãe, por isso não havia nenhum calor a mais na cama para afastar o frio, ninguém para reclamar da dureza do dia que teriam pela frente. Ainda por cima, a ausência de Íris significava que Mabel poderia passar mais tempo do que o normal diante do quadradinho do espelho sobre a cômoda, ajustando a touca para que ficasse bem assentada em seus cabelos castanhos fininhos. Em cima da cadeira estava o espesso avental de linho marrom que ela usava de manhã enquanto acendia as lareiras e os fogos da cozinha, mas Mabel apanhou o avental leve de algodão que usava à tarde, amarrando-o em volta da cintura. Ela queria estar bonita.

Mabel se assustara na primeira vez em que encontrara o Duque de camisão de dormir, parado no assento da janela, olhando para o mar. Quando ainda era lorde, Ivo nunca se levantava cedo, a não ser para caçar, mas agora as coisas eram diferentes. Criadinhas como Mabel não deveriam ter nada a ver com a "família". A governanta havia dito que a serviçal deveria se virar para a parede ao encontrar algum deles no corredor. Revelar que o Duque agora acordava com os passarinhos daria a Mabel algum *status* entre as colegas na criadagem, que discutiam a família interminavelmente, mas resolveu não dizer nada. Essa plateia silenciosa com o Duque era o talismã de Mabel, o antídoto contra a dor nos joelhos e a ardência nas mãos. No início, ficava nervosa quando tinha que passar por todo o demorado ritual de varrer as cinzas da noite anterior, polir a grade e acender um novo fogo com o Duque ali sentado, imóvel. Uma vez deixara cair o atiçador no mármore da lareira, o barulho havia sido estrondoso, era o som mais alto que já escutara, mas Sua Graça mal se mexera.

Ele estava ali no assento da janela, como sempre, esta manhã. Ela gostaria muito de saber o que ele tanto olhava! Não havia nada para ver lá fora, apenas os morrinhos verdes que iam até o mar.

Mabel terminou de preparar a lareira, construindo uma piramidezinha muito benfeita com lenha e gravetos que explodiram em uma chama obediente assim que estendeu um fósforo aceso. Juntou as ferramentas – o escovão duro da lareira, a lata de graxa preta, os fósforos – pôs tudo em sua caixa de trabalho, limpou as mãos no avental e se levantou bem devagar, com os joelhos estalando.

O Duque disse, delicadamente:

– Muito obrigado, Mabel.

A criada quase deixou cair o balde com as cinzas, alinhou os joelhos mais ou menos em uma reverência e resmungou uma "S'a Graça". Ele nunca havia falado com ela antes, mas sabia seu nome! Mabel sentiu que estava enrubescendo e foi recuando para fora da sala o mais depressa que conseguiu. Parou no corredor, o coração batendo forte e as palmas das mãos pegajosas de suor. Encostou-se na parede e fechou os olhos. O Duque sabia seu nome. Ela se sentiu uma personagem em uma história de revista de contos. Ele a notara, com certeza aquilo era o começo de alguma coisa!

O devaneio foi interrompido por Beth, que vinha do quarto da menina Cash.

– O que você está fazendo, Mabel? – perguntou em um sussurro feroz. – Você não sabe que a velha Duquesa está chegando hoje, e que temos que limpar aqueles quartos agora de manhã? Se você não andar logo, vai ficar sem o café da manhã. Isso não é hora para sonhar acordada... e por que você está usando o seu melhor avental, e ele está coberto de fuligem?

Mabel olhou para as manchas pretas no algodão branco. Ela sabia que seria impossível limpar aquela sujeira.

Cora decidiu descer para o café da manhã, antes de encontrar o Duque, para a excursão pela casa. Enquanto caminhava pelo corredor que ia de seu quarto até a escadaria, viu uma criada com um avental amarrotado e sujo correndo na outra direção. Cora herdara a atenção primorosa de sua mãe para notar a sujeira do avental.

Caminhando por Lulworth, ela se sentia dividida entre a admiração pelos retratos, pelos móveis de nogueira, pelas cortinas de brocado desbotado. Os objetos pareciam ter estado sempre ali, e ela tinha a consciência de sentir um cheiro forte de mofo que pairava pelas áreas menos frequentadas. Cora havia crescido em um mundo sem poeira, que cheirava a flores frescas, óleo de polir móveis e verniz ainda úmido. Em sua terra, era muito raro entrar em um prédio que fosse mais velho do que ela. Mas aqui estava rodeada por um cheiro desconhecido, um cheiro que ela ainda era muito jovem e muito americana para reconhecer como sendo um misto de umidade, decomposição e decepção. Entretanto, a jovem notou o frio e quis saber como é que o Duque aguentava viver em uma casa tão gelada.

Ele não estava tomando o café da manhã. Cora tomou o dela sozinha e decidiu não esperar os caprichos do Duque: iria aos estábulos para ver Lincoln. Descia o imenso lance de degraus de pedra na entrada da casa quando ouviu o Duque chamar seu nome.

– Ah, srta. Cash, não me diga que esqueceu o que ontem combinamos!

É claro que o Duque já estivera cavalgando, estava sem chapéu e o rosto corado pelo frio.

– De modo algum. Pensei que você tivesse encontrado algum negócio para resolver quando fui tomar o café da manhã e não o encontrei por lá.

– Fui dar uma volta a cavalo. De manhã cedo é a melhor hora. Clareia a minha cabeça pelo resto do dia.

– Invejo a sua liberdade. Ah, se cavalgar fosse algo tão fácil para as mulheres! Você pode simplesmente pular em cima do cavalo e ir embora. Eu, por outro lado, gasto pelo menos um quarto de hora enquanto meu traje é encordoado e apertado. Depois ainda tenho que encontrar um cavalariço para cavalgar comigo, e, pela minha experiência, nenhum deles jamais quis cavalgar no meu ritmo.

O Duque fez uma reverência para ela.

– Srta. Cash, aceito o desafio. Cavalgarei com você e prometo não empacar o seu ritmo, por mais temerário que for. Se quebrarmos os nossos pescoços, pelo menos quebraremos juntos!

Cora se conteve à crítica implícita, sabia que era uma excelente amazona.

– Posso lhe garantir que não tenho o hábito de cair do meu cavalo, Duque. O que aconteceu no outro dia foi totalmente fora do comum. Infelizmente, a queda destruiu a minha lembrança dos momentos que a antecederam, mas tenho certeza de que algo bastante desagradável deve ter acontecido para que eu tenha perdido o controle daquela maneira.

– Talvez você tenha visto um fantasma. Lulworth tem uma porção deles: cavaleiros sem cabeça, monges que choramingam, castelãs medievais chacoalhando suas chaves fantasmagóricas. Você não encontrará uma criada que se disponha a entrar na galeria depois do anoitecer para não tropeçar na lady Cinza.

– Lady Cinza?

– Uma ancestral minha, lady Eleanor Maltravers. Foi na Guerra Civil. A *nossa* Guerra Civil, aqui na Inglaterra também tivemos uma... os Maltravers eram realistas, mas Eleanor se apaixonou pelo filho de um vizinho que foi lutar por Cromwell. Quando lhe contaram que ele tinha sido morto na batalha de Marsden, ela caiu em tal desespero que se atirou dos penhascos. No final, o rapaz que ela amava não estava morto e, por isso, ela não pode sair da casa até encontrá-lo.

– E por que ela é cinza?

– Porque começou a usar aquelas roupas sinistras dos puritanos... não sei se para agradar ao amante ou para aborrecer a família!

O Duque deu um sorriso astucioso para Cora, insinuando que ela poderia saber algo sobre esta última situação.

A garota não sabia se deveria sorrir para o Duque quando dois cães magros e cinzentos correram entre eles, latindo estridentemente e pulando nas saias de Cora, deixando uma estampa marrom de marcas de patas sujas.

– Aloysius, Jerome, quietos, já!

O Duque falou com uma autoridade completamente diferente de seu tom de voz calmo. Os cães se acalmaram no mesmo instante.

– Peço desculpas pela sua saia, srta. Cash. Quer que eu chame uma criada para passar um paninho?

Cora negou com a cabeça.

– Não, não precisa. Quero a minha excursão. Mas estou curiosa em relação aos nomes dos seus cachorros. Na minha terra, costumamos chamar nossos cães por nomes como Spot ou Fido. Esses devem ser animais muito especiais para merecerem nomes tão sofisticados!

O Duque se abaixou para um dos cães e puxou suas orelhas.

– Os Maltravers criam esses mestiços de pastor escocês e galgo de Lulworth sabe Deus há quantas gerações, mas acho que fui o primeiro duque a dar-lhes nomes de papas medievais.

O Duque se levantou e o cachorro correu alegremente para a escadaria.

– E agora, srta. Cash, a sua excursão! – fez uma reverência e levantou a mão com um floreio exagerado.

– Lulworth foi construída como um pavilhão de caça para Eduardo III. A galeria comprida e a sala de música em que você me encontrou ontem – deu um meio sorriso de reconhecimento – eram parte daquele primeiro prédio. Em 1315, o rei o deu para meu ancestral Guy Maltravers como recompensa por seus serviços na Guerra dos Cem Anos. O frontão da casa e o grande saguão foram construídos por meu xará, Ivo, o primeiro Duque – um favorito de James I, que o fez duque e lhe deu o monopólio do lacre com o qual ele conseguiu construir tudo isso. Ivo tinha muito bom gosto, chamou Inigo Jones, o primeiro arquiteto inglês, para fazer todos os desenhos. Ficaram sem dinheiro (a Guerra Civil foi muito ruim para os Maltravers), mas, com a Restauração, as coisas melhoraram, menos para a coitada da Eleanor, e conseguiram terminar a construção.

Ele respirou profundamente e prosseguiu.

– Depois disso, as coisas foram morro abaixo de novo. Os Maltravers continuaram católicos, quando o resto do país passou ao protestantismo, e passam um tempão aqui, rezando. A família só voltou a entrar na moda depois que minha mãe se casou e passou a fazer parte dela. Mas minha mãe não tinha a menor intenção de ser uma duquesa antiquada. Gastou uma fortuna nesse lugar, fez a nova ala dos criados e construiu a estação para que seus amigos elegantes pudessem chegar facilmente, vindos de Londres de trem. Cheia de energia, minha mãe... ela fez mais por Lulworth, nos últimos vinte anos, do que fizeram nos últimos duzentos.

A voz do Duque foi morrendo. Caminhavam por uma trilha calçada que subia um morrinho à direita da casa. Em cima havia uma elegante construção de pedra branca. O Duque fez uma pausa nos degraus flanqueados por duas colunas de pedra desgastadas pelo tempo.

– E esta é a capela que, certamente o padre Oliver já deve ter contado para você, é o local católico consagrado mais antigo em uso contínuo da Inglaterra. Esta capela foi construída pelo quinto Duque, que tinha uma esposa francesa muito devota. Ela não gostava de rezar na capela medieval cheia de ar encanado e por isso, pediu ao marido que construísse para ela algo moderno... está aí o resultado.

Ivo segurou a porta pintada de cinza para Cora. Quando ela passou, sua mão tocou na dele. Foi um contato mínimo, tão passageiro quanto uma asa de mariposa tocando seu rosto no voo, mas provocou um estremecimento em seu braço. Suspirou, e Ivo olhou para ela.

– Bonita, não é? Um bombom francês nos fundões de Dorset.

Cora assentiu. A capela tinha perfeitas proporções. O corpo central era circular. Uma galeria circundava o alto, logo abaixo do domo do teto pintado com enormes santos acompanhados por querubins. As paredes eram brancas, e o trabalho em madeira de um verde acinzentado realçado em ouro. Os bancos tinham estofamento de veludo no mesmo tom. Na primeira fila, estavam duas poltronas acolchoadas, com as coroinhas e o W ducal bordados atrás dos encostos. O altar estava coberto com veludo verde decorado com esmerados bordados a ouro. Havia um genuflexório de marfim entre dois candelabros. O efeito era esplêndido e gracioso – ou melhor, pensou Cora, como o próprio Duque.

A jovem nunca estivera antes em uma igreja católica. Aliás, catolicismo era algo que ela associava às empregadas irlandesas de sua casa. Aos domingos, elas iam em um grupo risonho, radiante, para a missa na igreja católica do lugarejo. As garotas irlandesas pareciam sempre muito animadas, como se estivessem indo a um baile, e não a um local de veneração. Cora, que achava ter que ir à igreja episcopal nas manhãs de domingo um martírio – apenas amenizado por saber que, de todos aqueles refinados exemplos da arte das chapeleiras em exibição, o dela era sem a menor dúvida o melhor, o mais bonito, o mais refinado – invejava a animação e a alegria das criadas.

Procurou não olhar quando o Duque mergulhou os dedos na pia de água benta na entrada da capela, ajoelhou-se e fez o sinal da cruz. Esse ato automático de devoção a surpreendeu... mas Ivo se levantou e dirigiu-se a ela sem constrangimento.

Ele apontou as cadeiras ducais.

– Bordadas pela própria Duquesa Mathilde. Deve ter sido bastante tranquilizador bordar a própria coroa no momento em que todos os amigos estavam perdendo seus títulos e até suas cabeças! A mãe dela foi uma das damas de companhia de Maria Antonieta. O irmão perdeu a cabeça na guilhotina.

O Duque fez um estremecimento teatral.

Cora observou que, na alcova atrás do altar, havia uma mancha retangular com um brilho esbranquiçado contrastando com a pintura desbotada em volta. Imaginou que um quadro bem grande estivera pendurado ali até bem pouco tempo.

O Duque percebeu a direção do olhar da jovem.

– Sim, um quadro deveria estar aqui. Um quadro excelente, para falar a verdade. Meu pai sempre disse que era o melhor Rubens do país, ainda que Santa Cecília estivesse mais para o carnal do que para a santidade.

Ele caiu no silêncio, como se tivesse esquecido o motivo de estar ali. Distraidamente, suas mãos tocaram a taça de ouro saliente na almofada ducal.

– Nós temos um Rubens – disse Cora vivamente. – Minha mãe comprou do Príncipe Pamphilij no ano passado. Ela se orgulha muito, mas eu acho um tanto opressor. E onde está o seu? Sei que minha mãe adoraria comparar os dois, embora, é claro, o dela seja sempre o melhor.

Ela sorriu, mas o Duque não devolveu o sorriso.

– Acho que será impossível. O Rubens foi vendido, junto com um lindo conjunto de painéis de Fragonard que eram parte do dote da Duquesa Mathilde. A minha mãe tinha que receber alguns convidados reais, e a casa tinha que ser reformada por inteiro. Meu pai ficou muito triste – neste momento, Ivo apertou a taça com tanta força que ela quase se rompeu. – Agora, felizmente, ela se casou com outro Rubens. Estou certo de que ficará satisfeitíssima de falar para a sra. Cash a respeito.

Cora sentiu o rosto queimando. Pensava na galeria de quadros no Sans Souci e nas linhas desbotadas da glória passada que representava a magnificência do lugar. Tentou imaginar como seria a pessoa ter que se desfazer de alguma coisa porque precisava de dinheiro. Viu que o Duque também estava ruborizado e instintivamente pôs a mão no braço dele, em mudas desculpas por sua falta de tato, por seu Rubens, por subestimá-lo.

– Agora você tem todo o direito de pensar que eu sou o pior tipo de americana vulgar, Duque, mas garanto que há muito... muito que ainda não sei, mas aprendo depressa. Jamais cometo o mesmo erro duas vezes.

Ivo não disse nada. Por um instante, Cora pensou que o Duque sacudiria sua mão para longe, mas ele a pegou na sua e virou a palma para cima.

– Que linha do destino arrepiante você tem!

Ele traçou com o dedo a linha que afilava em torno do monte, formado pelo polegar da jovem. Cora tinha a impressão de que todo o seu ser estava concentrado sob a ponta daquele dedo.

– Você terá um futuro sem mácula, Cora. Um destino americano luminoso, confiante. Não terá manchas desbotadas nas suas paredes, não terá quadros faltantes. Não há nada que você precise aprender comigo, a não ser, é claro, que queira.

Ele hesitou e, bem devagar, olhou para a frente. Cora sentia que não devia encontrar aquele olhar, encarou firmemente o W ducal bordado por uma duquesa francesa já morta, mas não podia ignorar a mão dele na sua e o calor que sentia na manhã gelada.

Quando se virou para ele, disse bem depressa, antes de perder a cabeça:

– Eu gostaria de aprender como fazê-lo feliz. Acho que você pode, sabe.

Cora sentia o coração batendo, o rosto escarlate. Havia falado antes que gostaria de ter a chance de pensar, mas sabia que era isso mesmo que desejava.

Ivo ergueu a mão dela aos lábios e beijou a pele branca e macia do pulso.

– É realmente isso que você quer, Cora? Tudo isso?

Desta vez, ela não olhou para o outro lado.

– Se é que deixa você feliz, é...

Cora falara em volume mais alto do que havia notado, e o tom claro de sua voz atingiu o ar gelado da capela. Ivo olhava tão atentamente que ela se sentia transparente, que ele poderia olhar através dela, mas Cora nada tinha para esconder. Quando pensou que não aguentava mais, ele pôs a mão atrás da cabeça de Cora e encostou as bocas. Os lábios de Ivo tinham gosto de mel e tabaco. Não era um beijo hesitante.

Cora sentiu o perfume de almíscar no pescoço e passou os dedos pelas ondas elásticas dos cabelos de Ivo. Sentiu todo o corpo dele contra o seu através das roupas. O braço dele envolvia sua cintura, sua boca desceu um pouco para beijar o pedacinho de pescoço que escapava do colarinho alto de seu vestido matinal. De repente, ele se afastou dela abruptamente.

– Acho que estou pressupondo algo sozinho...

Deu um passo atrás, os olhos procurando o rosto dela. Cora permanecia imóvel. Viu o canto da boca do Duque se retorcer. Será que ia rir? Foi quando ele caiu de joelhos.

Ivo limpou a garganta.

– Cora, você me daria a honra de aceitar minha mão em casamento?

De cima, Cora olhou para ele. Viu que as pontas das orelhas estavam vermelhas. Aquilo viera antes que ela estivesse pronta, tudo o que ele fazia parecia tomá-la de surpresa! É claro que deveria haver um pouco mais de cortejos, um período de mútua descoberta e deliciosa expectativa. Lembrava o longo verão em Newport, quando Teddy parecia pairar em torno de sua consciência. Lembrava as palavras que ele sussurrara em seu ouvido no dia em que caíra da bicicleta. Parecera compreendê-la, mas não a deixara livre. Pelo menos, era o que Ivo oferecia. Será que estava se entregando depressa demais? Mesmo assim, mesmo assim... aquele beijo havia sido intenso demais para ser contido por muito tempo. Ela queria a continuação e também lamentava a perda da dança do namoro. Casando com o Duque, a jovem poderia ao mesmo tempo despachar a mãe e aquele peso da culpa que carregava desde aquela noite em Newport.

Não que os pensamentos de Cora fossem tão convincentes no minuto que fez o Duque esperar, ajoelhado à sua frente no chão de pedra da capela... mas aqueles eram os fios que giravam em torno de sua cabeça antes de se tornarem a força que a fez lenta, mas decididamente, estender a mão para puxá-lo para si.

– Sim – ela sussurrou dentro do casaco dele.

Havia lágrimas em seus olhos. Lágrimas pela rapidez da entrega, lágrimas por todos os outros futuros que poderiam acontecer. Então, ele a beijou de novo.

Só se afastaram quando o sino da capela começou a bater, anunciando as 11 horas. O barulho foi tão alto e tão inesperado que os dois caíram na risada, como culpados por terem sido apanhados no ato.

– Acho que temos de voltar e falar com minha mãe...

Cora arrastou a última palavra.

– E a sua mãe vai concordar?

Cora sorriu.

– Acho que vai ser a primeira vez que ela e eu concordamos a respeito do meu futuro. Mas... e a *sua* mãe? O que ela vai achar de você se casar com uma americana?

– Bom, isso, minha querida Cora, você vai descobrir daqui a pouco. Ela está chegando, evidentemente para cuidar da situação. Acho que nós nos antecipamos a ela.

Ivo tomou o braço de Cora formalmente, e os dois desceram a nave lateral e saíram da capela. Foi um momento solene, até que os cães, que haviam esperado pacientemente nos degraus da escada, sentiram a mudança da situação e começaram a latir e lamber as mãos dos dois.

CAPÍTULO 9

A Dupla Duquesa

O rígido colarinho do chefe da estação enterrava-se em sua nuca. Era novo e, como estava cheio de goma, o homem só conseguia mexer a cabeça virando o corpo inteiro. Tentou pôr o dedo entre o pano duro e sua pele, mas a pressão só fez o colarinho ficar ainda mais parecido com um garrote. Desistiu e tentou ficar o mais imóvel possível. Só podia olhar direto para a frente, mas escutava o distante apito do trem. Abaixou os olhos para o tapete vermelho que se estendia por toda a plataforma – um tanto puído em alguns pontos, mas ele sabia que a atenção agradaria a Duquesa. O tapete fora estendido pela última vez quando o Príncipe de Gales viera para o funeral do velho Duque. O chefe da estação não sabia muito bem se a Duquesa lembraria, talvez o tapete vermelho não fosse uma boa ideia, afinal. Estaria tarde demais para retirá-lo? Sim, em segundos o trem chegaria. O chefe da estação virou-se noventa graus para poder ficar diante de sua antiga amante.

A Duquesa Fanny espiava pela janela do compartimento quando a velha casinha toda enfeitada da pequena estação de Lulworth deslizou à vista. Ela pensou que poderia ser engraçado deixar a estação um pouco mais ornamentada, talvez um pavilhão oriental ou algo com umas conchas, mas os diretores da Estrada de Ferro do Sul de Dorset foram firmes: as estações eram padronizadas e não estavam sujeitas a caprichos nem mesmo de duquesas. Ficou irritadíssima, chegara a mencionar aquilo para o Príncipe – o que fora um erro. Bertie parecera aborrecido, suas pesadas pálpebras desceram, e os cantos de sua boca começaram a cair. Fanny mudara de assunto rapidamente, pois não podia se dar ao luxo de ser enfadonha.

A Duquesa Fanny sempre soube, desde bem pequena, da importância de não ser desagradável. Era a segunda de quatro irmãs, filha de um proprietário rural mal-humorado de Somerset, cuja disposição era tenebrosa, além de imprevisível. Fanny era a preferida do pai. Somente ela, entre as irmãs, notava que, quando estava começando a ficar irritado, ele começava a torcer os botões do colete. Quando via os dedos gordos e vermelhos remexendo nos discos de madrepérola, ela fazia *xô-xô* para afastar as irmãs e fazia questão de perguntar ao pai se poderia trazer algo da cozinha – talvez um grogue bem quente e com canela, exatamente como ele gostava. O homem apreciava seu tato – por isso, quando sua rica irmã viúva se oferecera para trazer uma das meninas para Londres, ele enviara Fanny.

Antes de ir embora, Fanny chegou a pensar em contar para Amélia, a terceira irmã, o segredo dos botões, mas resolveu não fazer isso. Se (Deus não permita!) seu *début* não fosse o sucesso que esperava, e ela se visse obrigada a retornar sem ter se casado, seria melhor manter essa preciosa alavanca para si mesma. Sim, apenas depois de seu casamento com lorde Maltravers, o herdeiro do Duque de Wareham, um matrimônio que havia deixado a todos atônitos na época (todos, menos a própria Fanny, claro), ela sentiu que poderia passar essa valiosa informação para a irmã. Amélia ajudava Fanny a se trocar para vestir o traje da despedida. A transparente inveja de Amélia em relação à sorte de sua irmã fora muito gratificante para Fanny: um marido titulado, lindas roupas e joias, uma casa enorme e uma posição que poderia chamar de sua. Cochichara para a irmã que tinha um presente para ela. Amélia se curvara ansiosamente, esperando algum refugo de joias depois daquela nova magnificência da irmã e, quando recebeu o "presente", deu uma risadinha um tanto amarga. Fanny tentara explicar para Amélia a importância de conseguir dominar o pai, mas a mulher mais jovem estava com os olhos vidrados de inveja para entender o significado daqueles botões.

Amélia jamais aprendeu a lidar com os homens, pensou Fanny. Talvez fosse inevitável que seu marido tivesse arranjado uma amante, mas Amélia jamais deveria ter permitido que ele enlouquecesse tão publicamente. Se ela tivesse ignorado, a paixão de Sholto por lady Eskdale, teria passado – ninguém aguentava Pamela Eskdale por mais de uma temporada; mas permitir se apresentar parecendo ferida e cheia de censuras só prolongara o caso. Amélia tinha sido cansativa. A sua sorte é que Eskdale era ainda mais cansativa, e até Sholto se cansara dela. Devia convidar Amélia e Sholto para Conyers. Para alguma das maiores festas, naturalmente.

A carruagem deu um solavanco e parou. A Duquesa sorriu quando viu Weld, o chefe da estação. Um homem tão bonito... fora seu lacaio preferido – suas panturrilhas eram espetaculares. Fanny raramente arranjava amantes fora de sua classe (o risco de chantagem era muito alto), mas Weld se mostrara discreto e intenso. Quando ele anunciou que ia se casar com uma das criadas, pareceu muitíssimo apropriado que fosse indicado como chefe de estação para a South Dorset Railway. Era necessário, claro, que o chefe da estação compreendesse as necessidades da casa. Weld havia sido bastante satisfatório. Os botões de latão da túnica estavam sempre resplandecentes, e ele até ficava muito bem-apessoado com aquele quepe (era uma pena que o uniforme fosse padronizado, como a estação).

A Duquesa sorriu ao ver o tapete vermelho estendido na plataforma da estação. Imaginou que fosse ideia do chefe do local, e não de seu filho. Esta era sua primeira visita a Lulworth, depois do casamento com Buckingham e, por isso, seria simplesmente apropriado que fosse marcada como ocasião especial. O pessoal de Lulworth sempre a venerara. Ela havia chamado Sybil, a enteada, para acompanhá-la.

– Weld, está tudo tão maravilhoso!

– Seja bem-vinda, Sua Graça...

Ele tentou fazer sua melhor mesura de lacaio, mas o colarinho o frustrou. A Duquesa sorria, deslizando pelo tapete vermelho, a borda de sua esplêndida peliça marrom contrastando com o edifício desbotado.

– O trem chegou cedo demais, Weld? Não estou vendo o Duque.

– Não, o trem chegou na hora, Sua Graça. Creio que a carruagem de Lulworth esteja chegando agora.

A Duquesa sabia muito bem que o atraso da carruagem era uma declaração. Não se surpreendeu muito ao ver que o homem que estava saindo não era seu filho, mas o amigo dele, Reggie Greatorex. Virou-se para a enteada.

– Sybil, querida, veja como você é popular...

Foi recompensada ao ver Sybil ruborizando. A jovem não tinha nenhuma astúcia. Se fosse filha da Duquesa, a esta altura, a garota já teria aprendido a corar por sua vontade, mas, quando Sybil passou a seus cuidados, já era tarde demais para ensinar até as mais básicas das estratégias. Houve momentos em que a Duquesa chegou a pensar que Sybil poderia se entender com Ivo, mas como ele se recusara a ir a Conyers ou à praça Belgrávia, nunca houve uma oportunidade de juntar os dois. A Duquesa realmente devia passar um pouco de pó na menina, aquele rubor ao lado de seus cabelos vermelhos era muito inconveniente.

– Onde está o Ivo, mamãe? Pensei que ele viria nos encontrar aqui!

Felizmente, Reggie havia alcançado as duas antes que a Duquesa tivesse de responder a pergunta grosseira de Sybil.

– Duquesa, lady Sybil, que vista formidável em uma manhã cinzenta como esta! Perdoem-me por tomar o lugar de Ivo, mas implorei que ele me deixasse vir. A vida em Lulworth está realmente muito chata sem a senhora. Ivo não herdou o seu talento para entreter as pessoas. Eu simplesmente não aguentava mais esperar para me deleitar na companhia feminina.

A alegria de Reggie abraçou as duas mulheres.

A Duquesa se virou para ele com descrença em seus olhos azuis arregalados.

– Ora, Reggie, pelo que ouço falar, não há escassez de companhia feminina em Lulworth!

– Ah, a senhora quer dizer as americanas. Bom, a mãe é inacreditavelmente cheia de dignidade, e a filha é muito bonita, mas uma garota bem moderna... Nada tranquilas, nenhuma das duas. Quero mergulhar em companhia feminina, quero ser apaziguado e me entregar, e não ser esmurrado por causa das minhas opiniões.

Reggie pensou que talvez tivesse ido longe demais. No entanto, a Duquesa sorriu e permitiu que ele a ajudasse a subir na carruagem. Quando ajudava Sybil, apertou a mão da jovem e foi recompensado por uma piscadela quase imperceptível.

A Duquesa arrumou as peles ao redor de seu corpo e acenou com a cabeça para Weld, que permanecia atento perto do tapete vermelho. Depois, inclinou-se para Reggie e perguntou em seu tom mais íntimo:

– Nós sabemos alguma coisa sobre essas americanas? Charlotte me escreveu para contar que a garota havia caído do cavalo, e que Ivo a encontrara inconsciente no bosque do Paraíso. Será que ela realmente sofreu um acidente tão conveniente assim?

Agora Reggie entendia por que Ivo pedira que fosse à estação no lugar dele. A Duquesa era incansável na busca por informação. Nada a deixaria mais enfurecida do que saber que seu filho estava recebendo duas americanas que ela não conseguia situar.

– Pelo que ouvi, ela é mesmo uma grande herdeira. Eles vieram para cá em seu próprio iate. Não me parece que seja o tipo de garota que se atira no caminho de qualquer um. Eu até imaginaria que ela seja bem mais direta. A minha impressão é que a srta. Cash em geral consegue o que quer.

– Parece muito... aterrorizante – disse a Duquesa, aliviada com a menção ao iate a vapor. – Que sorte para o Ivo que Sybil e eu conseguimos vir para ajudá-lo. Americanas diretas! Coitado do meu menino...

E virou os lindos olhos fingindo solidariedade.

– A srta. Cash é muito elegante? – perguntou Sybil ansiosamente. – A minha costureira diz que jamais consegue trabalho das americanas porque elas vão diretamente a Paris comprar suas roupas.

– Que presunção... Paris não tem o monopólio da moda! Londres está cheia de mulheres lindamente vestidas!

A Duquesa alisou a lã cinza de seu vestido de viagem com a mão branca cheia de anéis.

Reggie procurava a resposta certa.

– Ela certamente parece muito elegante, mas como eu poderia saber, se até vocês chegarem não havia ninguém com quem comparar?

Ele sorriu para Sybil. A Duquesa olhava pela janela e fazia sons de desaprovação com o estado do pavilhão na entrada quando passaram pelos portões de Lulworth. Reggie tinha esperança de que Ivo estivesse lá para receber sua mãe.

A criadagem de Lulworth estava alinhada nos degraus de pedra cinza quando a carruagem deu a volta – os criados à esquerda, as mulheres à direita, do mordomo e da governanta à copeira e o menino do faqueiro. Reggie procurou em vão por Ivo, mas felizmente a Duquesa estava ocupadíssima se recompondo para o retorno triunfal e não notaria a ausência do filho.

Enquanto ela descia da carruagem, houve um farfalhar (como o do vento empurrando as folhas do outono) conforme as criadas inclinavam o corpo em sua mais profunda reverência. Bertha, que observava a cena do quarto de Cora no segundo andar, tentava imaginar se as criadas aqui sabiam automaticamente em que degrau deveriam se postar para formar um V invertido perfeitamente simétrico... ou alguém tinha que dizer para elas? Será que a copeira sabia que seu lugar era o degrau mais baixo à direita ou ela teria se postado alguns degraus acima, e alguém a mandou para o lugar certo ali embaixo? Na América, todos se acotovelariam na luta pela posição; como criada de uma senhora, a posição dela era lá em cima, logo abaixo da governanta – mas isso não impediria que as criadas irlandesas se empurrassem lá na frente. Na Inglaterra todos sabiam o seu lugar.

Ouviu a porta abrir, e a voz de Cora, aguda de agitação, chamá-la:

– Bertha, preciso de você *agora*! A Duquesa chegou, e tenho que me aprontar!

Bertha se virou, deixando o espetáculo na janela, para ver que sua patroa tinha conseguido sair do corpete e estava puxando as cordas em sua cintura.

– Eu quero o vestido azul, aquele de gola alta. Por favor, depressa, não quero me atrasar para o almoço. Droga, essas anáguas estão enlameadas! Vou ter que trocar tudo!

Bertha foi até o armário e tirou o vestido azul. Teve que usar os dois braços para erguê-lo, pois a saia era de um tecido de lã e seda muito pesado, com elegantíssimos galões nas bordas. Bertha examinou a fileira de minúsculos botõezinhos de madrepérola nas costas da blusa e suspirou. Este não era um vestido que poderia ser colocado às pressas.

A patroa estava de pé em um mar espumante de algodão e renda, espichando o beiço para si mesma diante do espelho oval. Enfiou-se coleando nas anáguas que Bertha estendia. Pelo menos o vestido azul estava na última moda e não tinha anquinhas completas, apenas uma almofadinha de crina de cavalo para segurar a saia atrás. Arrumar as anquinhas podia levar meia hora, Bertha sabia por experiência própria. Este vestido tinha as novas mangas que saíam do ombro em balão e se apertavam no antebraço. A saia era evasê, fluindo para uma barra ampla. As proporções tinham sido planejadas para afinar a cintura, mas Cora estava insatisfeita e remexia no cinto.

– Bertha, pode apertar um pouco mais? Acho que posso afinar uns dois dedos.

– Não, se você quiser estar pronta para o almoço e muito menos para comer qualquer coisa.

– Ah, eu não quero comer... Ih, Bertha, adivinhe o que aconteceu!

A criada olhou para Cora com firmeza. A cor da menina estava bem forte, e sua boca tinha algo, como se estivesse ferida ou tivesse comido framboesas.

– Adivinhe! O Duque... Ivo me pediu em casamento! Nós estávamos na capela e, de repente... aconteceu!

– E o que você respondeu? – Bertha fechou o 19º botão.

– O que você acha? É claro que eu disse sim!

A criada sentiu seus joelhos dobrarem e caiu no chão bastante pesadamente. Não tinha desmaiado, parecia que o chão simplesmente desaparecera debaixo de seus pés.

– O que você está fazendo, Bertha? Você está bem? Quer que eu pegue os meus sais?

Cora estava mesmo muito ansiosa: Bertha era sua confidente, e, além do mais, a única pessoa capaz de fazer o penteado que ela decidira usar naquela noite ao jantar.

– Estou bem, srta. Cora, foi só uma tontura, só isso. Acho que você vai ser uma duquesa, e vai precisar de uma *mademuasel* francesa muito fina e não duma enjeitada lá da Carolina.

– Ora, não seja tão dramática! Quando eu for duquesa, vou ter quem eu quiser e gostar. Não vou mudar só porque estou me casando, fora que minha mãe não vai poder me atenazar o tempo todo. Está se sentindo melhor agora? Eu *realmente* tenho que descer para encontrar minha futura sogra!

Bertha se levantou bem devagar e, com dedos desajeitados e indiferentes, fechou os últimos botões nas costas da blusa de seda azul de gola alta. Soltou uns anéis dos cabelos castanhos de Cora do colarinho rígido. Sabia por que ela havia escolhido esse traje, podia sentir o rubor em sua pele sob a seda fina. Ao terminar, Cora se esquivou e correu para o espelho para se examinar. Não havia necessidade de morder os lábios ou beliscar o rosto, tinha um ar bastante vívido. Bertha observou quando a jovem se inclinou para a frente e beijou seu reflexo no espelho manchado. Cora viu Bertha olhando para ela no espelho e deu uma risadinha boba.

– Você tem que me desejar sorte, Bertha! Tudo está começando *agooora*...!

Cora saiu do quarto em um ímpeto para entrar em seu futuro.

Bertha a viu distanciar-se e foi até a janela, onde comprimiu o rosto contra o vidro gelado. Vinha uma névoa do mar, envolvendo a vista. Ela observou sua respiração morna deixar o vidro enevoado e, sem pensar, apertou a pérola negra perto de seu coração.

Cora parou no alto da escadaria, vislumbrou seu reflexo em um candelabro espelhado. *Quase perfeita, mas...* deu uma olhada em volta para ver se havia alguém por perto e ajustou o peito sob a blusa de seda azul. Estava endireitando os ombros para a descida quando ouviu uma voz que cortou a calma empoeirada da casa tão confiantemente que ela sabia que só poderia pertencer à Dupla Duquesa.

– Ivo, querido, é tão agradável estar de novo em Lulworth! Eu quase tinha me esquecido de como é emocionante aquela vista do mar quando se chega ao alto do morro vindo da estação... Mas você está pálido, querido! Espero que não esteja levando suas responsabilidades a sério *demais*. Você está enterrado aqui há muito tempo...

– Bom, agora tenho você aqui para me divertir, mãe - respondeu Ivo monotonamente.

– E as suas americanas, naturalmente – arrulhou a Duquesa. – Mal posso esperar para encontrá-las. Charlotte diz que a srta. Cash é maravilhosa.

Fez uma pausa por um segundo e disse, em tom mais baixo:

– Meu querido menino, agora percebo como você deve estar sozinho. Eu gostaria que tivesse ido me ver lá em Conyers. Eu poderia ter deixado as coisas mais confortáveis para você.

– E como está o seu marido? – foi a réplica de Ivo.

– Ah, querido, não há necessidade de ser assim. No outro dia mesmo, Buckingham me dizia o quanto ele aguardava seu primeiro discurso na Câmara. Ele é um grande admirador seu!

Ivo não disse nada.

A Duquesa tentou de novo.

– Tenho a impressão de que você me disse que Reggie estava aqui. Se eu soubesse, não deveria ter trazido Sybil...

– Não me lembro de ter convidado você para vir, mãe – Ivo disse enfaticamente.

Houve uma pausa, e Cora ficou imaginando o que aconteceria em seguida. Será que Ivo contaria para a mãe sobre seu noivado? Eles tinham voltado há apenas uma hora, e aquela cena na capela ainda parecia irreal. Será que o Duque realmente a pediria em casamento, ou seria imaginação dela? Haveria algum tipo de código secreto inglês que ela desconhecia? Tudo parecia muito improvável... aquela ligação repentina, como se surgisse do nada. Ouviu passos vindo pela galeria; tinha que sumir ou seria apanhada escutando atrás da porta.

– Vim porque pensei que você precisaria de mim, querido – a Duquesa falava suavemente, mas Ivo não se entregou.

– A sua preocupação me comove, especialmente quando sei que você está ocupadíssima com seus novos deveres, mãe. Estou surpreso que Buckingham a poupe – olhou para a frente e viu Cora descendo a escadaria. – Mas aqui vem vindo a srta. Cora. Srta. Cash, por favor, venha conhecer minha mãe, que quer inspecioná-la.

Cora viu uma mulher loura, mais jovem e mais chique do que havia esperado. Esta não era a matrona com taças de *champagne* espumante que ela imaginara vagamente, mas uma beldade que não parecia ter idade suficiente para ser mãe de Ivo. Somente quando chegou bem perto é que viu a teia de linhas finas em volta dos olhos e o levíssimo desgaste da pele que denunciavam sua idade real.

– Minha querida srta. Cash, Ivo é muito grosseiro – a voz da Duquesa caiu em um arrulho tremido, como uma pombinha sedutora. – Faço questão de garantir que você seja bem tratada. Que acidente infeliz... sozinha, em uma terra estrangeira. Eu me sinto apavorada só de pensar no que poderia ter acontecido se, por acaso, Ivo não estivesse cavalgando pelo bosque do Paraíso naquela manhã! E, agora, forçada a aguentar a estada nessa casa de solteiro do meu filho! Sinto muito por você. O Duque realmente não tem ideia do que é conforto, seu gosto é realmente espartano.

Cora descobriu que tinha a vantagem de uns cinco centímetros em relação à Duquesa. Normalmente a altura lhe causava alguma timidez, mas agora ela estava muito satisfeita por ser mais alta.

– Ora, Sua Graça, eu não poderia ter sido mais bem tratada. O seu filho é realmente o anfitrião mais atento – Cora deu seu melhor sorriso americano, e seus olhos cintilaram para Ivo.

A Duquesa a examinou atentamente. A garota certamente era apresentável. Alta, com cabelos castanhos e olhos esverdeados, tinha o porte e o pescoço para ostentar a silhueta da moda na temporada. Algumas mulheres ficavam insignificantes e intimidadas com aquelas mangas enormes. Reggie estava certo: a jovem estava habituada a fazer as coisas à sua maneira. Não era uma garota cujo futuro dependesse da observação cerrada de botões de colete. Viu o olhar dela para Ivo. Um sorrira para o outro. A Duquesa não sabia se o filho percebia que tipo de garota ela era. Todas as noivas em potencial que Ivo havia encontrado (que ela pusera em seu caminho), conheciam muito bem as regras. Desde o berço haviam sido introduzidas aos rituais de seu mundo. Mas esta jovem americana vinha de um mundo completamente diferente.

– Creio que a sua mãe também está aqui... que sorte ela poder estar ao seu lado. Como qualquer mãe, ela sabia que seu lugar era ao lado da filha na hora da necessidade.

A Duquesa olhava significativamente para Ivo.

Cora detectou o olhar e sentiu o rubor inundando seu rosto. Será que a Duquesa estava dando uma deixa de que viera para salvar o filho de um casamento infeliz?

Mas a mulher sorriu tristemente e continuou.

– Faz três anos que meu filho mais velho, Guy, morreu.

Em seguida, pôs a mão no braço de Ivo por um instante. Ele não fez nenhum movimento de reação.

Escutaram vozes vindo pelo saguão.

– E como chegou aqui, lady Sybil? Na nossa terra, sempre pegamos o trem para Newport. Até mesmo com duas cabines há muita coisa para levar e trazer. No final, meu marido teve que comprar a ferrovia para não termos problemas com horários.

A sra. Cash entrou com Sybil a seu lado.

Cora notou que os olhos da Duquesa se iluminaram em cima do broche que sua mãe usava para prender o véu: era um imenso rubi em um ninho de diamantes. Talvez pela primeira vez na vida sentia-se grata pelo senso que a mãe tinha da própria magnificência. Olhou para Ivo e pensou ver uma contraçãozinha em sua boca, mas, antes de poder encontrar os olhos dele, houve uma agitação com as apresentações, e lá estavam eles sendo conduzidos para a sala de jantar.

A Duquesa demonstrou uma enorme hesitação antes de tomar o lugar que fora seu, na extremidade da mesa, em oposição ao filho. Cora viu que essa incerteza visava a Ivo, mas ele se recusou a morder a isca. Então, em desespero, a Duquesa disse, com um leve tremor em sua voz:

– Que encanto encontrar-me uma vez mais em Lulworth na minha ponta da mesa... mesmo assim, é doloroso lembrar como eram as coisas...

Ivo apenas assentiu com a cabeça e, sem olhar para a mãe, perguntou à sra. Cash se o seu trem particular tinha baias para os cavalos.

Cora sentou-se entre Reggie e o padre Oliver, com a Duquesa do outro lado de Reggie. Ela podia ver que o rapaz seria monopolizado pela Duquesa e começou a perguntar ao padre Oliver a respeito da história da capela de Lulworth. Enquanto o religioso contava detalhadamente as diversas vicissitudes do catolicismo em Lulworth, Cora podia observar a Duquesa conversar intimamente com Reggie, e o efeito que isso tinha em sua enteada lady Sybil. Cora pensou que Sybil até que tinha uma boa aparência para uma jovem inglesa, apesar das roupas fora de moda e dos cabelos horrendos. Elas deviam ter a mesma idade. Cora gostaria de saber o que a garota achava de ter a Duquesa como madrasta.

No final da refeição, a jovem americana observou um curioso ritual que a intrigara na noite anterior. Um dos lacaios estava juntando todo o conteúdo dos pratos servidos em uma porção de pratinhos de estanho. A mistura era bastante indiscriminada: peixe, *aspic* de ovos e tudo o mais empilhado nos mesmos receptáculos, que depois eram colocados em uma cesta de vime. Virou-se para Reggie e perguntou para onde ia aquela comida.

– Ah, imagino que seja para os pobres e doentes de Lulworth. É isso mesmo, Duquesa?

A mulher virou para ela sua cabeça loura.

– Sim, temos essa tradição de caridade em Lulworth. Distribuímos a comida para o pobre coitado no portão e assim por diante. É realmente uma trabalheira para a criadagem, mas eles contam com isso...

Cora olhou para a Duquesa.

– Há algum motivo para misturar toda a comida? Acabo de ver um suflê de framboesa sendo lançado no mesmo prato do carneiro. Será que seria um problema tão grande pôr a comida em pratos separados?

A colher que a Duquesa Fanny caiu com ruidosamente. Na outra ponta da mesa, o filho olhou para a frente.

– Minha querida srta. Cash, esse pessoal da vila em Lulworth não é *gourmet*. Eles ficam muitíssimos felizes por terem uma refeição, ainda que não seja preparada por Escoffier. – O tom da Duquesa era ligeiro e tinha um toquezinho de riso, mas seus olhos estavam gelados.

– Mas é preciso tão pouco para deixar a comida mais palatável! – protestou Cora. – Não há motivo para a caridade ser indigerível.

Antes que a Duquesa pudesse responder, Ivo falou:

– Realmente, não há nenhum motivo... quando você for a castelã, Cora, acho que teremos os paroquianos mais satisfeitos de todo o reino.

A mesa caiu em silêncio. A sra. Cash, que erguia um copo na direção de seus lábios, congelou. Ivo se levantou.

– Mãe, sra. Cash... peço desculpas pela simplicidade da cerimônia, mas hoje pela manhã pedi a Cora para se casar comigo e estou encantado em dizer que ela aceitou.

Houve uma pausa. Até os criados pararam de rodar em torno da mesa. A Duquesa então virou a cabeça de lado e sorriu para o filho.

– Ivo, querido, você é um perfeito romântico! Minha cara sra. Cash, por favor, perdoe esse meu filho tão impulsivo.

Nesse momento, a Duquesa arregalou os olhos azuis e disse em uma falsa consternação:

– Ih, espero que exista um sr. Cash...

A sra. Cash movimentou ligeiramente a cabeça. Não encontrava palavras para expressar seus sentimentos: choque, prazer e insulto, misturados em igual medida.

– Meu marido está em Nova York.

– Então, Ivo, você deve telegrafar imediatamente!

Com um grande rufar de cetim, a Duquesa se levantou. Um lacaio se apressou em puxar sua cadeira para trás. Ela ignorou o filho e olhou para a sra. Cash.

– Senhoras, vamos?

E com a loura cabeça erguida, dirigiu-se à porta. Enquanto percorria o comprimento da mesa, as senhoras foram se levantando uma a uma para segui-la; até Cora se levantou em um pulo. Somente quando chegou à porta é que a Duquesa parou e olhou para o filho.

Ivo levantou e foi abrir a porta.

Ao passar por ele, a Duquesa pôs um dedo enluvado em seu rosto.

– Querido Ivo, eu deveria ter vindo mais cedo. Jamais me dei conta de quanto você é importante.

Cora só entendeu o significado do que ela disse muito tempo depois.

Parte dois

LORDE BENNET

Filho mais velho e herdeiro do 6º Conde de Tankerville.

As propriedades recebidas por herança equivalem a mais de 12.500 hectares, produzindo uma renda de 150.000 dólares.

O Conde possui o único rebanho de gado selvagem encontrado na Grã-Bretanha.

Lorde Bennet, que no presente tem apenas uma pequena mesada, serviu na marinha e no exército e está com seus trinta e seis anos de idade.

Local de residência da família: castelo de Chillingham, Northumberland.

As informações foram extraídas de uma cuidadosa listagem composta de Pares do Reino, supostamente ansiosos por lançarem suas coroas e, incidentalmente, seus corações aos pés da triunfante Garota Americana."

Americanas tituladas, 1890

CAPÍTULO 10

Sra. Van der Leyden faz uma visita

Nova York, março de 1894

A Sra. Van der Leyden olhou para as cartas que estavam sobre a salva de prata. Reconheceu a letra de sua irmã, o tremido na maneira como escrevia as palavras "Washington Square" e sentiu o coração se apertar. Coitada de Effie, o "acidente" de seu marido havia sido bastante deplorável... limpar a arma com essa consequência fatal no momento em que boatos sobre o banco se disseminavam era uma coincidência infeliz! Ela sabia que a leitura da carta de Effie seria dolorosa. Sua irmã havia entregado os pontos, e ela receava os pedidos de dinheiro em cada página. Ajudaria, é claro, era seu dever, mas seria no momento e da maneira em que decidisse.

A sra. Van der Leyden pôs de lado a carta da irmã e apanhou um envelope fininho que trazia um selo estrangeiro. Reconheceu a letra do filho e imediatamente apanhou o cortador de papel de prata que fora o presente de Ward McAlister por ocasião de seu casamento. A carta do filho era afetuosa, mas curta. Retornava da França no *Berengaria*, que atracaria no dia 14. Nada sobre seus planos para o futuro ou sobre o motivo pelo qual retornava meses antes do que o planejado. Tinha a esperança de que ele houvesse dado fim a essa ideia de ser pintor e estivesse voltando para reivindicar sua posição de direito no escritório de advocacia da família. Teddy sempre fora um menino teimoso, e ela duvidava que, depois de tanto lutar, ele desistisse tão facilmente. E, então, um pensamento medonho lhe veio à mente, e a mulher rapidamente examinou a carta mais uma vez. Não, ele não fazia menção de uma companhia, ninguém que estivesse ansioso para encontrá-la. Pelo menos isso era um alívio. Uma nora estrangeira de sabe-se lá onde seria um inconveniente até mesmo para um Van der Leyden.

Ainda sem saber exatamente como andava a cabeça de seu filho, a sra. Van der Leyden apanhou o último envelope na salva: um pedaço pesado de papel cartão – algum convite. O sr. e sra. Winthrop Cash terão imenso prazer etc. no casamento de sua filha Cora com Sua Graça, o Duque de Wareham, na Igreja da Trindade, no dia 16 de março. Quer dizer que Nancy Cash afinal encontrara um título para Cora! Pessoalmente, a sra. Van der Leyden achava aquele desejo de unir o dinheiro americano à aristocracia europeia bastante vulgar... especialmente quando se tinha a sorte de usar o nome Van der Leyden, um título seria supérfluo. Ela realmente não podia censurar Nancy Cash por querer uma filha duquesa. Os Cash eram muito ricos, e Nancy, naturalmente, vinha de uma boa família antiga sulista, mas não eram lá grande coisa. Cora só fora escolhida para dançar a quadrilha no baile do Patriarca depois que uma das meninas Schoonmaker caíra doente com a febre reumática. É claro, Isobel estivera entre as oito do início, o que era seu direito de nascença sendo uma Van der Leyden. Não fazia nenhum mal lembrar de vez em quando a Nancy Cash que o dinheiro não podia comprar tudo.

Entretanto, o dinheiro poderia assegurar um duque. Martha Van der Leyden jamais ouvira falar do Duque de Wareham – o que provavelmente entrava como crédito para ele: na última temporada houvera uma boa ninhada de lordes atrás de herdeiras. O Duque de Manchester andara cortejando Isobel, mas se casara com uma herdeira de máquinas de costura de Cincinnatti. Ficou bastante claro atrás do que ele andava. Não, ela nunca ouvira falar de Wareham, mas sem dúvida era dono de alguma mansão caindo aos pedaços, precisando de reparos. Em todo caso, Cora era uma bela garota, que daria uma duquesa perfeitamente louvável. Era obstinada e talvez um tantinho leviana (houve aquela história com Teddy no baile dos Cash em Newport, o jovem jamais explicara por que estava sozinho no terraço com Cora). Não, Cora Cash se daria muito bem, e a família realmente não era nenhum obstáculo. Houve ainda aquela história do pai de Nancy que se matou no manicômio... mas, no final das contas, pensava a sra. Van der Leyden olhando para a carta da pobre Effie, esse tipo de coisa poderia acontecer nas melhores famílias.

Somente quando ela tocou a campainha para trazerem o café da manhã é que lhe ocorreu que poderia haver alguma ligação entre a chegada de seu filho e o iminente casamento da menina Cash. Certamente Teddy não seria tolo o suficiente para imaginar que poderia impedir Cora de se casar com esse duque. A sra. Cash não deixaria nada atrapalhar aquele casamento, e, pelo menos desta vez, a sra. Van der Leyden concordava com ela. Cora Cash poderia até dar uma duquesa passável, mas não era candidata que servisse para se tornar uma segunda sra. Van der Leyden. Realmente esperava que Teddy não estivesse de volta com ideias românticas. Ela pretendia se fazer de cega em relação às ambições artísticas dele; ouvira algumas coisas muito chocantes sobre modelos de artistas, mas estava pronta para deixar isso de lado, desde que tudo acontecesse na segurança de um país estrangeiro. Agora, sair atrás de uma noiva seria um escândalo que até mesmo um Van der Leyden teria dificuldade para superar...

Pôs a faca de cortar papel na salva e, para sua decepção, percebeu uma pequena mancha na moldura. Fazendo beicinho, subiu a escada para seu quarto e disse à criada para apanhar seu chapéu e seu manto. O vestido de visita era da moda do ano passado, mas ela era da geração que achava bastante vulgar estar na moda e periodicamente guardava as roupas da temporada até o momento em que usá-las não seria considerado ostentação. Estava na hora de fazer uma visita à sra. Cash. Por um momento, pensou em caminhar os setecentos ou oitocentos metros até a mansão dos Cash, na Quinta Avenida, 660 (não era um ponto lá muito civilizado), mas, quando pensou no saguão de mármore da entrada e nos lacaios em librés combinando, resolveu ir de carruagem.

Quinze anos atrás, a família Winthrop Cash havia sido alvo de zombarias gerais pela audácia ao revelar seus planos de construir uma casa urbana no extremo norte da ilha. Hoje, a mansão dos Cash, que ocupava todo o quarteirão da rua 60 com a Quinta Avenida, estava no início de uma fila de edificações elegantes que se estendia até a rua 70. Embora já não estivesse isolada, a mansão dos Cash ainda era a mais suntuosa de todas. Em uma cidade de casas de arenito castanho avermelhado, o número 660 da Quinta Avenida foi construído em pedra cor de mel. Era a primeira casa da sra. Cash, e, em seu entusiasmo juvenil, ela pedira ao arquiteto Spencer para construir-lhe um castelo. Ficou encantada quando ele mostrou todo o plano, com torretas e gárgulas. Os desenhos dos interiores vieram completos, com figurinhas usando gibões e calças apertadas ou anquinhas. A sra. Cash, que visitara o Vale do Loire em sua lua de mel na Europa, adorou aqueles desenhos tão fora do comum, tão diferentes do neoclassicismo do Sul ou da monotonia daquelas casas estreitas da cidade que adotara. Winthrop levantara algumas objeções em relação a viver no "deserto" acima da rua 44, mas logo percebeu que sua noiva não seria convencida. Ela havia mostrado os desenhos para seu pai, o Moleiro de Ouro, que arregalou os olhos ao ver as torrinhas e a sala de jantar de mais de vinte metros de comprimento e perguntou quem pagaria tudo aquilo. Nancy virou-se, pôs a mãozinha branca no braço dele e disse, olhando diretos em seus olhos:

– Ora, papai... *você*!

Não houve mais nenhuma discussão. A casa foi construída, e a campanha de Nancy para tornar-se a *sra. Cash* havia começado.

Assim que o lacaio na libré lilás e ouro dos Cash abriu a porta, sra. Van der Leyden estremeceu de irritação. Ela havia crescido em uma casa em que a porta era aberta por criadas em vestidos de lã e aventais brancos. Essa moda de homens como criados de dentro vestidos como pavões era umas das muitas coisas trazidas da Europa pelos novos ricos tão criticados por Martha Van der Leyden. Para sua cabeça de colonizadora holandesa, os homens faziam o trabalho ao ar livre, tratavam dos cavalos ou cuidavam do jardim, não andavam empinados por aí em calções até os joelhos, fazendo trabalho de criadas.

Um momento depois, a sra. Van der Leyden estava sentada ereta em um dos sofás Luís qualquer coisa na sala de visitas da sra. Cash. Qualquer mulher de menor *status* poderia sentir-se intimidada pela simples escala daquela sala com sua *boiserie* francesa original, suas tapeçarias flamengas e um tapete Aubusson, considerado o maior jamais feito. A sra. Van der Leyden estava muita segura, sabendo que, sem sua presença, nenhuma reunião social nesta cidade seria considerada verdadeiramente respeitável. Não tinha nenhum medo de descobrir que a sra. Cash *não* estivesse em casa.

A anfitriã velejou pelo Aubusson afora na direção dela. Normalmente, a sra. Cash não costumava receber visitas tão cedo (era demorado ajeitar os véus e a gaze de modo que a satisfizesse), mas esta era uma exceção. Ela olhava para a frente, vendo seu novo *status* como a mãe de uma futura duquesa reconhecida pela temível Martha Van der Leyden.

– Minha cara sra. Van der Leyden, que prazer inesperado! Não vi quase nenhuma alma desde que retornamos da Europa. Estamos ocupadíssimos com os preparativos do casamento. Espero que tenha recebido seu convite. Não é a melhor época do ano para se casar, todo mundo tão ocupado com a temporada, mas Cora e Wareham estão impacientes, os queridos, e não quiseram esperar. Tenho certeza de que a adorável Isobel jamais seria tão desconsiderada como a teimosa da minha filha!

As duas sabiam, é claro, que as perspectivas matrimoniais de Isobel Van der Leyden pareciam cada vez mais distantes a cada ano que passava.

– Devo cumprimentá-la, sra. Cash. Conte-me um pouco sobre o duque, sou uma ignorante em relação à aristocracia inglesa. Não me lembro de tê-lo visto por aqui – a sra. Van der Leyden abaixou o olhar.

– Ah, não, Wareham nunca veio à América. Cora e ele tiveram a ideia de se casarem na capela em Lulworth, que é a residência dos Maltravers no interior, mas eu estava decidida a fazer Wareham ver um pouco da terra de sua noiva. Tenho a impressão de que os ingleses pensam que ainda vivemos atrás de paliçadas.

A sra. Van der Leyden concordou seriamente com ela, sem uma piscadela que traísse sua compreensão de quanto o casamento de Cora com um duque significava para a sra. Cash.

– É simplesmente cabível Cora se casar na terra de sua família...

A sra. Cash sorriu com gratidão. Se a sra. Van der Leyden achava que era cabível, é porque estava tudo bem.

– Perdoe-me toda essa conversa de casamento. Como está o caro sr. Van der Leyden? Ele ainda anda de bicicleta no parque? Um vigor tão juvenil! Eu ficaria alarmadíssima se Winthrop resolvesse fazer algo assim tão cheio de energia!

– Cornelius sempre foi o primeiro a experimentar as novidades. Creio que a nossa foi a primeira casa no quarteirão a ter luz elétrica. De minha parte, não vejo nada de errado na maneira como são as coisas, mas os homens Van der Leyden são todos a favor do progresso. Quando Teddy chegar de Paris, no mês que vem, serei superada em número.

Tendo introduzido o verdadeiro motivo para sua visita na conversa, a sra. Van der Leyden observou atentamente sua anfitriã, mas a sra. Cash não pareceu perturbada.

– Você deve estar muito feliz porque ele está voltando. Sei que Cora ficará encantada... e, naturalmente, devo muito a seu filho – a sra. Cash apontou acerbadamente para o lado velado de seu rosto. – Espero que ele esteja de volta a tempo de ir ao casamento.

– Sim, o navio dele chega no dia 14.

– O *Berengaria*...? Ora, é o navio em que estão o Duque e seu grupo! Ele traz sua mãe, que hoje é a Duquesa de Buckingham. Estou ansiosa por mostrar Nova York a ela.

A sra. Van der Leyden não tinha nenhum interesse em duquesas. Seu negócio com a sra. Cash estava encerrado: ela havia advertido aquela mulher do retorno de seu filho. Vestiu as luvas e preparou-se para sair.

– Dê minhas lembranças a Cora. Lamento não poder vê-la hoje, mas logo a verei vestida de noiva.

A sra. Van der Leyden percorreu todo o Aubusson, certa de que a sra. Cash, evidentemente quem mais tinha a perder, não mostrara a menor preocupação com a iminente chegada de Teddy.

Ao descer os amplos degraus de mármore, viu Cora entrando com sua criada e seguida por um lacaio sobrecarregado de pacotes. Até mesmo para o olho desaprovador da sra. Van der Leyden, a garota parecia radiante. Estava usando um vestido marrom feito sob medida e de corte tão severo que em qualquer outra garota ficaria medonho, mas em Cora, com seus cabelos castanhos e seus olhos brilhantes, era uma simples moldura. Van der Leyden compreendeu por que a sra. Cash não se preocupava com a chegada de Teddy. Pela primeira vez, em muitos anos, aquela mulher, que já vira de tudo estava surpresa: evidentemente Cora Cash estava apaixonada. Aquele olhar era inequívoco. A sra. Van der Leyden estava tão habituada a ver o amor nos lugares mais inconvenientes que se sentia quase tocada pela ideia de que uma garota de tal beleza e riqueza estivesse realmente se casando com um duque porque o amava.

Cora olhou para a frente e a viu.

– Sra. Van der Leyden, estou contentíssima por vê-la. Agora sei que estou mesmo em Nova York. Todo mundo se esforça tanto para ser europeu que mal sei onde estou, mas, agora que a vi, sei exatamente onde estou. Como estão Isobel e Teddy?

Cora não conseguiu evitar o sorriso ao dizer o nome de Teddy, e, por um instante, a sra. Van der Leyden sentiu seus receios voltarem.

– Os dois estão muito bem e esperando vê-la casada. A sua mãe me contou tudo sobre a cerimônia. Será o espetáculo do ano!

– Ah, a senhora conhece minha mãe... tudo tem que ser do melhor. A senhora disse que Teddy vem para o casamento? Pensei que ele estivesse na Europa. Eu estava planejando vê-lo durante a lua de mel. Por que ele volta tão cedo? Pensei que estivesse estudando em Paris...

A sra. Van der Leyden deu um sorrisinho.

– Quem é que sabe o que faz os rapazes mudarem seus planos? Talvez tenha perdido seu coração para uma marquesa francesa e esteja vindo pedir a minha bênção. Vocês jovens parecem achar a Europa muito romântica!

Van der Leyden foi recompensada vendo Cora enrubescer, e o amplo sorriso da jovem hesitar.

– Quando é que Teddy volta? Eu gostaria muito de vê-lo. Ivo e eu vamos embora logo depois do casamento. Espero conseguir falar com ele, já que não sei quando voltarei...

Por um instante, ela pareceu um tantinho desconsolada, ao se dar conta da vastidão do Atlântico entre a Quinta Avenida e seu destino.

A sra. Van der Leyden deu um tapinha em seu braço.

– Recebi a carta de Teddy essa manhã, sei que ele estará aqui para o seu casamento.

Ela não via nenhuma razão para mencionar que Teddy estaria viajando no mesmo barco do noivo de Cora. Deixava aquilo para a sra. Cash.

– Adeus, minha querida.

A sra. Van der Leyden sapecou-lhe um beijo no rosto.

Ela sentiu o calor da pele de Cora junto da sua. A garota queimava. Estava na hora de se casar.

No quarto de Cora, Bertha estava abrindo um dos trinta baús que haviam chegado no dia anterior da Maison Worth, em Paris. Depois do noivado, a sra. Cash não se demorou mais em Lulworth, embora Cora preferisse permanecer por mais tempo. Mãe e filha foram a Paris, onde passaram um mês em provas na Maison Worth e comprando sapatos, chapéus, luvas e joias. A sra. Cash havia planejado esse momento durante anos. Um ano antes, ela mandara Worth tirar as medidas de Cora para poderem começar a criar o enxoval. Quando a jovem descobriu até que ponto a sra. Cash havia planejado por antecipação, perguntou-lhe como ela poderia estar tão certa de que a filha se casaria naquele ano.

– Porque essa sempre foi a minha intenção – disse a sra. Cash.

Bertha apanhou um pacote embrulhado em tecido e o abriu com todo o cuidado. Era um espartilho. Enquanto o segurava, Cora entrou com uma revista na mão.

– Traga isso aqui, Bertha. É sobre o que uma tal sra. Redding escreve na *Vogue: O espartilho da noiva é feito de cetim rosa, bordado com pequenos cravos brancos, e todo o decote tem uma borda de renda valenciana em pontas. Os ganchos, a grande presilha e as fivelas das ligas das meias são todos feitos de ouro puro salpicado de diamantes.* Tudo certo, menos essa história de diamantes. Por que alguém botaria diamantes no espartilho? Fico morta de vergonha só de pensar que alguém possa me achar tão idiota!

Bertha não disse nada. Não lhe competia mostrar que, mesmo sem os diamantes, o espartilho de Cora pagaria seu salário dos próximos vinte anos. Os ganchos foram feitos de ouro de 21 quilates, e a seda do espartilho fora tecida sob encomenda em Lyons. E esse espartilho era apenas um dos cinco do enxoval de Cora. Só a renda nas incontáveis camisolas, *peignoirs*, toalhas para enrolar os cabelos, combinações e anáguas talvez valesse mais do que diamantes, pois tudo era feito à mão, e parte fora usada pela rainha francesa que teve a cabeça cortada.

E, depois, os vestidos: noventa. Cada um deles embrulhado em metros e metros de papel de seda e suspenso em uma moldura para não serem amarrotados. Eram vestidos de dia, simples, para escrever cartas de manhã, trajes de montaria azul-escuro e verde-garrafa; vestidos para visitas com as mais amplas mangas bufantes e bainhas enfeitadas com passamanaria; trajes de corte rigoroso para velejar (sem enfeites, mas com fitas e cordões); vestidinhos leves para o chá (com rendas e uma silhueta muito complacente), que podiam ser usados sem o espartilho. Vestidos para o teatro, de golas altas e mangas compridas; vestidos para o jantar, com decote rente e mangas curtas; vestidos para ópera, com decotes discretos e manga três quartos; vestidos de baile, com grandes decotes e cauda e... naturalmente, o vestido do casamento, com tantas pérolas costuradas na cauda que, ao varrer o chão, fazia barulhinhos como fadinhas caminhando pelo cascalho. Para não mencionar as peles: a sra. Cash encomendara um casaco de marta para Cora, moldado em cima de um que a Grã-Duquesa Sophia havia usado em Paris – era tão pesado que só podia ser usado estando ela sentada. Bertha lembrou o frio úmido de Lulworth e pensou que Cora bem deveria sentir-se grata pelo capote, e por todas as outras estolas e dólmãs, casacões e regalos com bordas de pele que a sra. Cash julgara necessários para uma duquesa.

A mãe de Cora quis encomendar os mantos ducais da filha, mas, quando escreveu para a Dupla Duquesa a respeito disso, Sua Graça respondera que esses "mantos nunca são comprados, mas herdados." A sra. Cash, que tinha a impressão de que os mantos herdados em Lulworth seriam tão bolorentos e cheirando a mofo como tudo por ali, tentara protestar, mas a sra. Wyndham a levara para o canto e dissera que mofo e bolor eram muito valorizados entre a aristocracia porque mostravam que o título era antigo. Somente os títulos novos mandavam fazer mantos novos. A sra. Cash se deixara derrotar, mas continuava sem entender por que os ingleses gostavam de coisas tão esfarrapadas. Foram necessárias semanas para convencer Wareham a instalar um banheiro de boa qualidade para Cora em Lulworth. Ele parecia achar que nada havia de errado com uma duquesa precisar se lavar em uma bacia de cobre na altura dos quadris diante da lareira. Bertha ouvira toda a história quando a sra. Cash desabafara para Cora, que dera gargalhadas com sua paixão americana pelo progresso, mas a criada sabia que, no fundo, lá dentro, sua patroa se sentia aliviada. Cora adorava o lado romântico de Lulworth, mas Bertha a vira tremendo quando descia para o jantar em um vestido de noite decotado e vira a cara dela quando encontrou gelo nos caixilhos da janela de seu banheiro.

Ali, no quarto de Cora, estava um calorzinho agradável. A casa dos Cash tinha o mais recente sistema de aquecimento a vapor, instalado durante sua construção. Até os aposentos da criadagem eram aquecidos. Bertha pensou no sótão cheio de correntes de vento em que havia dormido em Lulworth, e não era a primeira vez que tinha dúvidas se seu destino realmente estaria na Inglaterra. Mas aí pensava em Jim e naquela noite nos estábulos em Sutton Veney. Uma vez ele escrevera para ela em Lulworth. Não era exatamente uma carta, mas era a primeira correspondência de natureza sentimental que Bertha havia recebido em toda a sua vida, e ela a carregava por todos os cantos, enfiada perto da pérola negra.

Cora lia em voz alta de novo. Estava fascinada com todas as matérias sobre seu casamento que saíam nos jornais. Em público, era de muito mau gosto admitir que se lia algum desses jornaizinhos de escândalos, mas, em casa, Cora os devorava.

– O *Tópicos da cidade* tem páginas e páginas sobre o casamento. Diz que a minha partida para a Europa arrasou corações por toda a Nova York e que o meu casamento privará a sociedade nova-iorqina de uma de suas estrelas mais brilhantes. *É uma pena que uma das maiores herdeiras que já tivemos leve seus talentos e sua fortuna para o exterior, em benefício de algum castelo inglês dilapidado, em vez de entregar sua beleza e sua riqueza a algum compatriota...!* O *Tópicos da cidade* já havia declarado que, no verão passado, Newport esperava que a srta. Cash anunciasse um casamento mais patriótico. *Só podemos pressupor que a ambiciosíssima sra. Cash seja responsável pela mudança de rumo de sua filha. A sra. Cash há muito buscava ser a anfitriã mais importante de seu tempo, e ter uma filha duquesa só traria esse dia para mais perto...* Não poderiam estar mais errados, é claro! Minha mãe não tem nada a ver com o meu casamento. Por que as pessoas não se dão conta de que tenho minha própria cabeça?

Mais uma vez, Bertha não disse nada. Cora jogou o papel no chão. A criada contava luvas de couro finíssimo. Trinta e dois, trinta e três, trinta e quatro... deviam ser uns cinquenta pares. As luvas de Cora jamais duravam mais do que uma noite. Bem apertadas e tão finas que as unhas eram visíveis através do couro translucente, levavam horas para serem colocadas e horas para serem tiradas. Cora tinha ataques de impaciência quando Bertha tentava tirá-las sem estragar, enrolando-as cuidadosamente. Em geral, quando chegava a noite, Cora a dispensava e arrancava as luvas com os dentes. Bertha estava acostumada, mas sempre sentia um aperto, pois luvas de couro fino e com aquela qualidade sempre rendiam 25 centavos o par na loja de troca de roupas em que a criada vendia as roupas usadas da garota. A sra. Cash sempre pedia os recibos desses vestidos, mas as luvas estavam abaixo de sua percepção. Bertha se perguntava se em Londres haveria algum comércio de luvas de couro!

A porta abriu, e a sra. Cash entrou carregando uma enorme caixa de couro azul nas duas mãos. Cora não se levantou. Desde o noivado, Bertha havia notado que Cora estava com muito menos medo da mãe. Em todo caso, a sra. Cash não parecia perceber.

– Que bom que você voltou, Cora! Tenho algo para lhe mostrar.

Sentou-se ao lado da filha no sofá e tocou no fecho da caixa de couro azul. Ela se abriu com um clique pesado, e, lá do outro lado da sala, Bertha podia ver milhares de pontos iluminados dançando pelo teto quando um raio de luz atingiu o conteúdo.

A sra. Cash apanhou a tiara de dentro da caixa e a colocou na cabeça de Cora. Era um diadema de estrelas que cintilavam contra o belo castanho dos cabelos da jovem.

– Graças a Deus você não puxou os cabelos de seu pai, querida. Diamantes são um desperdício em louras!

Cora foi até o espelho para ver como estava e, diante do reflexo, não conseguiu deixar de sorrir.

– Ah...! É linda, mãe! Onde você conseguiu isso?

– Mandei a Tiffany fazer uma cópia de uma tiara que pertenceu à imperatriz da Áustria. Ela tem cabelos castanhos como os seus. Você precisará de uma tiara quando se casar, e eu queria que fosse algo leve e gracioso. Vi algumas joias realmente medonhas em Londres... gemas imensas com uns engastes horrorosos! Realmente... qual é o problema com os diamantes brutos?

Cora virou a cabeça de lado.

– Eu me sinto a própria duquesa quando estou usando isso!

Fez uma solene reverência para seu reflexo no espelho. A sra. Cash ajeitou uns fios de cabelos que escapavam da tiara. Cora olhou para sua mãe e ficou espantada ao perceber que o olho bom estava úmido.

Quarenta e oito, quarenta e nove, cinquenta, cinquenta e um. Havia um par de luvas a mais. Um par de luvas novas seria pelo menos um dólar, e, na opinião de Bertha, pegar o que estava em excesso não era o mesmo que roubar. Olhou para a frente para ver se as mulheres estavam prestando atenção nela – mas as duas estavam muito absortas uma com a outra. A criada pegou as luvas e as enfiou no bolso. Ela poderia querer se casar um dia...

CAPÍTULO 11

A estação de Euston

Duas semanas depois que sua mãe fizera o caminho de volta à Quinta Avenida, Teddy Van der Leyden viu-se percorrendo as mesmas vias. Depois de dez dias a bordo, o jovem estava alegre e disposto a dar uma caminhada na luminosa manhã gelada. Disse para si mesmo que era o exercício que ele queria, mas havia outra razão para caminhar – precisava pensar. Quando ouvira falar do noivado de Cora, imediatamente tivera uma sensação irracional de perda. Não estava exatamente surpreso com o noivado, encontrar alguém seria apenas uma questão de tempo; o que Teddy não esperava é quanto isso teria importância para ele. Soubera da notícia por meio de um conhecido em Paris, que se deleitava com o acaso e a sorte de tudo aquilo. Wareham é um sujeito de sorte, dissera o baronete de inclinação artística, pois a garota americana literalmente caíra no colo dele. Ela havia caído do cavalo durante uma caçada, e Wareham a encontrara. Uma semana depois, estavam noivos. Não poderia ter sido em hora melhor para ele, Lulworth era um velho celeiro caindo aos pedaços e Wareham tivera que pagar todos aqueles enterros: primeiro o pai, depois o irmão. Em todo caso, dizem que a garota, a srta. Cash, tem potes e potes de dinheiro, e com isso ele poderia arrumar tudo. *O quê? Você a conhece? Ela é tão rica quanto dizem? Mais rica ainda? Eu bem gostaria de estar naquele matagal quando ela levou o tal tombo...*

Naquela noite, Teddy tomou absinto e passou o dia seguinte em uma névoa desagradável, apoiado na sensação de que algo estava muitíssimo errado. Somente à noite é que se deu conta de que havia sido o noivado de Cora que causara essa sensação de pavor. Era ele quem despachara para isso e agora não estava gostando da ideia. Fora a Londres para procurá-la, mas a jovem já havia partido para Nova York. Até mesmo quando estava comprando a passagem para o SS *Berengaria*, Teddy sabia que aquilo era um equívoco – ele fizera sua opção naquela noite em Newport, e agora Cora fazia a dela. Mas ele ia em frente. Se a jovem realmente amasse seu duque, Teddy não poderia fazer nada, mas, se ela estivesse sendo forçada por sua mãe a entrar em um casamento dinástico, ele a salvaria. Tinha que falar com Cora uma vez, antes que ela desaparecesse em um mundo de mansões e coroas ducais.

Havia passado alguns dias em Londres em uma bruma de impaciência. Ao saber que os Cash haviam retornado a Nova York, Teddy só queria voltar para a América. Fora automaticamente à estação de Euston para tomar o trem para Liverpool, só queria estar em seu destino. No entanto, uma cena perfurou aquele seu embotamento: um casal na plataforma em Euston, um homem e uma mulher olhando um para o outro com tal intensidade que Teddy sentiu-se quase chamuscado. Achou a mulher bonita, via a bela curva de seu rosto sob a aba profunda do chapéu que ela usava. O rapaz era alto e moreno, e Teddy sentiu que havia uma tensão em seus ombros e em seu maxilar. O casal permaneceu ali, imóvel, uma ilha estática no meio da frenética agitação e clamor do tráfego trem-navio. Eles não falavam, toda a comunicação estava em seus olhares. E então Teddy viu a mulher pegar a mão de seu parceiro com um gesto pequeno, quase bravio, e puxá-la para dentro do regalo de pele que carregava. Ela olhou desafiadoramente para ele. O homem inclinou-se para a frente rigidamente, sussurrou algo nos ouvidos da mulher. Retirou a mão do regalo e ficou ereto, embora seus olhos jamais deixassem o rosto de sua parceira, que se virou e desceu a plataforma. Ele ficou olhando. Teddy queria saber se a mulher olharia de novo para ele, mas ela continuava caminhando. Houve um apito da locomotiva, e o homem teve um sobressalto e se dirigiu ao trem. Teddy continuou observando a mulher e foi recompensado por um vislumbre de seu rosto velado, que finalmente olhava para trás. O homem desaparecera dentro do trem. Teddy queria dizer para ela que o rapaz havia esperado o tempo que lhe foi possível, que não perdera a fé.

A cena ficou em sua cabeça enquanto embarcava no *Berengaria*. A maneira como a mulher puxara a mão do homem para seu regalo insinuava alguma intimidade... mas não casamento, pensou Teddy. Casais casados se abraçam abertamente; aquele gesto falava de segredo. Ela queria algo dele, mas será que ele dera? Teddy não tinha muita certeza.

A travessia foi árdua, e Teddy passou a maior parte do tempo em seu camarote, enquanto o navio balançava nauseantemente de uma onda a outra. No quarto dia, o tempo clareou, e Teddy aventurou-se pelo convés. Caminhava muito instavelmente até um grupo de poltrona do vapor quando viu o sujeito da estação conversando com duas mulheres. Teddy quase o cumprimentou alegremente, já que aquele homem estivera em grande parte de seus pensamentos nos últimos dias, mas é claro que o rapaz não o vira e não tinha a menor ideia de quem fosse ele. O comissário que estava ao lado de Teddy viu a direção de seu olhar e perguntou se ele conhecia Sua Graça, o Duque de Wareham. Teddy negou com a cabeça – sentiu voltar aquela sensação desagradável quando se deu conta de que era o noivo de Cora. Tentou sair dali, mas o comissário estava decidido a falar sobre o Duque, sobre sua mãe, a Duquesa, sobre a enteada da Duquesa, Lady Sybil, e sobre como estavam todos indo assistir ao casamento do duque com uma garota americana, a garota mais rica do mundo, diziam. O Duque era um cavalheiro, muito educado com a tripulação, e sua mãe, a Duquesa, puxa, era algo, uma verdadeira senhora! Teddy não aguentou mais e despachou o comissário, pedindo um caldo. Embrulhado em cobertas de lã em sua poltrona, com um livro cobrindo seu rosto, o jovem conseguia observar o Duque sem ser visto. Era moreno para um inglês, e magro. Suas feições eram volúveis, poupadas da fraqueza por um forte nariz romano. Enquanto escutava sua mãe contar alguma história, o Duque sorria, mas Teddy achou que ele parecia desligado, como se estivesse pensando em outra coisa. A mãe dele também percebeu isso e bateu em seu braço com o guarda-sol. O Duque levou um susto, recompôs-se e ofereceu o braço para as duas senhoras, para fazerem o circuito do convés. Constituíam um trio gracioso.

Pelo resto da viagem, Teddy se escondeu no camarote. Não queria voltar a ver aquele homem de novo. Receava uma apresentação, que inevitavelmente resultaria em conversa sobre Cora. Quando chegaram a Nova York, ficou fazendo hora em seu camarote até ter a certeza de que o grupo ducal havia desembarcado. A última coisa que desejava era encontrar Cora no cais.

Agora, conforme se aproximava do parque, Teddy ainda não tinha a cabeça muito clara. Voltara da Europa porque desejava dar uma opção a Cora. Mas... será que tinha o direito de contar para ela o que vira na plataforma em Londres? Estava certo de que havia testemunhado uma despedida de amante. Aquilo lhe daria uma vantagem, vantagem essa que não merecia... afinal, ele tivera sua chance com Cora, mas ficara muito assustado com toda aquela parafernália dela. Teria o direito de estragar as chances de seu rival? Será que desejava Cora nesses termos? Estava na esquina do quarteirão ocupado pela mansão dos Cash. Ao subir a rua, viu a sra. Cash e a Duquesa entrando em uma carruagem. Tocou a campainha e entregou seu cartão ao lacaio.

Agora ele ouvia um farfalhar, e uma visão em verde descia correndo a escadaria. Sua primeira impressão foi de que Cora havia mudado, mas de maneira que ele não conseguia definir imediatamente. A jovem correu até ele e tomou suas mãos.

– Teddy, estou tão contente de vê-lo aqui! Você foi esperto de vir na hora em que minha mãe está fora. Ela só sabe falar do casamento – Cora segurou-o pelo braço. – Vamos para a biblioteca, a sala de visitas está cheia de presentes do casamento. Você está muito bem, muito continental e distinto. Como está a pintura? Devo posar para você quando me tornar uma duquesa? Ou você é importante demais para pintar senhoras da sociedade? Ouvi dizer que John Sargent está sempre mandando embora pessoas quando não se interessa por elas.

Teddy via que ela estava nervosa, tentando preencher a sala com aquela tagarelice, em uma tentativa de não deixar restar espaço para a falta de jeito. Cora estava linda, mas tensa, ele via pontinhos vermelhos em seu rosto e seu pescoço.

– Paris foi tudo o que eu esperava. Está muito à frente de Nova York. Tive a sorte de trabalhar com Menache por algum tempo. Ele disse que tenho talento.

Teddy olhou para suas mãos.

– Que maravilha, Teddy! Eu sei o quanto você o admira – Cora sorriu.

Um silêncio se espalhou. O fato de ela estar prestes a se casar pesava entre os dois. Por fim, Teddy entrou no assunto.

– Cora, vim aqui porque desejava ter a certeza de que você está feliz. Não tenho nenhuma dúvida de que sua mãe, seu duque e a sua costureira estão felizes, mas eu só queria saber se você também está – fez uma pausa, percebendo que estava sendo uma tanto superficial. Cora pensaria que ele estava implicando com ela. – Vim hoje porque me dei conta de que no verão passado você me ofereceu algo precioso, e fui tolo demais por não aceitar. Não... por favor, deixe-me falar!

Cora tentava afastar as palavras dele com as mãos, como se fossem abelhas prestes a ferroá-la.

– Bom, você está noiva e vai se casar, não tenho nenhum direito de dizer qualquer coisa, mas... Cora, será que você pode me dizer se é isso mesmo que quer, que você ama esse homem e quer estar com ele?

A garota deixou a cabeça pender. Pegou uma bolinha de tecido pendurada na franja de seu corpete. Mas, quando afinal olhou para Teddy, seu rosto estava vermelho, e seus olhos estavam furiosos.

– Como é que você tem a coragem de vir e se oferecer para me salvar?! No verão passado, não me ajudou quando eu pedi, mas agora que não preciso da sua ajuda, você volta. Tarde demais, Teddy.

Cora puxou a bolotinha verde com tanta força que ela saiu em sua mão. Teddy tentava falar, mas ela continuou.

– Você realmente *acha* que eu me casaria com um homem só para agradar minha mãe?

– Você ama esse homem? – Teddy se forçou a perguntar, ainda que tivesse medo da resposta.

– Como é que você me faz essa pergunta? – Cora virou a cabeça para o outro lado.

– Eu só quero ter certeza. Se você responder sim, esta conversa termina agora, e podemos fingir que ela nunca aconteceu... Mas, se você não pode dizer sim, estou aqui.

Cora continuava olhando para longe. Sem pensar, ele estendeu a mão para tocar naquele rosto ruborizado. Sentiu que a jovem hesitava. Como poderia contar para ela agora o que sabia sobre o Duque? Cora não acreditaria. Afinal, o que ele vira? Uma despedida, uma despedida apaixonada, mas uma despedida. Se o Duque tinha que pôr sua vida em ordem antes do casamento, é claro que não havia nada de tão terrível nisso – não mais do que haveria em Cora despedindo-se dele agora. Qualquer coisa que dissesse pareceria motivada pelo ciúme. Teddy queria endireitar as coisas com ela.

– Cora, sei que você está muito bem, não fique chateada comigo. Eu só vim porque me preocupo com você.

Cora percebeu a armadilha na voz dele, e seu rosto suavizou. Ia começar a dizer alguma coisa quando a porta da biblioteca se abriu, e a garota que Teddy vira com o Duque no barco entrou.

– Ih, desculpe, Cora. Eu não sabia que você estava com visita.

Houve uma pausa.

Cora se sacudiu e, quando falou, sua voz era clara.

– Sybil, este é o Teddy Van der Leyden. Teddy, esta é Lady Sybil Lytchett, a meia-irmã do Duque e uma das minhas damas de honra.

A voz dela estava um pouco alta demais. Teddy sentia uma advertência naquele tom.

Sybil estendeu a mão atabalhoadamente.

– Só vim perguntar se você poderia me emprestar alguma coisa para usar esta noite. Eu sei que é uma imposição horrível, mas vocês todos se vestem com tanta elegância por aqui, e eu já usei três vezes o meu melhor vestido de noite. Sua mãe me deu uma daquelas levantadas de sobrancelha ontem à noite. Eu pensei que ia morrer. Tudo bem que a mamãe costuma dizer que a boa educação transparece, mas francamente, Cora, prefiro estar bem vestida a ser bem-educada.

Cora teve que sorrir, havia algo muito atraente na falta de malícia de Sybil.

– Claro, você está mais do que convidada a pegar qualquer coisa em meu guarda-roupa! Vou até lá ajudá-la a encontrar alguma coisa. O sr. Van der Leyden estava mesmo de saída...

Virou-se para Teddy.

– Espero que você vá nos visitar na sua próxima viagem à Europa. Não sei o que farei lá sem todos os meus velhos amigos!

Olhou para ele, que pensou ter visto algum vestígio de dúvida nos olhos de Cora. Ficou pensando mais uma vez sobre a cena na plataforma: o que ela realmente sabia sobre seu duque? Por um instante, ele se esqueceu de si mesmo e sentiu-se apreensivo ao pensar nessa radiante garota americana entrando nas sombras do Velho Mundo. Mas ela estava sorrindo, um sorriso social, luminoso, firme, para benefício de sua futura cunhada, e Teddy sabia que devia ir embora.

– Com toda certeza irei vê-la na Europa. No mínimo, para entregar seu presente de casamento. Pensei em uma bicicleta, quem sabe? Sei o quanto você gosta de pedalar!

Cora olhou para ele, que sabia que ela também estava pensando naquele dia em Newport, quando ela caíra da bicicleta. Os dois estavam pensando no que poderia ter sido. Teddy foi até a porta e se virou.

– Se você algum dia precisar de um velho amigo, estarei aqui.

Não conseguiu dizer mais nada. Inclinou-se para Sybil, apertou a mão estendida de Cora e foi embora.

Lá fora, na luz do sol, sentiu-se meio idiota. Quis tirar Cora de uma gaiola ducal, mas aparentemente ela estava entrando por livre e espontânea vontade. Havia manipulado tudo muito mal. O que a garota desejava (agora ele percebia) era amor, e Teddy só oferecia proteção. A essa altura, era tarde demais, o casamento aconteceria em menos de uma semana. Tinha que escrever para ela. Pelo menos assim Cora saberia como ele realmente se sentia: não queria salvá-la, só queria desligar-se dela.

Desceu a Quinta Avenida com as mãos no bolso do casacão, compondo a carta na cabeça.

Estava tão preocupado que não notou a carruagem da sra. Cash voltando para a casa, mas ela reparou nele. Esperava que a filha não estivesse tão confiante. Talvez fosse bom monitorar os visitantes e a correspondência de Cora até que a garota estivesse casada, em segurança. Cora era muito impulsiva, e o Duque tinha pavio curto. Se eles tivessem alguma briguinha ridícula, e a jovem fosse buscar consolo em Teddy Van der Leyden... a sra. Cash estremeceu. Se ao menos o Duque tivesse permanecido em Nova York em vez de sair naquela absurda expedição de caça! Era um comportamento muito estranho, tão perto do casamento, especialmente depois de todas aquelas questões desagradáveis em cima dos acordos do matrimônio. Winthrop não quis contar a ela todos os detalhes, mas parece que o Duque tinha ficado bastante incomodado pelo fato de que o dinheiro fora passado diretamente para Cora. Ele disse que achava o pressuposto por trás daquilo muito ofensivo. Como poderia haver separação de propriedade entre marido e mulher? Mas Winthrop fora firme: Cora era sua única filha e ele tinha que proteger seus interesses. Logo depois dessa conversa, o Duque anunciou que iria caçar. A sra. Cash havia esperado que Cora fizesse objeção, mas sua filha não protestou. Somente a Duquesa discutiu com o filho, mas sem resultado. Wareham fora lá para cima com seu padrinho Reggie e o criado, para caçar patos. Com isso, os números ficaram desiguais no jantar. Tinha sido muito bom ver Teddy saindo da casa, ela pensou, e quase ia convidá-lo para o jantar, para entreter a pobre Lady Sybil. Sorrindo como sempre ao ver seus lacaios altos esperando para dar-lhe a mão para descer da carruagem (eles eram realmente os melhores espécimes de Nova York), ela começou a revisar a lista de solteiros divertidos que poderiam ser convocados para o jantar daquela noite.

CAPÍTULO 12

Dois cigarros

Na área da criadagem do número 660 da Quinta Avenida, a partida do Duque e a visita de Teddy Van der Leyden eram tema de muita especulação. O mordomo, que era inglês, sustentava que Ivo era um cavalheiro esportivo que preferia caçar patos a ser posto em exposição na sala de visitas da sra. Cash. Mas a governanta estava convencida de que ele saíra mal-humorado porque não estava conseguindo pôr as mãos em todo o dinheiro de Cora – cada detalhe da discussão entre o Duque e o sr. Cash no estúdio da sra. Cash fora ouvido pelo lacaio. Um relatório completo da discussão estava até sendo transformado em uma coluninha picante no *Town Topics* – o Coronel Mann, o editor, fizera saber que estava preparado para pagar generosamente por qualquer informação relacionada ao casamento Cash. O Coronel Mann talvez estivesse mais bem informado sobre o desacordo entre o pai da jovem e seu futuro marido do que a própria Cora. Winthrop Cash não queria aborrecer sua filha e o Duque não conversou sobre essas coisas com ninguém. Dissera a Cora que queria distância de "toda aquela gente que ficava de olho" nele e, depois de ler o *Town Topics* daquela manhã, com uma lista de todos os quadros e móveis finíssimos que o Duque vendera no ano anterior, ela só poderia concordar. Se Cora se sentia ofendida, mal conseguia imaginar como ele se sentira.

A discussão estava agitada, todos tomavam partido. Somente Bertha não dizia nada, o que não era assim tão fora do comum. Sendo a única criada superior negra, sua posição era estranha: ninguém pedia sua opinião diretamente, mas, como criada de Cora, ela conhecia toda a informação pela qual eles tanto ansiavam. Contudo, não era por lealdade à jovem que Bertha permanecia calada, ela simplesmente não escutava o tumulto à sua volta, ainda revivia a cena de anteontem na alfândega de

Nova York. Cora quis encontrar o grupo do Duque no cais e levara a criada para acompanhá-la. Para a sra. Cash, toda aquela expedição era muito inconveniente, mas ela não conseguiu dobrar a filha. Fazia muito frio para ficar de pé no saguão da alfândega, e Bertha havia desejado ter, como sua patroa, uma estola e um regalo de pele. Finalmente, o grupo do Duque apareceu lá do outro lado (o *Berengaria* desembarcava seus passageiros pela ordem de precedência). Cora deu um gritinho animado e correu para o alto vulto do Duque. Bertha sabia que deveria contê-la, mas congelou ao ver outro vulto de pé um pouco à direita do grupo, carregando uma valise. A altura e os cabelos louros a fizeram lembrar-se de Jim. O homem tinha aquele mesmo andar de gato... e então se aproximou, e um raio de luz de uma abertura no teto caiu sobre seu rosto. Era Jim! De alguma forma, ele estava ali e sorria para ela. Bertha queria correr para perto dele como Cora correra na direção de Ivo, mas tinha que se manter modestamente atrás da patroa. Ela só podia levantar a mão enluvada em cumprimento e ver Jim piscar em retorno. Ninguém mais percebeu essa conversa silenciosa, pois todos olhavam para Cora, que estava correndo para perto do Duque. Quando se encontraram, surgiu um clarão, e o cheiro ácido e seco do magnésio se espalhou pelo ar úmido da alfândega. O fotógrafo do *Herald*, mandado para cobrir todas as embarcações que chegavam da Europa, batera a fotografia de sua carreira: srta. Cora Cash, radiante em peles, braços estendidos, e o Duque de Wareham em posição de sentido, com os braços erguidos como para evitar um golpe. Era um truque da câmera, naturalmente: o Duque erguera os braços para abraçar Cora com seus ombros imensamente exagerados, mas a câmera só enxergou os membros em defesa e o olhar de surpresa no rosto de Ivo.

Para alívio de Bertha, seu rosto estava escondido atrás das peles de Cora na fotografia publicada. Apenas sua mão enluvada aparecia erguida em um canto.

Depois que a comoção no saguão da alfândega diminuiu, Cora se apoiou no braço do Duque e o conduziu para sua carruagem, acompanhados pela Dupla Duquesa, Reggie e Sybil. Bertha ficou para trás para supervisionar a bagagem que estava sendo descarregada e levada para a carroça. Sabia que a patroa não sentiria sua falta por algumas horas, e havia muito a dizer a Jim. Ele a encontrou e agarrou-a pelo pulso, mas a criada se afastou, consciente de todas aquelas testemunhas em volta deles.

– Gostou de me ver? - perguntou Jim.

Bertha assentiu com a cabeça, não encontrava palavras para descrever seus sentimentos. Em vez disso, perguntou:

– Como é que você chegou aqui?

– O Duque precisava de um criado, e, quando eu soube, deixei Sir Odioso na mesma hora e pedi o emprego. Disse a ele que sempre quis vir para à América. É claro que ele não sabia por quê.

Olhou para Bertha, e ela percebeu que ele queria beijá-la... mas a criada conseguiu manter a distância. Estava completamente desarmada na presença daquele homem e do que ele significava. Jim sentiu o silêncio e continuou.

– Acontece que o velho criado dele sofre de enjoo e não queria ir para o estrangeiro, por isso me contratou na hora. Ah, Bertha, você devia ver a sua cara quando eu passei por aquela porta! Sua boca estava escancarada!

Jim sorriu para ela, mas Bertha ainda não conseguia sorrir. Havia tanta coisa para entender!

– Não consigo acreditar que você está aqui!

– Você não recebeu a minha carta?

– Ora, recebi sim, ela está aqui comigo – Bertha bateu no corpete do vestido. – E a pérola, é aqui que eu guardo as coisas preciosas para mim. Mas você não disse em lugar nenhum que estava chegando.

Estava meio zangada com ele por não ter avisado.

– Foi tudo decidido no último instante. Pensei em escrever para você, mas eu sabia que viria para cá e pensei em fazer uma surpresa.

Jim pôs a mão sobre a dela, bem em cima do lugar onde a pérola havia sido costurada em seu vestido.

– Quer dizer que fiz bem em vir?

Bertha ouviu o tremor na voz daquele homem e percebeu que nada daquilo havia sido fácil para ele. De repente, viu-se falando como Cora:

– Ora, Jim, eu não poderia estar mais contente!

Ele olhou para Bertha um momento e depois riu. Estava em terreno seguro.

– O Duque mal conseguiu acreditar quando ela voou para cima dele daquele jeito!

– *Iiih*... ele vai ter que se acostumar! A srta. Cora não volta atrás quando quer alguma coisa.

Depois que reuniram os inúmeros baús, as caixas de chapéus, as maletas e colocaram tudo na carroça, Bertha decidiu chamar uma charrete. Normalmente, ela pegaria um bonde, mas Jim e ela teriam que sentar-se separados. Assim, ela poderia explicar o que era o quê, antes de chegarem em casa. Tinha certeza de que o inglês não entendia a maneira como as coisas funcionavam por aqui.

Estava certa. Quando os dois saíram da alfândega juntos, com o braço de Jim em torno da cintura de Bertha, houve gritos e vaias dos carregadores nas docas. Jim parecia intrigado e irritado, ia responder, mas Bertha o deteve.

– Não se importe com eles, Jim. Eles não costumam ver pessoas brancas andando por aí com gente como eu. Não sabem que você não é americano.

Jim cedeu, resmungando. Este era território desconhecido.

Na charrete, pegou a mão de Bertha, que começou a achar difícil concentrar-se nas realidades desagradáveis que teriam de enfrentar. Assim que o veículo atravessou a Broadway, ela se endireitou e olhou severamente para Jim.

– Não posso dizer que não estou gostando de vê-lo porque gostei, sim, mas as coisas são diferentes aqui. Ninguém vai aceitar generosamente o fato de estarmos juntos. Eles não acham certo que brancos e negros se misturem. As coisas por aqui são assim... e, se a madame souber, perco o meu emprego. Ela não vai aguentar nenhuma safadeza em sua casa.

Jim sorriu ao ver a dureza dela.

– Prometo me comportar, srta. Bertha.

Ela não sabia se ele realmente havia compreendido. Na Inglaterra, eles enfrentariam a demissão sem referências se seu relacionamento fosse descoberto. Aqui, em Nova York, um branco não poderia ter uma relação respeitável com uma mulher negra. Não era ilegal se casarem, como acontecia na Carolina do Sul, mas isso jamais acontecia. E Bertha estava decidida a ter um relacionamento respeitável.

Quase fora um alívio quando Jim veio dizer que estava saindo da cidade. Ele disse que o Duque voltara ao hotel de péssimo humor e havia jogado nele uma escova porque o criado havia tirado do armário o colete errado. Ficara espantado: não pensava que o Duque fosse esse tipo de cavalheiro. Então, o sr. Greatorex entrou, e o Duque começou a tocar piano.

– Música furiosa! – comentou Jim.

Uma hora depois, o Duque mandara chamá-lo e disse que fariam uma viagem para caçar, voltando um dia antes do casamento.

Agora que ele fora embora, Bertha conseguia reunir seus pensamentos. Era exaustivo tentar não olhar para Jim, e pior ainda não mostrar nenhuma reação quando passava por ele nas escadas ou nos corredores. Ela não sabia por quanto tempo mais aguentaria. Era sorte que estivessem todos espalhados por ali, tentando manter a madame feliz. A maior preocupação de Bertha eram as criadas que vieram com a Duquesa e Lady Sybil – aquelas serviçais se irritaram muito quando Jim ficou para trás com ela na alfândega. Em toda a viagem haviam esperado descobrir qual delas ele preferia, por isso não deixaram de notar o interesse dele por Bertha. E agora estavam sempre correndo atrás de Bertha, pedindo papéis para frisar os cabelos, almofadinhas para alfinetes, informações sobre o melhor lugar para conseguir carmim... e o tempo todo tentando descobrir como exatamente ela viera a conhecer o sr. Harness, o criado do Duque.

Estavam olhando para ela agora. Uma delas estava remendava uma anágua que Bertha há muito teria jogado fora, por estar além da redenção. Sabia que estavam falando dela e se sentia mal debaixo daqueles olhares desbotados. Resolveu deixá-las com seus mexericos e acabar de separar o enxoval de Cora.

Quando abriu a porta do quarto da srta. Cash, foi atingida por uma corrente de ar gelado. Quem havia deixado as janelas abertas? Atravessou a saleta em direção ao quarto para fechá-las quando notou Cora sentada ao crepúsculo, fumando um cigarro. Não sabia o que era mais espantoso: Cora fumando ou o fato de estar sozinha?

– Desculpe, srta. Cora, eu não sabia que você estava aqui dentro. Posso fechar a janela? Já está ficando bem gelado. O que você gostaria de usar no jantar desta noite? Quer que eu tire o de seda lilás? Você ainda não usou aquele!

Nem a promessa de um vestido novo despertou Cora. Ela inalou o cigarro (onde teria arranjado? – Bertha gostaria de saber) e soprou a fumaça para fora da janela.

A criada foi até o armário para apanhar o vestido lilás, que cheirava a lavanda e cedro. Worth tinha seu próprio perfumista, que dava a cada vestido um perfume muito especial.

– Ah, deixa para lá, Bertha. Acho que não vou descer esta noite. Estou com dor de cabeça.

– A madame não vai gostar...

– Eu sei, mas não consigo enfrentar toda aquela gente esta noite.

Jogou pela janela o cigarro, que despencou em um arco-íris de fagulhas.

E então Cora começou a falar, olhando para fora da janela, para qualquer canto, menos para Bertha.

– Antes eu estava tão segura... em relação a Ivo! Eu quis tanto que ele viesse para cá, mas, desde que chegou à América, ele não é o mesmo. Costumava me tocar o tempo todo, quero dizer, ele não conseguia ficar perto de mim sem pôr a mão no meu braço ou na minha cintura, e, se estivéssemos sozinhos, ele me beijava... e beijava tanto que muitas vezes eu tinha que contê-lo. Mas, desde que ele chegou, não me tocou uma única vez, pelo menos não direito. Não me toca a não ser que alguém espere isso dele. Tentei ficar sozinha com Ivo, mas ele está sempre com alguém, e agora se foi por uma semana inteirinha. Ah, Bertha, você acha que ele vai voltar?

A criada olhou para o rosto carrancudo de Cora e sentiu um pouquinho de pena. Estava tão acostumada a conquistar tudo o que queria do seu jeito e agora não conseguia controlar o duque. No entanto, não era papel de Bertha solidarizar-se com ela. A criada tinha suas próprias razões para querer Cora casada e de volta à Inglaterra.

– Sim, ele volta sim, srta. Cora. E, no final, você vai estar logo na sua lua de mel e poderá ficar sozinha todo o tempo que desejar.

– É, mas é disso que tenho medo. Imagine se não gostarmos um do outro? Imagine se tudo o que aconteceu foi um engano? Teddy veio aqui hoje de manhã e se ofereceu para me levar embora. E o horror é que, por um instante, eu me senti tentada! Teddy me ama, posso ver isso no rosto dele, mas, quando olho para Ivo, não sei o que o Duque sente!

Bertha sabia ficar calada.

– Em Lulworth era tudo muito fácil, nós nos entendíamos. Mas aqui tudo está diferente. Todo mundo pensa que ele está se casando comigo pelo meu dinheiro, até a mãe dele. Mas eu sei que antes ele gostava de mim. Eu sei que gostava!

A voz de Cora não estava tão segura quanto as palavras que dizia. Bertha continuava calada, perguntando a si mesma se Cora saberia algo sobre a discussão dos arranjos do casamento.

– Não se preocupe, srta. Cora, toda noiva tem dúvidas antes do casamento. É natural. Por que não me deixa banhar sua cabeça em água-de-colônia, depois se veste e desce para o jantar? Você não há de querer todas aquelas inglesas perguntando onde foi que você se enfiou, não é?

– Ai, meu Deus! Sybil entrou aqui enquanto eu estava com Teddy hoje de manhã. É melhor eu descer e ficar bem alegre, senão elas podem dizer alguma coisa na frente da minha mãe. Coitada da garota, eu tive que emprestar dois vestidos de jantar para ela. Não entendo por que a Duquesa não arranja umas coisas bonitas para Sybil...

O lamentável estado do guarda-roupa da garota inglesa pareceu animar Cora. Bertha a enfiou no vestido lilás. A criada sabia que sua patroa se sentiria melhor quando estivesse lá embaixo, sendo admirada em meio ao alvoroço. Para distraí-la enquanto cuidava de seus cabelos, Bertha falou sobre as serviçais das inglesas, contando como se sentiam superiores. A jovem riu quando Bertha descreveu as tentativas delas para esconder seu embasbacamento diante do tamanho e do esplendor do enxoval de Cora. Desdenhosamente, as criadas se perguntavam em voz alta se havia sobrado algum vestido em Paris.

– Ah, elas faziam de conta que aquilo não era nada, mas vi quando passaram a mão nas suas peles. Nunca tinham visto nada tão bonito. Eu fingi que não notava, mas vi que estavam se roendo de inveja. Espero que você não se importe que eu tenha mostrado as roupas e tudo o mais, srta. Cora, mas senti uma satisfação sem fim!

– Não me importo, Bertha. Eu bem que gostaria de fazer o mesmo com a Duquesa, mas ela acha que é vulgar...

O gongo para o jantar soou e Cora desceu. Bertha aspergiu água-de-colônia pelo quarto da patroa para disfarçar o cheiro do cigarro. A sra. Cash muitas vezes entrava para dar boa-noite e teria um chilique se soubesse que sua filha andava fumando. A criada estava quase descendo para seu jantar na área da criadagem quando a sra. Cash a deteve na porta do quarto de Cora.

– Bertha, uma palavrinha.

A sra. Cash estava no auge de sua majestade.

– Sim, madame – Bertha fez uma reverência, rezando para suas pernas não tremerem, cheia de esperança de que toda a fumaça houvesse desaparecido.

– Você não precisa que eu a faça lembrar como é incomum uma garota do seu tipo estar trabalhando como criada de uma senhora. O dinheiro que você manda para casa deve significar muito para a sua mãe.

Bertha olhava para o chão. Não ouvia falar de sua mãe desde que chegara da Inglaterra.

– Você tem trabalhado duramente, e sei que Cora tem enorme confiança em você. Ela realmente confia em sua criada de maneira talvez não muito cabível, mas, como damos tanto a você, sei que sempre será discreta. É por isso que preferi seus serviços em vez de uma criada profissional de senhora. Eu sei que você logo aprenderia seus deveres, mas o hábito da lealdade não pode ser comprado.

Bertha fez outra reverência. O que será que madame estava querendo?

– Diga-me: Cora parece tensa hoje? Parece perturbada por alguma coisa?

– Não, madame, ela só está nervosa por causa do casamento, é simplesmente natural para uma noiva...

– É verdade, toda a vida dela vai mudar. A esta altura, na quinta-feira, minha filha será uma duquesa.

E a esta altura, na quinta-feira a senhora será a mãe de uma duquesa, pensou Bertha, percebendo que a sra. Cash estava tão nervosa quanto a filha em relação ao casamento.

– Seria horrendo se alguma coisa acontecesse para impedir essa união... Por isso, Bertha, estou pedindo que você permaneça especialmente vigilante. Se chegar alguma carta para Cora, quero que você a traga diretamente para mim, para que eu julgue se é ou não adequada. Não quero que nada a perturbe neste delicado momento de sua vida. Você me compreende?

– Sim, madame.

– Muito bom. E tem mais, Bertha. Não preciso dizer que não é para falar com minha filha a respeito desta conversa. Não quero que ela se... distraia.

Bertha assentiu com a cabeça.

Quando a sra. Cash foi embora, a criada entrou no quarto e procurou os cigarros até encontrar o maço. Acendeu um e fez como Cora, soprando a fumaça para a rua.

Na manhã seguinte, um lacaio levou um bilhete ao quarto de Cora. Bertha enfiou o papel no bolso e o deixou ali.

CAPÍTULO 13

A serpente enrolada

— Realmente, não entendo toda essa animação!
A Duquesa Fanny deu umas pancadinhas no banco de madeira da igreja.
— Eu me casei duas vezes e nunca senti a menor de necessidade de ensaiar. Tudo o que se precisa lembrar é não sair galopando até a nave central, para as pessoas terem tempo de admirar o vestido e para poder dizer claramente os votos. Não é assim tão complicado para uma garota com a sua inteligência, Cora. Quanto às damas de honra, Sybil já fez isso muitas vezes, ela pode ir na frente. Se você realmente quer praticar, por que não caminha para cima e para baixo algumas vezes, agora mesmo... para pegar o *timing* da coisa? Mas não exagere, você não vai querer ficar parecendo ter ensaiado demais.

A Duquesa sorriu ao grupo reunido, os olhos azuis inocentes, com o ar de alguém que encontrou a chave perdida que todo mundo estava procurando. Contudo, a plateia não compartilhava dessa convicção. Quando finalmente a sra. Cash conseguiu falar, estava tensa, com a emoção reprimida.

— Não tive a experiência de um casamento inglês, Duquesa, talvez sejam mais simples. Aqui temos o costume de ensaiar com todos os que participarão da cerimônia, inclusive o noivo.

A sra. Cash procurava controlar a irritação, mas sem grande êxito. Olhava para o enorme vitral acima do altar em busca de alguma inspiração. Havia olhado para aquele vitral em tantos casamentos da sociedade em outros tempos, imaginando como Cora ficaria no altar, que conhecia cada detalhe. Jamais teve dúvida sobre a igreja onde realizar a cerimônia. Todos os casamentos chiques aconteciam aqui, na Trindade. Havia outras igrejas, mais arejadas e bem mais espaçosas a norte, na cidade, mas a sra.

Cash sequer as levou em conta. A Trindade foi a igreja usada pelos Astor, os Rhinebacker, os Schoonmakers e toda a antiga Nova York, embora a sra. Cash gostasse de pensar que nenhum deles jamais havia visto a igreja tão esplendorosa...

Construída em granito natural, a edificação era um tanto sombria, mas os grandes arcos de hera e jasmim que pendiam acima da congregação, ecoando a abóbada de pedra mais acima, davam à severa igreja um ar de *boudoir*. A sra. Cash estava particularmente encantada com o tapete de pano de ouro que descia do altar e seguia pela nave inteira. Aqui e ali aparecia o monograma do casal bordado em prata. Até mesmo a Duquesa, que havia achado a igreja bastante "severa" por fora, ficara embasbacada. A sra. Cash deu uma espiada no lugar em que a Duquesa estava sentada, sob uma enorme representação floral do escudo de armas dos Maltravers no lado do noivo na igreja, parecendo completamente despreocupada com a ausência do filho, e sentiu o tecido da cicatriz no lado esquerdo do rosto começando a doer.

Quando o Duque e seu grupo chegaram ao país, ela fornecera programas que deixavam claríssimo que o ensaio era um evento formal. Já era bastante ruim que ele não estivesse presente em quase todos os jantares que a sra. Cash oferecera para apresentá-lo à sociedade de Nova York – mas o noivo e o padrinho perderem o ensaio era realmente demais. O bispo estava lá, as damas e os padrinhos, até o editor da *Vogue*, só faltava o noivo. E a Duquesa, que realmente deveria saber das coisas, agia como se isso fosse algum exaustivo absurdo americano! A Duquesa Fanny não notou a dureza na resposta da sra. Cash e continuou despreocupada.

– Ivo se sentiria mortificado só de pensar que todos vocês estão aqui, esperando por ele – ela se demorou na palavra *mortificado*, deixando mais ou menos implícito que Ivo seria exatamente o contrário. – Tenho certeza de que ele não tinha a menor ideia de que isso seria um evento. Deve ter pensado que era coisa de mulheres.

Ninguém dizia nada.

A Duquesa olhou para sua futura nora, que estava de pé nos degraus do altar, ao lado do pai.

– Não se preocupe, Cora. Amanhã ele se lembrará de vir.

E deu seu mais adorável sorriso.

Cora tentou sorrir. Seu rosto doía quando ela tentava corresponder à leveza de Fanny, ainda que sentisse os olhos ardendo. E se Ivo tivesse mudado de ideia? No entanto, obrigou-se a soar como a Duquesa, como se achasse a ausência dele simplesmente divertida.

– Ah, espero que sim, Duquesa. Seria muito cansativo devolver todos os presentes do casamento... além do mais, desperdiçar todas essas flores seria um crime! – fez um gesto em direção aos bancos de orquídeas, às guirlandas de tuberosas e às colunas de murta e jasmim.

Dentro da igreja, o ar estava tão espesso com o odor floral que Cora pensou que cairia de costas e seria segurada pelas correntes aromáticas.

O olhar da Duquesa para ela parecia de aprovação. Se ao menos a mãe de Cora parasse com todo aquele rebuliço... resolveu encerrar o ensaio.

– Quando eu puser os olhos em Ivo, vou ralhar com ele por tanta falta de consideração, mas, de minha parte, estou encantada por ter tido a chance de admirar calmamente esta igreja e os magníficos arranjos florais. Creio que nunca vi tal profusão de flores ou arranjos de tamanho bom gosto. Tranquilize-me, sra. Cash. Diga que este espetáculo é excepcional até mesmo para os padrões nova-iorquinos... os nossos pobres buquês londrinos parecem bastante primitivos em relação a tudo isso!

A sra. Cash sentiu-se amolecer um tantinho com aquele prelúdio. Era a primeira vez que a Duquesa admitia que algo na América era superior ao equivalente britânico. A sra. Cash ia começar a falar quando o marido se antecipou. De pé ao lado de Cora, ele percebera lágrimas nos olhos da filha.

– Bom, como já estamos aqui há umas boas duas horas, parece-me que as senhoras devem poupar suas energias para amanhã. Espero que Wareham volte com, no mínimo, um puma nas costas. Duquesa, permite que eu a acompanhe até a carruagem?

A Duquesa baixou as pestanas para ele. O pai de Cora era realmente bastante cavalheiresco para um americano... ela pousou a mão enluvada sobre o braço que lhe era oferecido com um ar de cumplicidade, o que fez Winthrop tocar nas pontas de seu bigode.

Enquanto percorriam a nave central da igreja em direção à entrada, a Duquesa Fanny não resistiu e disse:

– Tudo isso me deixa um pouquinho emotiva, sr. Cash, percorrer a nave pelo braço de um homem. Sinto como se a noiva fosse eu... – e deu uma olhadela de soslaio para ele, deixando claro que o considerava um bom parceiro.

– Bom, qualquer um poderia ser perdoado por tomá-la por uma noiva ruborizada, Duquesa. Ora, eu mesmo mal pude acreditar que você tivesse idade para ter um filho adulto! Na primeira vez que a vi, pensei que fosse a sua enteada...

– Ah, sr. Cash, o senhor está brincando comigo, mas não vou fingir que não estou gostando. Espero que vá logo à Inglaterra, acho que vai gostar. Se você for a Conyers, prometo que vou tratar de entretê-lo.

Winthrop Cash tentava descobrir se a Duquesa estava realmente flertando com ele. O apertãozinho que ela deu em seu braço ao convidá-lo para ir à Inglaterra continha a promessa de maior intimidade. Não estava habituado a esse tipo de sinais de parte de mulheres de sua própria classe social. Seus gostos corriam para transações bem mais simples... mas a Duquesa era uma bela mulher, e o olhar dela com tal convite nos olhos atiçava sua vaidade. Estava achando Fanny bem mais agradável do que o filho dela. O desacordo sobre os arranjos financeiros de Cora ainda amargavam. O Duque havia esperado que a fortuna de Cora fosse passada para suas mãos e ficou espantado quando o sr. Cash explicou que o dinheiro que ele daria para sua filha estaria sob o controle dela. "Você está dizendo que espera que eu vá pedir dinheiro a Cora?", Ivo dissera em voz alta e muito devagar, como se estivesse falando com alguém que não dominasse muito bem sua língua. Winthrop respondera que, na América, as mulheres mantinham o controle de sua fortuna quando se casavam, e que não via nenhum motivo para mudar as coisas só porque sua única filha estava se unindo com um inglês, por mais distinto que fosse (esta última observação foi feita com uma leve reverência um tanto rija para o Duque). O que estava implícito não se perdeu em Wareham, que se manteve calado. A pausa durou alguns minutos até o Duque conseguir dar um sorrizinho amarelo e tentar falar com certo grau de calor.

– Terá que me desculpar, sr. Cash, eu não tinha a menor ideia de que as nossas maneiras de fazer as coisas fossem tão diferentes. Talvez eu devesse ter trazido alguém para me aconselhar, mas não previ que houvesse necessidade. Não estou dando nenhum golpe do baú, senhor, sou apenas um inglês que deseja evitar sobrecarregar sua mulher com a preocupação de administrar uma propriedade. Não vou fingir que meus negócios não estão carregados de dívidas. A queda nos preços me afetou imensamente. Não estou me casando com Cora pelo dinheiro, mas, sem a menor dúvida, o patrimônio será necessário. Nós, ingleses, não nos importamos muito de andar com roupas surradas, mas Cora foi criada no meio de tudo isso... – neste momento, o Duque fez um gesto circundando a biblioteca na mansão Cash.

Na decoração e na mobília, a biblioteca americana em todos os aspectos era muito parecida com sua equivalente inglesa, com base na qual a americana foi minuciosamente modelada; a diferença não estava nos móveis, mas na ausência de umidade e no ar de conforto que havia por toda a peça, acolhedora como uma estola de cachemira.

Winthrop olhou para o jovem com certo ceticismo. Ele sabia que duques não se casavam com herdeiras americanas só por amor; esta união era um negócio de parte a parte, ainda que sua filha jamais fosse admiti-lo. Ele protegeria a fortuna dela, mas gostaria de saber se, fazendo isso não estaria condenando o casamento daqueles dois; pensava em como ele mesmo não teria gostado nem um pouco de ter que pedir dinheiro a sua mulher. Decidiu fazer uma concessão ao orgulho do Duque – seu pai, o Moleiro de Ouro, havia lhe ensinado que era mau negócio não deixar a parte derrotada ir embora com honra. Ele daria um dote ao Duque como presente de casamento, mas faria isso no dia da cerimônia. Não havia conseguido perdoar completamente Ivo por pressupor que Cora estivesse ficando com a melhor parte do negócio.

Os pensamentos relacionados ao filho evaporaram quando a Duquesa arrulhou em seu ouvido sobre os esplendores de Conyers e o quanto ela gostaria de apresentá-lo ao Príncipe de Gales. Quando lhe deu a mão para entrar na carruagem, Winthrop percebeu que, em uma faixinha de pele visível entre a manga da blusa da Duquesa e sua luva, havia uma marca azul. Se fosse em qualquer outra pessoa, ele juraria se tratar de uma tatuagem.

A Duquesa apanhou o olhar do homem e deu uma boa gargalhada.

– Vejo que encontrou a serpente, sr. Cash!

Ela puxou a luva para que ele pudesse ver melhor a tatuagem de uma serpente que se enrolava em torno de seu pulso, a cauda desaparecendo dentro da boca do animal na macia pele branca logo abaixo do montinho formado pelo polegar. Era um trabalho delicado, muitíssimo distante daquelas namoradas e mães que adornavam os músculos das mãos de moleiro do sr. Cash.

– É muito... especial! – disse ele.

– Você não tem ideia de quanto isso é verdade. Só existem quatro tatuagens como esta. E, quando você for a Conyers, explicarei o que significa.

– Eu não sabia que teria que esperar tanto...

Winthrop sentia-se irracionalmente agitado com a Duquesa e seus segredos, mas o momento foi interrompido pela chegada de sua esposa, filha e um bando de damas de honra, todas reclamando do frio e necessitando urgentemente de uma carruagem. Quando todas as mulheres foram acomodadas, Winthrop estava separado da Duquesa, mas não da figura da tatuagem. Sentiu uma repentina pontada de desejo misturada com algo que parecia alarme. Ele não sabia se Cora estaria preparada para este mundo de serpentes enroladas e símbolos secretos...

O jantar do ensaio teria que seguir em frente naquela noite, ainda que não houvesse nem sinal do Duque e seu padrinho.

Somente a Duquesa estava totalmente serena. Após ter entrado na sala de visitas antes do jantar, ela inspecionava os participantes do casamento e falava arrastadamente em seu tom mais rouco:

– Isso é como um *Hamlet* sem o príncipe. Realmente, Ivo é muito desobediente, esquecendo assim os seus deveres...

Contudo, o sorriso indicava que ela sentia que sua presença mais do que compensava a ausência do filho. Apenas Winthrop respondeu-lhe com um sorriso verdadeiramente cálido.

Cora tentava se concentrar nas damas de honra que a estavam cobrindo com perguntas sobre a Inglaterra. Quando ela seria apresentada à corte? Lulworth tinha quantos quartos? Como as pessoas a chamariam? Todas as inglesas eram altas como Lady Sybil? Cora respondia da melhor maneira possível, embora soubesse que a única coisa que as satisfaria era o próprio Ivo. Ela bem gostaria de ver as caras de suas damas ao descobrirem que seu futuro marido era um homem bonito e charmoso, além de ser um duque. O sorriso da jovem foi ficando cada vez mais fixo quando os últimos convidados chegaram, e ainda não havia nenhum sinal de Ivo. Por fim, sua mãe anunciou que deveriam ir para sala de jantar. Cora fez o que pôde para brilhar, como se estivesse completamente despreocupada, e até declarou que Ivo deveria estar confuso em relação à hora, já que, em Londres, ninguém jantava antes das oito.

– Ora, você sabe como são os homens e suas caçadas – disse a Dupla Duquesa para ajudar. – Deveríamos até agradecer por terem algo que os tire de nossos pés. Não sei se eu aguentaria um homem com quem tivesse que jantar todos os dias.

Winthrop riu, mas o sorriso de Cora era fraquinho, e o de sua mãe inexistente.

Cora foi para a sala de jantar com Sybil, as duas estavam sem seus parceiros. A amplitude das mangas bufantes tornava difícil uma conversa entre as duas, mas Sybil virou a cabeça de lado e disse:

– Você é um anjo por me emprestar este vestido. Uma das suas amigas me perguntou onde eu o comprara. Falei que era da Maison Worth, como se eu estivesse sempre por lá! – a jovem riu e só então notou a expressão no rosto de Cora. – Não se preocupe, ele vai chegar. Tenho certeza de que só está fazendo isso para chatear a mamãe.

Nesse momento, exatamente quando entravam na sala de jantar iluminada por candelabros imensos, cada uma das garotas sentiu seu braço ser tomado pelo cotovelo. O bando da caça afinal voltara. Ivo e Reggie estavam ali, com os rostos avermelhados da caçada, parecendo deliciados e contando vantagens sobre quantos bichos haviam apanhado.

Cora tentava não demonstrar o alívio que sentia ao vê-lo e como estava furiosa por ele ter demorado tanto, mas Ivo pegou o tremeluzir das emoções no rosto de sua noiva e disse em voz baixa:

– Você está zangada comigo porque não fui ao ensaio? Sua mãe mandou um bilhetinho ao hotel dizendo que estava decepcionada...

O tom da voz de Ivo não era lá muito contrito. Cora procurou temperar o prazer que sentia em vê-lo com a frieza apropriada ao comportamento dele. Mas a mão do Duque estava acariciando a parte interna do braço da jovem, e quando puxou a cadeira para ela se sentar, tocou em sua nuca.

– Eu tive que satisfazer algumas perguntas curiosas das minhas damas. As que acreditavam na sua existência eram as mais curiosas sobre os seus hábitos. Um duque já é interessante, mas um duque ausente é ainda melhor. Por isso, não sei quem está mais irritada com você: eu, porque você perdeu o ensaio, ou as minhas damas, porque você estragou um mistério promissor – o tom da voz de Cora era o mais despreocupado que ela conseguiu fazer.

Ivo sentou ao seu lado. Pegou a mão de sua noiva por baixo da mesa e a apertou. O gesto foi suficiente para fazer os olhos dela se encherem de água. Cora sorriu, tentando desesperadamente dispersar as lágrimas por pura força de vontade. Afastou a mão e tomou um gole do *champagne* de Ivo.

– Sabe, a noite passada fiquei me perguntando se por acaso você voltaria. Achei que talvez tivesse ido para casa – ela cochichou bem depressa, para que só ele escutasse.

– Eu?? ...*para casa*?! – Ivo arregalou os olhos em espanto exagerado.

Cora percebeu que ele estava tentando não levar muito a sério seu comentário.

– Mas por que eu faria isso, se toda essa viagem foi para me casar com você?

– Porque você parece diferente. Desde que chegou, tem andado... distante. Diferente de como você agia em Lulworth – as palavras dela despencaram, todas as tentativas de compostura foram por água abaixo.

Ivo percebeu a mudança no tom de voz e falou tranquilamente:

– É porque não estamos em Lulworth. Você está esquecendo que aqui sou estrangeiro. Muitas coisas me parecem estranhas nesta terra. Até você.

Cora olhou para ele atônita.

– *Eeeu*...? Eu não mudei. Sou a mesma garota que você pediu em casamento!

E pôs a mão no peito como se para enfatizar que, no fundo, ela continuava sendo a mesma.

Ivo olhou diretamente para a noiva, e ela sentiu estar vendo uma parte dele que jamais tinha visto antes.

– Quando a vejo no meio de tudo isso, percebo que pedi em casamento uma partezinha bem pequena de você. Pensei que estava dando um lar e uma posição a você, mas, vejo que estou tirando você de tanta coisa!

Ivo olhou para o prato, que era de ouro com o monograma dos Cash gravado, e o levantou, exagerando o peso. Ela ia dizendo que se preocupava pouquíssimo com tudo aquilo quando escutou um tinido de metal em vidro, e Winthrop se levantou para fazer um brinde.

Agora todos os olhos estavam voltados para eles. Cora olhava para Ivo ansiosamente, mas, para seu alívio e alegria, ele tomou sua mão e a levou aos lábios. As damas deram um pequeno suspiro de inveja. Cora sentiu a tensão por trás de seus olhos fechados. Afinal, era só isso que ela havia desejado.

O jantar terminou pontualmente às 9 horas. As orientações da sra. Cash tinham sido muito claras: nada de ficarem se demorando à mesa. Cora estava de pé no alto da escada, despedindo-se de Cornelia Rhinelander, a dama preferida de sua mãe (ter uma Rhinelander como dama de honra no casamento de sua filha com um duque era quase o auge das ambições sociais da sra. Cash). Cornelia, que estava com seus 24 anos, felicitava Cora com louvável entusiasmo, dado seu *status* de solteira.

– Vocês ficam muito bem juntos, acho que será o casamento da temporada.

Ia continuar, mas, por cima do ombro de Cora, viu o Duque se aproximando, e então se despediu. Até mesmo Cornelia via que Ivo desejava estar a sós com sua futura mulher.

Um toque no ombro. Ela se virou para encará-lo. O noivo tomou uma das mãos dela na sua e, com a outra, traçou a curva de seu rosto.

– Estou contente por estar de volta – ele parecia sério como sempre, os olhos castanhos escuros, cheios de emoção; a boca, suave.

Mas Cora se endireitou. Sentia-se perturbada com o que estava implícito na observação de Ivo. O Duque havia falado como se houvesse superado alguma coisa, como se estivesse voltando da beira do precipício. Ela estava certa... ele tivera segundos pensamentos, mas então Cora pensou na maneira como ele havia erguido o prato de ouro no jantar: era o dinheiro dela que estava entre os dois. A jovem quase sorriu de alívio.

– Tinha alguma opção? – ela perguntou, encarando-o com toda a saudade e a decepção da semana anterior nos olhos.

– Não tenho mais – Ivo levantou a mão da jovem, abriu os botões da luva longa e beijou seu punho exposto. – Não tenho mais.

Quando o Duque a olhou, Cora sentiu que aquilo era amor, e inclinou-se para perto dele. Nesse momento, ouviram passos, e ele se endireitou, afastando-se.

– Ah, aí está Reggie, temos que ir. Não quero aborrecer a sua mãe duas vezes em um dia – Ivo devolveu a mão dela como se fosse um presente. – Durma bem, Cora.

A noiva o observou descer as escadas para chegar à porta. Será que se viraria para olhar para ela? Ah, mas aqui estava Reggie, despedindo-se antes de seguir com o amigo para o hotel Astoria, onde passariam a noite. Quando ela se virou de novo, Ivo desaparecera.

Abalada, Cora procurou subir rapidamente antes de ter que falar com alguém. Queria estar sozinha para pensar. Passou no rosto o pulso que ele havia beijado. Quando se virou para a escada, escutou a voz da Duquesa. Não estava com nenhuma vontade de conversar com a futura sogra. Abriu a porta.

Entrou na sala de vistas escura exatamente no momento em que um raio do luar atingia a mesa bem a sua frente. O teto foi perfurado por centenas de pontos de luz, e, quando uma nuvem passou na frente da lua, o brilho se fora. Cora foi até a mesa comprida em que os presentes do casamento haviam sido arrumados, prontos para a inspeção dos convidados no dia seguinte. Todo aquele brilho vinha de um dos castiçais antigos de bronze que haviam sido enviados pela sra. Aunchincloss. Cora deu um peteleco em um dos brilhantes com o dedo e ficou olhando o chuveiro de luz que ele fazia no espelho do outro lado da mesa. Ainda escutava a voz da Duquesa do outro lado da porta.

Os presentes chegavam desde que o noivado havia sido anunciado. Foram arrumados em três mesas compridas, cada um com um cartão anunciando quem o enviara. Quanto mais magnífico, mais provável era que viesse de algum amigo da noiva. Cora olhava um relógio *boulle* Luís qualquer coisa, de casco de tartaruga e dourado, com mais ou menos meio metro de altura – presente dos Carnegie. Uma tigela de alabastro com ouro e pedras preciosas, dos Mellon; uma tigela de ponche de prata (tão grande que facilmente abrigaria uma criança), dos Hammerschorns. Não havia nenhum serviço de porcelana ou jogo de facas – tacitamente presumia-se que um duque não precisaria desse tipo de coisas.

Cora andava irrequieta em torno da mesa. Havia coisas demais ali, pensava ela; todos aqueles objetos faiscantes brilhando ao luar a deixavam ligeiramente constrangida. Até então, a jovem se sentia fortalecida pelo tamanho e esplendor desse tributo, mas agora parecia aborrecer-se. Tantas coisas, mas para quê? Parou ao lado de um par de caixas que estavam lado a lado na mesa. Eram itens bonitos, feitos de nogueira com incrustações de madrepérola com o monograma dela e de Ivo na tampa. Abriu uma caixa com a marca CW e descobriu que era um estojo cujos lados se abriam como braços para revelar garrafas de cristal com tampas também de cristal gravadas em prata e conjuntos de instrumentos de manicure de marfim e esticadores de luvas, pentes e escovas de cabelos de casco de tartaruga, uma caixa de porcelana para o *rouge*, tesourinhas de ouro em forma de um guindaste (cujas pernas se transformavam nas lâminas) e um dedal de ouro. Até mesmo Cora, para quem essas coisas não eram estranhas, estava impressionada com a precisão do luxo da caixa, com a maneira como cada necessidade feminina havia sido acomodada em seu ninho de veludo vermelho. Cora examinou o cartão que vinha junto: Sir Odo e Lady Beauchamp. Lembrava-se do casal na caçada e da frieza na atitude dos dois para com ela – talvez agora que a jovem estava para se tornar uma duquesa lamentassem esse comportamento. Depois, levantou a tampa da caixa de Ivo – igual à dela, só que com forro de marroquim e veludo verde, não vermelho, e os potes de *rouge* e as tesourinhas substituídas por pinceis de barba com cabo de marfim. Por um instante Cora pensou que era um presente estranhamente íntimo. Sentia-se incomodada por ver as necessidades físicas de Ivo previstas tão claramente por um estranho. Notou ainda que, ao contrário de sua caixa, esta continha umas gavetinhas para abotoaduras. Pegou um puxadorzinho minúsculo de ouro, e a gaveta deslizou suavemente para revelar um conjunto de botões de pérolas negras e um cartão. Cora o apanhou. Escritas em uma letra inclinada quase ilegível estavam as palavras: *Que o seu casamento seja tão feliz quanto o meu.* Cora tentou imaginar qual dos dois teria posto o cartão ali: Sir Odo, com o rosto brilhante e a voz alta, ou sua mulher tão linda e tão mal-humorada? Quase devolveu o bilhete, mas, com raiva de tudo que fosse britânico e hipócrita, rasgou-o em dois.

Fechou a gavetinha. Olhando em volta para se distrair, viu uma gaiola com uma chave na base e um minúsculo passarinho de ouro no poleiro. Cora virou a chave duas vezes, e a pequena ave dourada começou a gorjear "Dixie" – uma canção dos Confederados. Era o presente de uma das primas da mãe na Carolina do Sul (quem mais enviaria algo tão esquisito?). A alegre canção fez Cora despertar. No mesmo instante, a pressão em sua cabeça desapareceu e, embora ainda escutasse a voz da Duquesa, abriu a porta.

Acenou para o grupo reunido e subiu os vinte e quatro degraus de mármore até seu quarto. No alto, lembrou-se da bicicleta que Teddy havia oferecido como presente de casamento, e só a ideia daquele prático detalhe rudimentar no meio de toda aquela douração e brilho lá embaixo quase a fez sorrir.

CAPÍTULO 14

O dia de folga de Florence Dursheimer

O nariz de Florence Dursheimer começava a escorrer. Ela estava em pé na esquina da Wall Street com a Broadway desde as 6 horas daquela manhã. Tinha saído cedo de casa na Orchard Street, pensando que seria a primeira do lado de fora da igreja, mas, para sua chateação, já havia um grupinho de mulheres instaladas por ali. Florence tomou seu lugar ao lado dessas mulheres, que ocupavam o que ela considerava ser seu ponto por direito, e as cumprimentou o mais secamente possível. Nenhuma daquelas intrometidas tinha a ligação que ela tinha com a noiva. Florence havia preparado o chapéu que Cora Cash usara na fotografia que acompanhava a notícia de seu noivado no *Town Topics*. Foram os ágeis dedos de Florence que espetaram o beija-flor de ouro logo abaixo da pluma de avestruz. E foi essa avezinha que prendeu o olho de Cora ao entrar na casa de chapéus de madame Rochas.

Florence trabalhou duro no Coruscante, mais até do que valia o que ela recebia, pois lhe pagavam por peça, mas ela se sentira flutuando quando a srta. Cash, a herdeira da temporada, erguera a mão ao ver o chapéu. Experimentou-o na loja e permitiram que Florence colocasse a peça no ângulo exato sobre a cabeça da srta. Cash e enfiasse o alfinete com cabeça de diamante nos cabelos castanhos da jovem. A srta. Cash tinha um levíssimo perfume de flor de laranjeira, algo que deixava Florence muitíssimo consciente de seu próprio estado não muito limpo e do cheiro forte de suor que escapou quando levantou os braços para ajeitar o Coruscante na cabeça da herdeira. No entanto, a srta. Cash não torceu o nariz nem apanhou o lenço, como teriam feito outras garotas ricas, mas sorrira ao ver seu reflexo no espelho, dizendo:

– Que chapéu encantador! Foi você que fez?

Florence fez que sim com a cabeça e acompanhou a srta. Cash daquele ponto até este canto, na esquina da Wall Street com a Broadway.

Ela bem gostaria de passar o lenço no nariz, mas às 11h30 o aperto da multidão era tal que não conseguia nem mexer os braços. Estava imobilizada por todos os lados, cercada por mulheres como ela, loucas para ter um vislumbre do casamento Cash. Uma porção delas tinha nas mãos jornais com o retrato de Cora na capa. Falavam sobre Cora como se ela fosse uma irmã ou uma amiga, enquanto esperavam, conversavam sobre detalhes dos sapatos, sobre os chapéus, até sobre a roupa de baixo nupcial com linhas de ouro. Florence pensou se deveria anunciar que realmente havia encontrado Cora, mas era mais fácil escutar a tagarelice que turbilhonava a sua volta, e contentou-se em apenas sentir a glória da propriedade. O sentimento geral da multidão expressava que era uma pena a srta. Cash se casar com um inglês, mesmo sendo um duque. Florence vira Cora remexendo na aliança de noivado e sorrindo enquanto esperava o chapéu ser posto na caixa. Ela sabia que era um casamento por amor, não importa o que dissessem os jornais. Florence tinha visto um número suficiente de noivas passando por madame Rochas para conhecer muito bem a diferença entre as que olhavam para o futuro na vida de casadas e as que não conseguiam ver nada além do casamento.

Houve um inchaço na multidão: o grupo do noivo chegava. Florence lutou para conseguir um lugar à frente, enfiando a cabeça por baixo do cotovelo de um policial. Viu dois homens descendo da carruagem: um louro, outro moreno. Da leitura do *Town Topics*, ela sabia que o moreno era o Duque, e o outro era seu padrinho, Reggie Greatorex. Florence apertou os olhos, que ficaram míopes pelos anos de costura refinada em péssima luz. Depois de uma observação do amigo, o noivo virou a cabeça e olhou a multidão. As pessoas urraram, e o Duque sorriu, acenou e apontou a gardênia branca na casa do botão. Florence enxergava muito bem o semblante dele, mas teve a impressão de ter visto sua mão tremer quando ele tocou a flor em sua lapela. O cumprimento do Duque agradou a multidão, e todos concordaram que ele era um sujeito de muito boa índole e bela aparência. Então chegou a carruagem trazendo a sra. Cash e as damas de honra, e houve um arrulho em tom alto no momento em que todas as mulheres na multidão de maioria feminina suspiraram ao ver as roupas.

A sra. Cash estava em brocado de ouro com bordas de zibelina. Sobre a cabeça, usava um toque de pele com uma *aigrette* presa por um diamante e um delicado véu de renda. Florence fizera aquele chapéu com base em uma fotografia que a sra. Cash lhe havia mostrado da princesa de Gales – e, embora ela não houvesse pedido, Florence reforçara o lado do véu que deveria cobrir a parte marcada do rosto. As seis damas de honra estavam com vestidos de cetim cor de pêssego, com enormes chapéus enfeitados com penas de avestruz, e cada uma tinha um colarzinho de pérolas em volta do pescoço, um presente dado por Winthrop. Florence não reconheceu uma dama de cabelos vermelhos e franziu a testa, chegando à conclusão de que seu conhecimento enciclopédico das mulheres da sociedade nova-iorquina apresentava falhas – mas, então, lembrou que aquela dama devia ser algum parente do Duque. Deveria ter se lembrado de cabelos com aquele matiz particular, um contraste bem ruinzinho com o cetim pêssego. Florence sentiu cair a gota em seu nariz, e outra gota vir tomar o lugar dela; seus olhos também estavam lacrimejando. Ai, se ao menos conseguisse alcançar o lenço. Depois houve uma aclamação geral, quando a multidão mais acima na Broadway viu a carruagem da noiva puxada por quatro tordilhos iguais.

Por fim, a carruagem parou na frente da igreja. A sra. Cash desceu e se virou para ajudar a filha. Florence estava sendo empurrada para a frente em uma onda da multidão. Estava cada vez mais perto da entrada da igreja, conseguia até sentir o cheiro dos lírios na enorme grinalda pendurada sobre as portas entalhadas. E agora sentia alguém enfiar o pé pela parte de trás de sua saia, mas não ousou se virar – ela jamais se perdoaria se deixasse de ver Cora. Outro suspiro da multidão quando a noiva, ajudada pelo pai, saiu da carruagem. Florence levantou a cabeça para enxergar, mas a visão estava bloqueada pela diligência. Ficou na pontinha dos dedos dos pés, erguendo a cabeça até sentir que seu pescoço ia quebrar, mas, com menos de um metro e meio de altura, era pequena demais para ver o rosto da noiva. Atrás dela duas mulheres conversavam sobre o vestido.

– Agora, me fale, Edith, você diria que o cetim era ostra ou seria mais creme?

– Para mim, parece creme. Maravilhosa a renda do corpete... é Bruxelas ou valenciana?

– Bruxelas. É um vestido de Worth, ele só usa renda de Bruxelas.

Ouvindo a conversa, Florence pensou que ia explodir. Cora era propriedade sua, não delas. Aquelas mulheres tinham retratos de Cora em todas as paredes de seus quartos? Tinham? Ela, Florence, havia nascido no mesmo dia de Cora, também há dezenove anos, ainda que não exatamente no mesmo mês. Como é que essas mulheres tinham a coragem de dissecar o vestido que era de Florence por direito? O policial próximo a ela ouviu o resmungo e olhou para baixo, achando engraçado.

– Está tudo bem aí, moça? – ele tinha um sotaque irlandês e orelhas vermelhas protuberantes.

– Não consigo ver a noiva e é só por causa dela que estou aqui!

Os olhos de Florence estavam molhados.

O policial havia deixado três irmãs mais jovens em Wicklow, portanto sabia que aquilo era um ataque de desespero feminino.

– Bom, não podemos deixar assim, não é? – de repente levantou Florence pela cintura e ergueu-a em seus ombros.

Ela deu um gritinho de protesto, que se transformou em exclamação de felicidade assim que viu Cora. A noiva estava de pé nos degraus de granito marrom avermelhado da igreja, a cauda esparramada atrás de seu corpo, como uma poça de creme. O vestido era da última moda, com amplas mangas bufantes, um cintura minúscula e uma saia flutuante. O tecido era um pesado cetim *duchesse* com pérolas aplicadas. Como ditava o costume, era pescoço alto, e as mangas iam até o pulso. Em cada ombro havia *épaulettes* de flores brancas – Florence achou que eram gardênias – e, fora isso, o vestido não tinha mais nenhum enfeite: nem laços, franjas ou babados, nada que pudesse depreciar o véu de renda com frutas, flores e borboletas entrelaçados. Aquele tipo de renda não poderia ser obtida por amor ou por dinheiro naqueles dias, como o *Town Topics* contara a seus leitores. O véu pertencera à princesa de Lamballe que, relatava o artigo, havia perdido a cabeça na Revolução Francesa. Florence não sabia nada sobre a Revolução, mas de rendas conhecia o suficiente para saber que o véu de Cora valia dinheiro suficiente para comprar toda a loja de madame Rochas uma porção de vezes. Florence não sentia nenhum fervor revolucionário – ela teria se sentido lograda se Cora tivesse resolvido a compra por uma importância menor.

Florence tinha visto pelo menos dez damas de honras, mas não conseguia se lembrar de nenhuma delas agora, quando olhou para Cora, cujos braços estavam erguidos, tentando ajustar a tiara em sua cabeça, enquanto o pai, ao seu lado, sentia-se meio inútil. Florence podia ver o ar de concentração no rosto de Cora e queria correr e ajeitar a tiara de modo a torná-la uma moldura no rosto branco da herdeira, mas sem descer demais a peça, para que a jovem Cash não tivesse uma dor de cabeça. Florence já havia trabalhado muitas vezes na chapelaria do DelMonico e ajudara debutantes com vergões vermelhos na testa onde as tiaras alugadas cortaram suas peles. O truque era arrumar os cabelos para que nenhuma parte do metal tocasse a delicada pele em torno das têmporas. Certamente Cora teria alguém que soubesse disso para vesti-la.

Enfim, Cora sentiu-se satisfeita, abaixou os braços, sacudiu um pouquinho a cabeça para testar sua obra. Quando a noiva se virou, o véu de renda sobre seu rosto flutuou no ar, e Florence viu como era branco aquele rosto, e quanto a srta. Cash mordia o lábio inferior. Parecia diferente daquela garota sorridente que brincava com o anel de noivado na loja de Madame Rochas: mais séria, mas menos confiante, agora com olheiras arroxeadas que antes não estavam ali. Florence sentiu-se decepcionada e até um pouco irritada. Tinha vindo para ver uma noiva radiante – e ali estavam olheiras arroxeadas que dava para ver no espelho. A chapeleira pôs dois dedos na boca e soltou o assobio mais agudo que conseguiu. O policial irlandês puxou sua perna.

– Ei, você quer me criar problemas agora? Eu tenho que manter a paz por aqui!

Florence estava surda para seus protestos. Cora escutou o assobio e se virou em sua direção. Florence agitou loucamente os braços, tanto que o policial teve que pôr suas mãos nas coxas dela para firmá-la. A chapeleira jamais permitira que um homem tomasse essas liberdades, mas, nesse instante, ela se esquecia dessa questão de intimidade. Cora olhava diretamente para ela e começou a sorrir, aquele mesmo sorriso que dera para Florence quando experimentou o chapéu. A chapeleira se sentia triunfante, havia consertado a situação, só ela conseguira dar ao mundo o que todos queriam: uma noiva radiante. Com olhar de proprietária, observou Cora recebendo seu buquê de uma das damas. As flores tinham vindo de Lulworth, a casa do Duque na Inglaterra. Florence realmente não entendia por que coisas tão frágeis como flores teriam vindo de tão longe; joias, dava para entender, mas flores... o *Town Topics* havia relatado que todas as duquesas carregaram flores de Lulworth e essa era uma tradição que o Duque estava decidido a não romper só porque estava se casando com uma garota americana. Florence mal conseguia lembrar sua viagem da Alemanha para Nova York – o sacudir e o cheiro do navio. Imaginou as flores de Cora em uma almofada branca em seu camarote e pensou em sua mãe agarrando seu ombro quando todos se apertavam no convés.

Cora tomou o braço do pai com a mão livre. O som do órgão saía pelas portas abertas da igreja. Florence ficou observando o laguinho de cetim e renda subindo os degraus. Quando ele desapareceu, e as grandes portas entalhadas se fecharam, a chapeleira sentiu seu corpo amolecer e escorregou, caindo nos braços do policial, que a segurou de pé enquanto a multidão se avolumava em volta deles.

Florence Dursheimer não foi a única mulher a desmaiar naquele dia. Mais tarde, o *Town Topics* informou que houve quatro desmaios, uma concussão sem gravidade e um trabalho de parto prematuro. O jornal comentava que havia um alívio para todos os envolvidos que a polícia de Nova York tivesse conseguido registrar tão poucas ocorrências, tendo em vista o tamanho daquela aglomeração.

CAPÍTULO 15

"Aquela pitada de alegria"

– Quer que eu aqueça as pérolas para você agora, srta. Cora?
Bertha havia tentado se acostumar a chamar a patroa de Sua Graça, mas nem sempre conseguia. A jovem herdeira inicialmente a corrigia, mas agora a primeira emoção de seu novo título se esgotara, e ela não se importava com esse lembrete de sua infância.
– Sim, obrigada, Bertha. O Príncipe estará aqui esta noite. Ivo diz que ele nota o que as mulheres usam. A tia do Duque usou o mesmo vestido duas vezes em uma semana, e o Príncipe disse que nunca tinha visto aquilo antes... e ela teve que voltar e trocar de roupa, vestir qualquer coisa nova. Quando não tinha nada novo, a mulher precisava fingir que estava doente e receber as refeições em uma bandeja.
Este não era um problema que pudesse afetar Cora, que chegara a Conyers com nada menos do que quarenta baús. Hoje à noite, ela usaria um vestido que já havia usado: o traje do casamento, cujas mangas haviam sido cortadas e o decote aumentado, de modo que agora era um vestido de jantar. Em Nova York era costume a noiva usar o vestido de casamento na primeira rodada de visitas como recém-casada. Como esta era a primeira vez que estaria participando da vida social depois da lua de mel, parecia o momento perfeito para usá-lo. Não fazia mal lembrar às pessoas que, embora agora fosse duquesa, ela também ainda era uma noiva.
Enquanto se vestia, lembrou o dia do casamento em todo o seu caos e sua glória. Embora estivesse habituada a que escrevessem a seu respeito nos jornais, Cora se impressionara com as multidões que se alinharam pelas ruas para ver seu percurso da mansão Cash até a igreja da Trindade, na região sul da cidade. Era muita gente gritando seu nome – como se a conhecessem. Seu pai abanara a cabeça dizendo que "parecia um casamento

da realeza". Cora se preocupara com o que Ivo poderia pensar. Imaginava as palavras da mãe dele: "Multidões de pessoas esperando para *vislumbrar* a noiva, é claro que a Cora não queria um casamento tranquilo!" Mesmo assim, era incrível que toda essa gente tivesse vindo só para vê-la, não porque se tornasse uma duquesa, mas porque era Cora Cash, a neta do Moleiro de Ouro, talvez a garota mais rica *do mundo*. O pai tomara sua mão e dissera:

– É impressionante, Cora. Não houve nada disso quando me casei com sua mãe. Olhe para essas mulheres gritando! Será que elas não têm famílias para cuidar? Espero que Wareham se dê conta de que está se casando com uma princesa americana!

Cora sorriu com as palavras, mas só conseguia pensar no susto horrorizado de Ivo quando ela o abraçara na Alfândega, diante dos fotógrafos. Sabia que o urro que a saudava ao descer da carruagem seria escutado dentro da igreja. Só o pensar em Ivo retrocedendo quase estragara o momento, mas aí ela vira aquela garotinha do chapeleiro nos ombros de um policial, assobiando e acenando com todas as suas forças, e se sentira flutuar apoiada no entusiasmo da garota. Aquelas pessoas estavam ali para ela, por que deveria sentir-se culpada? Enquanto atravessava a nave central, mal conseguia enxergar a nuca de Ivo através do véu. Pensou no primeiro encontro dos dois e em como ele havia mostrado seu pescoço para ela. Queria que Ivo olhasse em volta, mas ele mantinha os olhos diretos na frente. Lembrou o momento na galeria em Lulworth quando ele a vira, mas fingira que não. Por fim, ficou ao lado dele e deu uma espiada em seu rosto. O perfil era duro e implacável. Por um instante, Cora tentou imaginar se tudo aquilo não seria um terrível engano. Então, o pai tomou a sua mão e a colocou na de Ivo, e ela sentiu que o Duque a segurou com firmeza. Como sempre, o toque dele a tranquilizou. A jovem não precisava fazer mais nada, apenas agarrar-se ao Duque.

O gongo do jantar soou. Cora estendeu a mão, esperando as pérolas. Bertha tirou-as do corpete, onde as aquecia para que reluzissem com seu maior brilho. Era um truque que ela havia aprendido com a criada da Dupla Duquesa, que ficara embasbacada com a ignorância de Bertha.

– As senhoras sentem frio com os trajes da noite, por isso é preciso aquecer as pérolas para que elas brilhem... pérolas frias em cima de pele fria não têm graça!

Bertha prendeu o colar em torno do pescoço branco e comprido da patroa. O brilho escuro iluminava a pele. O Duque dera aquelas pérolas para Cora em Veneza, na lua de mel, e ela as usava todas as noites desde então.

As mãos da jovem foram diretamente para sua garganta. Ela adorava o suave peso das pérolas em sua pele. Sabia que pérolas brancas seriam mais comuns com seu vestido, mas gostava do contraste entre o preto e o branco, que a fazia sentir-se cosmopolita, até mesmo atrevida. Sempre que as colocava, lembrava-se da primeira vez que as usara: nua, só com o colar, debaixo dos lençóis da cama de dossel no palácio Mocenigo. Era a quarta semana de sua lua de mel; passaram três dias em Veneza. Cora não sabia o que esperar da vida de casada. Tinha alguma ideia do lado físico das coisas, pelos abraços mais ardentes de Ivo, mas não tinha se dado conta de que a velha Cora de antes seria tão completamente apagada. Depois da primeira noite juntos, quando ele se levantou da cama, ela sentiu aquela despedida como dor, como se tivesse perdido uma pele. E essa sensação só se intensificara a cada dia e a cada noite; só se sentia em paz quando Ivo estava em seus braços, quando a pele dele cobria a sua. Jamais em toda a sua vida tivera tanta consciência de todos os sentidos, a cada manhã aspirava o odor profundo e doce da pele do Duque e sentia-se feliz. Quando estava a seu lado, precisava tocá-lo; quando Ivo estava longe, ela se abraçava para não deixar esfriar a pele que havia sido aquecida por ele.

Naquela manhã em Veneza, o Duque havia desaparecido depois do café da manhã. Estava quente demais para sair, e Cora andou sem rumo pelo *palazzo*. Tentou ler o Baedecker, mas não conseguia concentrar-se em nada enquanto Ivo estivesse fora. Ele não voltou para o almoço, e Cora fora dormir a *siesta* muito impaciente. Havia tirado completamente a roupa, sentindo que somente a roupa de cama gelada amainaria o calor que rolava por seu corpo. Os lençóis também começavam a esquentar, e ela teve que arrancá-los para ficar deitada ali, com o ar quente em sua pele e os sons do Grande Canal entrando pela janela aberta. Deve ter adormecido, pois a próxima coisa de que se lembrava era a mão de Ivo em seu peito. Levantou os braços para puxá-lo para perto, mas ele se afastou.

– Espere, minha querida impaciente, há uma coisa que quero que você use para mim.

E tirou uma caixa de couro desgastada do bolso. Então, continuou.
– Abra!

Cora se inclinou por cima dele e puxou a tampa da caixa para abri-la. Ali dentro estavam as pérolas, enormes como ovos de codorna e de todas as cores da noite, do bronze ao lilás da meia-noite. Ela as tirou da caixa e as segurou junto à sua garganta, onde haviam permanecido, como estavam agora, carregadas de promessas. Levantou os braços para pegar o fecho, esperando que Ivo a ajudasse, mas ele simplesmente a observava enquanto ela tentava enfiar o gancho dourado em seu fecho aberto.

O Duque se inclinou um pouquinho para trás para admirar o presente.

– Pérolas negras são tão raras que às vezes é preciso uma vida inteira para juntar a quantidade necessária para fazer um colar. Pareceu-me um bom tributo!

Ele estendeu o braço, passou os dedos pelas pérolas e a beijou.

Mais tarde, sussurrou no ouvido de Cora:

– Eu quero que você as tenha, só você!

E ela o beijou e pôs a mão dele em sua garganta.

– Sinta como elas estão quentinhas agora. Sempre que usar, vou me lembrar disso...

Cora sentiu o calor daquela tarde memorável passar por todo seu corpo. Foi difícil voltar para a Inglaterra depois da lua de mel, não porque ela agora tivesse um título e uma casa imensa para comandar, mas porque já não podia estar com Ivo dia e noite. Lulworth tinha 81 criados, e, embora os recém-casados ainda não estivessem recebendo visitas, era como se nunca estivessem sozinhos. Cora não estava mais tão segura a respeito de Ivo como estivera quando os dois velejaram pelo Mediterrâneo no iate do sr. Cash. Depois, os dois ficaram soltos e muito à vontade, restritos apenas pelo tempo. Um e outro jantar dos quais haviam participado com embaixadores e príncipes menores foram aventuras para as quais se arrumaram rindo como cúmplices, trocando olhares durante toda a noite, loucos para que aquilo terminasse, para que pudessem estar sozinhos de novo. Mas, agora, quando tinha a esperança de trocar um olhar com Ivo, não estava certa de que os olhos dele esperassem por ela. Somente à noite ela conseguia se sentir segura em relação a ele. Havia sido um grande choque descobrir que aqui, em Conyers, providenciaram quartos separados para cada um. Ivo riu diante da consternação de sua esposa.

– Querida, você nunca será uma duquesa se as pessoas pensarem que realmente divide uma cama com o seu marido.

Cora fez com que ele prometesse passar as noites com ela.

– Mas vou ter que me levantar de madrugada ou os criados vão falar!

Cora fez beicinho, mas Ivo riu ainda mais.

Agora ela o esperava para levá-la para baixo. Onde estaria o Duque? Talvez Cora devesse ir até ele, seu quarto devia ser no mesmo corredor. Nossa, Conyers era um labirinto, poderia se perder. Pensou naquele poema em que a noiva se esconde em um baú e não é encontrada até muito tempo depois, quando alguém descobre um esqueleto com um véu. Não que a Dupla Duquesa fosse tão dura, pensou. A sogra era invariavelmente encantadora, mas Cora não se iludia. Sabia que Fanny estava fazendo o que podia com o que considerava um mau negócio. A nora ideal da mulher seria a jovem que ela escolhesse, uma esposa de boa família, bonita (mas não espetacular), rica (mas não demais), um pouquinho desalinhada, que concordaria com a sogra em tudo. Em vez disso, tinha Cora, que não apenas era americana, mas se vestia lindamente, era indecentemente rica e apenas de vez em quando demonstrava alguma deferência. Cora tinha a impressão de que a Dupla Duquesa havia organizado essa festa aristocrática em Conyers só para lembrar à nora o quanto ainda teria que aprender.

Abriu a porta do quarto e deu uma espiada no corredor. Na porta, havia um suporte de latão, no qual estava inserido um cartão com os dizeres: "A Duquesa de Wareham". Cora olhou para aquilo meio apatetada. Ainda era difícil ligar essa edificação com ela. Bom, se seu nome estava na porta, não seria muito difícil encontrar Ivo. Foi caminhando pelo corredor que, para uma casa inglesa, era quase cálido. Escutou vozes abafadas na porta que dizia "Lady Beauchamp" e depois uma boa gargalhada. Continuou em busca do marido. Encontrou o quarto dele bem no final do corredor (puxa, a Duquesa Fanny bem poderia ter posto os dois em casas separadas!). Ali estava o cartão "O Duque de Wareham" na mesma letra comprida e fina. Virou a maçaneta.

– Ivo, querido, você está aí? Eu gostaria que você aparecesse para me tirar dessa aflição em que estou. Se eu ficar esperando mais tempo praticando a minha reverência vou virar uma coluna de sal... Ivo?

Ninguém. Evidentemente Ivo se vestira, pois sua caixa de colarinho estava vazia em cima da penteadeira. Cora viu que seu marido trouxera a maleta de viagem dos Beauchamp – sentiu-se irracionalmente aborrecida porque Ivo a estava usando. Lembrava-se das abotoaduras que também estavam na gaveta, também eram de pérolas negras. Abriu a gavetinha onde elas estavam, e a encontrou vazia. De repente, sentiu-se desolada sem o marido. No escritório, avistou a camisa que ele devia ter tirado antes de vestir a roupa da noite. Apanhou-a e enterrou o rosto nela, encontrando segurança naquele cheiro conhecido.

– Querida, que diabos você está fazendo?

Ele estava de pé na porta, rindo.

– Eu estava sentindo a sua falta! – disse Cora desafiadora.

Ivo foi até ela e a beijou na testa. Cora virou o rosto para ele e continuou.

– Puxa, por que você não foi me encontrar? Fiquei muitíssimo chateada de ficar esperando e vim procurá-lo.

– Ih, fui abordado pelo Coronel Ferrers, o camareiro do príncipe. Ele queria tratar de uma chatíssima questão de protocolo. Não sei por que Bertie dá tanta importância a essas coisas. Em todo caso, como ele está aqui, temos de jogar de acordo com as regras. Isso significa que você, minha pequena selvagem, é a duquesa mais importante presente e vai jantar com o Príncipe.

– É, mas sua mãe é muito mais preparada para isso! Eu não deveria ter precedência sobre ela...

– Ah, sim, infinitamente mais preparada, mas infelizmente os Buckingham são uma invenção do século 18, ao passo que os Wareham vão até James I. Portanto, você é a número sete, e a pobre da velha mamãe é a número doze. Ferrers examinou o Debrett, e não há nada que se possa fazer para contornar a situação. Cada um tem seu número, e essas são as regras. A única pessoa que pode brincar com a precedência é o Príncipe, razão pela qual imagino que mamãe esteja contando com isso.

– Ai, meu Deus! Bom, é melhor você me beijar para dar sorte. Sinto como se eu estivesse entrando em uma batalha.

– Está sim, Cora. Você está entrando em uma batalha!

Fanny estava na sala chinesa. Conyers foi construída na década de 1760, quando a moda da *chinoiserie* estava no auge. Esta sala octogonal, com seus móveis laqueados e papel de parede de seda pintada à mão, era famosíssima e jamais tinha sido modernizada. Cada detalhe – as falsas gregas de bambu da janela (realçadas em ouro), os castiçais na cabeça do dragão, os pagodes no tapete de seda octogonal – havia sido realizado à perfeição. Até Cora, para quem o esplendor era normal, ficou impressionada. Cada parede mostrava uma cena diferente da vida na Corte Imperial. A Duquesa Fanny estava diante de uma parede que apresentava um grupo de cortesãos vestidos com requinte, reunidos em volta de um trono vazio. Seu marido, Buckingham, estava um pouco atrás, pronto, à espera de obedecer cada capricho de sua mulher.

– Cora, minha querida, quanto frescor você tem! Esse é o seu vestido de casamento remodelado? Que encanto! Tão poucos dos amigos de Ivo estiveram lá para o casamento... Estou certa de que todos ficarão deleitados ao vê-la em seu traje nupcial!

As palavras da Duquesa eram calorosas, ainda que estivesse claro para Cora que o vestido de casamento não deveria estar sendo usado. Bom, tarde demais para trocar.

A Dupla Duquesa a apresentou aos convidados reunidos. Todos tinham sido avisados para estarem ali às 19h30, pois o Príncipe de Gales chegaria exatamente às 19h45. Não havia crime social mais hediondo do que chegar depois do Príncipe.

– Lorde e Lady Bessborough, minha nora, a Duquesa de Wareham. Coronel Ferrers, minha nora, a Duquesa de Wareham, Ernest Cassel... Sir Odo e Lady Beauchamp, minha nora, a Duquesa de Wareh...

– Ora, encontramos a Duquesa antes – esclareceu Sir Odo, o rosto rosado radiante em cima da gravata branca, seus enormes olhos de um azul pálido faiscando maliciosamente – quando ainda era srta. Cash. Estávamos caçando com os Myddleton no dia em que Sua Graça sofreu o acidente. Nós praticamente nos sentimos responsáveis por esse casamento!

Odo deu uma risadinha, e Cora olhou em volta, procurando Ivo, mas ele estava do outro lado da sala conversando com Ferrers, o camareiro.

Cora se virou para Charlotte Beauchamp, que lhe deu um sorrisinho tenso e fez uma reverência bem discreta.

– Sua Graça – disse ela sempre muito baixinho, inclinando a suave cabeça loura.

Cora assentiu, fazendo o possível para sorrir. Sem pensar, pôs a mão na garganta, buscando segurança nas pérolas luminosas que circundavam seu pescoço.

Odo reparou no gesto.

– Que magnífico colar, Duquesa Cora! É dificílimo encontrar pérolas dessa cor e desse tamanho! E fazem um belo contraste com o vestido!

– Ivo me deu quando estávamos em Veneza, em nossa viagem de lua de mel.

– Você não tinha um colar com pérolas dessa cor, Charlotte, dado pela sua tia? Você e a Duquesa Cora devem tomar cuidado para não usarem as pérolas negras no mesmo momento, ou as pessoas pensarão que as duas pertencem a alguma sociedade secreta!

Odo estava quase guinchando de prazer com essa sua ideia extravagante.

– O meu colar é bem inferior, Odo. De qualquer modo, ele está quebrado, não há risco de duplicação...

Odo não replicou. Cora ficou impressionada com a tensão evidente entre o casal.

Houve um repentino mergulho no murmúrio da conversa, e um som farfalhante que se espalhou pela sala como o vento passando por folhas secas. Cora se virou e viu o Príncipe de Gales de pé na porta. Ele tinha estatura mediana, mas nem mesmo o impecável corte de seu traje de noite conseguia disfarçar sua enorme circunferência; ela agora entendia por que seu apelido era Tum Tum. Parecia mais velho do que nas fotografias que Cora tinha visto, as quais não transmitiam a compleição ruborizada ou a frieza de seus olhos azuis. A jovem percebeu que o farfalhar havia parado com ela, só então viu o olhar escandalizado da sogra e lembrou que toda a sala estava esperando que fizesse a sua reverência. Seus joelhos se recusavam a dobrar. Somente quando notou o lento sorriso no rosto de Charlotte Beauchamp é que o encanto foi quebrado, os joelhos obedeceram, e Cora afundou na mais graciosa reverência que conseguiu.

– Sua Alteza, eu gostaria de apresentar a Duquesa de Wareham.

A Duquesa Fanny se deteve, quase endossando totalmente a nora.

Cora tinha consciência dos olhos de pesadas pálpebras do Príncipe olhando para ela com o escrutínio da experiência.

– Creio que seu filho fez uma sábia escolha, Fanny. Sempre gostei muito dos *amerrricanos*...

O Príncipe tinha um hábito quase francês de enrolar o "r".

Cora não sabia se poderia se erguer da reverência ou se deveria ficar pairando assim, em obediência, enquanto o Príncipe a inspecionava. Resolveu ficar de pé, o que significava que ela agora estava alguns dedos acima do Príncipe. Ele sorriu para a jovem, revelando dentes amarelos desiguais.

– Tenho muito boas memórias do seu país. Vi Blondin caminhar sobre as cataratas do Niágara. Fiquei com o coração na boca o tempo todo – o Príncipe balançou a cabeça ao lembrar.

Cora não tinha a menor ideia de quem fosse Blondin, mas sorriu. Ela imaginou que o Príncipe estivesse em seus cinquenta e muitos anos de idade. Se Blondin havia sido famoso quando a majestade era jovem, percebeu que era melhor não lembrar esse detalhe.

– Tem uma vantagem sobre esta americana, Sua Alteza. Eu ainda não estive em Niágara.

– Mas é uma omissão chocante! Você deve fazer questão de ir até lá quando estiver novamente em seu país.

– É uma ordem real, *sir*...? – perguntou Cora com enorme audácia.

O Príncipe riu e se virou para a Dupla Duquesa.

– Espero me sentar ao lado da sua nora no jantar, ela pode me divertir...

Fanny sorriu e assentiu com a cabeça, sem trair sequer por um estremecimento mínimo o desgosto que sentia por essa destruição imprevista dos lugares que ela havia marcado tão cuidadosamente.

O Príncipe se movimentou, e Cora sentiu a respiração de Ivo fazendo cócegas em seu pescoço.

– Você impressionou o Príncipe. Minha mãe deve estar animada com isso.

– E onde você estava? Eu não deveria ter que enfrentar toda essa gente sozinha – repreendeu Cora severamente.

O coração dela ainda batia acelerado pelo encontro com o Príncipe.

– Que bobagem, Cora! Você é indestrutível, e, além disso, o Príncipe gosta de ter todas as belas para si – e se inclinou para sussurrar no ouvido dela. – *Mas lembre-se de que vou estar de olho!*

Cora ficou vermelha e olhou para baixo confusa. Quando teve a coragem de erguer os olhos, percebeu Charlotte encarando os dois.

– Ivo, por que Charlotte está sempre olhando para mim desse jeito?

Ivo hesitou, pegou a mão dela e a beijou.

– Cora, a esta altura você deve estar acostumada a olhares. A pobre Charlotte deve estar se sentindo incomodada por não ser mais a beleza reinante. Não se preocupe com ela.

O tom da voz de Ivo era jovial, mas Cora sentiu que havia algo fora do lugar e não conseguia identificar exatamente o que. Notou que ele não olhou para Charlotte, mas manteve os olhos em sua esposa.

Cora não teve tempo para pensar nas evasivas do marido durante o jantar. Estava ocupadíssima conversando com o Príncipe, que tinha o desconcertante hábito de mudar de assunto no instante em que se cansava do que estivessem falando. A jovem estava no meio da descrição das alterações que fazia em Lulworth quando as pálpebras reais tremularam, e ele a interrompeu com uma pergunta sobre a caçada em sua terra natal. Somente quando serviram o peixe é que o Príncipe se virou para falar com a Dupla Duquesa, ao seu outro lado, e Cora pôde olhar o outro lado da mesa e viu que Ivo estava sentado ao lado de Charlotte Beauchamp. Não estavam conversando entre si, mas com as pessoas ao lado de cada um deles. Cora gostaria de ver como eles conversavam entre si, mas ali estava o faisão, e o Príncipe se voltava para ela.

– *Pensarrrei* em visitar Lulworth mais uma vez. A caça ali sempre foi muito boa. Assim que você arranjar a casa a seu gosto, *irrremos* visitá-la. Sei que a *prrrincesa* vai gostar de você.

Cora lembrou o que Ivo havia contado sobre o prédio da estação ferroviária e como ele quase havia levado seu pai à ruína. Ela não sabia se Ivo realmente gostaria de receber a realeza.

– Anseio por receber Sua Alteza em Lulworth, embora, sendo americana, sinto que não possa convidar ninguém para uma estada sem termos banheiros suficientes.

O Príncipe deu uma estrondosa gargalhada.

– Está ouvindo, Fanny? A sua nova Duquesa acha Lulworth anti- -higiênica!

A Dupla Duquesa sorriu indolentemente para ele.

– Parece que conseguíamos viver assim, não é, *sir*? Talvez eu esteja adaptada à minha maneira, mas não posso deixar de pensar que lá há mais vida do que água quente. Cora cresceu com todo o conforto, por isso é simplesmente correto que ela ajeite Lulworth a seu gosto. Apenas espero que as características do lugar sejam preservadas. É uma casa que tem uma ótima atmosfera. – A voz da Duquesa caiu para seu timbre mais emocional. – Embora eu adore Conyers, sinto falta do que há de romântico em Lulworth: a névoa entre as árvores pela manhã, e os fantasmas dos Maltravers. A pobre Lady Eleanor e seu coração partido... creio que haja algo de peculiarmente inglês em Lulworth. É como se um pedacinho da alma da Inglaterra estivesse congelada ali para sempre.

O Príncipe se inclinou para Cora e ergueu uma sobrancelha.

– A questão é saber se Lulworth pode ter alma e água quente...

Cora não hesitou. Estava cansada das condescendências da Duquesa Fanny.

– Com toda certeza, Sua Alteza. Na minha terra, existem casas que têm história e banheiros. Temos até fantasmas!

Cora soltou seu mais confiante sorriso para o Príncipe e para a sogra. Ele deu uma olhadela de avaliação. A garota americana tinha espírito.

– Bom, aí está, Fanny. A voz do Novo Mundo – o Príncipe lançou para a Dupla Duquesa um olhar malicioso, para mostrar que ela havia sido superada por sua nora.

Nesse instante, como se de repente se sentisse aborrecido pela rivalidade entre as duas (rivalidade que ele mesmo havia incitado), começou a tamborilar os dedos na mesa. A Dupla Duquesa compreendeu o gesto com alarme e apressadamente mudou de assunto, passando à composição da mesa de *bridge* depois do jantar.

Cora se curvou um pouco na esperança de ver Ivo. Ele continuava conversando com Lady Bessborough, ainda que o correto seria falar com Charlotte. Quando voltou para seu prato, percebeu que Odo Beauchamp olhava fixamente para sua mulher. Apesar da conversinha rancorosa mais cedo, ocorreu a Cora que ele estava olhando para Charlotte como se não aguentasse deixá-la fora de seu campo de visão.

O jantar prosseguia, interminável. O Príncipe experimentou cada um dos nove pratos com prazer e brincou com Cora, dizendo que ela havia perdido o apetite e não fazia justiça à comida.

Por fim, a Dupla Duquesa fez o sinal para as senhoras se retirarem. Cora surpreendeu-se ao ver que Charlotte tinha vindo sentar a seu lado.

– Quer dizer que você sobreviveu à provação? – o tom de Charlotte era amistoso.

Cora sorriu um tanto incerta.

– Acho que sim. Foi um jantar demoradíssimo.

– O Príncipe gosta de comer. Qualquer coisa com menos de nove pratos, e ele acharia que você está tentando matá-lo de fome. Eu até tenho medo do dia em que ele resolver passar uns tempos conosco. Tudo, os convidados, o cardápio, os assentos à mesa, e até os arranjos para dormir têm que ser aprovados antes de sua chegada. Até a tia Fanny fica nervosa – Charlotte olhou para a Dupla Duquesa, que tomava café com Lady Bessborough.

– Eu não sabia que ela é sua tia. Quer dizer que você e o Duque são primos? – Cora estava curiosa, Ivo jamais havia sequer mencionado ser parente de Charlotte.

– Não, tia é só um título de cortesia. Minha mãe e tia Fanny eram amigas desde pequenas. Aí as duas se casaram – Charlotte deu de ombros. – Tia Fanny se casou com um duque, e, minha mãe, com um oficial do exército que morreu quando eu era um bebê. Mas elas permaneceram amigas. Mamãe morreu quando eu tinha dezesseis anos, e tia Fanny me levou para a casa dela. Ela havia prometido para minha mãe que me educaria. Cumpriu a promessa.

O sorriso de Charlotte tinha um quê de rijo.

Cora tentou imaginar como seria não ter família.

– Não posso imaginar como é ser órfã – comentou, pensando na maneira como sua mãe havia monitorado cada minuto de sua vida até o casamento.

Charlotte deu um meio sorriso.

– Espero que você não se impresione se eu lhe disser que é libertador!

Cora ficou chocada, mas pensou nas intermináveis tardes em Sans Souci e concordou com Charlotte.

– Acho que posso entender.

Charlotte pôs a mão no ombro de Cora.

– Bom, espero que isso signifique que podemos ser amigas.

Cora se espantou com a ideia, mas procurou não demonstrar. Adotando o que começava a pensar ser o tom da Duquesa, disse:

– Eu também espero.

Antes que Charlotte pudesse dizer mais alguma coisa, uma agitação se espalhou pelo local: os homens estavam chegando. Os convidados foram organizados em mesas de *bridge*. Charlotte foi convocada pela Dupla Duquesa e, com um olhar deplorável para Cora, foi engolida no meio dos jogadores.

E, para seu alívio, Cora viu a figura alta de Ivo vindo em sua direção. Ele se sentou ao seu lado, no lugar que Charlotte terminara de deixar vago. Ela ia falar sobre a conversa que tivera, quando ele disse baixinho:

– Daqui a um minuto, minha mãe vai me pedir para tocar piano. Quando ela me chamar, quero que você venha comigo. Vamos presenteá-los com um Schubert.

Cora olhou para ele apavorada.

– Mas... Ivo... eu não tenho praticado! Não posso tocar diante de toda essa gente!

Ele sorriu.

– Não se preocupe, ninguém aqui vai perceber se você apertar uma nota errada. Vamos tocar direitinho.

Cora engoliu em seco e tentou sorrir para ele.

Como Ivo havia previsto, um momento depois a Dupla Duquesa se aproximou deles.

– Querida Cora, você me permitiria pedir a Ivo para tocar piano? Seria ótimo!

Virou-se para o filho.

– Não lembro quando foi a última vez que ouvi você tocar!

– Não lembra, mamãe? Foi há muitíssimo tempo – Ivo olhou firme para a mãe, que abaixou os olhos.

Ele se levantou e manteve a mão de Cora junto à sua. A jovem teve que segui-lo. Cora viu o piscar de incompreensão nos olhos da sogra, e, então, quando os dois se sentaram juntos diante do piano, a Duquesa virou a cabeça para o lado, como se tivesse sido atingida.

As mãos de Ivo estavam sobre as teclas. Ele olhou muito sério para Cora.

– Está pronta? Um, dois, três...!

Mergulharam na peça Schubert. Cora tocava com uma intensidade que jamais tivera antes. Sentia que a Duquesa a observava. Enquanto tocavam, a sala foi ficando silenciosa, e até os que jogavam cartas fizeram uma pausa para escutar. A parte dela servia de apoio para os arpejos ondulantes dele, com uma sucessão de acordes menores; se Cora estivesse uma fração de segundo fora do tempo, a peça soaria dissonante e dura, mas Ivo estava a seu lado, pairando sobre as bases que ela ia lançando com seus próprios comentários e interpolações. Alguns compassos antes do final, Cora havia esquecido as outras pessoas na sala, estava totalmente empenhada na música. Sentia a perna de Ivo apertada contra a sua e se pegou oscilando com ele quando chegaram ao *finale*. Nos últimos compassos, ela sabia que estavam perfeitamente no tempo e então deu ao acorde final cada grama de sentimento que possuía. O som foi se desfazendo, e ela se encostou em Ivo, que sussurrou em seu ouvido:

– Eu não disse que tocamos bem juntos?

E ele se levantou, sorrindo em agradecimento pelos aplausos que saudaram o fim da peça. Virou-se para Cora, levantou sua mão e a beijou. O aplauso ficou ainda mais alto. Cora sentiu-se ruborizar.

Ouviu o Príncipe falar para Ivo:

– Quer dizer que você *encontrrrou* uma nova parceira, Wareham... *Lembrrro* que você costumava tocar com sua mãe, mas estou vendo que a nova Duquesa é bastante capaz de acompanhá-lo.

– Tem uma grande sensibilidade, *sir* – Ivo inclinou-se rapidamente para o Príncipe.

A Duquesa Fanny se aproximou rápida e barulhenta.

– Meus queridos, que lua de mel musical vocês devem ter tido!

Virou-se para Cora.

– Espero que Ivo não tenha feito você praticar o tempo todo!

Cora sorriu, mas não disse nada. Sabia que a sogra estava enfurecida porque ela roubara a cena. Quando Fanny seguiu adiante, Cora vislumbrou Charlotte Beauchamp sentada imóvel, com os braços cruzados. Quando o Príncipe voltou à mesa de jogo, Charlotte levantou-se para saudá-lo, e Cora viu que ela tinha quatro marcas vermelhas na pele branca do braço, onde unhas haviam cravado na pele.

Naquela noite, Cora mandou Bertha embora assim que tirou o vestido. Antes do casamento, ela teria contado para a criada tudo sobre a noite, mas Ivo deixara claro que não achava que uma duquesa devesse ficar mexericando com os empregados. Chegara a se perguntar se Bertha seria uma criada totalmente adequada para uma duquesa, mas Cora se recusara a escutar: Bertha era a única coisa familiar em sua vida nova. Não obstante, por lealdade aos desejos de Ivo, Cora já não fazia mais confidências à criada como antes. Agora, sentada diante do espelho da penteadeira, sentia-se muito só. Pensou em escrever para sua mãe. A sra. Cash gostaria de saber cada detalhe do encontro com o Príncipe. A jovem tentava imaginar o que sua mãe acharia se ela dissesse o que realmente pensava: que o príncipe era gordo, assustador, havia pressionado sua perna contra a dela muitas vezes durante o jantar. Passou a mão pelas saias macias do vestido de casamento em cima da cadeira. Não iria usá-lo de novo.

Estava cansada, mas ansiosa demais para dormir. Queria loucamente ver Ivo. Se ao menos pudesse ir procurá-lo... sentou-se na cama, torcendo os cabelos, esperando a porta abrir. Finalmente, ouviu os passos dele do lado de fora. O Duque parecia corado, e, antes que ela pudesse dizer qualquer coisa, estava sendo beijada no pescoço, nos ombros. Ele remexia nas fitas do *peignoir,* e ela foi apanhada na urgência do momento.

Quando finalmente se levantou, dando um uivo que era ao mesmo tempo dor e prazer, Cora se jogou para perto dele, desejando a continuação. Queria que ficasse lá dentro, no fundo, para sempre – só mantendo-o assim ele seria realmente dela. Quando Ivo caiu, exaurido, Cora ainda ansiava por ele. Ficou deitada no escuro por um tempinho, ouvindo sua respiração... De repente, ele se esticou e puxou-a para perto de si, sussurrando seu nome. Ela se moldou ao corpo dele e, por fim, caiu no sono. Quando acordou de manhã, ele não estava ali.

CAPÍTULO 16

Madona e filho

Era o primeiro dia realmente frio daquele ano, e a trilha que levava ao mar começava a se cobrir de folha mortas. Esta era a parte preferida de Cora no passeio: descer a trilha estreita no meio do mato, onde a vegetação rasteira era tão densa que só se conseguia ver alguns metros à frente, e depois, meio caminho adiante, o ruído começava e viria o cheiro salgado do ar marinho por entre o cheiro de folhas apodrecendo. O bosque terminava, e lá estava ela, em cima do penhasco que dava para a enseada. Achou que a enseada parecia uma bolsa de cordões de senhora, uma bolsa oval carregada, com uma abertura por entre uma quebra nos penhascos caindo para o mar. A neblina que passara toda a semana sobre Lulworth finalmente havia desaparecido. Hoje, o mar além dos despenhadeiros estava azul-escuro, e aqui nas águas rasas da enseada, quase turquesa. O sol trazia ao arenito do penhasco um dourado quente. O ar dava a impressão de verão. Carneiros pastavam nos campos em volta, suas formas brancas eram ecoadas pelas nuvens desgarradas no céu. Cora adorava as cores da enseada, a costa era encantadora aqui, se comparada com a espuma do mar batendo nos afloramentos rochosos de Rhode Island. Olhou o relógio de bolso: 11 horas. Ela devia voltar, Ivo poderia retornar à noite, e Cora desejava certificar-se de que tudo estava em ordem.

Depois da semana em Conyers, voltaram para Lulworth, mas quase em seguida o Duque fora chamado a visitar suas propriedades na Irlanda. Houve um ataque dos rendeiros, e Ivo não confiava em seu capataz para tratar daquilo sozinho. Ela quisera ir junto, mas havia alguma atividade dos fenianos na área, e ele considerava perigoso demais. Os últimos sete dias foram os mais compridos que eles passaram separados desde o casamento havia seis meses, em março. Quase sério, Ivo sugerira que ela fosse para Conyers enquanto ele estivesse fora, mas Cora preferiu ficar em Lulworth. Queria conhecer a casa, fazer dela a sua morada. Quando Ivo estava, ela sempre tinha consciência do relacionamento que seu marido tinha com a casa; sabia que, para ele, cada centímetro daquele espaço tinha um significado especial. Quando o casal voltou da lua de mel, mostraram a Cora os aposentos da duquesa, um conjunto de quartos e salas com refinados painéis no lado sul da casa, dando para o mar. Ela ficara encantada com as proporções daquelas peças, com sua luminosidade e a visão distante de um triângulo de mar atrás dos contornos dos morros. Na mesma hora, decidira transformar aquele espaço em seu, encomendara novos móveis, trocando os veludos vermelhos e as franjas de contas que a Dupla Duquesa preferia por tecido com uma estamparia *liberty* de passarinhos e romãs. Na primeira noite depois que seus aposentos ficaram prontos, Cora se arrumou para a cama e esperou Ivo. Ele chegou tarde, bem depois das 11 horas e, quando entrou, em vez de abraçá-la, deu uma volta pelo quarto, tocando nas cortinas e nas paredes como um cachorro fazendo o reconhecimento de território não familiar. No final, ela tomou a mão do marido e o levou para a cama, mas ali ele permaneceu inquieto e tenso e a deixou novamente nas primeiras horas da madrugada. Ivo tinha até um cheiro diferente, como se houvesse uma subcorrente azeda em sua pele normalmente quente e doce. Esse comportamento se seguiu por três noites; Ivo se comportava normalmente durante o dia, mas ao anoitecer se transformava em uma cópia distorcida de si mesmo. Cora tentava conversar sobre aquilo, mas ele era evasivo, de modo que, na noite seguinte, ela foi para o quarto dele, o quarto do Duque – e Ivo caiu em cima dela antes mesmo que fechasse a porta. Estava claro que nenhuma quantidade de cortinas novas apagaria a presença da mãe do Duque de seus aposentos. Depois dessa descoberta, Cora passou a só usar os aposentos da Duquesa durante o dia, quando Ivo estava fora.

Cora virou o rosto para o sol e fechou os olhos. Não estava quente, graças ao vento sudoeste, mas ela gostava de sentir a luz queimando suas pálpebras. Era do sol que ela mais sentia falta; em casa sempre havia contado com o astro, mas aqui um dia ensolarado era uma bênção. Abriu os olhos e estudou o mar – viu um lampejo de branco nas águas logo abaixo da boca da enseada. Apertou o flanco de Lincoln e saiu trotando pela beira do penhasco para examinar aquilo mais de perto. Ao se aproximar, viu que era um bando de golfinhos se entrelaçando pelas ondas. Eram uns cinco, que se movimentam juntos, girando em espirais pelas águas. Cora tinha visto um e outro golfinho isolado em Newport, mas esta era a primeira vez que via um bando. Ficou sorrindo até o rosto doer.

Normalmente, quando já estava perto de casa, Lincoln levantava as orelhas. e ela o deixava voltar a meio galope. Hoje Cora não deixou que ele tomasse a iniciativa, apertou as rédeas e foram caminhando calmamente de volta morro acima. Lincoln bufou, protestando, mas Cora não cedeu. Ela em geral gostava de ser sacudida na subida, mas hoje queria mesmo prolongar aquele estado de contentamento sonhador. Quando se aproximou dos estábulos, um cavalariço correu para apanhar Lincoln.

– Bom dia, Sua Graça – o rapazinho tocou o boné e levou Lincoln para o bloco de montaria.

– Que belo dia! Vi alguns golfinhos na enseada. Eles sempre aparecem por aqui?

O cavalariço coçou a cabeça.

– Bom, né, eu *tou* aqui *faiz* uns dezessete anos e nunca vi nenhum golfinho, Sua Graça.

O rapaz bateu os dentes e estendeu a mão para Cora enquanto ela descia do cavalo.

– Diz que os golfinho dão sorte, mas Lulworth não anda com muita sorte nos últimos tempo, se bem que eu *tou* achando que isso *tá* mudando...

E o cavalariço deu um sorriso, mostrando dentes escuros e quebrados, correndo os olhos pelo corpo da jovem.

Cora demorava a decifrar o sotaque enrolado, mas sentiu-se ruborizar. O que ele queria dizer com aquilo? Será que ele sabia? Ela mesma só havia começado a suspeitar nos últimos dias. Ninguém mais sabia, talvez com exceção de Bertha – que era incapaz de ficar fazendo mexericos com os cavalariços. Jogou por ali o chicote e as luvas, e foi para casa a passos largos. Quando Cora chegou à entrada do jardim, o mordomo apareceu com um telegrama em uma salva de prata. Ela o abriu, rasgando o papel.

– É do Duque, Bugler, para dizer que estará aqui para o jantar. Eles terminaram o trabalho na capela?

– Sim, Sua Graça. Parece que os homens estão só esperando a sua inspeção para aprovar o trabalho.

– Você viu? Acha que o Duque vai gostar?

Bugler olhou para a patroa por debaixo de suas espessas pálpebras. Ele trabalhava na casa há trinta anos; começou como lacaio, depois submordomo, e estava na sua atual posição nos últimos dez anos. Tinha muitos deveres: cuidar da prataria da família, a manutenção da adega, assegurar o bom comportamento na área da criadagem, até mesmo transmitir as más notícias (tinha caído sobre ele contar para a Duquesa Fanny a morte de seu filho mais velho), mas não lhe pagavam para dar opiniões. A nova duquesa americana deveria ver com os próprios olhos, em vez de ficar perguntando.

– Eu realmente não saberia dizer, Sua Graça.

– Mas você viu a construção antiga. Acha que esta está tão boa como a outra?

– As duas me parecem do mesmo tamanho, Sua Graça.

Cora desistiu.

– Diga-lhes que subirei até lá assim que trocar de roupa.

Bugler percebeu (com desaprovação) que a nova duquesa correu pelas escadas até o quarto segurando a roupa tão alto que ele podia ver suas pernas quase até os joelhos. Cora estava correndo porque sentia uma vontade louca de vomitar. Queria chegar logo ao quarto, mas a porta estava ainda a quase cem metros de distância! Para seu horror, ela se viu de joelhos, com ânsia, em cima do tapete. Rezava para Bugler não ter visto. Sentindo-se gelada e trêmula, conseguiu chegar ao quarto e tocou a campainha para chamar Bertha.

Antes de a criada chegar, a sujeira no tapete já havia sido limpa pela criada Mabel, que vira todo o episódio. Quando Bertha acabou de passar a esponja com água-de-colônia nas têmporas da patroa e a ajudou a enfiar o vestido matinal, a cozinheira já havia mandado torradas e um chá bem fraquinho, e a notícia da indisposição da Duquesa já se espalhara pela área da criadagem, para júbilo do segundo lacaio, que apostara na loteria que maio seria o mês do nascimento de um herdeiro.

Aloysius e Jerome, os cães do Duque, seguiram quando Cora foi subindo para a capela. Fazia quase um ano que ela vira o local pela primeira vez. Desde então, sempre que entrava ali, sentia-se repreendida pelo retângulo de tinta clara acima do altar. Em Veneza, escrevera para os Irmãos Duveen, os negociantes de arte que sua mãe usava, para perguntar se poderiam encontrar a pintura de Santa Cecília que certa vez estivera pendurada ali. Em julho, recebeu uma carta com a notícia de que o quadro havia sido vendido para um visitante de São Francisco, que não estava interessado em vendê-lo. Destemida, Cora pediu aos negociantes para encontrarem outro Rubens que coubesse na alcova sobre o altar na capela de Lulworth. Duas semanas depois, Duveen escrevia para dizer que havia um *Madona e filho* por este artista sendo oferecida à venda por um conde irlandês empobrecido. A Duquesa estaria interessada em ver a pintura? Cora decidiu ali mesmo comprar o quadro. Um Rubens é um Rubens, afinal. O preço havia sido mais alto do que ela esperava, mas achou razoável.

Cora mandou os cachorros ficarem na escadinha da capela. Eles não davam tanta bola para ela quanto para Ivo, por isso a jovem entrou bem depressa na capela e fechou a porta para não a seguirem. No começo, não enxergava nada, mas um raio de luz passou pelos vidros da cúpula e pousou diretamente em cima do altar, iluminando a pintura. A Madona, que usava uma túnica alaranjada, segurava o menino Jesus com um braço e olhava para um livro iluminado no outro. Maria estava em um caramanchão coberto de rosas muito claras, e o livro que olhava estava sobre um tapete persa de estampa complicadíssima. Cora ficou impressionada com a ternura do quadro, com a maneira como Jesus, louro e nu como um querubim, repousava a cabeça tão confiantemente no seio de sua mãe. Não deixou de notar que a Madona tinha os cabelos do mesmo matiz de castanho que os dela.

Escutou uma voz a suas costas.

– Dizem que Rubens usou sua mulher e seu filho como modelos para este quadro. Creio que isso dá à pintura a intimidade que se pode sentir.

Cora se virou e viu um homenzinho moreno e sorridente de colarinho muito branco.

– Ambrose Fox, Sua Graça. O sr. Duveen me pediu para vir com a pintura para me certificar de que a senhora está satisfeita com ela.

Cora estendeu a mão, e, depois de hesitar por um momento, o homenzinho a apertou.

– Diga-lhe que é perfeito. Acho que fica muito bem aqui na capela, não acha, sr. Fox?

– Sim, sim, Sua Graça. Parece muito bem instalado!

– Que alívio! Veja, é uma surpresa para o Duque. Havia outro Rubens antes, mas foi vendido e eu queria recolocá-lo. O outro era uma Santa Cecília, mas acho que a Madona e o bebê é tão bom quanto o anterior, talvez até mais apropriado. O senhor chegou a ver o outro quadro? Eu nunca vi, mas se o senhor viu, poderia me dizer se este é tão bom quanto aquele?

    Cora sabia que estava falando demais com alguém cujo *status* não conhecia exatamente – seria algum convidado para o almoço ou alguém enviado pela governanta? Estava deslumbrada com a pintura. Não sabia que era tão boa no momento em que resolveu comprá-la. Jamais tivera muita ligação com crianças, mas havia algo na maneira como a mãozinha do bebê se apossava do peito da mãe que a fazia perceber – desde que a suspeita havia começado – onde estava indo. Será que seu bebê ficaria assim, reivindicando-a para si?

    – A Santa Cecília, de modo geral, é considerada uma das melhores obras de Rubens, mas eu diria que é um tanto imponente para uma capela desse tamanho. Esta obra me parece estar na escala certa e, eu diria, tem a disposição perfeita para este lugar.

    Cora olhou para ele severamente. Estaria aquele homem insinuando alguma coisa? Mas o sr. Fox olhava para ela sem piscar. Sua confiança a impressionava. Iria convidá-lo para o almoço. Afinal de contas, havia uma porção de quadros que deveriam ser repostos.

    Os cães a esperavam do lado de fora e começaram a latir quando viram o estranho com ela.

    – Por favor, não se preocupe, sr. Fox, eles se acalmarão quando perceberem que o senhor está comigo.

    – Ah, esses são os famosos mestiços de galgo e pastor de Lulworth! Eu os reconheço pelo retrato que Van Dick fez do primeiro duque. Esplêndidas criaturas.

    Apesar das palavras tão confiantes, Cora não deixou de notar que o sr. Fox parecia nervosíssimo. Ela acenou para os cães saírem dali e fez um sinal para ele acompanhá-la de volta à casa.

    Ivo pareceu surpreso quando Cora pediu que eles visitassem a capela depois do jantar.

    – Sei, mas se você quer ir, por que não vai durante o dia? Não há luz de gás na capela.

    – Ah, mas tem velas, fica muito mais bonito – Cora já havia pedido a Bugler para acender as velas.

Ela jantou bem depressa e ficou se retorcendo, impaciente, enquanto Ivo terminava seu prato. Por fim, ele pôs o guardanapo na mesa e ela se levantou.

– Vamos, então? Vamos subir lá para a capela?

– Será que não dá para esperar até eu fumar um cigarro?

– Acho que não, Ivo. Por favor, querido!

Com exagerada lentidão, ele se levantou e começou a se dirigir para a porta. Cora já estava em um frenesi de impaciência. Pegou-o pelo braço e o arrastou porta afora.

– Puxa, vocês, garotas americanas, são tão assanhadas... – disse ele, rindo da veemência de Cora.

Foi brincando com ela por ser uma americana implicante até virarem em um canto, e ele ver que a capela estava toda acesa por dentro. Cora sentiu a mão tensa de Ivo em torno de seu braço.

– Há alguma coisa errada? – Ela perguntou.

– Não. Faz um bom tempo que eu não vejo a capela acesa à noite. A última vez foi quando Guy esteve ali.

Fosse outra noite, Cora teria estremecido ao pensar em sua falta de atenção – mas hoje tinha tantas revelações a fazer que não podia prestar atenção no humor dele. Quando chegaram às portas da capela, ela parou.

– Tenho uma coisa para mostrar a você e quero que seja uma surpresa. Portanto, feche os olhos!

– O Santo Pai está lá dentro ou o Santo Graal? Puxa, Cora, ainda vamos fazer de você uma católica!

– Psiu, pare de falar, feche os olhos e venha comigo.

Enfim, Ivo fechou os olhos, e ela o guiou para dentro da capela.

A Madona e a criança brilhavam à luz das velas. Cora tinha a sensação de que iria explodir com sua própria esperteza, pois estava deixando Lulworth magnífica de novo.

– Pode abrir os olhos agora... – ela se virou de costas para o quadro para ver a cara de Ivo.

Ele abriu os olhos e os correu em volta, intrigado. Só então viu o Rubens e ficou imóvel, contemplando a pintura com uma expressão que Cora não conseguia ler. Ela esperou que o rosto sério dele se transformasse em uma expressão de surpresa e prazer. Quando Ivo não fez nada, ficou apenas contemplando, ela pensou que ele talvez não soubesse o que era.

– É um Rubens, sabe, como o que você tinha antes...

Ivo continuava calado. Cora pôs a mão no braço dele, mas o Duque não se mexeu. Olhava para o quadro com o rosto completamente imóvel. Os músculos do braço dele estavam duros sob a mão dela. Parte de Cora sabia ficar calada, mas uma outra parte queria berrar. Era a surpresa dela, e ele não estava fazendo sua parte!

A Duquesa quis esperar, observando um pequeno rio de cera escorrer do lado de uma das velas. Por fim, quando o calor se foi, e a gota parou endurecida, ela falou de novo:

– Tentei conseguir o outro Rubens, aquele que estava aqui antes, aquele da Santa Cecília, mas o homem que o comprou era um americano...

– E não precisava do dinheiro – a voz de Ivo era monótona, era uma afirmação, não uma pergunta.

Será que ele estava enfurecido porque sua esposa não havia conseguido comprar a pintura de antes?

– É claro que eu não vi a pintura de Santa Cecília, mas o sr. Fox, que comprou o quadro dos Duveen, viu e achou que a Madona fica até melhor neste lugar.

– É um quadro ótimo – a voz de Ivo continuava monótona.

– Rubens usou sua mulher e seu filho como modelos.

Cora se aproximou do quadro. Cada vez que o examinava, via mais detalhes. Havia uma cesta de frutas no canto inferior direito, com uvas e ameixas. Algumas das uvas haviam sido comidas. Atrás do ombro direito da Virgem, três árvores davam para uma paisagem rural que parecia verde e fria. Por baixo da túnica laranja, Maria usava uma manga de um rosa damasco. Cora bem gostaria de ter um vestido dessas mesmas cores quando tivesse o bebê...

– Veja a mão do bebê, Ivo. Veja como ele está se agarrando com força à sua mãe.

Cora estendeu a mão para o marido, desejando que ele viesse para a frente.

Ivo não se mexeu.

– Eu conheço esse quadro.

Cora ficou atônita.

– É mesmo? Como? Os Duveen disseram que ele nunca esteve no mercado antes.

– Não, não esteve.

– Então, como é que você... – Cora ficou atônita quando se deu conta de onde Ivo devia ter visto o quadro.

– Ele esteve na família Kinsale por duzentos anos. Ficava pendurado na capela deles – a voz de Ivo não tinha nenhuma expressão.

– Eu não sabia que você conhecia os donos – Cora começou a se sentir gelada. Mas persistiu:

– E isso tem importância, Ivo? Eles precisavam do dinheiro. Paguei um preço bom, e agora você tem um Rubens no altar de novo.

Ivo ergueu os braços. Por um momento Cora pensou que era para abraçá-la, mas ele deixou os braços caírem e mais uma vez ficou parado.

– Ivo, o que há de errado? Eu só fiz isso porque achei que você ficaria contente. Você se importava com o outro quadro, eu sei... – Cora esfregou o sapato no chão de pedra em frustração.

– É claro que eu me importava! Mas, Cora, você não pode melhorar qualquer coisa simplesmente comprando um quadro! O Rubens de Lulworth estava lá desde o quarto duque. Quando eu entrava na capela, costumava pensar em todos os meus ancestrais que haviam se ajoelhado diante daquele mesmo quadro, dizendo as mesmas palavras. Agora, Santa Cecília está na Califórnia, e temos um adorável Rubens novo, por cortesia de minha riquíssima esposa – olhou para ela e abanou a cabeça. – Você não compreende o que estou dizendo, compreende? E por que deveria compreender? Os meus escrúpulos devem parecer absurdos para você.

– Não, absurdos não. Intrigantes, só isso. Pensei que você queria o meu dinheiro pelo que poderia fazer aqui.

Ela o estudou com os olhos, tentando ler seu rosto.

– Não, Cora, eu precisava dele. Há uma diferença, mas vejo que você não entende.

É verdade que ela não entendia. Havia comprado o quadro para mostrar-lhe como poderia devolver a grandiosidade a Lulworth... mas, em vez de agradar, ofendera. Como poderia ter se equivocado tanto com ele? Cora percebeu que realmente conhecia muito pouco sobre o homem com quem tinha se casado.

Por fim, ele foi até a esposa, ficou olhando para ela. Cora pôs os braços sobre os ombros do marido e ele, depois de uma pausa, passou os braços pela cintura dela.

– Ah, Cora, será que você acreditaria que algumas coisas não podem ser compradas?

Ela olhou para aquele rosto moreno e notou os sulcos de luz que corriam entre seu nariz e seu queixo e o estremecimento de sua pálpebra. Sentia-se aliviada porque seja lá o que o deixara tão sombrio estava passando. Por um momento, havia sentido que Ivo era um estranho.

– Claro que sei muito bem disso. Você quer ouvir falar sobre uma delas? – Cora sorriu, tendo conseguido levar a conversa para seu território.

Ivo a estudou bem de perto, e seu olhar desceu pelo corpo dela.

– Você quer dizer que está...

– É, estou... quer dizer, tenho quase certeza. Hoje de manhã, senti enjoo e não estou conseguindo fechar os meus espartilhos direito.

Cora pôs as mãos em volta da cintura ainda bem fininha.

Ele deu passo para trás, para longe dela, como se tivesse sido empurrado pela força da novidade. Estendeu uma das mãos na direção dos bancos da capela, para se firmar, mas não acertou e quase perdeu o equilíbrio. Cora olhou para Ivo achando engraçado. Ele não era nada desajeitado, e conseguiu se endireitar. Seu rosto se transformou em um sorriso.

– Estou contente! Era melancólico demais ser o último dos Maltravers. Você já foi a um médico?

– Ainda não. Eu queria contar para você primeiro, embora alguns dos criados pareçam ter adivinhado!

– Eles sempre sabem de tudo antes de todos. Você tem alguma ideia de quando vai...

– Maio. Bom, é o que estou achando. Não posso ter a certeza até ir ao médico.

– Minha garota inteligente! – inclinou a cabeça e beijou-a na testa.

– Então você entende? Eu tinha minhas razões para comprar a Madona e o bebê – disse ela, fingindo um tom de censura.

Ivo deixou a cabeça baixa, em súplica fingida.

– É claro que tinha. Tudo o que você faz é perfeitamente razoável. Eu fui grosseiro, Cora, e você precisa me perdoar. Fazemos as coisas de maneira diferente, é isso!

Ele pôs os braços em volta do pescoço dela e puxou-a para si. Ela se lembrou a primeira vez que tinham se beijado, aqui na capela. Fora inesperado: a velocidade da proposta, a certeza do abraço, e agora... será que realmente o conhecia melhor? Fisicamente, talvez. Quando se beijavam, agora, era uma comunicação, não uma exploração, mas havia uma parte dele que continuava opaca. Ela tirou isso da cabeça. Seja lá o que Ivo estivesse pensando do Rubens, não havia nenhuma dúvida de que ele queria um herdeiro.

    Somente alguns dias depois ela se permitiu pensar de novo sobre a cena na capela. Pensou no rosto frio e imóvel e na maneira como ele não olhava para ela, mas apenas para o quadro. Depois tudo ficou muito bem, embora Cora não tenha deixado de notar que, agora, quando entrava na capela, ele nunca olhava direto para a frente: entrava, mergulhava os dedos na pia de água benta e ia para o altar de cabeça baixa. Somente quando se aproximava do altar para tomar a comunhão é que levantava a cabeça e olhava para a pintura, como se fosse a sua cruz particular a carregar.

CAPÍTULO 17

A casa de Bridgewater

Agora os dias começavam a encurtar. Cora via o acendedor de luz descer Cleveland Row até o parque, somando sua pontuação à luz que se derramava das portas e de trás das cortinas para a escuridão que se acumulava. Estava cansada da viagem de Lulworth, mas sentiu seu espírito se levantar quando a carruagem parou do lado de fora dos pilares de pedra calcária que flanqueavam sua casa londrina. A casa Bridgewater, com sua fachada Du Barry, havia sido um presente de casamento de seu pai – embora, naturalmente, tenha sido escolhida por sua mãe, que ficou espantada ao saber que o Duque não tinha nenhuma residência permanente em Londres. Esta casa, com seu enorme *hall* central e sua galeria de colunada, segundo a sra. Cash, era do tamanho certo. Ela pensara também que o fato de a residência ter sido construída pelo mesmo homem que havia remodelado o palácio de Buckingham era conveniente.

No passado, houve uma casa Maltravers em St. Jame's, mas o avô do Duque a vendera. Cora chegou a pensar em comprá-la de volta, mas depois de sua experiência com o Rubens, receava ofender o marido. Além do mais, ela gostava dessa casa com uma sala de visitas cujas seis janelas davam para o Green Park.

Viu uma carruagem parar do lado de fora da propriedade, e um lacaio de libré ir até a porta da frente. Quem estaria fazendo uma visita a esta hora? – Cora se perguntou. Tinha esperança de que fosse Sybil. Pelo menos poderiam falar sobre roupas. Com Sybil, ela poderia esquecer que era uma duquesa e voltar às sérias questões da amplitude da manga. Cora pensava que elas não poderiam ficar ainda maiores, mas logo lembrou que havia pensado isso seis meses atrás e estivera bastante errada.

O lacaio trouxe o cartão de Lady Beauchamp.

Cora ficou surpresa, mas gostou. Os Beauchamp tinham deixado Conyers um dia depois que Charotte expressara a esperança de que as duas pudessem ser amigas – por conta de uma morte na família. Cora havia lastimado não saber mais notícias dela. A Duquesa não tinha amigas na Inglaterra, exceto por Sybil e, embora Sybil, fosse um amor, sua falta de jeito e suas roupas horrendas significavam que ela era mais uma protegida de Cora do que uma igual. Charlotte estava em uma categoria diferente. Havia algo de intrigante nela, uma das poucas mulheres inglesas a quem Cora considerava uma boa rival em termos de roupas. A Duquesa gostaria muito de saber até onde ia a amplitude das mangas de Charlotte.

Não ficou decepcionada. Embora Charlotte estivesse em meio-luto por um dos primos de Odo, o vestido não fazia concessões à tristeza, tirando-se a cor, e os tons de lavanda da peça eram um espetacular contraste para sua loura suavidade. Ela havia abandonado a manga cheia do verão por um ombro bufante que se afilava em um punho apertado. Os punhos e a bainha estavam guarnecidos por um galão prateado. Em torno dos ombros, trazia uma pele de raposa prateada e usava ainda um chapéu com plumas cor de malva e cinza. Deslizou em direção a Cora e tomou suas mãos.

– Estou muito contente por encontrá-la em casa, Duquesa – a voz de Charlotte era calorosa. – Eu estava passando a caminho de casa, vindo de Lauderdale, e vi as suas persianas abaixadas. Está na cidade há muito tempo?

Então, deu uma apertadinha na mão de Cora.

– Não, acabo de chegar. Ivo decidiu assumir seu assento nos Lordes.

Cora sentia-se orgulhosa dizendo aquilo. Fez um gesto, apontando para Charlotte um sofá dourado Luís XV, onde ela se sentou com muita graça.

– Bom, agora que está aqui, temos de apresentá-la a algumas pessoas divertidas. Se Ivo vai se meter na política, você precisará de alguma distração. Não pense que tudo é tão chato como Conyers. É claro que, se a Dupla Duquesa convidar, você tem que ir, mas a coisa da casa de Malborough agora é muito *vieux jeu*. Tenho a impressão de que foi muitíssimo divertida, jogos e divórcios e sei lá mais o que, mas agora Bertie está só ligeiramente menos enfadonho do que a mãe dele.

Cora sorriu.

– Eu não diria que Conyers tenha sido chato. Americanos como eu não podem ser *blasé* em matéria de realeza, mas com certeza foi exaustivo. É tanta coisa para lembrar, eu estava tão preocupada em não dizer besteiras. Fiquei com pena porque você teve que ir embora... eu estava contando com você para me orientar.

Charlotte ajustou a manga do vestido.

– Ah, Duquesa, não acho que você precise de minha ajuda. Você parecia ter tudo em ordem. Ouvi dizer que o Príncipe ficou bastante impressionado.

Cora não conseguia disfarçar o prazer que sentia.

– Eu gostaria que você me chamasse de Cora, ainda estou me acostumando a ser uma duquesa.

Charlotte concordou.

– Muito bem, Cora será, e você terá que me chamar de Charlotte. Nunca vou me acostumar a ser Lady Beauchamp.

Esta última observação foi lançada com uma risada, mas Cora estava mesmo surpresa. Charlotte notou a expressão da Duquesa.

– Ah, querida, eu a choquei de novo? Sempre esqueço que os americanos se casam por amor.

Cora olhou para ela calmamente.

– Bom, esta aqui casou sim, por amor – sorriu em autodepreciação. – Mas é complicadíssimo a gente se acostumar ao título. Às vezes, acho difícil acreditar que estão falando sobre mim.

– E toda garota inglesa sonha ser chamada "Sua Graça" desde os bancos da escola primária. Neste aspecto, Cora, você não vai ter nem um grama de solidariedade de minha parte!

Cora riu. Estava achando Charlotte perigosamente uma boa companhia.

– As garotas inglesas são educadas para esta vida. São tantas coisas que eu deveria saber! Ivo é tolerante, mas os criados são implacáveis. Sempre que peço alguma coisa, eles dizem apenas *como queira, Sua Graça...* e fico sabendo que pequei. Pedi para Bugler acender a lareira na biblioteca para mim. Ele me olhou, como se eu tivesse dado um soco em seu rosto e disse que iria mandar um lacaio cuidar disso. Quando a lareira foi acesa, eu estava tremendo de frio – Cora fez um beicinho de falsa angústia.

– Você pediu para o mordomo acender a lareira? Ora, esse é um gravíssimo crime de lesa-majestade! Estou até espantada que Bugler não tenha pedido as contas. Ser o mordomo de um duque só é menos importante do que ser um duque – Charlotte fez uma expressão bastante aproximada do ar solene de Bugler.

Cora tocou a campainha, pedindo o chá.

– Bom, pelo menos os criados aqui em Londres são novos, não tenho que temer ferir seus sentimentos!

Charlotte inclinou-se para Cora:

– Darei uma festinha na quinta-feira. Você tem que ir. Louvain estará lá.

Olhou para Cora por entre as pestanas para ver se o nome fora registrado.

– O pintor? Pensei que ele morasse em Paris. Minha mãe pediu que Louvain pintasse o retrato dela, mas ele disse que estava muito ocupado para ir à América. Ela ficou furiosa!

Cora se lembrava claramente da fúria de sua mãe. Louvain não estivera "ocupado" demais para pintar o retrato das meninas Rhinelander, mais cedo naquele mesmo ano.

Charlotte sorriu.

– Ele é muito exigente com seus temas. Eu posei para ele no começo do ano. Foram quinze poses naquele estúdio cheio de correntes de ar perto do rio. Louvain insistiu muitíssimo em me pintar com o traje de montaria... e ficava me chamando de Diana o tempo inteiro. Eu quase desisti, mas Odo foi inflexível, quis que eu continuasse, e aquele pintor pode ser muito encantador quando quer – Charlotte estremeceu, fazendo as plumas de seu chapéu tremularem. – Ele disse a todo mundo que não faria mais retratos, mas tenho certeza de que se ele a encontrasse... – Charlotte fez um gesto para Cora, que estava usando um belíssimo vestido de chá de Madame Vionnet, todo enfeitado com fitas e laços – uma duquesa americana, como poderia ele resistir?

Ela parou para tomar fôlego quando o criado trouxe as louças do chá.

– Ih, meu Deus! Está na hora! Tenho que voar... Bom, até quinta-feira, então!

Charlotte se levantou, sacudindo suas saias cor de malva para que a cauda na parte de trás caísse perfeitamente no chão atrás de seu corpo.

Cora pensou em Louvain. O retrato de Manie Rhinelander em seu *peignoir* havia dividido a sociedade de Nova York no ano passado. Sua mãe dissera que era vulgar, mas Teddy afirmara ser uma obra-prima.

– Bom, tenho que resolver algumas coisas, mas, até onde sei, não tenho outros compromissos para a noite.

Aquilo soou bastante estranho, mas Cora não estava preocupada em confidenciar a notícia de sua gravidez a outra mulher. Charlotte pareceu não reparar na evasiva, juntou suas peles e foi embora.

Como protegida da Dupla Duquesa, Charlotte era quase membro honorário da família Maltravers, daí sua presença em Conyers; mesmo assim, Cora não se lembrava de Ivo ter algum dia falado sobre ela. Tentara descobrir um pouco mais sobre o marido dela, mas Ivo (ela estava aprendendo) conseguia desviar a conversa como bem entendesse e bem lhe agradasse, e ele não estava nem um pouco interessado em falar sobre os Beauchamp.

Cora tocou a campainha para o criado levar as louças do chá e foi para o escritório. Apanhou uma folha de papel que tinha uma coroazinha em relevo no alto (a mãe dera ordens para o papel combinar com a casa) e escreveu uma nota para a sra. Wyndham, convidando-a para uma visita. Havia achado aquela senhora muito alarmante quando chegou a Londres, mas agora conseguia aguentar um pouco daquela implacável superficialidade mundana. Sabia que estava na hora que começar a assumir o manto de duquesa, lembrava com certo receio a ameaça do Príncipe de visitar Lulworth. Tinha certeza de que a sra. Wyndham saberia por onde começar, e Cora não tinha nenhum receio de fazer perguntas a ela porque sabia que boa vontade era essencial para o "negócio" da sra. Wyndham.

Cora nunca havia perguntado à sua mãe quanto a mulher pagara em troca do convite delas para Sutton Veney, mas, a julgar pela carruagem da sra. Wyndham e por sua casa encantadora na Curzon Street, não teria sido barato. Aquela senhora era mulher de botar preço em tudo, qualidade que Cora começava a apreciar. Os ingleses eram muito estranhos em relação a dinheiro. Houve a reação de Ivo ao Rubens e depois a questão do presente de aniversário de Sybil. Cora mandara para ela um casaco de zibelina. Sybil havia adorado, mas a Dupla Duquesa puxou Cora de lado para uma palavrinha.

– Você não deve ficar dando presentes tão extravagantes, Cora, minha querida. Há uma linhazinha muito tênue entre a generosidade e o suborno.

A Dupla Duquesa até havia tentado fazer Sybil devolver as peles, mas a enteada recusou-se. E foi igualmente ácida quando Cora apareceu em

Conyers com a tiara que sua mãe lhe dera, em vez de usar o "limpa-trilhos" dos Maltravers, uma pesadíssima construção de diamantes impossível de se usar sem causar uma dor de cabeça. Quando Cora apontou esse detalhe e explicou que a sua tiara fora copiada de uma usada pela imperatriz da Áustria, a Dupla Duquesa suspirou e disse que sempre se orgulhara de usar a tiara dos Maltravers quando era Duquesa de Wareham. Cora, com autorização de Ivo, mandara o "limpa-trilhos" para ser reformado pelos joalheiros Garrad e ficou espantada quando veio um bilhete de volta lamentando e dizendo que não valia a pena modificar a tiara, porque as pedras não eram verdadeiras. Quando contou para Ivo, ele deu uma gargalhada e disse que achava que sua mãe devia ter vendido as pedras para pagar a conta do vestido.

Até mesmo seus planos caridosos eram considerados deficientes. Em Lulworth, Cora estava cheia de ideias para melhorar a propriedade. Sua primeira atitude foi separar a sobra de comida da mesa de Lulworth em diferentes pratos antes de distribuí-la aos pobres. Os criados resmungaram por causa do trabalho extra, e os pobres nada fizeram para expressar sua gratidão. Ela havia proposto construir uma escola para as crianças da vila, e esse foi um plano que Ivo no começo havia apoiado; mas, quando ela elaborou o projeto e começou a criar os uniformes, ele cancelou toda a ideia, dizendo que era caro demais e traria problemas. Quando Cora disse que dinheiro não era problema e que estava bastante preparada para coordenar a escola, Ivo suspirou e disse que havia alguma coisa sobre a vida dos ingleses que ela ainda não havia entendido. Como ele passou os braços em volta dela e a beijou enquanto dizia tudo isto, Cora deixou passar. Haveria tempo de sobra para a filantropia depois do nascimento do bebê.

Quando o lacaio chegou para levar a bandeja do chá, ela pediu-lhe para levar o bilhete diretamente a sra. Wyndham. Com alguma sorte, a mulher viria no dia seguinte. Cora tinha muito para discutir.

Bertha ficou encantada ao descobrir que ela e Jim viajariam para Londres juntos e sozinhos. Embora vivessem na mesma casa e se vissem todos os dias, raramente conseguiam estar juntos por mais de um momento.

Tinham de ter cuidado. Ela se sentia observada o tempo todo. A maioria dos criados em Lulworth estava lá havia anos, por isso desconfiavam dos recém-chegados, especialmente os estrangeiros. Somente os mordomos podiam se casar e permanecer em serviço. Bertha estava bastante confiante em que seria protegida por Cora, mas não queria pôr em risco o futuro de Jim. Se ele perdesse aquele posto sem uma referência, seria dificílimo encontrar outro emprego, e, se eles quisessem se casar, aquela experiência como criado do Duque de Wareham seria extremamente valiosa. A moda dos novos hotéis do tipo palácio significava que sempre haveria trabalho para criados experientes e com referências impecáveis. Se Jim conseguisse trabalho no Savoy, e ela, em uma chapelaria, eles teriam o dinheiro para se casarem. Para Bertha, estava claro que o matrimônio era o que ela desejava, em vez daqueles encontros desajeitados pelos corredores e no meio de arbustos. Ela gostava dos beijos de Jim, das mãos dele em seu corpo, mas não tinha a menor intenção de deixar as coisas irem mais adiante sem uma aliança.

Hoje era a oportunidade para Bertha levantar a ideia do Savoy com Jim. Estavam viajando para Londres juntos e sozinhos, já que eram os únicos criados que o Duque e a Duquesa levavam consigo lá de Dorset. Quando comprou a casa, a sra. Cash também havia contratado toda a criadagem, inclusive um *chef* francês e uma empregada suíça para cuidar da lavanderia. Mas as esperanças de uma conversa com Jim evaporaram quando Bertha viu que os dois eram os únicos ocupantes de seu carro de terceira classe. Minutos antes de as portas se fecharem, e o trem deixar a estação, Jim abaixou as persianas e caiu em cima dela. Bertha tentou resistir, mas ele estava tão delicadamente ansioso que logo ela perdeu todo o desejo de fazer qualquer outra coisa. Era melhor aproveitar o presente. Mais tarde, quando outras pessoas foram entrando no vagão em outras estações, Bertha passou o tempo todo sentindo a perna dele contra a sua, a mão que ficava esfregando seus dedos, e os beijos que ele roubava sempre que o trem entrava em um túnel. Por fim, ela sugeriu que, em vez de pegarem uma charrete, fossem a pé da estação até Cleveland Row. A caminhada renderia um bom tempo para falarem sem interrupção.

Jim se mostrava animado por estar em Londres. Quando atravessaram a ponte de Waterloo, ele ficou encantado com a vista do Parlamento de um lado e St Paul do outro. Comprou para ela um ramalhete de violetas de uma velha cigana, que lhe disse que ele tinha um rosto de sorte, mas olhava para Bertha. Neste aspecto, Londres era melhor do que Nova York, pelo menos ninguém torcia o nariz para eles na rua. Bertha sabia que Jim não notava essas coisas, e era isso que ela amava naquele homem: ele a achava magnífica e esperava que todos sentissem o mesmo. Atravessaram a praça Trafalgar, seguiram pelo Strand, até chegarem ao teatro Savoy e ao hotel, que ficava ao lado.

Bertha acenou para o hotel.

– Eles pagam bons salários aí, sabe. Ficamos aqui na nossa primeira semana em Londres, e o chefe dos garçons me disse que estava ganhando cem guinéus, incluindo tudo, até as gorjetas – ele apontou para um empregado magnificamente vestido. – Deve ser meio difícil se acostumar com toda essa gente diferente. Cada um querendo que as coisas sejam feitas à sua maneira. Deus sabe que Sua Graça é péssimo com aqueles colarinhos macios e colarinhos duros, e a água do banho assim ou assado, mas imagine só um novo patrão a cada semana, e alguns deles, estrangeiros!

Jim passou os dedos em seu colarinho rijo. Bertha entrelaçou seu braço ao dele e falou:

– Os estrangeiros nem são assim tão ruins, não é, hein, Jim?

Jim sorriu para ela.

– Acho que alguns são até toleráveis – ele sacudiu a cabeça para trás, na direção do hotel. – Quer dizer que é isso que você está pensando para mim? Quer dizer que é assim, é?

– Bom, se você conseguisse encontrar trabalho ali, e eu arranjar um emprego com uma chapelaria, poderíamos viver juntos.

Jim parou e olhou para ela. Bertha percebeu que tinha ido longe demais e deu uma risada para disfarçar. Talvez casamento não estivesse na cabeça daquele homem.

– Bom, nós dois precisamos de trabalhos e vamos perder os nossos empregos porque nos atrasamos! – disse ela, empurrando o braço dele.

Uma jardineira aberta vinha vindo pelo Strand.

– Vamos! É mais depressa do que ir caminhando!

Conseguiram pular na plataforma de trás e subiram os degraus para o andar de cima. Estava frio ali, mas o ar abafado lá embaixo era insuportável. Encontraram assentos na frente, atrás do condutor. Ela ficou olhando o perfil de Jim; atrás dele havia um cartaz anunciando o Sabonete Pérola "Para uma compleição perolada".

– Desculpe, Jim, eu não queria pressupor nada – Bertha pôs a mão no braço dele.

Jim a apertou à guisa de resposta, e ficaram calados até o ônibus chegar a Pall Mall.

Enquanto subiam Cleveland Row, ele falou devagar:

– Não é que eu não queira estar com você, Bertha, mas serviço é só o que sei fazer. Eu era o "garoto das botas" em Sutton Veney e aí cresci, fiquei alto, fui transformado em lacaio e agora sou o criado de um duque. Nunca pensei que chegaria tão longe. Mas eu sou um cara de sorte... encontrei você, não é?!

Estavam perto demais da casa para Bertha poder beijá-lo, mas ela deu um tapinha no braço de Jim e disse:

– Nós dois temos sorte!

Quando se aproximavam da casa e começavam a se afastar um do outro, viram uma senhora envolta em peles descer correndo os degraus. Jim a reconheceu na hora.

– Ainda bem que ela não nos viu! Lady Beauchamp é má. Duas criadas perderam o emprego em Sutton por causa dela. Disse que elas tinham sido grossas, como se isso fosse possível... eram duas garotas da vila que jamais diriam *bu* para um ganso! Não, calculo que elas tenham visto alguma coisa que não deveriam e por isso foram despachadas rapidamente. Bom, também acho que qualquer pessoa ficaria azeda sendo casada com Sir Odioso. Prefiro mil vezes voltar a ser o "garoto das botas" do que trabalhar para ele de novo.

O cativante rosto de Jim estava zangado só de pensar em seu antigo empregador.

Bertha percebeu que tinha mesmo muita sorte. A srta. Cora dava trabalho, mas elas já estavam juntas há oito anos, e, por isso, ela era o trabalho duro de Bertha...

Desceram os degraus da área para a entrada de serviço. Bertha viu M. Pechon, o chef francês, espremendo rosetas de creme em volta de uma montanha de *aspic* em que anchovas e arenques estavam suspensos como se nadassem em um mar de gelatina. Havia dias em que Bertha invejava sua patroa, mas hoje não eram um deles...

Cora estava certa ao pensar que a sra. Wyndham responderia rapidamente à sua convocação. Madeleine Wyndham sentiu-se deleitada ao ver a coroa de Wareham no selo. Cora era seu melhor casamento até agora, embora, para falar a pura verdade, não pudesse levar o crédito de tê-la apresentado a Wareham. A sra. Wyndham bem gostaria de saber o que a jovem desejaria dela. Cora era diferente da maioria das jovens americanas e seus pais que apareciam pelo caminho daquela mulher. A maior parte delas estava bastante *au naturel,* mocinhas assanhadas, lindamente bem vestidas, com modos de camponesas, sem nada que as recomendasse (além da animação da juventude e, claro, dinheiro). Cora chegara já "pronta", não havia nada para ser melhorado. Para falar a verdade, o único detalhe que a distanciava de uma garota inglesa bem-educada era sua segurança. Tinha serenidade, sabendo que era a herdeira de sua geração. Tinha um ar confiante bastante incomum em uma garota de sua idade. Era mimada, naturalmente, como a maioria das americanas; mas, nas raras ocasiões que não conseguia fazer as coisas à seu jeito, ela parecia mais interessada do que petulante.

A sra. Wyndham chegou a pensar que Cora estivesse enfrentando problemas com a sogra. Havia se deparado com a Dupla Duquesa em incontáveis reuniões nos últimos vinte anos, mas sempre que se encontravam, Fanny fingia jamais tê-la visto antes. Bem gostaria de saber se aquela mulher continuaria com isso agora que seu filho se casara com uma americana. Quando Madeleine chegara a Londres, há quinze anos, haviam perguntado sobre os selvagens em sua terra, como se ela tivesse acabado de sair de uma tenda de índios feita de peles de animais. De brincadeira, uma vez ela fora a um baile de máscaras vestida de índia americana, e uma porção de matronas perguntaram se ela sentia falta de seus trajes selvagens.

Mas isto havia acontecido no final dos anos 1870, antes de as herdeiras começarem a chegar. A sra. Wyndham não vinha de família muito rica. Seu pai tinha um hotel em Manhattan, e corria um boato de que ele conhecera a esposa quando ela trabalhava como camareira. Os dois sempre negaram esse fato, mas o mexerico foi o suficiente para impor uma nuvem sobre as perspectivas sociais da família. Todos gostavam de Madeleine na Academia da srta. Porter, mas sua amizade com as Rhinebacker, Stuyvesant e Astor terminava na porta da escola. Fora o sr. Lester, o pai de Madeleine, que propusera irem para a Europa, pois queria ver como eram dirigidos os hotéis por lá. Um mês depois de chegarem a Londres, Madeleine encontrou o Hon. Capitão Wyndham, e dois meses depois estavam noivos. Ela achou que o capitão tinha belas maneiras, bigodes resplandecentes e família aristocrática (seu pai era um barão irlandês), muitíssimo superior a qualquer dos *beaux* americanos, e o aceitou de bom grado. Sabia que, quando ele a pedira em casamento, tinha esperanças de que ela fosse rica, mas não recuara ao perceber a modesta escala de sua fortuna.

Haviam sido muito felizes durante os dez anos de casamento, que terminou quando o capitão foi pular uma cerca depressa demais e quebrou o pescoço. Deixou-a viúva com um filho e uma pequena anuidade que mal daria para viverem. Providencialmente, seu pai enviara para ela uma família da Filadélfia (que havia passado um tempo em seu hotel em Nova York e estava curiosa para encontrar sua aristocrática filha). A garota mais velha tinha sido uma beleza, felizmente tranquila, e riquíssima, e a sra. Wyndham a apresentara a lorde Castlerosse, um velho amigo de seu marido. O casamento recebeu enorme atenção nos jornais americanos, e em pouco tempo, a sra. Wyndham se viu como ponto de parada necessário na grande viagem de uma *belle* americana – em algum ponto entre uma visita à Maison Worth e o Forum à luz da Lua.

Inicialmente ela não pedia dinheiro a seus "encargos", confiando em "presentes" de chapeleiras, joalheiros e modistas agradecidos pelo encaminhamento de suas amigas americanas. Depois de algum tempo, percebeu que seus escrúpulos eram desnecessários. As famílias americanas que confiavam nela para apresentá-las à melhor sociedade inglesa sentiam-se felizes em pagar, os pais realmente preferiam uma transação comercial a uma rede invisível de obrigações e favores. Logo descobriu que, quanto mais alto o preço, mais suas novas amigas valorizavam seus serviços. A sra. Wyndham tinha gosto e tato, e sabia como arrumar e fazer suas garotas (e, em não poucas ocasiões, suas mães) ficarem muitíssimo bem. Havia uma diferença, dizia ela, entre se vestir bem e com elegância, e se vestir com exagero. De modo geral, as garotas americanas estavam sempre bem mais na moda do que suas contemporâneas inglesas, mas não se vangloriavam disso. Ainda que muitas de suas jovens tivessem casacos de zibelina e tiaras de diamantes, isso não significava que devessem usá-los. Essas vestimentas ficavam melhor se deixadas para senhoras casadas, e mesmo assim elas realmente não poderia aprovar diamantes usados à luz do dia.

Quando chegou a Londres, a sra. Wyndham ficara tão confusa quanto suas protegidas, mas, tendo sido castigada com olhares conhecedores e sobrancelhas erguidas, a cada vez que fazia algo que fosse percebido como "americano", ela agora era mais inglesa em seus hábitos do que a mais rabugenta das nobres. Por ter crescido em um hotel, havia adquirido uma boa memória para nomes e rostos; depois de quinze anos em Londres, conhecia todo mundo e dominava o Burke's Peerage como ninguém. Nenhuma nuance genealógica da aristocracia lhe passava despercebida. Ela podia falar com autoridade sobre os cabelos ruivos dos Spencer, o queixo dos Percy ou a loucura dos Londonderry, e há muito aprendera a jamais comentar a parecença em um bebê quando visitava um quarto de criança aristocrático. A sra. Wyndham sabia até o último soberano, a parte de cada garota e o rendimento de cada homem. Sua rede de criadas de senhoras, *chefs* franceses e mordomos dignos de serem "recomendados", a supria com o tipo de informação que a tornava valiosíssima para seus amigos. Ela sempre conhecia o boato mais recente, muitas vezes até antes que os próprios participantes soubessem. Em um baile da sociedade, talvez fosse a única pessoa (tirando-se o joalheiro com sua lupa) que poderia dizer quais eram as joias verdadeiras e quais eram imitações.

Entretanto, até mesmo a sra. Wyndham tinha muito pouco a ensinar para os Cash. Chegaram a ela porque a sra. Cash queria entrar no mais seleto dos círculos. A amizade da sra. Wyndham com o Príncipe de Gales significava que – pelo menos em Londres – ela era recebida em todos os cantos. Quando a sra. Cash ouviu falar sobre essas ligações com a realeza, fez algumas insinuações a respeito de apresentar Cora a um dos príncipes mais jovens, mas a sra. Wyndham se recusara a compreendê-la. Por fim, exasperada com a persistência da sra. Cash, disse-lhe que ela poderia muito bem comprar para Cora qualquer marido que escolhesse entre a aristocracia britânica, menos um marido da realeza. Se ela queria um príncipe, teria que ir para a Europa, onde encontraria títulos de incontáveis realezas.

Quando a sra. Wyndham desceu diante da fachada neoclássica da casa de Bridgewater, o relógio do palácio St. James bateu 11 horas. Estava cedo para uma visita, mas Cora deixara implícito que desejava um *tête-à-tête*. A sra. Wyndham conhecia a casa muito bem: havia abrigado muitas de suas protegidas americanas ali e recebera uma belíssima comissão quando persuadiu a sra. Cash a comprá-la para a filha.

Cora estava de pé no alto da longa escadaria de mármore. Olhando para cima, a sra. Wyndham viu logo que a garota estava diferente da que havia encontrado no ano anterior. Algumas mudanças eram físicas; a mulher pressupôs que a Duquesa estivesse grávida, mas a nova suavidade era mais do que corpórea. O olhar luminoso se fora. Algo havia partido aquele ar de propriedade. A sra. Wyndham estava surpresa. Não havia considerado Cora um tipo que fosse alterado pelo casamento, já que a jovem anteriormente parecera tão dona de si.

– Obrigada por vir me visitar, sra. Wyndham – agradeceu Cora.

– Ah, minha querida Duquesa, não imagina como fiquei animada ao receber o seu bilhete. Corri para cá assim que chegou uma hora decente. Espero que esteja gostando da casa. Sempre achei muito agradável. Seria difícil encontrar uma rua mais elegante em Londres. E como está o Duque? Ouvi dizer que há problemas na Irlanda.

– Sim, houve uma greve de rendeiros, e o bailio foi mantido sob a pontaria de uma arma. Ivo foi para lá desalentado... acho que ele deveria vender a propriedade na Irlanda e comprar alguma coisa na Escócia, mas ele não quer nem ouvir falar nisso – o tom de Cora era alegre, mas havia uma notinha de petulância.

– Bem... não, Dunleary tem boa parte da melhor pescaria na Irlanda. Nenhum esportista desistiria daquela propriedade. Você sabe como os rapazes se apegam a seus esportes.

A sra. Wyndham sorriu ansiosa, transmitindo em seu olhar o marido morto que caíra quando caçava com os Quorn. Era uma referência que nada significava para Cora.

– Ivo é apegado, claro. Ele perdeu o ensaio para o nosso casamento porque resolveu sair para caçar. Minha mãe ficou escandalizada! É claro que os homens americanos gostam de seus esportes, mas eles também têm suas ocupações, não podem simplesmente sair por aí no meio da semana. Hoje ele simplesmente foi até Windsor ver uns cavalos de polo.

– Jogo muito nobre, mas espero que Ivo seja cuidadoso. Lembro o que aconteceu com seu pobre irmão.

Houve uma pausa enquanto as duas mulheres refletiram sobre a morte do 8º Duque.

Cora fez um gesto para a sra. Wyndham se sentar em uma das poltronas Luís perto da lareira (a sra. Cash as enviara da América).

– É interessante que mencione o irmão de Ivo, sra. Wyndham. Sei pouquíssimo sobre a vida que meu marido levava antes do casamento. Ele raramente fala sobre o assunto. A senhora conhece bem a família?

A sra. Wyndham desviou o olhar, detestava ter que admitir ignorância.

– Não exatamente *bem*, mas vejo os Wareham de vez em quando em Londres... e eu estava lá para o baile de despedida de Charlotte Vane, que naturalmente foi dado pela Duquesa. Garota muito bonita, arranjou-se muito bem, considerando... Odo Beauchamp é independente e muito rico, até mesmo além do que herdará de seu pai.

A sra. Wyndham percebeu que, de repente, ao escutar o nome de Charlotte, Cora ficara alerta.

– A senhora diz que Charlotte arranjou-se muito bem, *considerando*... considerando o quê?

– A completa ausência de fortuna dela... O pai era um jogador e perdeu tudo nas mesas. Ela teve sorte, porque a Duquesa a levou para casa quando sua mãe morreu. Não sei o que Charlotte teria feito não fosse a Duquesa. Bonita demais para ser uma governanta. A Duquesa e a mãe de Charlotte eram primas, pelos Laycock, e acho que, por não ter uma filha, ela pensou que seria bom ter uma menina para vestir. Foi muito boa para Charlotte, até ouso dizer que teria arranjado algo em cima dela se pudesse. Em vez disso, investiu em sua próxima boa ação e a viu bem casada. Odo não é uma pessoa do qual todos gostam, mas ele adora e mima Charlotte, dá tudo o que ela deseja. É claro que, com sua aparência, ela poderia ter arranjado coisa melhor do que um baronete, mas é melhor um baronete com dinheiro do que um marquês com hipotecas.

A sra. Wyndham procurou em sua carteira de mão a *lorgnette* para poder enxergar claramente que influência essa conversa estava tendo sobre Cora.

– Parece que Charlotte gosta de gastar dinheiro. Ela é realmente a *página da moda*...

Cora quase acrescentou "para uma garota inglesa", mas parou porque não estava certa sobre como a sra. Wyndham, que agora já havia perdido quase completamente o sotaque americano, tomaria esse detalhe. Às vezes, era difícil lembrar que a sra. Wyndham havia crescido em Manhattan, não em Mayfair.

– É, sim. Creio que o retrato dela estava na *Illustrated London News*. Lastimável. O nome de qualquer mulher respeitável só deveria aparecer nos jornais três vezes em toda sua vida: quando ela nasce, quando se casa e quando ela morre.

Cora deu um sorrizinho, pensando nos muitos jornais e revistas que haviam publicado sua fotografia naqueles últimos meses. O *Town Topics* havia dobrado a circulação na época de seu casamento. Não tinha gostado dos artigos sobre seu enxoval, mas achou difícil fazer objeções à fotografia publicada com a legenda: "Será esta a Beleza Americana?" A sra. Wyndham realmente se tornara muito britânica. Ivo tinha esse mesmo desdém pela imprensa.

– Charlotte Beauchamp esteve aqui ontem. Veio me convidar para uma noite musical. Ela mesma parecia querer muito que eu fosse. Andei pensando se devo aceitar ou não.

Cora olhou ansiosamente para a mulher de mais idade. A sra. Wyndham percebeu que, com toda a sua pose, Cora estava nervosa, temendo cometer equívocos. Ela levara vinte anos para aprender a fazer tudo certo.

– Muito bem, é claro! Você é a sensação da temporada. Ela certamente está querendo espalhar por aí que você é a protegida dela. Tenho certeza de que toda anfitriã em Londres terá a mesma ideia. Mas tenha cuidado, minha querida, de conceder equilibradamente os seus favores. Você não pode se dar ao luxo de arranjar inimigos tão cedo em sua carreira.

A sra. Wyndham tamborilou com os dedos na mesa para dar ênfase e continuou.

– Todos estarão de olhos para ver que espécie de duquesa você será. Tenho certeza de que a maioria agradecerá por ter uma nova anfitriã tão jovem e tão encantadora, mas não esqueça que algumas pessoas só se sentirão felizes vendo as suas falhas. A sua idade, a sua fortuna e a sua nacionalidade a tornam muito visível, para não mencionar a sua posição na sociedade. Trate apenas de se deixar notar pelos motivos certos. Portanto, vá à casa de Charlotte Beauchamp, mas, da próxima vez, procure aparecer em público ao lado de alguém inquestionavelmente da velha escola, como Lady Bessborough ou até mesmo a sua sogra. Deixe todo mundo sem conclusões até você ter decidido onde quer ficar.

Cora deu um enorme sorriso ao pensar na sogra, mas entendeu o que a sra. Wyndham queria dizer.

– Mas Ivo certamente já se identificou com uma ou outra coisa?

– Quando um homem se casa, minha querida, é sua mulher que deve dar o tom. Se o Duque está pensando em entrar para a política, e eu ouvi dizer que ele está assumindo seu assento na Casa dos Lordes, o bem mais importante que ele pode ter é uma esposa que conheça todo mundo.

Cora pareceu um pouco assombrada, por isso a sra. Wyndham mudou de assunto.

– Você agora vai me achar muito indelicada por perguntar, mas reivindico meu privilégio de ser sua compatriota. Você está esperando? Tem um ar que dá a impressão de que está.

Cora admitiu que ela estava certa.

– E para quando você espera o pequeno marquês? Estou certa de que será um herdeiro. Os Matravers são muito bons em meninos.

– Sir Julius acha que ele virá no mês de maio.

– Um bebê da primavera! Que maravilhoso! É claro que você vai perder a estação, mas há muito tempo para isto. Estou satisfeita porque você está com Sercombe. É um excelente médico, e muito liberal com o clorofórmio. Puxa, quando penso no que as mulheres tinham de aguentar antes... ora, Milly Hardcastle, que teve gêmeos, disse que não sentiu nada. Por sorte não há gêmeos na família Maltravers... a não ser que haja na sua.

Cora negou a cabeça. Sentiu o estômago dar voltas e a bílis subir pelo esôfago.

– Vai me desculpar, sra. Wyndham...

Cora saiu correndo pela porta.

A sra. Wyndham estalou a língua com simpatia, solidária. Pobre criança. Talvez não devesse ter mencionado as dores do parto, que evidentemente deixaram a jovem alarmada. Não sabia se deveria esperar ou não o retorno de Cora. Não, tinha um almoço em Portland Place. Deixaria um bilhete. Pegou uma folha de papel com monograma e escreveu:

Tenho consciência de que você está sem o cuidado e a orientação de uma mãe neste delicado momento. Por favor, permita-me ajudá-la da maneira que uma velha compatriota puder. Sua amiga,
Madeleine Wyndham

Talvez, pensou a sra. Wyndham, enquanto sua carruagem virava para Pall Mall, devesse ter avisado Cora para estar em guarda com Charlotte Beauchamp. No início do ano houve rumores de uma *liaison* com o pintor Louvain; dado que Charlotte ainda não produzira um herdeiro, esse não era um comportamento lá muito prudente. A sra. Wyndham teve então a atenção desviada por uma curiosa apresentação de guarda-sóis na vitrine de Swan e Edgar... e o momento passou.

CAPÍTULO 18

Um marido ideal

O tapete do lado de fora da casa dos Beauchamp em Prince's Gate, Cora reparou, era verde, em vez do vermelho habitual. Parecia uma faixa de grama estendida entre a porta e o pavimento da rua. No instante em que pisou naquele tapete, ela desejou que Ivo estivesse a seu lado. Quando contou para o marido que Charlotte a convidara, ele fez uma careta.

– Na casa dos Beauchamp, com todos aqueles amigos artistas deles? Francamente, Cora, não consigo imaginar nada pior!

Ela implorou, mas não conseguiu fazer Ivo mudar de ideia. Sempre que mencionava o grupo, ele ria e dizia que era vulgar demais para frequentar a casa dos Beauchamp. Por isso, foi sozinha, mas agora estava na propriedade e se perguntava o porquê, sentimento esse que ia se intensificando enquanto ela subia os degraus para a sala de estar. Escutou uma onda de ruído e risadas quando a porta se abriu. Lá dentro, vislumbrou paredes amarelas e tinta preta enquanto Charlotte a cumprimentava.

– Cora! Que bom que você veio! – tomou a mão da Dauquesa nas suas e olhou para seus olhos com tal intensidade que a visitante ruborizou. – Não fique tão ansiosa, prometo que será divertido, completamente diferente de Conyers. Louvain está aqui, e também Stebbings, o poeta, você conhece. Ele trouxe alguns rapazes que estão publicando uma revista.

Cora acompanhou a dona da casa até a sala. Logo percebeu que Charlotte estava certa, aquele era um grupo completamente diferente. Não existia nenhum diamante aqui, nem mesmo dos brutos. A iluminação era bastante fraca, não havia candelabros, apenas as luminárias de parede com tonalidades de vidros coloridos banhando o interior em uma estranha luz amarela, como se toda a sala estivesse mergulhada em gelatina, como um *aspic*. Os homens pareciam mais pálidos do que o normal;

Cora percebeu que muitos tinham os cabelos pelos ombros. Charlotte estava elegantemente vestida como sempre, em um *chiffon* malva com renda preta, mas Cora também notou que algumas das outras mulheres usavam roupas estranhamente sem graça e sem nenhuma relação com qualquer moda que ela conhecesse. Ficou impressionada ao ver que algumas delas fumavam abertamente.

Charlotte a conduziu até dois homens que examinavam uma revista com a capa em amarelo e preto. Ouviu um deles dizer:

– Eles não o teriam, sabe. Ele quis contribuir, mas Aubrey disse não.

– Imagino que não tenha sido sério demais. Coitado do Oscar!

Charlotte bateu palmas.

– Senhores, eu gostaria de apresentá-los à minha nova Duquesa. Sr. Louvain e sr. Stebbings.

Cora estendeu a mão e abriu um sorriso luminoso.

– Ora, estou encantada por conhecer os dois. Nunca vi o seu retrato de Mamie Rhinelander, sr. Louvain, mas em Nova York não se falava de outra coisa no ano passado... sr. Stebbings, não fique aborrecido porque ainda não li o seu livro, sou nova neste país!

Charlotte riu.

– Minha nossa! Ninguém aqui leu o livro de Stebbings, mas todos nós temos a mais séria intenção de ler! – e deu ao poeta uma olhada possessiva.

Cora viu o Stebbings se encolher, fingindo medo, e procurou apertar sua mão de maneira a se mostrar solidária. Ele tinha cabelos cor de areia e a pele tão coberta de sardas que a Duquesa mal conseguia ver o rubor cobrindo seu rosto.

– Com certeza vou ler o seu livro, sr. Stebbings. Gosto muito de poesia.

O poeta apertou suas pestanas sem cor e sussurrou algo inaudível. Cora pensou que o tinha constrangido; virou-se para Louvain, que encontrou seus olhos e deu um sorrisinho. Quando Cora se virou para falar com Charlotte, ainda sentia os olhos do poeta em cima de si.

– Eu gostaria muito de ver o seu retrato, Charlotte.

– Bom, então só precisa virar a cabeça! – respondeu.

Cora se virou e viu a pintura na parede logo atrás. Louvain havia pintado Charlotte usando o traje de montaria, com o chapéu em uma das mãos e o chicote na outra. Cora logo entendeu por que Louvain insistira em pintar Charlotte como uma Diana contemporânea. O traje escuro fazia um belo contraste com a pálida intensidade do rosto, cuja expressão era alerta, desafiadora e, apesar do colorido suave, predatória. A mão que segurava o chicote parecia pronta para dar um golpe; a curva da boca estava prestes a declarar o *coup de grâce*. Ela estava ligeiramente desgrenhada, como se tivesse acabado de desmontar. Era bonita, mas (pensou Cora) também era alarmante. Olhou então para Charlotte, que esta noite estava toda sorrisos e gentilezas, e se perguntou se estaria certa quando sentiu alguma tensão no retrato.

– Fez justiça a Lady Beauchamp, sr. Louvain. Eu já a vi no campo, e ela é temerária, mesmo.

– Obrigado. Um retrato diz tudo que há entre o modelo e o artista. No caso de Lady Beauchamp, vi no mesmo instante que eu só poderia ser a presa.

Ele fez uma reverência irônica para Charlotte, que riu e se afastou.

– E ela o agarrou, sr. Louvain? – Cora arriscou a pergunta.

– Não sei muito bem se ela queria, Duquesa – ele respondeu.

Cora sentiu novamente o calor do olhar do pintor. Viu que seus olhos eram de um azul muito claro, tão claro que eram quase sem cor. Cora estava acostumada a ser examinada, mas em geral sentia que estavam olhando para suas roupas ou seu dinheiro. Entretanto Louvain estava olhando para *ela*. Os olhos dele estavam levemente apertados, sem qualquer admiração ou inveja. Não, ele estava tomando suas medidas. Ela cruzou os braços para se proteger e fez um esforço para falar.

– Foi uma boa escapatória. O tema de sua pintura parece não mostrar nenhuma piedade. Estou até surpresa por não ter posto em suas mãos um arco e uma flecha – disse Cora.

Ela mal sabia o que estava dizendo, só pensava em seguir em frente. Aquele olhar desbotado era perturbador.

– E será que ela precisa de um arco? – Louvain sorria.

Cora reparou que ele tinha uma boca muito bonita, o lábio superior finamente desenhado em uma versão masculina de um arco de cupido. Estava sobriamente vestido com um terno escuro. A única indicação de que se tratava de um artista era o cravo amarelo que usava em sua lapela.

– Talvez não, a intenção dela está bastante clara... – Cora ia continuar, mas uma voz soou atrás dela.

– E que intenção seria essa, Duquesa?

Sir Odo estava a seu lado, a pele brilhando como sempre. Estava corado. Ele havia deixado seus cabelos crescerem em comprimento estético, caindo como orelhas de um *spaniel* de cada lado do rosto.

– Arrastar tudo à sua frente – Cora sorriu aflita, sentindo-se inquieta.

– Sim, ela gosta de estar na frente da matilha – Sir Odo riu, e uma chuvinha de cuspe caiu no espaço entre eles. – É uma pena que Louvain não faça mais retratos. Ivo deve estar precisando de alguns novos para substituir todos os que a Duquesa Fanny vendeu, hein!

Para alívio de Cora, o baronete saiu para falar com um criado.

Louvain ainda olhava para ela. A Duquesa sentiu a penugem de seu braço arrepiar. O pintor acenou com a cabeça.

– Para falar a verdade, eu quero pintar você.

– Já? Eu me sinto lisonjeada – Cora tentou desviar o olhar, mas descobriu que não conseguia. – E como preencheria o espaço entre nós, sr. Louvain? Fico preocupada que venha a me revelar em toda a minha superficialidade... – e riu nervosamente.

– Você realmente pensa assim? Acho que eu veria outras coisas que você prefere manter ocultas, mas não creio que seja algo para recear. E garanto que a minha intenção não é lisonjeá-la. Tenho certeza de que você é devidamente lisonjeada em outros cantos. Não, quando eu digo que desejo pintá-la, estou dizendo que não é para apelar à sua vaidade, mas ao seu interesse pela verdade. Acho que você gostaria de ser vista em vez de ser sempre olhada. Não estou certo?

Os olhos dele nunca deixavam os dela enquanto ele falava. Cora sentiu o coração saltar em seu peito.

– Isto soa muito... – ela fez uma pausa em busca da palavra certa –, íntimo. Espero conseguir aguentar o seu escrutínio.

– Se quiser fidelidade absoluta, pode ir a um fotógrafo e conseguirá. Não vou pintar sua imagem exatamente como é, mas como eu a vejo.

Louvain apertou os olhos novamente como se estivesse tentando destilar a imagem de Cora em sua cabeça.

– E o que está vendo? – perguntou ela baixinho.

– Só posso lhe contar com o meu pincel, Duquesa. Não quero pôr os meus pensamentos em palavras. Procuro manter as minhas impressões como cor, luz e sombra enquanto for possível.

– Sei... – disse Cora, que preferia uma resposta mais objetiva.

– Quando for ao meu estúdio, vista algo simples. Quero pintar você, não toda essa confusão à sua volta. Digamos, segunda de manhã? – Louvain falava como se não pudesse haver nenhuma dúvida de que ela estaria disponível.

Cora sabia que não deveria deixar isso passar.

– Não sei se será conveniente, sr. Louvain. Devo retornar a Lulworth na próxima semana.

– Vai se enterrar no interior nesta época do ano? É claro que não. Não, você tem que ir ao meu estúdio na segunda-feira – Louvain insistiu com firmeza.

Cora segurou a rédea.

– Ora, realmente, sr. Louvain... não posso modificar a minha vida por um capricho seu! – Cora pronunciou as palavras com toda a arrogância que conseguiu reunir.

Louvain abriu os braços em um gesto de súplica.

– Por favor, Duquesa! Uma semana é o que preciso para começar!

Cora levantou uma sobrancelha.

– Trabalha muito depressa, sr. Louvain!

O artista puxou o relógio do bolso do colete e, enquanto o consultava, disse:

– Número 34, na Old Church Street, às 11 horas em ponto. Não se atrase, ou perderei a luz. E lembre: vista algo simples. Até lá, Duquesa!

E então o artista foi embora.

Cora desejava pensar sobre esse encontro, e ficou na dúvida de se poderia sair ou não, mas, antes que pudesse se mexer, viu Sir Odo se aproximando, acompanhado por uma mulher com um um vestido colado, lilás e verde, sem nenhum suporte de espartilho ou barbatanas, até onde Cora podia ver.

– Duquesa, quero lhe apresentar a atriz Beatrice Stanley. Ela esteve em *Uma mulher sem nenhuma importância,* no ano passado, como você sabe. E prometeu recitar para nós mais tarde. Sensacional!

Cora estendeu a mão, ainda não havia adquirido o hábito inglês de inclinar a cabeça. A atriz tomou sua mão com um aperto. A mulher tinha um pescoço branco compridíssimo, acima do qual sua cabecinha balançava precariamente com sua nuvem de cabelos negros. Tinha enormes olhos escuros que encaravam melancolicamente a Duquesa.

– Como vai, sra. Stanley? – disse Cora. – Cheguei a Londres tarde demais para a peça, mas espero vê-la no palco em breve.

– O sr. Wilde tem duas peças estreando no Ano-Novo, não precisará esperar muito... – foi a resposta um tanto fria da mulher.

Cora fez uma pausa, confusa.

– Bom, eu nunca havia sido apresentada a uma atriz!

– É mesmo? Estou em vantagem, então, pois conheci uma porção de duquesas, embora nenhuma americana... – tendo estabelecido a supremacia, a sra. Stanley sorriu para Cora. – Você gosta da Inglaterra? Ou estou pedindo que você traia uma confiança?

– Eu gosto muito do que já conheço, mas ainda há muito que não vi – respondeu Cora.

– Você já assistiu a *A segunda Miss Tanqueray*? A sra. Pat faz a representação da temporada – a atriz ondulou a mão languidamente.

– Não, não assisti, mas agora que você a recomendou, obrigarei o Duque a me levar – Cora sorriu ao pensar em obrigar Ivo a fazer qualquer coisa.

– Ah, não creio que você terá problema, Duquesa. O seu marido sempre foi um grande fã do teatro – a sra. Stanley baixou as pálpebras para a Duquesa.

Cora sentiu o golpe, mas sabia que não deveria mostrar fraqueza.

– O Duque tem muitos interesses, mas faremos questão de assistir à sua próxima peça. Qual é o título?

– É *O marido ideal*, Sua Graça – tendo dito sua última fala, a sra. Stanley saiu deslizando para se preparar para a récita.

Cora tinha esperança de que a conversa não tivesse sido escutada por alguém, mas Sir Odo limpou a garganta atrás dela.

– Não se incomode com a sra. Stanley, Duquesa. Ela só faz isso para incomodar, porque sabe que irrita. Estou certo de que Wareham mal se lembra dela.

Ele deu uma risadinha, e Cora ficou furiosa consigo mesma por estar ali.

Ela imaginava que a história do marido ideal estaria por todos os cantos no final da noite. Não daria a Odo Beauchamp a satisfação de parecer humilhada. Sorriu no que esperava ser um jeito cosmopolita.

– Eu tenho como regra jamais perguntar a Ivo sobre seu passado. Assim ele não pode me perguntar sobre o meu – foi o melhor que ela conseguiu responder.

Sir Odo sorriu condescendente para ela.

– Chá, Duquesa? A sra. Stanley vai nos apresentar a sua Ofélia. É incrível!

Cora também sorriu, tomou seu chá e se sentou em uma namoradeira forrada em veludo malva enquanto Beatrice Stanley representava a cena da loucura de *Hamlet*. Tinha uma voz melodiosa e, atuando, uma doçura de expressão que surpreendeu Cora. Quando terminou a récita, a Duquesa bateu palmas tão altas quanto lhe permitiam as luvas de pele de cabrito e se forçou a cumprimentar calorosamente a atriz. Depois, procurou Charlotte para se despedir. Ela estava embaixo do retrato, fumando um cigarro e rindo de algo que o poeta Stebbings dissera.

– Adeus, Charlotte. Que grupo interessante! Muito obrigada por me convidar!

– Ah, espero que tenha gostado mesmo – Charlotte exalou uma comprida nuvem de fumaça. – Diga-me, Louvain convidou você para posar para ele? Ele saiu antes que eu pudesse perguntar...

Cora deu uma risada.

– Não pediu exatamente, foi uma ordem. Ele acha que não tenho nada melhor a fazer.

Charlotte abriu um sorriso lento.

– E você tem?

Inexplicavelmente, Cora se sentiu ruborizar, mas, antes que pudesse dizer qualquer coisa, Charlotte continuou.

– Não creio que você possa recusar ser o último retrato de Louvain...

Cora riu um tanto nervosamente.

– Bem, eu teria que encontrar um bom motivo. E agora, com licença... – e foi para a porta.

Enquanto descia para o saguão em xadrez preto e branco, escutou passos atrás.

– Duquesa!

Era Stebbings. Ele sorriu timidamente. Nas mãos tinha um livro de capa amarela.

– Eu poderia lhe dar isto, Duquesa? Eu gostaria que lesse os meus poemas. Você parece uma mulher sensível.

– Muito obrigada, sr. Stebbings. Eu me sinto lisonjeada por pensar assim.

Cora pegou o livro, que trazia na capa uma mulher mascarada. Gostou do contraste entre o amarelo vivo da capa e o verde-escuro do vestido.

– Ninguém lá dentro leu, eles só falam sobre o livro. Mas achei que você poderia ser diferente.

Cora sentiu pena do jovem ansioso e se viu tocada pelo interesse dele.

– Certamente vou ler e escreverei para lhe dizer o que penso.

– Poderá me encontrar em Albany. Aguardarei a sua carta.

O rapaz apertou a mão de Cora com tanto fervor que ela chegou a ficar preocupada com seu pulso.

– Adeus, sr. Stebbings.

– *Au revoir*, Duquesa.

Seu encontro com Stebbings eliminou o azedume daquela visita aos Beauchamp, e ela se viu sorrindo ao entrar na carruagem. Estava satisfeita por ter pelo menos um admirador.

Chegou a Cleveland Row bem na hora de se trocar para a refeição e pediu para Bertha apanhar seu vestido de jantar de musselina abricó com fita preta, que achava muito atraente.

Reggie Greatorex e o padre Oliver estavam na sala de visitas com o Duque.

– Meu amor, você está um encanto! Gostou do evento na casa dos Beauchamp? – Ivo a beijou no rosto.

– Claro, foi bem interessante – ela respondeu vivamente.

– Charlotte a lançou aos leões, Duquesa? – Reggie sorria para ela.

– Bom, eu encontrei Louvain e um poeta chamado Stebbings, que me deu um exemplar de seu *Livro amarelo*. Vocês já viram? É bem bonito!

– Meu Deus! Uma visita ao salão de Charlotte, e você volta uma esteta! Prometa que não vai começar a usar roupas racionais despencando por todos os lados.

Ivo envolveu a cintura de sua esposa com as mãos para ter certeza de que ela ainda estava usando um espartilho.

– Eu vi *o Livro amarelo* – afirmou o padre Oliver. – Há algo muito febril nessa obra, você não acha? É como se estivesse forçando com certo exagero ser moderno. Sempre me parece que nada cansa mais depressa do que um livro que procura chocar.

– Você está dizendo que o livro é inapropriado, padre Oliver? – perguntou Ivo. – Será melhor confiscá-lo para preservar o caráter moral de Cora? Não quero que ela seja uma duquesa decadente!

O Duque sorriu e apertou a cintura de Cora.

A jovem ansiava por se encostar nele e relaxar, mas estava aborrecida pela maneira como eles todos conversavam por cima dela, como se ela não pensasse ou não tivesse suas próprias opiniões. Afastou-se um pouco.

– Tenho a impressão de que sou perfeitamente capaz de decidir por mim mesma se uma publicação é apropriada ou não. E pelo que já vi do *Livro amarelo*, acho que estou bastante segura.

– É claro, Duquesa – concordou o padre Oliver em tom confortador. – Eu não pretendi, em momento algum, dizer que você não deve ler o livro. O Duque está só exagerando para impressionar.

Ele deu um sorriso astuto para Ivo, que riu.

– Essa ideia é absurda. Mas a mulher de César e tudo aquilo... Uma duquesa, principalmente uma duquesa jovem e bonita, tem que ser virtuosa. A reputação de uma mulher é uma coisa frágil, e a de uma duquesa é como uma teia de aranha – o tom da voz de Ivo era alegre, embora com uma leve tensão.

Vendo o olhar de Cora, Reggie interrompeu.

– Você ouviu a história sobre o desenho da sra. Pat no *Livro amarelo*? Há um retrato dela feito por esse tal de Bearsdley que parece um espectro. Ricketts, o editor do *Morning Post*, consegue um exemplar e diz que gosta da revista, mas onde está o retrato da sra. Patrick Campbell? Bearsdley acha que houve algum acidente e envia outro exemplar para ele. Ricketts escreve de novo, dizendo "ainda não consegui ver nada no livro que se pareça com a sra. Patrick Campbell"!

Cora deu uma gargalhada, e a tensão se dissipou quando Ivo também riu.

No jantar, Reggie contou histórias sobre seu período como pajem no castelo de Windsor. Cora estava cansada e satisfeita por ter instituído a regra dos 60 minutos em Cleveland Row. Ela teve que disfarçar um sorriso quando um criado tirou os *oeufs en cocotte aux truffes* do padre Oliver, que estava no meio de uma longa e complicadíssima história sobre os casamentos entre as famílias Maltravers e Percy no século 16.

Cora foi cedo para a cama, com a esperança de que Ivo não ficasse no salão de fumar pela eternidade afora. Bertha ajudou sua patroa a tirar o vestido e o espartilho, que estava ficando cada vez mais incômodo, e Cora sentou-se diante do espelho para pentear os cabelos, aproveitando a trégua sem espartilho e alfinetes de cabelos. Somente na hora em que tirava a roupa, à noite, é que se dava conta de como estivera embrulhada, amarrada e espetada durante o dia. Havia marcas vermelhas debaixo dos seios, onde o espartilho se cravara na pele em expansão. O couro cabeludo ardia dos alfinetes que prendiam o diamante e o tufo de plumas em sua cabeça. Sua nuca estava roxa por causa do fecho de diamante de suas pérolas.

Nesse momento, escutou Ivo assobiando uma melodia do *Mikado* no corredor e esqueceu as lacerações.

– Está vendo, não me demorei. Deixe-me fazer isso para você – Ivo pegou a escova de cabelos e começou a passá-la nos espessos cabelos castanhos de Cora.

Ele escovava muito bem os fios, aplicando exatamente a quantidade de pressão correta para desemaranhar sem puxar o couro cabeludo. Às vezes, Ivo dizia coisas que Cora não compreendia muito bem, mas, sempre que ele a tocava, ela sentia que estavam em perfeito acordo. Olhava para ele pelo espelho da penteadeira. O rosto fino de Ivo estava suave, sem os sulcos e ângulos que às vezes o faziam parecer tão duro.

Ivo assobiu mais alguns compassos do *Mikado*. Cora tentava apanhar os olhos dele no espelho.

– Sabe... hoje me dei conta de que não conheço muito a seu respeito – ela comentou.

O assobio de Ivo se transformou em cantoria.

– Três menininhas da escola somos, cheias até a borda de alegria, três mociiinhaas da escola...

Cora persistiu.

– Quer dizer, eu não sei nada, mesmo, sobre sua infância, nem sobre sua juventude ou como você vivia antes de me encontrar...

Ela pegou a mão livre do marido e a beijou. Ivo continuava escovando, seus olhos escuros faiscavam.

– Cora, eu não era nada antes de encontrá-la! Era só uma cifra com folhas de morango. Você quer ouvir tudo sobre a babá Hutchins, que bebia, e a babá Crawford, que não bebia? Ou sobre o dia em que joguei uma pedra na estufa em Lulworth e saí correndo em volta do lago com o jardineiro chefe atrás de mim? Ou sobre como Guy e eu passávamos dias batendo nos painéis da parede procurando o buraco com uma escadaria secreta que daria no mar? Ou o dia em que o submordomo pegou as chaves da adega e ficou tão bêbado que subiu na cama da minha mãe às 2 horas da manhã? Ou sobre a minha incapacidade de dominar os pontos mais sofisticados da prosa latina e ter apanhado por isso, ou o meu primeiro pônei, ou o meu querido falecido cachorro Tray, ou a minha primeira comunhão, ou a primeira vez em que experimentei um sorvete?

Enquanto falava, suas escovadas iam ficando mais rápidas, e cada vez mais rápidas, até os cabelos de Cora começaram a estremecer com a estática. Ela levantou as mãos e agarrou o braço dele, rindo, apesar de tudo.

– Ivo! Chega! A minha cabeça vai explodir! – disse Cora, fingindo exasperação.

– Ué, pensei que você quisesse saber da minha vida! – rebateu Ivo em tom de censura.

Livrou-se das mãos dela, que o restringiam, e continuou a escovar, agora com delicadeza.

Cora se sentia grata pelo espelho. De alguma forma era mais fácil conversar com o reflexo dele. Falou cuidadosamente:

– Eu quero saber tudinho, até as coisas que você não queria me contar.

– Como o quê, por exemplo? – Ivo parou de escovar e levantou uma sobrancelha.

Cora ficou na dúvida se deveria parar por aí, mas pensou na atriz sem espartilho e continuou.

– Bom, o seu passado... – lutava para encontrar a palavra certa. – as suas *liaisons*. Quer dizer, não sou tão ingênua para imaginar que não houve nenhuma mulher na sua vida antes de ter me encontrado...

– Mulheres, Sua Graça? Que ideia! – Ivo levantou as mãos horrorizado.

Cora insistiu.

– Acontece que, se não sei nada sobre elas, pareço uma boba. Hoje eu fiquei boquiaberta lá nos Beauchamp.

Ivo parou de escovar os cabelos por um momento e depois levou a escova até um ponto especialmente sensível no couro cabeludo de sua esposa. Tinha parado de assobiar.

– E por quê? – a voz dele estava calma.

Cora viu que não tinha coragem de encontrar os olhos do marido no espelho.

– Porque Odo Beauchamp me apresentou a sra. Stanley, e, claro, todo mundo sabia, menos eu, que você e ela já foram... amigos.

Agora Cora ousava olhar para ele e, para sua surpresa, viu que, longe de estar furioso, Ivo pareceu aliviado.

– Ah, quer dizer que você encontrou Beatrice... – ele começou a dar escovadas ritmadas nos cabelos de Cora. – Ela foi muito boa para mim, uma vez.

Cora olhou muito séria, achando que ele deveria estar mais contrito. Virou o corpo para poder encará-lo.

– Tenho certeza de que ela foi muito boa para você uma vez, mas hoje ela me humilhou.

Ivo pareceu verdadeiramente espantado.

– Francamente, Cora, não sei por que você se sentiria humilhada. Você é uma duquesa com juventude, beleza e tudo que poderá desejar, ao passo que Beatrice tem quase 40 anos, não tem marido para conversar e ainda tem um futuro incerto. Peço perdão se ela a fez sentir-se uma idiota, mas acho que é Beatrice que merece pena.

O tom de Ivo era inesperadamente sério, e Cora não podia entender o motivo pelo qual ele estava tomando o lado da outra mulher.

Ela se ergueu, os cabelos estalando com a estática quando virou a cabeça.

– Bom, eu ainda acho que você devia ter me contado. Não quero que tenhamos segredos um para o outro. Detesto entrar em uma sala e sentir que todo mundo ali sabe mais sobre você do que eu.

Ivo olhava para as mãos.

– Desculpe, Cora, por sentir-se despreparada. Eu jamais quis sobrecarregá-la com o meu passado, exatamente como você... – olhou para ela nos olhos – não revelou tudo para mim.

Cora deu um passo atrás, assombrada.

– O que você quer dizer? Eu não tenho nada para revelar!

Ivo deu de ombros.

– Quer dizer que o namorado de Newport, aquele que os seus infames jornais passaram o tempo comparando desfavoravelmente a mim era pura ficção? – perguntou ele, brincando.

Cora sentiu algo perto da fúria.

– Mas isso foi muito antes de eu ter encontrado você!

– Precisamente – disse Ivo, colocando a escova de cabelos de volta em cima da penteadeira, alinhando-a com o espelho de mão e as caixas de alfinetes e pó de arroz.

Algo nos movimentos cuidadosos dele a deixou enfurecida.

– Aquela gente estava rindo de mim, Ivo! – ela falou em tom petulante.

Ivo se virou e falou tão baixinho que Cora teve que se inclinar para conseguir escutar cada palavra.

– Você realmente quer que eu sinta pena de você? Você não consegue aceitar os privilégios de nossa posição e não entende que também será olhada, espiada e que vão falar bem e mal a seu respeito. Você não se importou quando havia multidões do lado de fora da igreja em nosso casamento, se importou? Saíram retratos seus nos jornais de Nova York e todo tipo de artigos sobre os detalhes mais íntimos do seu enxoval e da sua fortuna. Aguentei aquilo sem reclamar, ainda que estivesse achando tudo inacreditavelmente vulgar, porque eu sabia que, no nosso mundo, essas coisas são bastante normais. Portanto, lamento que você hoje tenha se sentido constrangida, mas *talvez* agora você compreenda como eu me senti a cada dia em seu país, com o jornais falando livremente de mim como se eu fosse um pobre coitado dando o golpe do baú.

A voz dele era quase um sussurro, mas Cora sentia a frieza naquelas palavras. Estava mais alarmada pela tranquilidade dele do que ficaria com uma demonstração clara de fúria. Não sabia como as coisas haviam chegado a este ponto.

Cora havia imaginado Ivo fazendo uma terna confissão, que ela aceitaria com refinado tato, e, em vez disso, estavam brigando sem nenhum objetivo real. Ivo estava furioso com ela quando evidentemente era prerrogativa dela estar furiosa com ele. Cora olhava para o marido e não via nenhuma suavidade em seu rosto, então começou a choramingar. Tentava parar sozinha, mas sempre que tentava se segurar, lá vinha outra onda de lágrimas demolindo seu autocontrole. Escutou um violento ruído ondulante e percebeu que era o som de seu próprio choro.

Finalmente, sentiu a mão dele em seu rosto, tirando os cabelos dos olhos. Ele deu para ela um enorme lenço branco para secar as lágrimas. Ela assoou o nariz violentamente, e Ivo deu uma gargalhada.

– Pobrezinha, não vou deixar você sair sozinha de novo. Pensei que iria se divertir fazendo o sucesso de sempre!

Levou Cora até a *chaise-longue,* na ponta de sua cama, e a fez sentar.

Ela sabia que deveria deixar tudo como estava, mas não conseguiu se conter e perguntou, falando através de uma cortina de cabelos:

– Você a amava?

Ivo esperou um pouco e foi cuidadoso.

– Eu gostava dela.

– Você quis se casar com ela? – Cora sabia que era uma pergunta absurda, mas não conseguiu resistir.

– Minha queridíssima Cora: você é a única mulher a quem pedi para ser a minha Duquesa.

Cora limpou o rosto com a manga do *peignoir.* Sentia-se muito cansada.

– E como foi que terminou? – perguntou em um murmúrio.

– Terminou? – ele pareceu surpreso. – Não foi assim.

Ivo pegou as pérolas negras na penteadeira de Cora e começou a passá-las pelos dedos, como se fosse um rosário.

– Não, as coisas terminaram quando meu irmão quebrou o pescoço – ele continuou.

– O que você está dizendo?

Ivo soltou as pérolas, que caíram com um tinido.

– Tudo mudou quando Guy morreu. Foi o pior dia da minha vida. Meu irmão estava morto, e eu era o duque.

Ivo se levantou e foi tocar a campainha. Um lacaio apareceu quase imediatamente.

– Traga um conhaque e soda.

Quando o lacaio voltou com o decantador e o sifão de soda em uma salva, Ivo se serviu uma bebida forte e começou a caminhar para lá e para cá no quarto, falando tanto para si mesmo quanto para Cora.

– Guy foi a única pessoa em quem eu acreditei. Ele era um homem bom, quase um santo. Se não fosse o filho mais velho, acho que teria sido um monge. Ele sempre fez as coisas certas, e agora estava morto... E eu era o duque. Não fazia *nenhum* sentido...

Cora não disse nada, nunca vira Ivo assim. Ele caminhava impacientemente pelo quarto, sem olhar para ela, mas falando com uma insistência calma.

– Eu jamais quis ser duque, jamais! Há filhos mais moços que não pensam em nada, a não ser na saúde do irmão mais velho. Eu estava muito satisfeito porque não seria herdeiro. Vi o que aconteceu com meu pai... ele se arruinou tentando se comportar como achava que um duque deveria se comportar, e tudo o que conseguiu foi o duvidoso prazer de ser traído pelo Príncipe de Gales, entre outros desgostos.

Esvaziou o copo e voltou ao decantador.

Cora mal podia acreditar no que Ivo acabava de dizer.

– Você quer dizer que... sua mãe e o Príncipe são... mais do que amigos? – tentou não parecer chocada, mas não conseguia.

A Duquesa Fanny e o Príncipe... como é que não tinha percebido?

– Bom, não sei se são agora, mas, quando meu pai era vivo... – Ivo interrompeu-se como se estivesse sentindo dor.

Cora estava desconcertada.

– O seu pai sabia?

– É claro que sabia – respondeu Ivo amargamente. – Todo mundo sabia. Minha mãe fazia questão que soubessem. Tinha até aquela cobra tatuada no pulso para mostrar que era parte do *clube*, como chamava.

Cora lutava para entender.

– Mas o seu pai não podia impedir? Ele podia ameaçar se divorciar dela.

Ivo fez uma negação com a cabeça.

– Os católicos não se divorciam, e, além disso, não se pode dizer que o Príncipe de Gales seja coautor. Não, minha mãe sabia exatamente o que estava fazendo. O coitado do meu pai só tinha que aguentar e deixar acontecer. O pior é que ele realmente adorava minha mãe. Uma porção de mulheres o teriam consolado, mas ele não estava interessado. E o tempo todo ela agia como se estivesse fazendo um favor para ele sendo a favorita do rei. No começo, eu não entendia o que estava acontecendo, mas agora mal posso acreditar em como foi insensível. Minha mãe abria as cartas de amor do Príncipe na frente do meu pai, e ele ficava sentado, olhando – Ivo inclinou a cabeça em uma imitação inconsciente da aquiescência de seu pai. – No final, é claro, o Príncipe cansou, o que ela aceitou até muito bem. (Eu não acho que ela tenha se importado lá muito profundamente com ele.) Minha mãe simplesmente o trocou por Buckingham. Quando meu pai percebeu o que tinha acontecido, ele simplesmente desistiu. Morreu um ano depois.

Ele sacudiu a cabeça, como que para afastar as memórias.

Cora sentiu uma onda de pena. Viu claramente a depressão na nuca do marido. Quando virou a cabeça, Ivo mostrou uma vulnerabilidade que ela nunca havia notado.

– E o pior de tudo, mesmo, é que a minha mãe *jamais* entendeu o que havia feito. No mínimo ela se orgulha de si mesma. Ela era a razão pela qual Guy era tão devoto. Tenho a impressão de que meu irmão estava tentando redimir os pecados dela. Deus sabe que são muitos. Não era apenas o Príncipe, embora ele fosse o mais público. Ela sempre teve admiradores, acho que até se divertia com os criados – o tom de Ivo era amargo.

Cora pousou a mão no braço dele e perguntou:

– Mas você não gosta de ser duque agora?

– Não é uma questão de gostar. Eu sou um elo em uma cadeia que se estende do passado, passa por mim e entra no futuro. Mesmo que eu jamais tenha desejado isso, não tenho escolha – olhou para ela, e seu rosto se suavizou. – Graças a você, não preciso ver Lulworth desmoronando, nem me separar de seu conteúdo peça a peça. O nosso filho não terá que crescer vendo a terra ser vendida, e as propriedades despencando porque não há dinheiro para os reparos.

Passou o braço em volta dela e puxou-a para si.

Cora ficou aliviada porque Ivo parecia ter se tranquilizado. Sentiu-se estimulada pela referência ao bebê e ao poder curador do dinheiro. Gostava da ideia de que, graças a ela, essa antiga instituição se levantaria e voltaria a caminhar. Sentia um prazer especial em pensar que poderia reverter a depredação causada pela Dupla Duquesa. Sorriu ao pensar em como a sogra reagiria ao ver os terraços de água que ela estava planejando para a frente sul e as estátuas de Cânova que havia comprado para a casa de verão. (Depois do contratempo com o Rubens, ela certificou-se de que as estátuas de Eros, Psiquê e a Vênus se banhando vinham livres de associações desagradáveis.)

Uma batidinha na porta, e Bertha entrou com uma bandeja.

– Eu trouxe o seu leite quente, srta. Cora. O médico disse para você tomar antes de ir para cama.

– Obrigada, Bertha. Eu tinha esquecido.

A criada ia saindo quando ouviu a voz do Duque.
– Bertha!
Ela deu meia-volta e se posicionou diante dele.
O Duque calmamente falou:
– Bertha, prefiro que você se dirija à minha mulher pelo título. Acho muito interessante que você tenha crescido em um país sem essas delicadezas, mas aqui nós damos imenso valor a elas. Por favor, lembre-se disso no futuro.
Bertha ficou imóvel, com a cabeça baixa.
Cora pulou no meio dos dois.
– Não é culpa dela, Ivo. Eu digo para ela me chamar de srta. Cora porque me lembra de casa. Que importância tem a maneira como a minha criada me chama dentro do meu quarto?
– Bertha, pode ir.
Ivo esperou até a criada fechar a porta, antes de se virar para sua mulher.
– Cora, por favor, lembre que tudo o que você diz para mim na frente de Bertha será repetido palavra por palavra na área dos criados.
Ivo virou as costas para a esposa, que voou na direção dele – as palavras ela podia até perdoar, mas não essa desatenção. Cora apoiou as mãos nos ombros do marido e o virou para encará-la.
– Qual é o problema com você? Há poucos minutos você disse que nunca quis ser um duque, e agora está repreendendo a minha criada porque ela não me chama de Sua Graça! Não consigo entender.
Ivo olhou para o rostinho coberto de lágrimas. Em seu rosto, ele tinha uma expressão que Cora não sabia ler. Ele tirou as mãos dela de seus ombros e as fechou nas suas.
– Eu não pensei bem, Cora. Você está cansada. As mulheres na sua condição precisam de muito descanso. Conversaremos sobre isso amanhã.
Cora quis responder, mas ele a conduziu até a cama, e enquanto se deitava, ela percebeu que dormir era só o que desejava. Pegou a mão dele.
– Fique aqui comigo, Ivo.
Ele se deitou ao lado da esposa, que pôs a cabeça em seu peito. Cora sabia que precisava contar alguma coisa para ele, mas o sono a levou antes que lembrasse o que era.

No sótão, Bertha ligou o gás para poder enxergar melhor a costura que estava abrindo. Todos os espartilhos da srta. Cora precisavam ser alargados agora que a gravidez começava a aparecer. Cora recusava aceitar seu corpo aumentando e simplesmente dava ordens à criada para puxar com mais força as faixas, mas Bertha começava a se preocupar que aquele aperto de cordões pudesse prejudicar o bebê. A criada subrepticiamente soltava as costuras à noite, e conseguia convencer a patroa de que ela ainda entrava em suas roupas. As sessões secretas de alfaiataria não poderiam continuar indefinidamente, claro, mas Bertha esperava que logo Cora aceitasse a realidade de sua condição.

Bertha chegou ao final da costura, e acabou espetando o dedo; uma conta de sangue vermelho caiu na seda cor-de-rosa, penetrando no tecido, acompanhando os fios. Parecia uma das aranhazinhas vermelhas que a criada costumava ver em sua infância. Ela deu uma cuspida na mancha e esfregou com o polegar, transformando a aranhazinha em algo parecido com um ferimento. Era do lado avesso do pano. Ela seria a única testemunha do que havia por baixo da seda rosa da Duquesa de Wareham. Largou o espartilho e se preparou para ir para a cama. Sua cabeça ainda estava girando em torno da censura do Duque, e Bertha ficou pensando por quanto tempo a srta. Cora ainda a defenderia. Possuía cerca de trezentos dólares no baú debaixo da cama (de vários presentes de Cora), os lucros das luvas usadas, o que separava de seu salário e também o "matacão". Pensara em mandar algum dinheiro para sua mãe, mas agora considerava que sua necessidade talvez fosse maior. Se ao menos pudesse ter certeza com relação a Jim, de que ele teria coragem de acompanhá-la em uma vida nova...

CAPÍTULO 19

Um leve rubor

O estúdio de Louvain ficava em Chelsea, uma parte de Londres da qual Cora apenas ouvira falar. O cocheiro olhou espantado quando ela deu o endereço, e viu-se obrigado a consultar seus colegas antes de partir. A neblina ficava mais espessa conforme a carruagem se aproximava do rio, por isso Cora mal conseguia enxergar o contorno da casa no meio da névoa amarela, mal percebia uma porta pintada de vermelho em um arco de pedra gótico. O cocheiro ia tocar a campainha, mas Cora o detém.

– Eu vou sozinha. Volte daqui a uma hora.

Ela tocou a campainha e a escutou retinir ao longe. Depois de alguns minutos, a porta foi aberta por um empregado que, para Cora, pareceu japonês. Ele fez uma reverência e um gesto para que o seguisse ao longo de um compridíssimo corredor iluminado por uma claraboia no alto, com gravuras em preto e branco, aparentemente orientais, penduradas nas paredes de cada lado. Ao passar, Cora parou para dar uma olhada em uma delas e viu que era um desenho refinadamente detalhado de um homem e uma mulher em um intenso abraço amoroso. Ela estremeceu com uma mistura de choque e curiosidade. Adoraria ter examinado o quadro mais de perto, mas não podia correr o risco de que o criado se virasse e a visse. Sentia a pulsação em suas têmporas, quase deu meia volta para ir embora, mas viu o criado segurando a pesada cortina de damasco e acabou entrando. Charlotte dissera que uma acompanhante era algo totalmente desnecessário, mas, nesse momento, Cora desejou ter trazido Bertha.

O estúdio era uma sala com teto muito alto e uma janela que ia do teto até quase o chão, dando para o norte. Na base da janela havia um assento e, sobre ele, um xale estampado de caxemira e almofadas de veludo. À direita estava o cavalete de Louvain e uma mesa cheia de pincéis, tintas e trapos. Do outro lado da sala tinha um biombo japonês, uma *chaise--longue* e uma samambaia em um vaso de latão. O chão estava recoberto por tapetes persas. Havia, também, portfólios e telas encostados na parede. Claraboias banhavam a sala em uma luz cinzenta ondulante. Cora tinha a sensação de estar caminhando debaixo da água, impressão reforçada quando escutou a voz de Louvain ecoando pela sala. Ele usava um paletó de veludo salpicado de tinta.

– Bom dia, Duquesa. Está atrasada, mas não de modo imperdoável. Por favor, entregue as suas coisas a Itaro. Muito bem, você está vestida com simplicidade...

Louvain estava a um metro e meio de distância, olhando para ela com os olhos semicerrados. Cora sentiu o olhar dele passando por seu corpo de alto a abaixo.

– Desculpe a minha falta de pontualidade, mas, como você sabe, a neblina deixa tudo muito lento. Quase desisti e voltei para casa. O meu cocheiro ficou muito aborrecido por me trazer até Chelsea... ele acha que não é uma zona lá muito respeitável.

Cora falava nervosamente, ciente de que os olhos de Louvain não a deixavam sequer por um instante.

– Não se preocupe, você estará bastante segura. Não há ninguém aqui para incomodá-la, a não ser alguns artistas empobrecidos em busca de patrocínio – Louvain pegou o braço dela. – Por que não se senta aqui?

Levou-a até a *chaise-longue* forrada em veludo verde. Cora sentou na beirada, as costas eretas como se estivesse usando o esticador de espinha dorsal.

Louvain estava longe dela.

– Não, não... parece que você está em um chá de missionários! Não pode se encostar um pouquinho? Aqui, vou botar umas almofadas...

Foi até o assento da janela, pegou algumas almofadas e colocou-as nas costas de Cora.

– Pronto, agora encoste-se. Isso!

Ficou andando de um lado para o outro na frente dela, olhando tão de perto que a Duquesa sentia o calor do escrutínio.

– Você quer que eu dobre as mãos? Ouvi dizer que as mãos são a coisa mais difícil de pintar.

– Quem lhe disse isso? – perguntou Louvain.

– Um amigo americano que estudava arte. Ele disse que as mãos sempre o derrotavam.

– Esse amigo... pintou você?

– Não, ele disse que ainda não estava pronto – Cora pensou em Teddy e sorriu.

– Não estava pronto para você! Ele deve ter ficado apavorado! – Louvain deu de ombros.

– Talvez... – Cora bem gostaria de não ter dito nada.

Louvain tinha um jeito para transformar qualquer conversa em intimidade...

Ele se aproximou da jovem e pegou uma de suas mãos, que arrumou no encosto da *chaise-longue*.

– Isso! Assim está melhor... mas não basta!

Cora olhou nervosamente para ele.

– Eu quero que você... não. Eu preciso que solte os seus cabelos – disse Louvain.

– Meus cabelos? É claro que não posso! – Cora foi firme.

– Por que não? Você é tão jovem, o que poderia ser mais natural? Quero pintá-la como uma deusa do Novo Mundo, bela e livre. Não quero a Duquesa toda amarrada como uma dessas patas da sociedade! Por favor, solte os fios. Acho que em toda a minha vida nunca vi cabelos da cor dos seus! – ele estendeu a mão para tocar em um dos anéis que caía sobre o rosto dela.

Cora estava alarmada com a proximidade dele.

– Creio que ficará muito... esquisito! – sentia a respiração de Louvain em seu rosto.

– Então, Duquesa, creio que você desperdiçou a viagem... – ele rebateu, virando as costas para ela, e começou a caminhar em direção à porta.

Cora se torturava com a indecisão. Pensou no que sua mãe diria a respeito de soltar os cabelos e depois lembrou o frio atrevimento de Charlotte. Bom, ela não seria dispensada como uma americana provinciana.

– Espere! – disse.

Louvain virou-se lentamente. Cora se levantou e começou a tirar os alfinetes dos cabelos. Eram tantos, que ela não conseguia segurá-los.

– Pode me dar... aqui!

E Louvain estendeu a mão.

Ao final, depois de tirar todos, Cora sacudiu os cabelos e sentiu os fios caírem luxuriante e pesadamente por seus ombros. Louvain estava certo, ela se sentia livre. Olhou para ele timidamente, encontrando aquele olhar onisciente. Seu corpo estava totalmente coberto, mas ela se sentia nua. Teve que se forçar a parar de cruzar os braços na frente do peito.

Louvain não disse nada, mas caminhou em torno dela bem devagarinho. Cora continuava parada, como se estivesse pregada no chão, mas finalmente conseguiu falar:

– É o que você queria?

Louvain continuava calado. Depois, foi até ela e, com firmeza, rapidamente a beijou na boca.

Cora piscou os olhos. Será que ele realmente a beijara? Ela sabia que ele a beijara porque ainda sentia o bigode espetando. E ele estava ali, comportando-se como se não houvesse acontecido nada. Ela sabia que estava perdendo o controle da situação. No mínimo, devia ter dado um tapa na cara dele.

– Vou embora. O seu comportamento é horrível!

Mas Cora não se mexeu.

Louvain tinha ido até o cavalete onde estavam as tintas e deu uma risada.

– Ora, não fique enfurecida... foi só um beijo! Você parecia muito promissora com os cabelos soltos. Tive que satisfazer a minha curiosidade. De qualquer maneira, é bom para você, já que ficou me irritando com aquele seu amigo americano e depois vem aqui sem acompanhante. Em todo caso, peço desculpas por tomar essa liberdade. Prometo não fazer de novo... – fez um solene sinal da cruz no ar, e continuou:

– E, se serve para acalmar sua consciência, se fiz isso, foi somente pela pintura. Percebi que você não sabia se eu iria atacar e, agora que ataquei, pode relaxar. Você sabe que eu a acho atraente, o que significa que o retrato será lisonjeiro.

Cora tinha consciência de que deveria ir embora imediatamente, mas sabia que ficaria. Sentou na *chaise-longue* e se encostou nas almofadas.

– Está vendo, agora está bem melhor. Fique exatamente assim.

Louvain tinha um bloco e desenhava rapidamente com um lápis.

– É desta maneira que se comporta com todas as pessoas que posam para você? – Cora tentava soar despreocupada.

– Eu não beijo os homens!

– E Lady Beauchamp? Você a beijou?

– O que você acha? – o tom de Louvain era desdenhoso.

Cora se acomodou em sua pose. Louvain estava certo. Sentia-se mais relaxada. Ela não sabia se ele tentaria de novo. E não sabia o que faria se ele tentasse.

Louvain parou de desenhar e olhou diretamente para ela.

– Você não prefere soltar o casaco? Você está esperando, não é? Talvez se sinta melhor com o casaco aberto.

– Como é que você sabe? ...do bebê? Ainda não está aparecendo, está? – Cora olhou para a cintura ainda definida.

– O meu trabalho, Duquesa, é analisá-la, e posso ver que você está cheia de expectativas. As mulheres na sua condição têm certa característica leitosa. Os pintores medievais acreditavam que era possível ver bebês nos olhos das mulheres grávidas.

– E o que mais você vê, sr. Louvain?

– Ah, não vou contar para você... estará tudo aqui, na pintura. E, antes que pergunte, não vou mostrar até estar quase pronto. Agora quero que pare de falar para que eu possa me concentrar na sua boca.

Assim que ele disse as palavras, Cora sentiu seus lábios latejando. Olhou para as nuvens cinzentas que passavam pela claraboia no alto.

– Não, não olhe para cima, mantenha os seus olhos em mim!

Cora assentiu sem uma palavra, evidentemente não havia escapatória. O restante da sessão correu praticamente em silêncio, tirando-se o som do lápis de Louvain e os ruídos que ele fazia com a boca quando apagava uma linha não muito satisfatória. De vez em quando, ouviam o som abafado da buzina de neblina de um barco no rio e o pio fraquinho de gaivotas ao longe. Depois de algum tempo, apesar do beijo, Cora se viu recaindo em uma espécie de torpor. Estava achando exaustivo o esforço de ser olhada, examinada. Mais uma hora e o silêncio foi rompido pelo soar de um gongo. Cora teve um sobressalto, e Louvain soltou o lápis.

– Almoço! Quer almoçar, Duquesa? Itaro é um cozinheiro bastante talentoso.

– Não, muito obrigada. Tenho que ir para casa – Cora se levantou.

– Venha amanhã na mesma hora, e não se atrase de novo, temos muito trabalho pela frente.

Ao sair, Cora passou os olhos por algumas das gravuras japonesas que revestiam as paredes do corredor. Não ousou se demorar em nenhuma, pois sabia que Louvain estava logo atrás, mas ele notou que ela virava a cabeça.

– Gosta delas? São chamadas *shunga*. Estas são de Utamaro... são as cortesãs do distrito de Yoshiwara, onde ele vivia. Parece que achavam uma grande honra posar para ele. Seus quadros são um misto exótico do real e do imaginado. Veja este aqui – falou, apontando para uma das gravuras.

Cora foi dar uma espiada. Era uma mulher enlaçada a uma lula. Embaraçada, a Duquesa recuou depressa, ruborizando.

Louvain deu uma risada.

– Esta é chamada *A mulher do pescador*. Linda, não é?

– Bom, é inesperada... – disse Cora baixinho.

– Até amanhã, então, Duquesa.

Itaro abriu a porta, fazendo uma reverência. Cora olhou em volta para dizer a Louvain que de modo algum voltaria no próximo dia, mas ele havia desaparecido.

No dia seguinte, Cora se viu na carruagem, a caminho de Chelsea. Desta vez ela trazia Bertha.

Ela decidira fazer o retrato como presente supresa para Ivo. Algo para ele poder lembrar como estava agora, antes de começar a inchar com o bebê. Tinha a sensação de que a atitude de seu marido havia mudado desde que a gravidez começara a aparecer; queria que Ivo se lembrasse que ela não ficaria assim para sempre.

Cora ia divagando. Talvez devesse fazer uma festa para o aniversário de Ivo. Não estava na temporada de festas, é claro, mas na cidade havia gente suficiente para uma recepção. Perguntaria à sra. Wyndham.

Procurou não olhar para as *shunga* enquanto atravessava o corredor em direção ao estúdio. Louvain começou a se aproximar de Cora, mas se deteve e sorriu ao ver Bertha.

– Quer dizer que você veio preparada – ele comentou.

– Bom, é que ontem eu me senti muito esquisita indo para casa com os cabelos soltos. Estando aqui, Bertha pode me deixar com aparência respeitável, entre outras coisas – Cora sorriu.

– A respeitabilidade deve ser preservada a todo custo, Duquesa. Talvez a sua criada queira sentar-se aqui...

Ele puxou uma cadeira de trás de uma tela e a colocou de modo que Bertha não teria nenhuma visão do quadro que estava sendo pintado.

Cora foi até a *chaise-longue* e virou as costas para o pintor antes de começar a tirar os grampos dos cabelos. Tinha se dado conta de que não queria olhar para ele enquanto fazia aquilo, era íntimo demais. Falou com ele por cima do ombro.

– Quanto tempo esse retrato levará para ficar pronto, sr. Louvain? Quero fazer uma surpresa para meu marido no dia de seu aniversário.

– Levará o tempo que levar... se você ficar quieta e não se mexer, talvez seja mais rápido – respondeu Louvain ligeiramente irritado.

– Ficarei imóvel como uma gravura, prometo... mas será que um mês é razoável? – Cora deu um tom de súplica à pergunta.

– Eu jamais garanto nada. Se você for um modelo obediente, há chance de que a pintura esteja pronta em um mês. Mas veja... você terá que fazer exatamente o que eu disser. Agora desabotoe o casaco, como ontem. E procure se lembrar de como estava se sentindo ontem, a expressão que tinha no rosto era exatamente o que eu queria – piscou para Cora, que ficou vermelha.

– Não sei se vou me lembrar de como eu me sentia ontem. Tenho a impressão de que eu estava tentando não adormecer. É difícil ficar parada tanto tempo – disse ela.

– Quer que eu a faça lembrar, Duquesa? – Louvain deu um passo em direção a ela.

Cora recuou alarmada.

– Não, não será necessário. Tenho certeza de que me lembro o suficiente. Bertha, venha me ajudar com meus cabelos.

A criada começou o demorado trabalho de tirar os grampos que havia posto com todo o cuidado uma ou duas horas atrás. Agora entendia por que a srta. Cora saíra ontem usando a roupa azul-marinho mais simples que tinha e voltara com os cabelos amarrados em um nó debaixo do chapéu. A Duquesa havia corrido para dentro do quarto e insistira em que Bertha arrumasse direito seus cabelos antes de descer, sem uma palavra de explicação. A criada ficara espantada, para dizer o mínimo. A srta. Cora jamais fazia visitas pela manhã e, com relação aos cabelos, aquilo não tinha nenhum precedente. A especulação fora enorme na área da criadagem. O cocheiro, que vira um criado oriental abrindo a porta, insinuara que Sua Graça estivera em visita a um antro de ópio. Ele conhecia tudo sobre os antros porque seu último empregador, lorde Mandeville, tinha esse hábito. Bertha rira, dizendo que não era nada daquilo, mas estava curiosa e um tanto apreensiva.

Sentiu-se aliviada ao descobrir que a srta. Cora estava posando para um retrato, embora entre o pintor e sua patroa houvesse algo que não a deixava muito à vontade. A srta. Cora sempre havia gostado de flertar, mas agora que estava casada deveria ser mais cuidadosa. Bertha não sabia o que havia acontecido no dia anterior. Olhava para a patroa recostada na *chaise-longue*, com os cabelos castanhos caindo sobre os ombros até a cintura, o casaco desabotoado revelando a combinação por baixo do vestido, os lábios entreabertos em um meio sorriso. Cora parecia estar na lua de mel em Veneza, seus contornos aguçados indistintos. Bertha não se sentia muito confortável ali, sentada entre Cora e o pintor; de vez em quando levantava os olhos da costura que havia trazido para fazer e sentia o calor nos olhares dos dois.

Na volta, Cora disse à Bertha para ir dentro da carruagem, em vez de sentar-se lá fora, ao lado do cocheiro.

– O que você achou do estúdio e do sr. Louvain, Bertha?

– E ele ganha dinheiro com essas pinturas, srta. Cora?

– Claro – Cora falava com a despreocupação de uma garota para quem o dinheiro sempre sobrava. – Imagino que ele possa cobrar o que bem entender. Não discutimos quanto custará esse retrato, mas com certeza será um preço exorbitante. Meu pai diz que o fato de sermos americanos aumenta cinquenta por cento o preço de qualquer coisa.

Inclinou-se para Bertha em tom conspiratório antes de continuar.

– Isso deve ser mantido em segredo para o Duque. Quero dar uma recepção antes de ficar enorme, quero fazer isso para ele. Eu quero realizar alguma coisa enquanto ainda estou com um ar respeitável.

Bertha enxergava alguns furos naquele plano.

– Imagine se você não gostar do quadro, srta. Cora... Não vai ficar meio esquisito pedir para as pessoas olharem para um quadro do qual você não gosta?

– Ah, isso não vai acontecer! Louvain é um gênio. Este vai ser o último retrato dele – explicou Cora.

– E se o Duque não gostar? Não sei se ele gosta de surpresas... – Bertha disse isso com cuidado porque havia algo em Louvain que a incomodava.

Cora lembrou a cena ocorrida na capela. Bertha talvez tivesse razão... mas ainda se sentia relutante em contar ao marido o que estava fazendo.

Só de pensar nele dentro do estúdio, Cora se sentia bastante desconfortável. E, claro, essa pintura era muito diferente de um Rubens.

– Acho que ele vai gostar de ter um retrato da mulher por quem está apaixonado – rebateu Cora firmemente. – Louvain diz que não consegue trabalhar com palpites de outras pessoas em cima dele. Diz que, se a gente quer alguma coisa totalmente fiel, é melhor tirar uma fotografia.

Bertha estava achando que Louvain conhecia uma boa maneira de passar um tempão ao lado de belas mulheres sem os maridos e, ainda por cima, sendo pago para fazer isso.

Cora adorou quando Charlotte enviou-lhe o cartão naquela tarde. Queria falar com ela sobre a festa. Havia decidido que seria uma festa elegante e precisava do conselho de Charlotte. A sra. Wyndham era sempre confiável, mas Charlotte tinha estilo.

Para alívio de Cora, Charlotte aprovou todos os seus planos.

– É muito boa essa ideia de não promover uma festa séria demais, Cora. Londres realmente não precisa de mais solenidades e princípios morais.

– Quero dar a Ivo o retrato. Acho que seria uma boa ocasião.

Charlotte sorriu maliciosamente.

– E não há mal nenhum em lembrar ao mundo que Louvain a escolheu como tema de seu último retrato.

Cora ficou vermelha.

– Bom, acho que você pode até enxergar a coisa dessa maneira... mas, por favor, não conte para ninguém!

Charlotte se inclinou para ela.

– E o que você achou de Louvain? Ele foi terrivelmente claro com você?

Cora estava ocupada servindo o chá.

– Ah, sim, com certeza ele sabe o que quer. É muito complicado discutir com ele.

Para alívio da Duquesa, Sybil chegou naquele instante, radiante por ter conseguido escapar da madrasta. Sybil confiava em Cora quando precisava de alguma solidariedade sempre que a vida, debaixo das asas da Dupla Duquesa, ficava especialmente difícil.

Charlotte se mostrou menos calorosa com Sybil do que havia sido com Cora. Ouviu as queixas por alguns minutos e depois disse com alguma impaciência:

– Ora, se tia Fanny está deixando a sua vida tão maçante, por que você não se casa? Você deve ter uma porção de propostas!

Sybil parecia chocada, e, ao ver a expressão dela, Cora pulou no meio das duas.

– Venha para cá, fique comigo, Sybil. Eu adoraria ter companhia aqui em Lulworth, e, quem sabe, podemos dar um jeito.

Olhou significativamente para Sybil, que voltava a sorrir. Ela sabia que esse "jeito" significava Reggie Greatorex, que até então não fizera nenhuma proposta. Charlotte, que não tinha nenhum interesse casamenteiro, inventou uma desculpa e saiu.

Depois que ela foi embora, Sybil suspirou.

– Charlotte é maravilhosa e tudo isso, mas você não acha que ela é um pouquinho assustadora?

Cora refletiu por um instante.

– Sabe... eu também achava isso no começo, mas ela tem sido encantadora comigo. Tirando você, querida Sybil, eu diria que Charlotte é minha única amiga aqui na Inglaterra...

Sybil não disse nada.

Quando Cora contou a Ivo que desejava dar uma recepção antes de (em sua expressão) "ficar indecente", para sua surpresa, o marido ficou entusiasmado.

– Quer dizer que você vai ser uma anfitriã, é? Adorei. Eu gostaria que convidasse algumas pessoas!

Quando Ivo entregou a lista no café da manhã, Cora ficou espantada. Estava cheia de políticos, muitos com títulos de nobreza, mas políticos. Em sua terra, os políticos estavam no mesmo clube das atrizes: inevitáveis na vida, mas inadequados para a sala de visitas.

– Ivo, será que você realmente quer que eu convide todos esses políticos? Eu não quero que a minha primeira festa seja triste – disse Cora em tom alegre.

Ivo respondeu em seu tom mais tranquilo:

– Quer dizer que você acha os políticos tristes, Cora?

Ela empinou o nariz.

– Não acho que eles sejam os convidados ideais...

Ivo se virou para ela.

– Não passou pela sua cabeça que eu poderia ter alguma razão para fazer essa lista?

Cora olhou para ele com certo ressentimento. Ela detestava a maneira como Ivo, que brincava com tudo, de repente ficava sério sem avisar.

– Desculpe, Ivo, eu não sabia que você tinha ambições políticas. Você sempre riu de mim quando eu perguntava alguma coisa sobre a Casa dos Lordes! Desculpe a minha ignorância, mas na minha terra não temos aristocratas, temos homens que vão para o trabalho todos os dias, como o meu pai.

Houve uma pausa antes de Ivo falar.

– Ah, sim, o seu pai, o filho do Moleiro de Ouro, que aos 21 anos de idade ganhou seu primeiro milhão... Que trabalho exatamente faz o seu pai? Quero dizer, além de audições com dançarinas promissoras. Pensei que o único emprego dele fosse evitar a sua mãe.

Cora jogou a xícara que estava segurando no marido. Ivo se desviou, e a louça aterrissou no chão, em uma confusão de porcelana e leite.

– Como é que você tem coragem de torcer o nariz para o meu pai? O que você fazia antes de virar duque... tirando-se as "amizades" com as semelhantes à sra. Stanley? O meu pai, por outro lado, dirige o maior moinho da América do Norte. Sim, claro, ele herdou uma fortuna, mas fez essa fortuna crescer. Não esqueça que o dinheiro dele pagou esta casa e tudo o que está dentro dela – Cora parou, ofegando de raiva.

– Acho que pagou até a xícara que você acaba de jogar em mim. E qual é o problema, Cora? Se você gosta tanto de homens que fazem coisas, por que não ficou na América e se casou com um desses? Tenho certeza de que uma garota como você deve ter tido uma porção de pretendentes. Mesmo assim, você preferiu vir para a Inglaterra e se casar com um duque. O que estava pensando?

Ivo interrompeu o que dizia quando um lacaio entrou com um *réchaud* de prata fumegante.

– Robert, sou muito desajeitado – disse, apontando para a sujeira no chão. – Você pode pedir a uma das criadas para limpar isso? Vou tomar um pouco de café enquanto você resolve isso. Ah, por favor, traga uma xícara para Sua Graça.

Ivo falou com o lacaio em um tom perfeitamente neutro, sem nada do calor que mostrara momentos antes. Seu autocontrole enfureceu Cora ainda mais do que os comentários sobre o pai dela.

– Não é preciso, Robert. Já terminei – Cora saiu da sala sem olhar para trás.

No quarto, ela pegou uma de suas escovas de cabelos de prata e a atirou na parede. Em seguida, chutou a perna da cama com tanta força que machucou o pé; só depois disso é que sentou e chorou rios de fúria e frustração.

Cinco minutos mais tarde, a porta se abriu e ela escutou o passo leve de Ivo.

– Vá embora, não quero falar com você!

– Não precisa dizer nada. Para falar a verdade, eu até prefiro que não diga nada. Só vim aqui para dizer o motivo pelo qual quero que você convide Roseberry: é que ele anda procurando apoio para mim na Casa dos Lordes. Acho que até pode querer que eu faça parte do ministério. Não sei se você sabe o que isso significa... a minha família está longe da política há uns trezentos anos, porque somos católicos. Você me perguntou se eu tinha ambições. Pois é, por mim, não, mas faço isso pela minha família. Os Maltravers têm uma chance de ser alguma coisa de novo, e é meu dever fazer isso acontecer.

Ele fez uma pausa. Sem olhar, Cora sabia que Ivo estava passando a mão no queixo, o que sempre fazia quando estava sério.

– A sua fortuna é que tornou isso possível, Cora. Nada disso teria acontecido se eu não a tivesse encontrado naquele dia no bosque do Paraíso. Portanto, não vamos brigar mais.

Cora sentiu a mão dele tocar seu ombro; ela se virou com relutância para mostrar o rosto molhado com as lágrimas.

– Eu gosto de quando você chora.

Ivo passou um dedo pelo rosto molhado. Cora tentou tirar a mão dele, mas o Duque estava decidido, correndo a mão pelo seu rosto e pelos cabelos da esposa como se ela fosse um bichinho assustado que precisasse de carinho. De repente, a respiração dele se tornava mais rápida.

Cora não queria olhar para Ivo, que já estava mexendo nos botões de seu vestido. Ela ainda estava furiosa, mas ele mal a tocara desde que ela lhe contara que estava esperando um bebê. A jovem não conseguia fazer mais nada, só se contorcia quando ele começou a beijar sua garganta e seu peito. Sentia-se aliviada ao ver que ainda havia aquela mesma sensação de urgência. Ivo começou a puxar as saias de sua esposa para cima.

– Ivo... você acha que podemos? E se...

Mas Ivo a beijava, e ela não oferecia mais nenhuma resistência. Ele tirou as camadas de anáguas e se enfiou dentro dela. Cora ficou surpresa ao notar a pouca diferença entre a raiva que havia sentido antes e o que sentia agora: eram paixões igualmente consumadas. Quando percebeu que seu corpo começava a se contrair de desejo, abriu os olhos e viu Ivo. O rosto dele estava sério, concentrado. Será que ainda estava chateado com ela? Esse pensamento se perdeu no instante em que Cora sentiu o estalido de satisfação, e seu corpo se acalmou.

No dia seguinte, a Duquesa estava diante de Louvain, estendida na *chaise-longue,* Bertha no lugar de sempre. Louvain mal falara com ela quando entrou, mas, quando Cora viu seus olhos claros, percebeu que estavam acesos e animados. Ele trabalhava muito depressa, quase tremia quando atacou a tela com o pincel.

– Boa notícia, Duquesa: esta será a nossa última sessão. O quadro estará pronto na próxima semana.

Cora sentiu uma pontinha de decepção. Estava gostando das horas que passava ali, gostava de ver a concentração de Louvain. Sabia que havia momentos em que deixava de existir para ele como algo mais do que uma porção de planos e cores. Mas não se importava, achava atraente aquele desapego.

– Vai me deixar dar uma olhada, sr. Louvain?

– Ainda não, ainda não. Só posso dizer que estou muito satisfeito.

Quando saiu do estúdio pela última vez, Cora deixou cair o lenço no corredor. Quando parou para apanhá-lo, viu o rosto de uma das cortesãs de Utamaro, contorcido em uma espiral de desejo.

CAPÍTULO 20

Aquele semblante retratado

Cora enviara apenas uns cem convites para a recepção, mas, no dia do evento, ela havia feito tantos novos "amigos" que o número dos convidados no mínimo triplicara. A sra. Wyndham, que dava muito valor à sua ligação com a nova duquesa americana, subitamente se viu envolvida pelas mesmíssimas pessoas que tinham desaparecido completamente de sua vida após a morte de seu marido. Certas mulheres teriam agarrado essa oportunidade para se vingar dos que as menosprezaram, mas a sra. Wyndham era pragmática demais para isso. Ela sabia que as pessoas em geral se comportavam simplesmente como deveriam e, por isso, foi admiravelmente imparcial nas recomendações à sua amiga Duquesa, sugerindo apenas aqueles que acreditava sinceramente poderem acrescentar algo à festa.

A todos os candidatos a um convite, dizia a mesma coisa:

– A Duquesa deseja que esta seja uma recepção íntima, em que realmente consiga ter uma oportunidade de conversar com as pessoas. Tenho certeza de que ela adoraria conhecê-lo. Ela me disse: "Cara sra. Wyndham, ajude-me a fazer um atalho pela sociedade londrina e me traga o que ela tem de melhor e mais brilhante". Sei que a Duquesa está ansiosa para fazer verdadeiros amigos aqui em Londres. É uma garota realmente encantadora, muito natural e dedicada ao Duque. E generosa, minha nossa! Quando viu como a minha estola estava surrada, insistiu em me dar esta maravilhosa zibelina. Sim, é claro, o dinheiro nada significa para ela, que é a herdeira mais rica de sua geração. Nos jornais de Nova York, é chamada de *princesa americana*; devo dizer que seus modos não estariam fora de lugar em Windsor. Nem a Duquesa Fanny consegue encontrar falhas nela.

Para a sra. Wyndham, Cora estava uma verdadeira princesa esta noite. A jovem usava um vestido de seda listrado de rosa e branco, com enormes laços nos ombros e na cintura. Na cabeça, trazia uma tiara de estrelas de diamante e, no pescoço, as pérolas negras. A amplitude em seus ombros desviava o olhar da cintura, que engrossava cada vez mais. Somente as mulheres, e seriam mulheres, que olhassem com cuidado, perceberiam que ela estava esperando um bebê. Cora e o Duque permaneciam no alto da escadaria de mármore, cumprimentando os convidados. A sra. Wyndham acreditava ser cedo demais, mas já havia uma multidão na escadaria. Sentia-se o cheiro daquela singular mistura de pó de arroz, *muguet* e suor que sempre anunciava um evento social. Bem à sua frente estava um homem de aparência fora do comum, cujos cabelos, no estilo de um artista, caíam quase até os ombros. Ela insinuara a Cora que talvez não fosse muito bom ser exageradamente experimental em sua lista de convidados, mas a Duquesa fora firme, dizendo que não queria uma festa convencional. Consequentemente, a mistura de convidados era bem maior do que a sra. Wyndham estava habituada a ver: jovens artistas, alguns membros do Parlamento, aristocratas ociosos como Reggie Greatorex (o amigo de Ivo) e aristocratas ocupados, como lorde Curzon; dinheiro antigo, como o dos Atholl, donos da maior parte das terras da Escócia; e dinheiro novo, como o dos Tennant, que eram donos da maioria das cervejarias escocesas; as mulheres iam desde a Dupla Duquesa até a sra. Beatrice Stanley, a atriz. Tal mistura jamais aconteceria quando a sra. Wyndham chegou a Londres, mas agora a sociedade já não era mais um círculo fechado. O importante era ter o "metal" aos montes, assim o lugar de qualquer um no firmamento social estava garantido.

Os olhinhos azuis da sra. Wyndham percorriam o salão em busca de jovens titulados, mas sem nenhum *metal*, que pudessem estar interessados em Adelaide Schiller, de Ohio, que tinha três milhões de dólares e um sotaque que só poderia melhorar. A sra. Wyndham tivera a esperança de levar a srta. Schiller consigo à recepção, mas Cora havia sido firme.

– Sem a srta. Schiller. Não importa que ela tenha estudado no conservatório. Não estou sendo indelicada, mas não quero dar a ninguém a chance de fazer observações mordazes a respeito de herdeiras americanas. E também não quero ninguém que possa flertar com Reggie Greatorex! Sybil jamais me perdoaria.

A sra. Wyndham insistiu bastante, mas Cora não mudou de ideia.

– Ivo já revisou duas vezes a minha lista, não tenho coragem de acrescentar mais ninguém. Em todo caso, traga a srta. Schiller para o chá um dia, para que eu possa conversar com ela.

Não demorou muito para a garota de Nova York se transformar em madame exigente, pensou a sra. Wyndham. Ela não tinha nenhuma dúvida de que a própria srta. Schiller teria esse mesmo nível de exigência quando agarrasse um título.

Cora e Ivo estavam lado a lado, mais perto um do outro do que se esperaria de um par casado. Pareciam estar de acordo. Ivo permanecia logo atrás de sua mulher e de vez em quando sussurrava-lhe no ouvido e a fazia rir.

Sir Odo e Lady Beauchamp eram os próximos a serem anunciados. Charlotte estava em cetim ouro, o que a deixava literalmente radiante – e todos a seu redor, apagados. Somente o marido, com os anéis louros de seus cabelos, o rosto vermelho brilhante e um colete de brocado com um refinado bordado poderia aguentar a comparação. A maior parte das pessoas na escadaria tinha um ar de entusiasmo, havia expectativa (uma nova anfitriã, uma nova maneira de fazer as coisas...), mas os Beauchamp não se apressaram para subir os degraus: eles passeavam, criando um bolsão de espaço a seu redor sempre que paravam para trocar cumprimentos com pessoas no saguão ali embaixo. Faziam questão de criar uma lacuna na escadaria apinhada, de modo que o Duque e a Duquesa tinham de esperar enquanto os Beauchamp cumprimentavam os que estavam próximos. Quando, por fim, deslizaram em direção aos anfitriões, os Beauchamp tinham um ar ligeiramente fatigado, como se a festa já estivesse começando a desanimar.

Cora, sem outra opção, só podia observar essas manobras, e não deixou seu sorriso de boasvindas hesitar, nem mesmo quando Ivo murmurou em seu ouvido:

– O que é aquilo que esse bufão do Odo está usando? Este sujeito é absurdo!

– Que encanto tê-los aqui – Cora se inclinou para dar um beijo no rosto de Charlotte. – Vocês dois têm que ficar ao meu lado esta noite. Afinal, são os meus amigos ingleses mais antigos.

– Ora, Duquesa... – disse Odo, abafando o riso. – Charlotte e eu gostamos de dizer que fomos nós que a inventamos!

– Ninguém poderia inventar Cora, Odo – disse o Duque. – Nem mesmo um sujeito com a sua imaginação. A minha mulher é parte de uma nova espécie maravilhosa que evoluiu independentemente nas Américas. Não tem medo de nada, talvez apenas da mãe.

– Ivo, pare de falar bobagem – disse Cora (que estava gostando de ver o marido resistir à tentativa de Odo de apadrinhá-la.) – Você bem poderia pedir à orquestra para tocar outra coisa. Acho que já ouvi esta valsa umas dez vezes! Estou vendo o sr. Stebbings sofrendo com a previsibilidade de tudo. Por favor, Ivo!

– Está tão ruim assim? De minha parte, estou achando muito bom, mas se você insiste... Não podemos fazer uma festa sem poetas sofredores – Ivo foi até os músicos.

Charlotte inclinou-se para o marido não escutar.

– Louvain já chegou?

– Ainda não – sussurrou Cora em resposta. – E eu ainda não vi o quadro!

Charlotte tocou no braço da Duquesa com o leque.

– Não se preocupe, tenho certeza de que ele fez justiça a você.

Os Beauchamp foram para o salão, e Cora deixou o sorriso escorregar só um pouquinho, sentindo o rosto doer. Ela via a fila dos convidados se estendendo pela escadaria até quase a rua. Queria muito saber quando Louvain chegaria. Sempre que pensava no quadro, sentia o pulso acelerar. Bom, tinha sido apenas um beijo, mas ela às vezes o sentia, às vezes sentia o bigode arranhando seus lábios.

A Duquesa Fanny estava diante de Cora, sua cabeça loura um pouco de lado, como se estivesse tentando lembrar quem era sua anfitriã.

– Minha querida Cora, que ocasião encantadora! Eu não imaginava que houvesse tanta gente em Londres em novembro. Mas você parece um pouquinho pálida, querida, espero que não esteja exagerando. Para falar a verdade, não precisa ficar aqui mais tempo, creio que meia hora é mais do que suficiente para permanecer na fila de recepção – e deu a Cora um sorriso gracioso.

– Não conheço todo mundo. Acredito que seria deselegante não estar aqui para receber meus convidados.

– Bom, você me parece ainda bastante jovem para pensar que poderia estabelecer um bom exemplo. De qualquer maneira, faça o que achar certo, querida, mas não espere que alguém vá agradecer por isso.

A Duquesa Fanny dirigiu-se ao salão. A luz apanhou as gotas de diamante em suas orelhas de tal modo que, por um instante, Cora fantasiou que a cabeça da sogra estava pegando fogo.

– Não se preocupe com ela, Cora – Sybil estava a seu lado. – A Dupla Duquesa está furiosa porque você está dando uma festa sem ter pedido conselhos a ela. Acho que está tudo lindo! Não deve ter sobrado nem uma orquídea em toda Londres. Muito ousado de sua parte convidar a sra. Stanley, sei que por aí correm muitas histórias sobre ela, mas estou louca para conhecê-la desde que a vi em *O fã de Lady Windermere*.

Cora percebeu que os olhos de Sybil procuravam pela sala.

– Quer que eu a apresente? Tenho certeza de que ela gostará de encontrar uma admiradora.

– Não precisa, vejo que ela está conversando com Reggie – Sybil saiu disparada, seus cabelos ruivos claramente visíveis no meio da multidão. A julgar pelo vermelhão de um dedo na pele entre o colarinho e os cabelos de Reggie, ele também era um admirador da sra. Stanley.

– Sua Graça – o mordomo estava a seu lado. – O sr. Louvain está na biblioteca. Foi tudo arrumado conforme a senhora pediu.

– Diga-lhe que descerei assim que os convidados acabarem de chegar.

Ela queria descer logo, mas sabia que a Duquesa Fanny pensaria que ela estava seguindo seu conselho, e isso a jovem Cora estava decidida a *não* permitir.

Lá embaixo, na biblioteca, Bertha olhava para o retrato de sua patroa. Cora estava certa, pensou ela, ao suspeitar das intenções de Louvain. Ele a pintara recostada na *chaise-longue* verde, um braço convidativamente pendurado em suas costas abotoadas, o outro recatadamente no colo. Os fartos cabelos castanhos caíam sobre os ombros como se ela tivesse acabado de soltá-lo; a blusa de seu vestido estava aberta, com uma insinuação de renda branca por baixo. Era uma pose provocativa, sugerindo Cora ter sido apanhada de surpresa ao tirar a roupa, mas o aspecto mais impressionante do quadro era a expressão em seu rosto, olhando diretamente para fora da tela. A única palavra em que Bertha conseguia pensar para descrever aquela expressão era um termo que ela escutara repetidas vezes em sua infância na Carolina: lascívia. Louvain fizera Cora parecer lasciva. As pálpebras da Duquesa pareciam descer sob o peso de longos cílios, sua boca estava ligeiramente aberta, e, nas maçãs do rosto, havia um toque de cor. Bertha, que muitas vezes vira a patroa assim, em Veneza, e, de vez em quando, desde então, estava impressionada ao perceber como o retrato era preciso. Quase se podia sentir o calor emanando da tela, dos tons dourados e castanhos que Louvain usara para os cabelos. Os olhos verde-acinzentados de Cora pareciam não ter foco, as pupilas dilatadas. Bertha quase podia sentir o sabor dos macios lábios vermelhos de Cora mais uma vez. A jovem havia mudado bastante desde que pedira à criada as lições de beijo, mas aquela pintura conseguia transmitir algo da inocência daqueles dias e, ao mesmo tempo, algo da mulher que ela era hoje. Não havia nada de complacente no quadro, era a imagem de uma mulher que desejava a satisfação.

Louvain a observava com um sorriso, mostrando os dentes.

– E então, o que acha?

– Está muito parecido com ela, *sir*. A srta. Cora vai gostar muito.

Bertha disse as palavras sinceramente. Sua patroa gostaria, sim, tinha certeza, mas ela não sabia se o Duque sentiria o mesmo.

– E você? Gosta do retrato? – ele a pressionava.

– Isso não importa muito, não é, *sir*? – Bertha o olhava nos olhos.

– Por que não?

– Porque o senhor não pintou esse quadro para mim. Pintou para ela, e sei que ela vai gostar do que o senhor fez.

Louvain olhava para Bertha com olhos semicerrados.

– Sabe... eu gostaria de pintar você, Bertha. Sua pele é muito bonita, seria um desafio...

– Não sei se isso seria direito, *sir*. Além do mais, o meu namorado não iria gostar.

A criada sabia muito bem que tipo de quadro Louvain tinha em mente e não tinha a menor intenção de tirar a roupa.

– Tem certeza, Bertha? Lá em cima há uma porção de mulheres loucas para posar para mim. Você não acharia interessante ficar pendurada ao lado de uma duquesa? – Louvain se movimentou em direção a ela para passar a mão em seu rosto, mas Bertha percebeu que ele vinha e deu um passo para o lado para olhar o quadro mais de perto.

– Acho que as madames querem que o senhor pinte o retrato delas, e não ficariam muito contentes se começar a pintar as criadas delas... – disse.

– Talvez não gostem, mas ninguém me diz o que devo pintar – Louvain rebateu sem hesitação.

Bertha olhou para ele com a cara mais desinteressada que pôde, pensando que ninguém poderia dizer que ela deveria ser pintada também. Ele entendeu o sentido do silêncio da criada e sorriu.

– Você está se dando conta de que é a primeira mulher que me rejeita?

– Todos nós precisamos aprender a ficarmos decepcionados, *sir* – Bertha fez uma pequena reverência quase mecânica.

Tinha que encontrar a srta. Cora logo.

– Com licença, *sir*.

– Está bem, fuja! Você ainda vai lamentar ter feito isso... – Louvain a dispensou com um aceno de mão.

Bertha foi para o saguão com o chão colorido com um xadrez em preto e branco. Ainda havia uma fila de convidados vindos do frio lá fora; entregavam seus casacos e peles para as criadas na porta e subiam a ampla escadaria em curva, no alto da qual estava Cora. Bertha não sabia como poderia chegar até sua patroa discretamente. Seria mais simples se estivesse de uniforme, mas, como criada pessoal de uma senhora, ela não usava touca e avental. Na sua terra, seria impensável uma criada negra atravessar uma multidão de gente branca sem deixar um rastro de olhares de desaprovação por onde passava. A maioria das pessoas na Inglaterra nem percebia que ela era negra. Os ingleses se preocupavam mais com a classe, e aqui as pessoas da sociedade simplesmente não enxergavam os que não pertenciam a seu mundo. Bertha não sabia o que era pior: ser notada por sua cor ou ser ignorada por sua classe social. Em todo caso, agora era conveniente ser invisível. Esperou até Cora terminar de cumprimentar uma senhora idosa que usava plumas de avestruz bastante puídas nos cabelos e suas duas filhas com luvas de pele de cabrito manchadas (Bertha não deixou de notar.) Aquela família precisava muitíssimo de uma nova criada, pensou ela... ou talvez não desse importância a isso. As madames inglesas se preocupavam muito menos com detalhes do que as americanas, observou. A srta. Cora preferiria ficar em casa a ter que usar luvas sujas. Bom, finalmente aquela família imunda foi adiante, e Bertha se pôs ao lado de sua patroa.

– Srta. Cora... – disse, baixinho, mas sua patroa estava no que Bertha considerava seu estilo "duquesa".

– Bertha, você precisa se lembrar de me chamar de Sua Graça em público... você sabe o que o Duque acha disso!

– Sua Graça, acho que é melhor ir lá ver o seu retrato.

Cora estava impaciente.

– Descerei assim que todos entrarem. Vou dar o retrato de presente para Ivo.

– Mas não acha melhor ver o quadro primeiro? – insistiu Bertha.

– Por quê? O que há de errado com ele? – ela agarrou o braço da criada. – Ele me deixou muito feia? Ou gorda?

– Não, srta. Cora, quer dizer, Sua Graça, você está muito bem no retrato, mas acho que devia ver o quadro, só isso.

Bertha estava começando a se afligir com a missão. Talvez tivesse imaginado coisas.

– Bom, se é assim, não preciso me preocupar – Cora virou-se para o outro lado. – Caro padre Oliver, que bom que conseguiu vir à minha pequena *soirée*!

Bertha a deixou ali. Estava com um péssimo pressentimento sobre o retrato, mas não podia fazer mais nada. Desceu para a área da criadagem. Jim estava na copa, comendo um pedaço de torta fria. Ergueu os olhos cheios de culpa quando ela entrou.

– Ai, caramba! Achei que era o sr. Clewes! – Jim sorriu para ela. – Ainda bem que não é!

Limpou os farelos em sua boca e deu um beijo em Bertha, que o afastou.

– Não, Jim. Não vale a pena.

Ele a beijou de novo, os lábios ainda engordurados da torta.

– Eu é que digo se vale a pena.

Bertha se esquivou e ficou de braços cruzados na frente dele.

– Estou preocupada, Jim.

– Não se preocupe com Clewes e os outros. Estão todos ocupados lá em cima. Eu deveria estar lá ajudando, mas, por sorte, a *libré* de reserva não coube em mim.

– Não, não é isso... é o retrato da srta. Cora. Não é lá muito respeitoso, e ela não sabe.

Bertha sacudiu a cabeça.

– Por quê? Ela está nua?

– Não, claro que não! O problema é que ela parece que poderia estar... se é que você entende o que estou dizendo.

– Não tem nada de errado nisso. Tem uma porção de quadros de mulheres nuas em Lulworth.

– É, mas não são as senhoras, Jim. Aquelas deusas e coisas parecidas não são as senhoras – Bertha olhava para Jim.

– As madames são todas iguais por baixo, não são? Ou existe algum segredo que você não quer me contar?

Agora Jim estava sussurrando no ouvido da criada. Bertha sentia a respiração dele fazendo cócegas em seu pescoço. Bem que gostaria de se abraçar a ele, de apertar seu coração no peito dele e sentir o calor entre os dois, mas não podia conter a preocupação. Às vezes, não se importava muito com a srta. Cora, mas ela era sua patroa, e Bertha não conseguia ficar indiferente, mesmo sabendo que Jim não entendia a ligação que sentia. Ele se sentia leal ao Duque, mas não se sentia responsável por ele. O Duque era seu empregador, não seu encargo. Para Bertha, era diferente.

– Venha comigo, Jim, vamos lá em cima ver o quadro. Talvez eu esteja imaginando coisas que não existem.

– Não acredito, Bertha! Se eu subir, vou acabar trabalhando a noite inteira. Será que não posso ter um minutinho de lazer com minha garota? – Jim passou o braço pela cintura dela e a puxou para si.

A criada deitou a cabeça em seu peito por um momento; de repente, lembrou-se do olhar de Cora no retrato e se afastou.

– Tenho que ir, Jim!

Relutante, ele a soltou, dizendo:

– Não esqueça, Bertha: nós só temos que atendê-los.

Mas ela já tinha ido. A saia de bombazina escura farfalhando pelos degraus de pedra atraía a atenção do jovem enamorado.

Lá em cima, a sala de visitas agora estava apinhada de gente. As mulheres tinham que se virar de lado para passarem umas pelas outras por conta da imensa amplitude das mangas bufantes. Cabeças coroadas com *aigrettes* de plumas de avestruz e diamantes, viradas, e pescoços esticados para ter a melhor visão da nova Duquesa. De modo geral, todos concordavam que ela era bonita, à americana ("mais vivaz do que emotiva"), mas bem mais interessante era a especulação sobre a extensão de sua fortuna. Um visconde que visitara os Estados Unidos, em uma expedição de prospecção de ouro que não deu certo, assegurava a seus ouvintes que cada fatia de pão que passava pela boca dos americanos era feita da finíssima farinha Cash. Outro sujeito disse que a família Cash fazia todas as refeições em baixela de ouro, e que na casa deles, em Newport, até os criados tinham banheiros. Havia muito burburinho sobre o acordo da duquesa. Uma condessa afirmava com grande autoridade que Cora tinha meio milhão por ano. Um silêncio acompanhou essa observação, enquanto os que a escutavam procuravam calcular quantos zeros havia em um milhão. Todos concordavam que a reforma de casas como Lulworth era o melhor emprego para o dinheiro americano, e havia um alívio generalizado, pois a nova Duquesa parecia ser uma mulher de certo bom gosto. Seu vestido foi muito admirado (depois de identificado como sendo um Worth), e houve uma satisfação de que suas joias, embora finas, não eram exageradas. Criou-se uma surpresa com a presença da sra. Beatrice Stanley, dada sua amizade anterior com o Duque, e uma sensação de que o convite a ela havia sido um gesto muito elegante de parte da Duquesa. Houve ainda certa confusão entre os convidados mais frívolos, diante da presença do Primeiro-Ministro e do Ministro das Relações Exteriores – será que a nova duquesa tencionava ser uma anfitriã política? Era realmente exaustivo, sendo o caso, porque havia muitíssimas anfitriãs sérias e quase nenhuma suficientemente divertida. O sr. Stebbings, que viera na esperança de um *tête-à-tête* com a Duquesa a respeito de seu trabalho, sentiu-se decepcionado ao vê-la tão firmemente restringida por burgueses vulgares, mas fora recompensado ao ver seu *Livro Amarelo* em cima de uma das mesas espalhadas pelo salão. Ele o apanhou e ficou deleitado ao descobrir que a obra havia sido aberta na página em que estava seu poema "Stella Maris". Quando o leu inteiro, sentiu a ferroada da surpresa de sempre à felicidade de sua própria expressão.

O clima de satisfação prevalecente tornou-se ainda mais picante pelo fato de haver um bom número de pessoas que não haviam sido convidadas. Esta era uma reunião satisfatoriamente selecionada. Até mesmo quem, anteriormente, condenara as investidas americanas à sociedade inglesa, considerando-as impertinentes, não encontrava nada para criticar. Somente Charlotte Beauchamp parecia inquieta, seus olhos iam e vinham da porta para ver quem chegava. Alguns dos menos generosos do grupo desprezavam sua falta de compostura por estar na casa de uma rival de seu *status* de mulher mais *chic* de Londres. Charlotte Beauchamp talvez fosse a mais bonita, aquele perfil grego não tinha paralelo, mas a nova Duquesa tinha um sorriso cintilante...

Entretanto, Sir Odo não achava que sua mulher estivesse inquieta por estar diante de uma rival. Ele sabia que Charlotte jamais se permitiria mostrar fraqueza.

– Você é a mulher mais bonita desta sala hoje, minha querida.

Ela se voltou para ele surpresa.

– Um elogio, Odo?

– Não, é a simples constatação de um fato. Por que você fica olhando para a porta? – perguntou ele.

– Eu tinha a esperança de agarrar Louvain antes que seja cercado por todas as candidatas que desejam posar para ele.

– Tem certeza de que ele vem? – perguntou Odo.

– Ah, sim, ele me disse que viria – Charlotte se deteve, percebendo tarde demais que admitira algo.

– Você está com alguma coisa na cabeça, Charlotte? – Odo a examinava de perto. – É péssimo de sua parte fazer as coisas sozinha. Você sabe que eu gosto muito dos nossos joguinhos.

Charlotte ajustou a luva, esticando o couro de cabrito por cima dos nós dos dedos.

– É que eu queria fazer uma surpresa para você – disse ela, espichando os dedos. – Queria ter a satisfação de ver a sua cara na hora em que percebesse como sou esperta.

– É, mesmo? – Odo tomou uma das mãos dela na sua, dobrando os dedos em torno do pulso enluvado. – Espero que nos entendamos, Charlotte... que estejamos do mesmo lado.

Ela puxou a mão, afastando-se do marido, mas ele a segurou.

– Não faça isso. Você vai estragar as minhas luvas. Lady Tavistock está olhando para nós... você não há de querer que ela pense que estamos fazendo uma ceninha, não é?

Odo soltou a mão, e ela a sacudiu. Depois, como se por mútuo consentimento, os dois seguiram em direções opostas, cumprimentando as pessoas de cada lado com entusiasmo.

Cora saíra de seu posto no alto da escada. A fila dos convidados se reduzira a alguns retardatários que vinham do teatro. Ela conversava com a sra. Wyndham e Lady Tavistock, contando a elas como eram conduzidas as festas em Newport.

– Os bailes jamais começam antes da meia-noite. Lá é muito quente durante o dia.

– Parece muitíssimo cansativo – suspirou Lady Tavistock. – Eu mal consigo ficar acordada depois da meia-noite nesses últimos tempos.

– Ah, creio que conseguiria permanecer acordada para uma das discussões sobre as roupas da moda feitas pela sra. Vanderbilt – disse Cora com vivacidade. – No ano passado, ela trouxe todo o elenco de *The Gaiety Revue* de Nova York para uma apresentação depois do jantar. E as lembranças que deu eram todas réplicas de joias usadas pela corte de Luís XIV. Foi espetacular!

– Continuo achando exaustivo, minha cara Duquesa. Vocês, americanos, têm muita energia!

– Bom, nós somos uma nação jovem, ainda não tivemos tempo de nos entediar.

E aí Cora viu o inequívoco vulto de Louvain com sua cabeleira louro-prateada, os olhos azuis avaliando a festa. Ele a viu e ergueu uma das mãos para saudá-la, mas, antes que pudesse dar um passo em direção à Duquesa, foi cercado por um trio de senhoras com os ombros erguidos como em fúria.

– Será que é Louvain ali adiante? – perguntou Lady Tavistock, sem vestígios da languidez de minutos atrás.

– Sim, ele veio para mostrar o meu retrato. É tão emocionante! Eu ainda não vi sequer um desenho! – Cora estava ansiosa para ir até o pintor, mas Lady Tavistock continuava falando.

– Muito bem, que façanha! Ser pintada por Louvain... e já! Lady Sale e suas filhas esperaram anos para posar para ele. Imagino que você tenha oferecido uma fortuna...

– Ah, nunca falamos em dinheiro... Para falar a verdade, foi ele que me pediu. E foi muito insistente – ela encontrou os olhos de Louvain de novo. – É impossível resistir a ele.

– É o que dizem – concordou Lady Tavistock, os olhos brilhando de malícia. – Louvain sempre consegue o que quer.

A sra. Wyndham, alarmada pelo tom que a conversa tomava, olhou em volta, procurando uma distração.

– Creio que o Duque a estava procurando, minha querida. Ele está ali, com a duquesa Fanny.

– Muito obrigada, sra. Wyndham. Com licença!

E com um olhar de gratidão para a sra. Wyndham, Cora foi em direção ao marido.

– Você foi muito bem com esta aí, Madeleine – disse Lady Tavistock. – Já é uma duquesa de verdade. Mal se percebe que é americana... tirando-se o sotaque, é claro.

– Sabe de uma coisa? Eu realmente não posso levar o crédito por ela – respondeu a sra. Wyndham. – Algumas dessas herdeiras americanas hoje são tão régias quanto qualquer uma das nossas princesas. Com toda a certeza, Cora é muito mais bem-educada do que a maioria das inglesas de sua idade. O mais interessante é que ela é audaciosa, parece que não tem medo de nada.

– Isso também é muito bom, levando-se em conta que ela tem Fanny Buckingham como sogra – falou Lady Tavistock. – Não vejo aquelas esmeraldas há anos. Por que será que a Fanny resolveu usá-las esta noite? Você acha que ela está querendo provar alguma coisa?

Ivo foi ao encontro de Cora no meio do salão. Acenou com a cabeça em direção a Louvain.

– Quem é aquele sujeito ali com aqueles cabelos esquisitos rodeado de mulheres? Eu já o vi antes...

– Você quer dizer Louvain – respondeu Cora.

– O que pintou Charlotte? Que diabos ele está fazendo aqui?

Cora ficou intrigada com o tom contundente em que seu marido se expressou.

– Eu o convidei, é claro – disse ela, e continuou rapidamente, antes que Ivo pudesse protestar. – Ele trouxe uma coisa que eu quero que você veja. Está na biblioteca. Venha comigo agora, antes que sejamos apanhados por Lady Tavistock.

Ivo não se mexeu.

– Cora! Não podemos simplesmente desaparecer! Nem mesmo por causa do sr. Louvain – Cora percebeu a contundência de novo. – Seja lá o que for, certamente pode esperar.

A jovem quase bateu os pés com a impaciência. Mas lá estava Lady Tavistock, em cima deles.

– Meu caro Duque, não posso esperar para ver o retrato... que proeza! – e, vendo a cara do Duque, ela deu uma risadinha e se virou para Cora. – Ah, minha querida, era uma surpresa? Que idiota eu sou!

Cheia de curiosidade, Lady Tavistock olhava para o casal.

Cora gelou por um instante e logo se recuperou.

– De modo algum, Lady Tavistock. Eu estava mesmo indo mostrar o quadro para ele – e, para mostrar que não estava intimidada, Cora fez um sinal para o mordomo. – Clewes, por favor, peça para trazerem o quadro para cá.

Lady Tavistock disse:

– Ver um Louvain sendo desvendado! Que emocionante! A sua mulher é muito original, Duque!

Ivo concordou. Seus olhos estavam no objeto que agora era carregado por dois lacaios que, a um gesto de Cora, deixaram-no na frente de Ivo. O quadro estava em um cavalete, coberto por um pesado veludo vermelho.

A Duquesa tremia de emoção. Teve que se conter para não rasgar o veludo. Chamou Louvain, que estava de pé a seu lado, perto de Charlotte Beauchamp. O pintor se aproximou do quadro e hesitou, com a mão no tecido. Cora se virou para o marido.

– Pedimos ao sr. Louvain que faça as honras, Ivo? Ou você gostaria de ser o primeiro?

Ela pôs a mão no braço do marido, com uma súplica no olhar.

Ivo não respondeu, mas simplesmente fez um gesto para o pintor continuar. A sala ficou em silêncio.

Louvain puxou o veludo carmesim com um floreio e o soltou no chão, formando uma poça que parecia sangue.

O som se espalhou quando toda a sala soltou uma exclamação. De onde estava, a míope Cora só enxergava uma mancha dourada. Ela apertou os olhos para dar foco à visão, mas só conseguiu identificar o castanho de seus cabelos. Precisava chegar bem mais perto. Bertha estava certa, ela deveria ter ido ver o quadro antes para se preparar. Agora seria ridículo começar a examinar a obra. Na ansiedade de enxergar melhor a pintura, a jovem acabou se esquecendo do marido, mas então escutou a voz dele, tranquila e clara, rompendo o silêncio que havia congelado a sala desde o desvendamento do quadro.

– Devo cumprimentá-lo, sr. Louvain, pela semelhança. Uma pose muito reconfortante. Haverá tempo para retratos formais... você retratou a mulher, não o título.

Sem apertar muito seus olhos míopes, Cora tentava desesperadamente ver o que Ivo queria dizer.

– Foi um prazer pintar a Duquesa.

Louvain acenou com a cabeça em direção à Cora. A sala, que estivera tão calma, começou a sussurrar em conversa novamente, enquanto os convidados se aproximavam para ver direito o quadro. Cora relaxou um pouquinho. A pintura foi um sucesso. Ela começou a avançar para enxergar melhor, mas sentiu a mão de Ivo em seu braço, contendo-a. Ele falou muito calmo:

– Conversaremos sobre isso mais tarde.

Cora ficou surpresa.

– Falar sobre o quadro? Por quê? Há alguma coisa errada?

Sentiu a bílis na sua boca quando viu a tensão no rosto do marido. Ivo ia responder, mas Charlotte Beauchamp apareceu na frente dos dois.

– Estou com muita inveja, Cora... o seu retrato está causando uma sensação. Acho que Louvain se superou. É impressionante o que um pintor vê – Charlotte sorriu calorosamente para Cora e olhou para Ivo. – E o que você acha da surpresa?

Charlotte levantou uma sobrancelha. Cora prendeu a respiração.

– É uma pintura notável. Creio que você foi responsável pela apresentação, não é mesmo, Lady Beauchamp? – havia uma inequívoca tensão na pergunta de Ivo, mas Charlotte sequer piscou.

– Tudo o que fiz foi colocar a sua mulher e Louvain na mesma sala. O que aconteceu depois foi entre eles.

Ela apontou para o retrato e sorriu.

Cora disse vivamente:

— Charlotte me ajudou muito, Ivo. Não sei o que eu teria feito sem ela.

E pôs a mão no braço de Charlotte para dar ênfase ao que dizia. Sem qualquer expressão em seu rosto, Ivo olhou para as duas. Por um instante Cora pensou que seu marido brigaria com Charlotte, mas ele sorriu – não muito calorosamente, mas o suficiente para acalmar a ansiedade da esposa. Agora ele a puxava, tirando-a dali. Ela queria saber o que ele ansiava por evitar e logo compreendeu. A Duquesa Fanny estava inspecionando o quadro.

Eles não foram rápidos o bastante. A Dupla Duquesa Fanny virou-se para Cora e disse em voz alta:

— E que personagem você está representando, querida? Rapunzel? Ou Guinevere? Tantos cabelos... e essa roupinha rústica tão encantadora! Realmente, temos de ser pintadas assumindo algum personagem!

Os olhos azuis da mulher estavam bem redondos. Cora sentiu a malícia nas palavras e percebeu que Ivo se enrijecia, mas foi Louvain quem falou, após uma pequena reverência:

— Ora, eu me sentirei muito feliz em pintar a senhora como Cleópatra, Sua Graça.

A Duquesa inclinou graciosamente a cabeça, como se o cumprimento lhe fosse devido, e deu a Louvain um de seus sorrisos brilhantes. Talvez a sogra não estivesse fazendo objeção ao retrato, mas à ausência de enfoque sobre ela mesma, pensou Cora. A jovem se aproximou um pouquinho da tela e a examinou com atenção. Realmente, era muito lisonjeiro, ela talvez não estivesse lá *muito* duquesa, mas certamente Ivo preferiria ter este retrato (Cora via os tons cálidos de sua pele na pintura e a atraente curva de sua boca), em vez de uma imagem suntuosa em tamanho natural. Não conseguiu conter um sorriso. Ao mesmo tempo, tinha consciência de estar sendo observada pelos convidados aglomerados em volta. Havia algo na atmosfera que lembrava a noite em que sua mãe explodira em chamas. Havia um estalido nas conversas pelo salão que não a deixava muito à vontade. Antes que pudesse decidir se existia triunfo ou desastre no ar, Charlotte estava a seu lado com a sua voz tranquilizante:

— Você está muito natural. É quase como se não estivesse sendo pintada... não consigo imaginar como conseguiu parecer tão à vontade.

Louvain sempre gritava comigo se eu perdia a pose por um instante. Mas imagino que você estivesse deitada... – a voz dela foi se tornando cada vez mais baixa.

Sem pensar, Cora disse:

– Bom, no meu estado, pode ser cansativo ficar de pé por muito tempo.

Depois ela enrubesceu, percebendo o que havia feito, e pôs a mão na boca. Olhou em volta, na esperança de que ninguém tivesse ouvido, já que ela ainda não queria contar para o mundo. Uma vez que seu estado se tornasse conhecido, era de esperar que se retirasse para Lulworth até o parto, e Cora queria *muito* permanecer em Londres.

A jovem notou que Charlotte não olhava para ela, mas para Ivo, que permanecia calado, olhando fixamente para sua taça de *champagne*. Talvez ele não tivesse escutado, mas ela esquecera a sogra, que disse alta e inequivocamente:

– Cora! Será que isto significa que teremos um evento feliz?

O rubor de Cora era suficiente resposta. A Duquesa Fanny lançou um olhar acusador para o filho.

– Você devia ter me contado, Ivo.

Ele olhou friamente para a mãe.

– Tenho a impressão de que é costume esperar até o sexto mês antes de anunciar. Além do mais, Cora é que deveria contar para você.

Cora irrompeu.

– Ora, eu não contei para ninguém além de Ivo. Na minha terra gostamos de manter essas coisas em particular. Eu só escrevi para minha mãe na semana passada.

– Mas na sua terra, querida Cora, vocês não costumam dar à luz duques! – a Dupla Duquesa olhava atônita para ela.

Durante essa conversa Charlotte permaneceu calada. Cora não sabia se porque ela ainda não tinha filhos e sentiu uma pontada de pena; Charlotte retorcia as mãos como se estivesse com medo que elas pudessem causar algum dano. Por fim, foi Odo que falou:

– Permita que Charlotte e eu a felicitemos. É um alívio saber que haverá uma nova geração de Maltravers. É um deleite ver o seu retrato, Duquesa, especialmente por ser uma obra tão íntima.

Odo pegou sua esposa pelo cotovelo e a conduziu para outro canto, mas Charlotte parou e olhou para o grupo ao lado do retrato.

– Que engenhoso de sua parte, sr. Louvain... pintar a Duquesa como a Madona esperando seu filho. Você não perde nada, hein...!

O Duque fez um sinal para o mordomo retirar o quadro dali.

– Cora, creio que estamos deixando de lado nossos convidados. Mãe, sr. Louvain, com licença.

Ivo não olhou diretamente para Cora, mas pôs a mão em seu cotovelo para reforçar sua insistência. Por um momento, ela tentou entender o que havia sido dito e o que fora omitido.

– *Cora*! – o tom de Ivo era delicado, mas ansioso.

Ela começou a andar, mas se deteve quando passou por Louvain.

– Muito obrigada, sr. Louvain. O retrato é tudo o que você prometeu.

A jovem estendeu a mão com a intenção de apertar a dele, mas o pintor se antecipou e levou a mão dela aos lábios.

– Ninguém pode fazer justiça à senhora, Duquesa, mas eu fiz o melhor que pude.

Ivo agora estava beliscando o cotovelo de sua esposa. Cora soltou sua mão de Louvain e seguiu.

Ivo sussurrou em seu ouvido:

– Por favor, procure lembrar quem você é...

Cora não poderia se enganar: seu marido estava furioso. Olhou para ele, que já tinha ido para outro lado. Acompanhá-lo agora seria público demais. Ela se forçou a sorrir, como se Ivo tivesse apenas sussurrado palavras carinhosas; ergueu os ombros e assumiu a pose de duquesa.

– Você disse a ele que eu a beijei?

Era Louvain atrás dela, cochichando em seu ouvido tão perto que Cora podia sentir os pêlos do bigode.

– É claro que não! Não haveria nenhum motivo para isso. Você mesmo disse que era apenas para melhorar o quadro – ela mantinha o sorriso fixo.

– E você acreditou no que eu disse? Será que na sua terra não existem homens com sangue vermelho? Você realmente acredita nas desculpas de canalhas como eu?

– Não quero falar sobre isso, sr. Louvain. Não sei se posar para você foi um erro.

– Como pode algo que resulta em uma obra de arte ser um erro? É uma excelente pintura! – Louvain agarrou o braço de Cora. – Francamente, o que você pensou quando o viu?

Ele encarava diretamente os olhos da Duquesa, que olhou para baixo.
– Você gostou. Você se reconheceu, não é? - insistiu Louvain.
Cora se comoveu com a ansiedade na voz dele. Percebeu que ele tinha razão.
– Sim, havia... algo no quadro que eu reconheci. Talvez seja algo que não deveria ter sido pintado.
Louvain deu uma risada.
– Não há segredos em uma pintura, pelo menos não em uma boa pintura. E não há nada que você devesse manter escondido, Cora.
O uso do nome de batismo a deixou em alerta. Aquela conversa não deveria estar acontecendo, não agora, não aqui. Louvain estava pressupondo uma intimidade que não deveria existir entre eles. Cora procurou se recompor e disse em um tom bastante social:
– Sabe, sr. Louvain, esta é a minha primeira grande festa. Se eu passar a noite conversando com você, toda a sociedade londrina irá para casa dizendo que sou apenas mais uma americana grosseira. Por favor, me dê licença, você deve me dar licença...
E, com isso, ela se afastou. Olhou em volta, procurando a sra. Wyndham e encontrou o olhar dela. A mulher apressou-se, atravessando a sala para encontrá-la.
– Está se sentindo bem, Duquesa? Precisa de um pouco de ar? – a sra. Wyndham era toda preocupação.
– Ah, sim, um pouco de ar fresco seria bom...
A um sinal da sra. Wyndham, um lacaio abriu a comprida janela que dava para o terraço, e Cora inclinou-se para fora, sentindo com alívio o ar frio de novembro contra seu rosto. Gostaria de ter um cigarro. Por fim, fez a pergunta:
– Por favor, sra. Wyndham, seja franca. Está um desastre?
Houve uma pausa enquanto a sra. Wyndham compunha a resposta.
– Oh, não, minha querida, não está nenhum desastre. Tenho a impressão de que algumas pessoas talvez tenham se surpreendido com o retrato... é uma pose muito incomum para uma duquesa. Se você tivesse me dito que estava posando para Louvain – a voz dela assumiu um tom de censura – eu teria avisado que ele não é um sujeito de reputação impecável. Correm boatos... – agora a voz estava baixa. – Não acredito que alguém possa associá-la a qualquer tipo de escândalo.

Ela examinava Cora atentamente, procurando algum sinal de culpa, mas a jovem parecia apenas perplexa. Se houvesse algo entre Cora e Louvain, ela não teria feito um desvendamento tão público.

A sra. Wyndham prosseguiu apressadamente.

– Se você se comportar como se nada tivesse acontecido, é porque nada terá acontecido. Esta é a sua festa, é você quem terá que dar o tom, e, se houver algum mexerico, não será nada a temer... pelo menos ninguém poderá dizer que você é insípida. Agora, assuma sua postura. O verdadeiro crime é mostrar fraqueza.

Cora sussurrou:

– Meu marido está furioso. Eu não entendo.

A sra. Wyndham olhou para ela, espantada... Cora seria realmente tão ingênua?

– Bom, Louvain tem uma reputação bastante desagradável, e o seu retrato, embora seja encantador em todos os aspectos, mostra certa intimidade que poderia estar aberta a interpretações equivocadas... mas somente se você deixar, minha querida.

Alarmada, a mulher percebeu que os ombros de Cora estavam se encolhendo. Era imperativo que a jovem erguesse a cabeça. Ela deveria tomar conta da situação agora, ou levaria anos para recuperar sua posição. A sra. Wyndham estremeceu. Se Cora falhasse agora, a srta. Schiller e suas compatriotas encontrariam suas perspectivas matrimoniais muito reduzidas na Inglaterra. Portanto, ela disse em um tom um tanto impetuoso:

– Vamos, Duquesa, os seus convidados estão esperando.

Para seu enorme alívio, Wyndhan viu a jovem se endireitar e, com a cabeça inclinada em um ângulo calculado para encantar, voltar à festa.

De seu posto perto da porta, Bertha observava sua patroa seguir em direção aos convidados. Conseguia perceber que não estava tudo bem. Bertha percebeu os olhares trocados quando o quadro foi desvendado e sabia que seus temores em relação à pintura tinham um bom fundamento. Se ao menos a srta. Cora a tivesse escutado... mas Bertha não se sentia nada bem por estar certa, sentia pena da patroa. Não queria voltar à area da criadagem, pois sabia que estariam todos se deleitando com o escândalo.

Queria estar por perto, caso Cora precisasse dela. E agora a patroa desaparecera da vista. Bertha ficou colada à parede e encontrou um nicho onde antes havia uma estátua, agora encoberto por uma cortina de veludo. Deslizou para trás da cortina, satisfeita por ter descoberto aquele ponto de onde podia observar sua patroa sem ser vista.

Um casal estava à sua frente. Bertha não conseguia ver os rostos, mas reconheceu as costas do Duque.

– Uma pose tão íntima, que maravilhosa mudança em relação à solenidade! Acredito que tenha sido ideia sua, Duque... você queria um retrato de *boudoir* da sua nova mulher! – a voz da mulher tinha um tom de sondagem.

– Do jeito que você fala, parece até que eu tenho um armário cheio de esposas estocadas! – exclamou o Duque em um tom obstinadamente alegre.

– E como foi que encontrou o sr. Louvain para tratar disso com ele? Ouve-se cada história... imagino que, se tivesse alguma dúvida, você não teria permitido que a Duquesa posasse para ele!

Bertha se mantinha imóvel, aguardando a resposta.

– Como a maioria dos artistas, ele parece mais interessado em dinheiro do que qualquer outra coisa...

A criada ouviu a mulher dar uma risada. O Duque estava escondendo o que sentia em relação ao retrato, pelo menos em público, mas ela duvidava de que ele tivesse deixado a raiva para trás. Jim dissera para ela que sempre que estava furioso, o Duque gostava de rasgar uma folha de papel em mil pedacinhos. Era difícil fazer a barba de seu patrão pela manhã, contara o funcionário, porque os músculos do queixo estavam duros de tanto ranger os dentes a noite inteira. Não, Bertha não achava que o marido de sua patroa fosse um homem complacente.

Então, ela ouviu o Duque novamente.

– Foi você que fez isso – desta vez, o Duque falava baixo.

– Tudo o que fiz foi abrir a porta. Ela é que resolveu atravessar a soleira... – era uma voz diferente, feminina, quase cochichando, uma voz que Bertha conhecia, mas não conseguia distinguir.

– Mas por quê?

– Você sabe o porquê.

Silêncio. A criada desejava olhar pelas cortinas, mas sabia que, se o Duque estivesse olhando para aquele lado, ele a veria no mesmo instante.

Ela ouviu um suspiro e um farfalhar de seda.

– Não... consigo... aguentar... isso! – o Duque falava como se estivesse arrancando as palavras do peito.

– Não há nenhuma opção – a mulher disse monotonamente.

Bertha a escutava sussurrando, mas não conseguia distinguir as palavras. A música recomeçou e a criada não escutou mais nada. Um minuto depois, teve coragem de espiar pela cortina, mas o Duque e a companheira tinham ido embora.

Agora, a cabeça de Cora doía por causa da tensão de estar sorrindo como se não tivesse nenhuma preocupação neste mundo. Ela havia enfrentado todos aqueles olhares curiosos com seu radiante sorriso americano. Cora descobriu que essa radiância funcionava como um ácido na teia de evasão e nos pensamentos não expressados que tanto caracterizavam as conversas inglesas. Se ela ficasse ali, sorrindo e olhando os convidados nos olhos, eles seriam obrigados a encontrar seu olhar. Começou a se sentir melhor. A sra. Wyndham estava certa: ela podia dar o tom.

Ivo conversava com o Primeiro-Ministro. Iria juntar-se a ele. O Duque não estava sendo muito razoável. Louvain tinha razão, ela nada tinha a esconder.

Ao atravessar o salão, ouviu a voz aguda e esganiçada de Odo.

– Um retrato de abandono, de entrega, minha querida. Você devia ter visto a cara dele!

Tentou passar sem ser percebida, mas Odo a vira e começava a entrar em detalhes.

– Muito ingênua... mas acho que se deve fazer concessões aos americanos.

Cora seguiu em frente, olhos em Ivo, tentando não se distrair. Não podia fazer nada com Odo.

Por fim, alcançou o marido, que falava com Lorde Roseberry e um homem mais jovem, que ela reconheceu da festa em Conyers: era o camarista do rei, o Coronel Ferrers.

Cora pôs a mão no braço de Ivo e viu, consternada, a expressão no rosto do marido quando ele se virou para ela.

– Cora, quero apresentar o Primeiro-Ministro. Roseberry, minha mulher.

Os dois trocaram um aperto de mãos.

– E o Coronel Ferrers, que você já conhece.

O camarista fez uma pequena reverência.

O Primeiro-Ministro falou:

– Eu estava justamente dizendo para o Duque o quanto aprecio que ele tenha concordado em acompanhar o Príncipe Eddy. Precisamos de mais pares do reino com o senso do dever público de seu marido.

Cora sorriu sem entender. Ela não tinha a menor ideia a respeito do que ele estava falando, mas evidentemente não podia admitir isso. Deu uma olhada para Ivo, mas só conseguiu ver seu perfil.

– É verdade, Lorde Roseberry, Ivo tem um forte senso do que é correto em sua posição. Certamente ele não está sozinho.

– Eu bem gostaria que o altruísmo de seu marido fosse mais comum, Duquesa. O serviço público deveria estar ao lado de privilégio, mas em geral isto não acontece hoje em dia.

O tom do Primeiro-Ministro era sombrio. Cora pensou que ele não parecia um homem que gostasse de seu papel na vida. Ivo lhe contara que o único assunto sobre o qual ele realmente gostava de falar era seus cavalos.

– Ouvi falar muito de seu haras, Lorde Roseberry. Você já esteve na América? Meu pai ganhou a Tríplice Coroa lá, com a égua Adelaide.

Ivo interrompeu.

– Parece-me que o Primeiro-Ministro esteja muito ocupado para acompanhar os cavalos no exterior, Cora.

Roseberry sorria.

– Ah, não, Wareham, eu jamais estou ocupado demais para o turfe. Ocupado, talvez para o Parlamento, mas nunca para os cavalos. Fale-me sobre o estábulo de seu pai, Duquesa. São puros-sangues árabes?

Cora iniciou uma tortuosa conversa sobre a criação de puros-sangues, que a fez escutar na maior parte do tempo. De canto de olho, ela via Ivo irritado. Por fim, Roseberry a liberou, e Cora se virou para seu marido.

– Devo dizer, Wareham, agora que conheci sua encantadora Duquesa, que aprecio ainda mais o seu senso de dever!

Roseberry sorriu para Cora, e ela conseguiu sorrir também.

A multidão começava a rarear. À meia-noite, dois lacaios trouxeram cestas floridas cheias de lembranças da festa, caixas de cigarro para os homens e binóculos para ópera para as mulheres, tudo com a coroa dos Maltravers em filigrana de ouro. Aquilo mudou imediatamente o centro de gravidade da festa – como limalha de ferro incapaz de resistir a um campo magnético, os convidados se aglomeraram em torno da fonte de atração. Naturalmente, algumas pessoas resmungaram que aquela magnificência era um costume vulgar dos americanos... mas as cestas terminaram vazias! Cora sentiu-se aliviada porque insistira em importar esse costume de Newport, embora Ivo tenha dado risada quando ela sugeriu. As quinquilharias radiantes haviam distraído os convidados da questão do retrato. A jovem agora estava rouca de tanto se despedir.

"Ah, foi muito bom tê-lo aqui... não, obrigada por ter vindo... eu só queria que todos tivessem algo para lembrar a minha primeira festa..."

Cora percebeu que os Beauchamp haviam espalhado a notícia de sua gravidez, já que muitas das mulheres insistiam em que ela repousasse quando apertavam sua mão na despedida.

A Duquesa Fanny foi direta.

– Você tem que ir para Lulworth, Cora, e logo. É uma sorte que todos estejam saindo da cidade, assim esse falatório acabará depressa. Você não pode se dar ao luxo de ter má fama, pelo menos até seu filho nascer.

– Mas eu não fiz nada para merecer má fama! – Cora estava indignada.

A Duquesa sorriu lá do alto.

– A maioria das pessoas que adquirem má fama não a merece. Por outro lado, eu não tenho a reputação que mereço. Simplesmente siga o meu conselho, Cora, e não haverá nenhum dano permanente. E não fique com esse ar de mártir, minha querida. Não sou eu que penso essas coisas, mas o meu filho. Ele sempre se preocupou com a aparência.

Para conseguir escapar, Cora falou:

– Ah, minha nossa! Estou vendo que há algum problema lá com as lembranças. É melhor eu intervir. Boa noite, Duquesa.

– Lembre-se do meu conselho, Cora.

Finalmente, todos se foram, e Cora pôde seguir para seu quarto. Ela não tinha visto Ivo naquela última hora, mas estava cansada demais para procurá-lo. Tantas coisas haviam acontecido naquela noite que ela simplesmente não conseguia encaixar tudo em seus pensamentos. Arrastou-se escada acima para seu quarto. Ivo não estava ali. A jovem dispensou Bertha, não queria a presença dela para não aborrecê-la ainda mais. Quando começou a tirar a roupa, sentiu um frio na barriga sem saber exatamente o motivo. Pôs a mão no ventre, mas não sentiu nada através das camadas de anáguas. Com impaciência, remexeu nas saias, puxando os laços que as prendiam, mas os nós de Bertha não desamarravam. Em um frenesi, encontrou uma tesourinha de unhas e começou a cortar os laços. Torcendo e se sacudindo, cortou até as rendas do espartilho. Enfim, conseguiu tirar tudo. Ainda sentia aquele estranho frio na barriga. Deitou na cama e olhou para o teto. Pôs as mãos no ventre e esperou. O frio naquela região voltaria? De repente, nada mais, nem o quadro, nem Ivo, tinha a menor importância. Ficou ali, deitada, observando o brilho do fogo se apagando, até milagrosamente sentir aquilo de novo. Cora não tinha acreditado na existência do bebê até agora, e a dor nos seios e o cansaço não eram agradáveis. Mas isso que sentia agora, essa sensação, era outra coisa: um sinal de vida, uma vida nova, uma nova esperança. Este seria o laço entre ela e Ivo. Ele seria mais generoso com ela agora que a linhagem estava garantida.

A porta se abriu.

– Ivo?

Ele não disse nada.

Cora tentou permanecer alegre.

– Ah, Ivo, que impressionante! Eu senti o bebê se mexer, uma sensação muito esquisita, parece um peixe indo para lá e para cá! Está se mexendo agora mesmo! Ponha sua mão aqui, talvez você também consiga sentir!

O marido não fez questão de se aproximar dela. Ficou parado no limiar da porta entreaberta, o rosto contra a luz do corredor.

– Cora, Lorde Roseberry me pediu para acompanhar o Príncipe Eddy em sua viagem à Índia. A rainha e o Príncipe de Gales estão ansiosos para que o Monarca assuma algum papel na vida pública, mas o Príncipe Eddy, na opinião de Roseberry, é "incapaz". Aconteceram incidentes que... ele quer que eu vá para garantir que o Príncipe não cause algum constrangimento para o governo. É uma posição de confiança, e eu concordei em ir. Creio que, depois do fiasco desta noite, é o melhor a fazer – Ivo parou e esfregou a ponta do nariz com a mão. – A primeira coisa que farei amanhã de manhã é ir a Lulworth para tomar as providências com o padre Oliver e depois vou direto para Southampton. Sugiro que você vá para Lulworth assim que puder. Eu me sentiria mais satisfeito se você ficasse lá. Tenho certeza de que Sybil ou a sra. Wyndham podem ir junto, se você sentir necessidade de companhia. Como tem seus próprios recursos, não tomei nenhuma providência financeira para você, mas todos os salários e a manutenção da propriedade estão resolvidos.

Cora sentou e se virou para a luz, a sonolência fora esquecida.

– Você está indo para a Índia? *Agora?* Não entendo.

Olhou para ele, que ainda estava de pé na porta, o rosto sombrio.

– É mesmo? – Ivo a encarou com um ar muito sério, como se estivesse procurando algo no rosto dela. – Você posa em segredo para um sujeito como o Louvain e não entende? Você talvez não se importe por estar sendo falada, Cora, mas eu me importo, sim. Não quero gente olhando para mim e tirando conclusões a respeito da minha mulher.

O rosto dele se suavizou um pouco.

– Eu fiz o que pude para conter o escândalo, fingindo gostar do retrato, embora tenha sido penoso para mim. Não sei se alguém acreditou em mim, mas pelo menos nem todos os 332 presentes terão a satisfação de saber que brigamos. Quando eu voltar, tudo isso terá sido esquecido.

Cora foi até o marido e pegou suas mãos. O Duque não resistiu, permaneceu inerte, sem reação, deixando que a esposa as segurasse.

Ela começou a implorar.

– Eu não sabia nada sobre essa "fama" de Louvain. No final das contas, eu o encontrei na casa dos Beauchamp. Charlotte praticamente insistiu em que eu posasse para ele. Não seja assim, Ivo, por favor...

Ivo permanecia imóvel. Cora pôs a mão na garganta e sussurrou:

– Está vendo essas pérolas que você me deu... lembra aquela tarde?

– É claro que lembro. Naquele dia, pensei que nós tivéssemos uma chance de felicidade – a voz dele estava carregada de tristeza.

– Mas nós temos! – ela pôs a mão dele em seu ventre.

– Cora, por favor... – ele falou, mas sem afastar a mão.

Ela pôs sua outra mão no rosto de Ivo.

O Duque se afastou, e ela pensou que o tinha perdido, mas, então, com um movimento desajeitado, ele a envolveu com os braços e puxou-a para si. Permaneceram em silêncio um bom tempo.

Por fim, ela reuniu coragem para falar. Sentia o coração de seu marido batendo.

– Você realmente tem que ir?
– Tenho.
– Por minha causa?
– Por causa de uma porção de coisas. Agora já concordei em ir.
– E quando volta?
– Na primavera.
– Antes?
– Sim, antes – Ivo se afastou dela.
– Você ainda está furioso?

De cara fechada, Ivo olhou para ela e falou:

– Não sei mais o que estou sentindo. Às vezes, não sinto nada.

Então virou o rosto.

– Mas eu preciso que você fique! Não sei como lidar com tudo isso!

Ela fez um gesto para sua barriga, para o quarto, para esse estranho mundo inglês que a rodeava.

O rosto de Ivo hesitou, achando engraçado.

– Ah, eu acho que você se subestima, Cora – deu um beijo no rosto dela e fechou a porta atrás de si.

Depois que o marido saiu, Cora permaneceu sentada por um bom tempo, sentindo o toque do beijo em seu rosto. Nesse momento, quando ela achava que nunca mais se mexeria, sentiu o lento palpitar da vida em seu ventre. Deitou-se, embalando sua barriga com as mãos – e, em segundos, adormeceu.

Parte três

As senhoras inglesas casadas... são os políticos mais inteligentes e mais venenosos na sociedade britânica.

Americanas tituladas, 1890

CAPÍTULO 21

No mar

Bertha sentiu nas costas uma gota de suor escorrendo de seu pescoço. A semana toda estivera quente demais para o mês de abril, e a criada gostaria de ter vestido algo mais leve. Não havia nenhuma sombra na praia, fora de seu guarda-sol, e este não a abrigava do ofuscante reflexo do mar. Esperava que Cora saísse logo da água, não queria que sua compleição fosse escurecida pelo sol. Era cansativo ter que manter os olhos semicerrados por causa do reflexo para acompanhar a cabeça escura bamboleando pelas ondas. Aquela vigília realmente não tinha sentido – se a patroa enfrentasse alguma dificuldade, o que a criada poderia fazer? Bertha jamais aprendera a nadar. Ficar de olho em Cora era a maneira de expressar esse seu desagrado. Uma mulher no 9º mês não deveria nadar no mar gelado. Não era nada digno, para não dizer arriscado, mas Cora ignorava todos os suspiros e muxoxos de sua criada.

Bertha queria que a sra. Cash já estivesse aqui. Os Cash estavam para chegar a qualquer dia desses. A mãe de Cora não viu motivo para abreviar a temporada de Nova York para estar com a filha, enquanto ela permanecia confinada em Lulworth, mas não tinha a menor intenção de perder o nascimento de seu neto, o futuro Duque (não passava pela cabeça da sra. Cash a possibilidade de o bebê ser uma menina). Bertha achava que a sra. Cash deveria estar com a filha meses antes, a srta. Cora precisava de sua família nesse momento. Patroa e criada haviam estado em Lulworth durante cinco meses, tempo mais do que suficiente para sentirem saudades de casa. A srta. Cora jamais admitiria, mas Bertha vira as pilhas de cartas para os Estados Unidos deixadas na caixa de correio de madeira em forma de castelo que ficava no grande saguão. Todos os dias, às 11 horas, às 14 horas, e às 17 horas, o mordomo abria a caixa com uma chave especial de latão e entregava as cartas ao carteiro. Às vezes, Bertha via cartas que seguiam para a América sempre que o correio passava. Havia também a carta diária para a Índia. De vez em quando, Bertha enviava uma carta, mas havia dito para Jimmy não responder – uma carta da Índia causaria muita falação na área da criadagem. Ela sabia que todas as correspondências eram escrutinadas pelo mordomo e pela sra. Softley, e tinha certeza de que uma carta a ela endereçada, vinda da Índia, seria aberta no vapor, antes de chegar às suas mãos. Em Sutton Veney, uma das criadas havia sido demitida, depois do Natal, por ter recebido uma carta de amor de um cavalariço. Falando rigorosamente, a Duquesa é que deveria ter demitido a criada, mas a sra. Softley não achara necessário consultar a patroa. Bertha agora não sabia se a Duquesa poderia protegê-la se alguém descobrisse seu relacionamento com Jim.

A criada não sabia se sua patroa percebia como era ínfimo o controle que tinha sobre a casa, como os criados que a tratavam com deferência em público riam dela na área da criadagem. A srta. Cora não assumira o comando de Lulworth da maneira como a sra. Cash dirigia Sans Souci. A srta. Cora tinha muitos planos para "melhorar" a casa: algumas coisas, como os banheiros, foram realizadas, mas suas tentativas de mudar a maneira como a casa era dirigida (ela se espantara ao descobrir que havia um homem empregado somente para dar corda em todos os relógios da casa!), de modo geral, deram em nada. Ela dava ordens, mas não conseguia fazer com que fossem cumpridas. Uma de suas primeiras ordens fora retirar todas as fotografias da Dupla Duquesa, geralmente na companhia do Príncipe de Gales, espalhadas por todos os quartos de hóspedes. Da última vez em que Bertha havia dado uma olhada, as fotografias ainda estavam lá, as molduras de prata cintilando com o polimento constante. A srta. Cora ainda não tinha notado, e Bertha gostaria muito de saber o que ela poderia fazer quando descobrisse. Provavelmente nada, o espírito de Cora parecia definhar conforme o bebê crescia, e ainda não havia nenhum sinal do retorno do Duque. Ele deveria estar de volta no começo de fevereiro, mas, nos primeiros dias do mês, escrevera para dizer que retardaria um pouco a volta. Bertha viu o rosto da patroa desmoronar depois de ler aquela carta e impulsivamente a tomara da mão dela. Via que ela precisava de alguém a quem se agarrar. Esses meses de reclusão e espera haviam deixado a criada consciente do isolamento da patroa. Algumas noites atrás,

Cora pedira que a serviçal dormisse com ela na cama, dizendo que era para o caso de o bebê resolver nascer, mas Bertha sabia muito bem que a patroa apenas queria um corpo a seu lado. Ela mesma às vezes se sentia assim. Quando ouviu Cora chamando Ivo no sono, para seu espanto, a criada percebeu que estava com pena dela.

Desde que elas voltaram para Lulworth, Cora quase não via ninguém. O padre Oliver havia passado um mês por lá, trabalhando na tal história. A sra. Wyndham viera por uma semana, assim como Sybil. Fora essas pessoas, Cora estivera sozinha na propriedade, ou melhor, tão sozinha quanto se pode estar em uma casa com 81 empregados. Bertha se surpreendera por eles não receberem mais nenhum visitante das redondezas, mas, quando fez uma observação a respeito disso para a sra. Softley, a governanta se mostrou espantada com sua ignorância.

– Ninguém virá visitar a Duquesa enquanto ela estiver grávida, pelo menos não enquanto o Duque estiver longe. Não seria direito.

E, assim, Cora comia sozinha a maioria das noites, os diamantes faiscando sem serem vistos enquanto ela passava pelos seis pratos que constituíam um jantar "leve".

O mar estava bem mais frio do que se poderia imaginar, considerando o calor; Cora mal percebia, pois sentia-se como se tivesse uma fornalha interna. A natação diária era o único momento em que se sentia aliviada. Flutuar de costas sem sentir aquele peso, no friozinho da água, era o que ela mais desejava. A cada dia, a caminhada até a praia se tornava mais difícil, mas valia a pena tirar toda a roupa e entrar no mar passo a passo, tremendo de prazer e dor quando a água envolvia seus tornozelos, depois as panturrilhas, as coxas, até cobrir a barriga inchada. Quando estava coberta até a altura dos ombros, ela inspirava profundamente, mergulhava a cabeça expirando o ar, e uma corrente de bolhas furava a superfície da água. Então, Cora flutuava de costas, batendo as pernas esporadicamente e observando a nuvem fugitiva que corria acima da pequena enseada. Às vezes ela se virava de barriga para baixo e, nos dias claros, ficava olhando os peixinhos marrons que dardejavam entre as algas. Cora notou que a criaturinha lá dentro parava de chutar quando ela estava nadando. Era o único momento em que tinha certeza de que o bebê ficaria calmo. E agora, enquanto atravessava a enseada a nado, ela podia imaginar que era a garota que havia sido dois verões antes, em Newport – embora lá Cora se sentisse bastante pesada com aquela roupa de banho cheia de detalhes e com muito pano, ao passo que, aqui, estava nua. Tentara nadar vestindo uma roupa de banho, mas a combinação da barriga de grávida e saiote de sarja encharcado a fez preferir evitar mais essa carga. Ela confidenciara esse desejo a Sybil Lytchett, que viera visitá-la. Sybil dera uma risada, dizendo:

– Ora, nada mais simples! Diga aos criados que a enseada de natação é uma área restrita enquanto a senhora estiver lá e, então, poderá nadar como bem entender!

Cora achou esquisito explicar a Bugler que desejava estar sozinha durante sua natação diária, e teve a impressão de estar pedindo permissão em vez de estar dando ordens. O mordomo foi bastante prestativo e passou a levantar uma bandeira vermelha no mastro quando Cora descia para a enseada, o que servia para avisar a todos na propriedade que a praia estava restrita para uso da Duquesa, que ninguém deveria ir para aqueles lados.

Até então, a regra havia sido rigorosamente observada; ninguém se aproximava da praia enquanto a bandeira vermelha estivesse ondulando, mas, nesta manhã, quando voltou à superfície depois de um de seus mergulhos de foca, Cora percebeu um vulto descendo pela trilha até a praia. Em sua miopia, ela não conseguia ver claramente quem seria, mas, pelo preto e branco das roupas, só poderia ser Bugler. Ele se deteve, hesitante, perto da praia – pisar ali seria uma heresia, mas seja lá o que fosse, devia ser algo urgente para tê-lo levado até ali. Por fim, acenou para Bertha ir até ele. Cora, pisando em um ponto mais raso (de modo que a água escondesse tudo menos sua cabeça), observou enquanto a criada atravessava o cascalho com cuidado. O mordomo se inclinou para falar com Bertha, e Cora viu a criada disparar e descer correndo para a beira do mar, acenando e gritando. Bugler voltou, subindo o morro. Cora não conseguia entender o que Bertha dizia, mas compreendeu que era para sair da água. Nadou lentamente até a praia e começou a pisar nas pedras cheias de pontas, sentindo o vento secar o sal em sua pele. Finalmente, alcançou reconhecida a toalha de linho que Bertha lhe estendia.

– O que aconteceu, Bertha? É Ivo?

– Não, srta. Cora, é a Dupla Duquesa. Ela está chegando no trem desta manhã – o tom da voz era neutro, Bertha sabia que não era uma boa notícia.

Cora estava ofegante.

– Mas eu não a convidei! Ela não pode simplesmente chegar assim, sem avisar! Será que está pensando que ainda é a senhora de Lulworth?

Bertha não disse nada, apenas estendeu o roupão para Cora, que se esforçou para vesti-lo sobre a pele úmida.

– Não vejo a Duquesa desde que Ivo foi para a Índia, e agora ela vem aqui... ela deve saber que ele está voltando, claro.

Bertha se ajoelhou e ajudou Cora a enfiar os chinelos. A jovem se apoiava na criada enquanto caminhavam bem devagar pelo cascalho da praia. A Duquesa Fanny escrevera muitas vezes enquanto Cora estava em Lulworth, cartas detalhadíssimas sobre suas visitas a Sandringham e Chatsworth, com uma porção de exortações à Cora para cuidar do bebê que estava por nascer. Há muito tempo a jovem deixara de ler as cartas com atenção: ela realmente não tinha nenhum desejo de saber quantos pássaros o Príncipe de Gales havia caçado ou que a Duquesa de Rutland (a quem jamais encontrara) havia perdido a forma. Sentiu-se desagradavelmente surpreendida ao perceber como à Duquesa estava bem informada a respeito de sua vida em Lulworth; a última carta fora um sermão sobre a loucura de nadar na sua condição. A carta a irritara tanto que Cora a lançou no fogo da lareira. E agora... a chegada da Dupla Duquesa em pessoa era bem pior! Cora sabia que a aquela mulher havia adorado o desastre que fora o retrato de Louvain e suspeitava, pelo que a sra. Wyndham e Sybil deram a entender, que a Duquesa não perdia uma única oportunidade para zombar de sua nora americana.

No alto do penhasco estava a carrocinha com o burro que Cora usava para dar voltas pela propriedade, já que não podia mais montar nem caminhar muito sem sentir desconforto. Ela tomou as rédeas e, irritada, deu-lhes um puxão quando se dirigiram para casa. Cora sacudia a cabeça com impaciência enquanto Bertha tentava espalhar os cabelos molhados para secar.

– Ai...! Deixe disso, Bertha!

– Mas, srta. Cora, e se a Duquesa Fanny já chegou? – Bertha parecia preocupada.

– E daí se chegou? Agora esta é a *minha* casa. Se eu quiser sair por aí com os cabelos molhados, não é da conta dela!

Mas, quando se aproximaram da casa e Cora viu a carruagem parada do lado de fora, tentou dar um jeito nos cabelos úmidos fazendo uma espécie de trança. Por um momento chegou a pensar em entrar pela ala dos criados, para evitar a Dupla Duquesa até trocar de roupa, mas não conseguia enfrentar a ideia de passar pelos funcionários que, é claro, saberiam exatamente por que ela estava entrando pelos fundos.

Enquanto hesitava na porta, escutou a voz da Duquesa Fanny tomando posse.

– Acho melhor o quarto Stuart, Bugler. O Príncipe sempre se sentiu muito feliz ali, apesar de suas associações jacobitas. É muito estranho estar aqui e não dormir no meu quarto...

Havia um quê de aspereza na voz daquela mulher, e Cora ficou imaginando a reverência solidária de Bugler. A Duquesa se recuperou e disse:

– Sybil pode ficar no quarto de sempre.

O humor de Cora se reanimou à menção de Sybil, e ela entrou decidida na sala. A Duquesa Fanny estava sentada em uma das poltronas entalhadas diante da lareira, ladeada por Bugler e sua enteada. Ela não se levantou quando viu Cora, mas simplesmente a chamou com uma comprida mão branca. Cora viu o lampejar dos diamantes enquanto a sogra estendia o pulso.

– Cora, minha querida menina – a Duquesa Fanny falava em tom de censura. – Quando Bugler me disse que você havia descido para nadar, eu fiquei simplesmente espantada. É claro que você deve saber muito bem dos riscos para alguém na sua condição. Não recebeu a minha carta?

Quando ela remexia as mãos, os diamantes faiscavam.

Cora sentiu o bebê se virar e chutar suas costelas. Ela deu um suspiro de desconforto, mas a cutucada dissipou a irritação que a Duquesa Fanny havia provocado. Ela acenou com a cabeça para a mulher e sorriu para Sybil.

Cora foi até a escadaria e começou a difícil subida para seu quarto. Era por isso que ela nadava: para lembrar como era sentir-se leve. Ouviu um passo atrás de si e sentiu a mão de Sybil em seu cotovelo.

– Deixe-me ajudá-la, Cora.

Quando chegaram ao patamar, Sybil explodiu.

– Sinto muito... Eu pensei que você soubesse que estávamos chegando! A mamãe disse que tinha escrito para você.

Cora se lembrou da carta que havia lançado ao fogo.

– Não se preocupe, Sybil, eu sempre gosto de ver *você*. Como vai Reggie?

Sybil ficou vermelha, a pele alcançando o tom dos cabelos ruivos dourados.

– Achei que ele fosse me pedir em casamento, mas aí mamãe insistiu que viéssemos para cá – ela percebeu o que havia dito e ficou ainda mais vermelha. – Eu queria ver você, é claro, mas tinha combinado com Reggie que iríamos cavalgar no parque amanhã...

Cora começou a se sentir melhor. Sentiu pena de Sybil, mas estava contente por ser lembrada de que, na posição de mulher casada, já não estava mais sujeita aos caprichos de mãe nenhuma. Para ela, a Duquesa Fanny sabia das esperanças de Sybil e tinha resolvido frustrá-las. Reggie Greatorex era um marido perfeitamente adequado, mas a Dupla Duquesa não queria perder sua companheira, especialmente uma cujos encantos, ainda que bastante juvenis, não poderiam ofuscar os dela. Se Sybil tivesse uma aparência como a de Charlotte Beauchamp, a Duquesa Fanny a teria casado sem hesitar um instante, mas aquela Sybil bobinha e desajeitada servia de contraste para realçá-la, não era uma rival.

Cora sorriu.

– Bom, talvez possamos persuadir Reggie a vir cavalgar com você aqui, quando Ivo estiver de volta – ela fez uma pausa. – Não deve demorar muito agora. A última carta dele veio de Port Said.

Cora passou a mão na barriga e deu um suspiro antes de continuar.

– Ele devia estar aqui... Mas estou encantada com a sua visita, Sybil, ainda que as circunstâncias não sejam ideais. Você sabe quanto tempo a Duquesa Fanny pretende ficar? Não é uma pergunta que eu possa fazer...

Sybil pareceu espantada.

– Bom, eu acho que ela quer estar aqui para o...

A voz dela morreu, e seu rosto se encheu de cor. Sybil não conseguia dizer a palavra "parto".

Cora olhou para a amiga em desalento.

– Ela planeja ficar aqui até o bebê chegar? Mas por que diabos? É algum costume, que ela precisa estar presente? É alguma tradição dos Maltravers que eu desconheça? – o tom de sua voz estava agudo e tenso, ela sentia as lágrimas se acumulando por trás das pálpebras.

Com desânimo, Sybil usou a cabeça para negar.

– Creio que não seja nenhuma tradição, acho que é só o que a mamãe pensa ser o certo... ela disse que quer ter certeza de que tudo seja feito direitinho.

Cora jogou a cabeça para trás para segurar as lágrimas. Não queria chorar na frente de Sybil, mas sentia que estava sendo invadida. Ela passara aqueles meses tentando sentir-se à vontade em Lulworth, e agora todo o precário equilíbrio que havia conquistado estava para ser virado de pernas para o ar. Tinha passado tanto tempo naqueles últimos meses solitários imaginando o momento em que encontraria Ivo. Houve noites em que chorou porque não conseguia se lembrar direito do rosto dele. Ela não sabia exatamente quando seu marido chegaria em casa, mas tinha certeza de que ele não ficaria nada satisfeito com a presença de sua mãe.

– Cora, você não acha que deveria haver alguém aqui? Não é bom estar por sua própria conta nesse momento... – Sybil pôs a mão timidamente no braço da amiga. – Sei que a mamãe pode ser dominadora, mas pelo menos ela tem experiência...

Cora se esforçou e conseguiu sorrir.

– Ah, ela é, sim! Mas eu não estou sozinha. Na semana que vem meus pais chegam, e estou esperando Ivo a qualquer momento. A sua madrasta bem saberia disso se tivesse me perguntado – pegou a mão de Sybil. – Você a chama de "mamãe" embora ela seja apenas sua madrasta. Você não se importa?

Sybil pareceu confusa com a mudança de assunto.

– Ela é que me pediu, quando se casou com meu pai. Para falar a verdade, não me importo. Quando a minha mãe morreu, eu era pequena. Mal consigo me lembrar dela. Você não imagina como é crescer em uma família de homens, sem ninguém para lhe dizer o que vestir, o que fazer ou como se comportar... uma vez, desci para o chá, meu pai tinha convidados, e eu usava um vestido vermelho da minha mãe. Eu estava me achando linda, mas, no momento em que pisei no salão, vi que estava tudo errado. Todas as mulheres que estavam ali se esforçavam para não cair em gargalhada. Foi a mamãe... bom, ela não era a *mamãe* naquela época, ainda era a Duquesa de Wareham... pois é, foi a mamãe que me puxou de lado e me disse que aquele vestido era para uma adulta, não servia para mim, e aí conversou com o meu pai e disse que eu precisava de algumas roupas mais adequadas. Ele não via razão para gastar dinheiro com coisas que não pudessem ser montadas ou caçadas, mas não podia recusar quando a mamãe pedia...

A surpresa de Cora deve ter aparecido em seu rosto, porque Sybil disse:

– Eu sei que você acha que ela está interferindo, Cora, mas é porque você tem mãe. Não precisa de orientação...

Cora estava prstes a dizer que não achava que Sybil precisasse daquele tipo de orientação que a impedia de se casar com o homem a quem entregara seu amor, mas pensou melhor. Afinal, ela tinha uma mãe, e embora não sentisse grandes motivos para se alegrar nessa relação, quando olhava para Sybil com suas costas curvas e sua maneira desajeitada de caminhar, ocorreu-lhe que talvez sua própria mãe tivesse desempenhado um papel em sua formação.

A pena que sentiu da amiga animou Cora, e ela disse rapidamente:

– Bom, tenho que me vestir se quiser ter alguma chance de almoçar com vocês. Não se atrasar para as refeições é algo que minha mãe me ensinou – acenou para seu quarto de vestir. – Depois, Sybil, vamos ver o que tem aí que sirva para você. Será uma temporada meio fora de moda, mas garanto que ninguém em Londres vai notar.

Sorriu para Sybil antes de completar.

– Reggie com certeza não vai notar...

Como só estavam senhoras presentes, Cora pediu para servir o almoço na longa galeria, para aproveitar o sol da tarde. Teve a satisfação de ver a sogra dar um suspiro teatral de surpresa ao entrar ali.

– Mas que encanto! Eu nunca tinha pensado em comer aqui... para um almoço frio, o que poderia ser melhor? – a Duquesa Fanny desceu a galeria e esperou o lacaio puxar sua cadeira. – Naturalmente, eu teria hesitado antes de dar aos criados qualquer problema a mais. O pobre Wareham costumava dizer que eu tinha o coração mole demais para dirigir uma casa como Lulworth... mas acredito que uma patroa simpática e solidária sempre será recompensada com a lealdade.

Cora observava enquanto a Duquesa Fanny levantava seus pesados olhos azuis para Bugler, que servia o suflê de lagostim. Bugler não respondeu com palavras, mas a reverente inclinação de seu corpo quando se curvou para a Dupla Duquesa com o suflê era suficiente concordância. Cora fingiu não perceber o escárnio e olhou para o teto abobadado de pedra da galeria.

Sempre que se sentava naquela área da casa, era lembrada de que tudo à sua volta era mais antigo do que qualquer coisa em sua terra natal. O que dissesse ou fizesse aqui desapareceria, mas a sala em si perduraria.

A natureza reconfortante desse pensamento se dissipou quando ela escutou a Duquesa Fanny dizer:

– Você mudou as coisas por aqui, Cora. Lembro que o meu buquê de casamento sempre ficou aqui perto da lareira – ela fez um gesto. – Mandei fazer um molde de cera depois que me casei com Wareham. Uma recordação tão encantadora... eu me entristeci por ter que deixá-lo aqui, mas não poderia levá-lo para Conyers...

Olhou para Sybil.

– Você sabe que eu jamais faria algo que pudesse incomodar o seu querido pai. Espero que o meu buquê esteja a salvo... – ergueu uma sobrancelha para a nora.

Antes que Cora pudesse responder, Bugler tossiu de leve e disse:

– Creio que Sua Graça descobrirá que o buquê está do outro lado da galeria. O lugar foi mudado a pedido de Sua Graça – o tom em que ele falava deixava bastante claro qual Duquesa teria maior autoridade para reivindicar o título.

Inicialmente Cora não percebeu o insulto implícito. Sentia-se apenas aliviada pelo fato de que o maldito objeto não fora levado para o sótão como ela pedira há um mês. Como poderia saber que aquilo era um buquê de casamento? De repente, ela entendeu que o buquê de cera ainda estava na galeria porque suas ordens haviam sido ignoradas. Cora podia ser a Duquesa de Wareham agora, mas essa situação deixava claro que, ao contrário de sua antecessora, ela não merecia a lealdade de seus criados.

A Duquesa Fanny sorriu serenamente:

– Sou sentimental, eu sei, mas quando envelhecemos essas coisas se tornam valiosas...

Deu um suspiro encantador e levantou a mão faiscante para tocar de leve os olhos com um lenço minúsculo. Talvez não houvesse lágrimas suficientes que fizessem o gesto valer a pena.

– Bom, chega de bobagem – a Duquesa Fanny balançou corajosamente o queixo para Cora. – Diga-me, querida, para quando Wilson espera o início do seu resguardo?

— Não estou recebendo os cuidados de Wilson. Sir Julius Sercombe vai me atender. Ele acredita que ainda terei mais duas semanas — Cora passou a mão na barriga.

A melancolia da Duquesa Fanny evaporou.

— Julius Sercombe! Mas ele está na Harley Street! Com certeza você não tem a intenção de viajar para Londres, não é?

Cora negou com a cabeça.

— Ah, não... como já me disseram, muitas vezes, que os herdeiros dos Maltravers nascem em Lulworth, Sir Julius gentilmente concordou em vir até aqui. Estou à sua espera no final da próxima semana — a jovem encheu a boca com o suflê, sentindo-se voraz.

— Sir Julius estará preparado para abandonar seu consultório e todos os seus compromissos em Londres para aguardar o seu momento? Que... condescendência da parte dele! Mas, se você tivesse me perguntado, eu teria aconselhado que fosse atendida por Wilson. É um médico excelente e tem tratado dos Maltravers há anos... ora, ele estava aqui quando Ivo chegou neste mundo! — a mão da Duquesa Fanny começou á buscar o lencinho.

Cora sorriu.

— O doutor Wilson é muito amável, mas, como este é o meu primeiro filho, eu queria ter o melhor, e Sir Julius fez o parto de todos os bebês da realeza, como você bem sabe. No começo, ele relutou em deixar Londres, mas ficou tão contente com a Ala Maltravers de seu novo hospital que mudou de ideia — então, fez um gesto para Bugler trazer mais um pouco do suflê, que estava realmente delicioso.

— Uma Ala Maltravers! Que maravilha! — Sybil acompanhava a conversa atentamente.

— Ah, sim! — exclamou a Dupla Duquesa, arregalando os olhos. — Que espécie de hospital é esse, minha querida?

— Para mulheres e crianças, em Whitechapel. Sir Julius acredita que há muito a fazer naquela parte de Londres. Há mulheres que são forçadas a embrulhar seus filhos recém-nascidos em sacos de farinha porque não têm dinheiro para roupinhas de bebê. Quando ele me contou seus planos e as dificuldades que estava tendo para levantar o dinheiro, resolvi ajudá-lo.

O lacaio passou em torno da mesa, levando os pratos. Quando ele saiu, a Duquesa Fanny perguntou:

– Diga-me, Cora, de quem foi a ideia de chamar de "Ala Maltravers"? Sua ou de Ivo?

– Para falar a verdade, foi ideia da minha mãe. Ela e meu pai fizeram a doação, já que todo o meu dinheiro está preso à propriedade, e eu queria fazer algo de maior peso, que a minha mesada não permitia – Cora sentou-se ereta para aliviar a pressão em seu peito.

Ela viu que a Duquesa sorria para ela um tanto calorosamente.

– Bom, você não acha que seria mais sensato conversar com Ivo antes de se comprometer com um nome? – perguntou a Duquesa. – Sem dúvida, a doação foi para boas causas, mas creio que seja... desnecessário pôr seu nome nas coisas.

Cora tomou um gole de água e fez um esforço para engolir. Para seu horror, estava se dando conta de que Ivo poderia reagir como a Duquesa Fanny a esse uso do nome dos Maltravers. Ele poderia ter outro ataque como o daqueles "escrúpulos" estranhos que tivera com o Rubens. Finalmente, a água passou pelo calombo em sua garganta. Mas ela não daria à sogra a satisfação de saber daquilo. Inspirou profundamente.

– Na minha terra, há três hospitais, uma universidade e uma biblioteca que receberam o nome da minha família. O meu pai sempre diz que qualquer um pode adquirir riqueza, mas a verdadeira arte está em doar essa riqueza – Cora serviu-se generosamente do linguado *véronique*.

A comida parecia especialmente apetitosa hoje. Evidentemente a chegada da Dupla Duquesa estava causando seu efeito na cozinha.

– O seu *pai* é um homem encantador – a ênfase da Duquesa Fanny na palavra "pai" implicava que esse encanto não era extensivo à esposa ou à filha. – Aqui fazemos as coisas de maneira diferente. Acho que você conhece a frase "a caridade começa em casa". Claro, hospitais e bibliotecas são excelentes, mas eu sempre penso que é o toque pessoal, simples, que faz essa diferença na vida das pessoas.

A Dupla Duquesa se virou para Sybil para obter apoio, mas a enteada estava olhando com muita atenção o prato à sua frente, cortando o alimento em pedaços cada vez menores, exasperada, não desejando ser envolvida naquele duelo. Com um pequeno aceno de cabeça, Fanny continuou.

– Ora, só na semana passada passei a tarde lendo para a velha sra. Patchett, uma das aposentadas de Conyers, que é cega. Ela sempre diz que a minha leitura traz as palavras à vida e que ela consegue enxergar todos os personagens. Toda aquela gratidão chega a ser constrangedora, mas acho que é o mínimo que posso fazer... eu só gostaria de poder visitá-la com maior frequência. Tijolos e argamassa têm lá seu próprio valor, é claro, mas nada pode tomar o lugar do simples contato humano, da generosidade pessoal – a Duquesa Fanny se encostou na poltrona, bastante rosada com a memória da própria benevolência.

Cora deixou o garfo no prato com um ruído. Para ela, a satisfação que a outra mulher tinha consigo mesma era intolerável. A jovem não precisava de sermão de uma hóspede que não havia sido convidada, independentemente se essa hóspede fosse ou não parte da sua família.

– Bom, isso explica por que a vila não tem escolas e por que os asilos dos Maltravers estão sempre sofrendo com a umidade. Assim que Ivo retornar, pretendo criar uma boa escola e deixar os asilos habitáveis. Creio que essa seria uma verdadeira generosidade para os moradores da vila de Lulworth.

Cora mordeu um pedaço da codorna sem osso recheada e percebeu que o prato da Dupla Duquesa permanecia intocado.

Sybil fazia o possível para parecer totalmente absorta no ato de comer.

A Duquesa Fanny suspirou, fingindo uma derrota.

– Vocês, americanos, são sempre muito práticos... não há espaço em seu admirável mundo novo para as nossas ideias de honra e dever – ela semicerrou os olhos como se estivesse enfocando um alvo e endireitou-se para dar o *coup de grâce*. – E quando meu filho volta, querida? Eu bem gostaria que ele já estivesse aqui.

Cora olhou para a frente, surpreendida com a certeza no tom da voz de sua sogra.

– A última carta dele é de Port Said. Portanto, espero que chegue na próxima semana.

A boca da Dupla Duquesa se curvou triunfante.

– Mas... querida, Ivo já está na Inglaterra. Eu vi o Príncipe de Gales na semana passada, e ele me disse que o Príncipe Eddy e todo o grupo chegaram ontem a Southampton.

Cora soltou o garfo que já estava a meio caminho da boca e deu um sorriso forçado. Não daria à sogra a satisfação de ver seu desalento.

– Ah, que notícia maravilhosa! Espero que Ivo já esteja a caminho... ele deve ter pensado que ia me fazer uma surpresa.

Cora olhou para Sybil, perguntando para si mesma por que não lhe contara que Ivo estava de volta, mas Sybil agora olhava com espanto para a madrasta.

Era evidente que a Dupla Duquesa estava guardando aquela informação. Fanny levou a mão na boca em uma simulação de desculpas.

– Ai, não, que descuido meu! Devo ter estragado os planos dele. Mas, afinal, na sua condição, talvez não seja assim tão ruim. Seria uma infelicidade se qualquer coisa acontecesse antes da chegada de Sir Julius.

A mulher falava com simpatia, mas Cora enxergava o brilho da malícia em seus olhos. A jovem tinha que escapar dessa. Então, tomou um demorado fôlego e disse, com a maior calma possível:

– Lamento, mas sou eu que devo lhe pedir desculpas. Estou cansada, e, se Ivo está para chegar, a qualquer momento, eu gostaria de descansar agora. Duquesa, você poderia me fazer a gentileza de avisar a Bugler que o Duque está para chegar? Tenho certeza de que todos os criados desejarão estar lá para cumprimentá-lo.

Cora se levantou com esforço, o corpo mais pesado com o choque. Mordeu o lábio, tentando deter as lágrimas que ameaçavam inundá-la. Ivo havia retornado, este era o momento pelo qual havia esperado todos esses meses, mas agora estava tudo estragado. Ela saiu tropeçando pela galeria, com a voz da Duquesa Fanny em seus ouvidos.

– Ah, tenho certeza de que Bugler já sabe. É um mistério como os criados sempre sentem essas coisas...

Com um sorriso de cúmplice, a Duquesa Fanny olhou para o lacaio que estava servindo a sobremesa: *crème brûlée*. O rosto do criado não se mexeu, mas sua mão estremeceu levemente quando a Duquesa atingiu o caramelo com um golpe certeiro e rápido, mergulhando a colher no macio creme de ovos.

CAPÍTULO 22

A volta ao lar

Tom, o garoto do telégrafo, não sabia o que poderia acontecer se tirasse o quepe. Era expressamente proibido pelas regras dos correios, mas o dia estava quente, e não havia ninguém para vê-lo ali, nos bosques de Lulworth. Por outro lado, se o sr. Veale soubesse que Tom não estava adequadamente vestido, ele seria mandado de volta para sua mãe em Langton Maltravers. O sr. Veale multara Tom em seis *pence*, na semana anterior, por não dar um polimento adequado nos botões de prata do casaco do uniforme; outro garoto havia sido demitido por entregar um telegrama com o colarinho duro aberto. Tom chegou à conclusão de que o alívio imediato de tirar o quepe, que era pequeno demais para ele, que esfregava dolorosamente as têmporas, não valia o risco de ser descoberto. O sr. Veale tinha um jeito de descobrir quando as regras eram quebradas. Gostava de dizer que podia "farejar uma infração". Tom não sabia muito claramente o que era uma infração até o incidente com os botões e agora bem gostaria de saber como é que elas poderiam ser farejadas. Todos os cinco garotos remanescentes do telégrafo fediam pelas mesmas razões: a sarja preta, o suor e aquele bicarbonato de sódio que usavam para polir os botões. No inverno, cheiravam um pouco menos; no verão, um pouco mais.

Era menos de três quartos de légua entre o correio em Lulworth e a casa. O sr. Veale sempre mandava Tom porque era o garoto que caminhava mais depressa. 21 minutos no caminho até lá e 17 na volta, que era morro abaixo. O sr. Veale dissera a Tom que hoje percorresse o caminho em vinte minutos, porque o telegrama era do Duque. O jovem estava fazendo o melhor que podia, seguindo a passos largos, a meio caminho entre uma caminhada e uma corrida. Havia saído exatamente às 9 horas, e, embora não levasse um relógio de bolso, sabia que estava fazendo um bom tempo porque escutara o toque único do sino da igreja de Lulworth marcando o quarto de hora. Estava naquela parte do trajeto que fazia uma curva por trás de um grupo de faias antes de emergir no campo aberto em que a casa se revelava. Já não se tratava mais de tirar o quepe: Tom sabia que podia ser visto de qualquer uma das cintilantes janelas ali na frente. Enquanto se apressava para chegar à casa, afrouxou a tira sob o queixo (que estava entalhando sua pele) para que não ficasse um vergão purpúreo, e pensou no copo de limonada que receberia na cozinha fria.

 Da janela do quarto da srta. Cora, Bertha o avistou. A patroa ainda estava na cama, não dormindo, mas olhando para o baldaquim como se fosse um mapa. Bertha ficava enervada com isso, como ficava com o silêncio de Cora. Na noite passada, havia escutado os rumores sobre o retorno do Duque. O sr. Bugler achava que Ivo estaria em casa hoje e mandou todos os lacaios vestirem a libré. A própria Bertha pusera sua melhor blusa de seda pura creme. Havia sido da srta. Cora, é claro, mas ela jamais a usara. Em regra, a criada evitava cores claras porque a deixavam mais escura, mas, depois de um inverno inglês, sua pele precisava do brilho da seda perolada. Ela havia tirado do armário o vestido de chá verde-pálido com a borda em penugem de cisne para a patroa – a seu ver, o mais apropriado de todos os conjuntos atuais da srta. Cora. Mas a patroa se recusava sequer a cogitar a ideia de se vestir, abanando a cabeça quando Bertha tentava persuadi-la a sair da cama. Recusara até as tentativas de arrumar seus cabelos, que se espalhavam em aneis soltos pelo travesseiro. Bertha estava acostumada com o mau humor de sua patroa, mas essa era a primeira vez que o desânimo afetava o ato de pentear os cabelos. A srta. Cora podia ser cansativa, mas não desistia das coisas. Bertha não entendia por que a patroa estava assim, tão aparvalhada. A jovem havia passado os último cinco meses à espera do retorno do Duque, e agora que ele provavelmente estava a caminho, Cora ficava ali, deitada feito um cadáver.

 Bertha se virou da janela.

– Estou vendo o garoto do telégrafo, srta. Cora.

Nenhuma reação.

– Tenho a impressão de que é do Duque. Talvez ele esteja chegando no trem da tarde.

O silêncio permanecia. Bertha observava enquanto o garoto do telégrafo começava a subir os degraus da casa.

– Calculo que o sr. Bugler virá trazer o telegrama aqui em cima dentro de um minuto, srta. Cora. Não quer se aprontar?

Os olhos da Duquesa não piscaram e não se desviaram do exame detalhado do baldaquim.

Bertha começou a ficar irritada. Se Cora não conseguia enxergar a verdade das coisas, ela teria que lhe contar. Ultimamente, havia momentos em que Bertha se sentia mais como a mãe de Cora do que como sua criada. Começou a falar muito depressa:

– Se estivesse chegando em casa depois de passar cinco meses na Índia, eu gostaria de ver a minha mulher muito bem vestida e parecendo contente por mer ver, não deitada na cama olhando para o teto. Vamos, srta. Cora, você não quer que o sr. Bugler a veja assim!

Cora soltou um suspiro e rolou para o lado antes de se levantar. Esfregou os olhos com as palmas das mãos.

– Está bem, está bem, pode parar de ralhar comigo! É claro que você tem razão, Bertha. Bugler vai falar direto com a Duquesa Fanny, e depois ela vai subir e começar a se intrometer. Deus sabe que eu pensei que a minha mãe era bem ruim, mas a Duquesa realmente é o fim... – abriu os braços com as mãos esticadas e deixou-as cair no colo. – Eu simplesmente não entendo por que o Ivo não veio direto para casa.

Bertha estava quase terminando de prender os cabelos da patroa, quando Bugler entrou com o telegrama em uma salva de prata. Cora abriu sem pressa e deixou-o cair na bandeja polida ao terminar a leitura.

– O Duque estará aqui para o jantar esta noite, Bugler. Se você disser à cozinheira, estou certa de que ela vai querer preparar algo especial.

Bugler inclinou a cabeça na reverência mais rasa possível.

– Creio que a Duquesa de Buckingham já falou com a sra. Whitchurch, Sua Graça.

Bertha ficou impressionada pela maneira como Cora não reagiu. Em vez disso, com um sorriso sem mostrar os dentes, ela disse:

– Ah, sim...! Que delicadeza de parte dela!

A jovem puxou um anel dos cabelos e começou a enrolar em volta dos dedos. Bugler permanecia parado, claramente impaciente para sair, mas incapaz de se mexer antes de ser formalmente dispensado.

– Isso é tudo, Sua Graça?

– Sim, acho que sim, Bugler. Ah, não. Para falar a verdade, tenho um pedido a fazer – ela falava com Bugler no espelho. – O buquê da Duquesa Fanny, aquele do primeiro casamento... tenho a impressão de que pedi que ele fosse retirado da galeria. Por gentileza, verifique isso antes que o Duque chegue.

Cora chamou a atenção de Bertha no espelho e levantou o queixo. A criada percebeu que o rosto de sua patroa havia perdido o peso do ressentimento e que nele agora havia pontos de cor. Quando terminou de prender os cabelos da jovem, deu um passo para trás e disse:

– Você está bem bonita hoje, srta. Cora!

Cora olhou para Bertha.

– Você acha, mesmo? Mas eu mudei muito... Quando Ivo partiu, eu ainda usava espartilho. Se ele tivesse ficado aqui, teria tido tempo para se acostumar comigo... inchando! – disse, passando as mãos na barriga. – Quando ele se deparar com isso, tenho medo de que terá um enorme choque!

Pegou o colar de pérolas negras do estojo de veludo verde e entregou-o a Bertha, para que o prendesse em seu pescoço.

A criada passou o gancho de ouro diante do olho e o enfiou no fecho de diamante. Não sabia se o Duque ficaria surpreso com a aparência de Cora. Quando ele partiu, a gravidez mal aparecia, e agora todo o corpo de sua esposa estava alterado... além da bolota da barriga, veias azuis cruzavam o decote, e o rosto estava mais macio e mais redondo. Até a voz de Cora havia mudado; conforme a gravidez progredia, seu tom se tornava mais profundo e mais rouco, e já perdera bastante daquele atrevido som fanhoso americano. Bom, pelo menos, pensava Bertha, ela já não parece a garota do retrato que fora deixado encostado na parede da galeria na casa de Bridgewater. Bugler gostava de dizer que a pintura era chocante, embora até onde Bertha soubesse, ele nunca a tivesse visto. Bertha tinha sido a única criada em Lulworth a pôr os olhos no retrato, mas fingia ignorância quando alguém pedia sua opinião. Sabia que Bugler, por exemplo, não havia acreditado nela, mas não quis juntar-se a eles na condenação do quadro. Bertha compreendia que fazer isso era realmente uma forma de subestimar a própria Cora. Bugler não permitiria conversas desrespeitosas sobre a Duquesa na área da criadagem, mas aquele retrato era outra história. Naqueles últimos tempos, havia momentos em que Bertha não sabia se a decisão de se manter distante dos mexericos na área da criadagem teria sido o certo, mas foi detida por certa lealdade à Cora e pela sensação de que nenhuma concessão a seus colegas criados jamais a tornaria parte daquele grupo.

O olhar de Bertha encontrou-se com o de Cora no espelho, e a criada disse com maior firmeza do que sentia:

– Acho que o Duque ficará muito feliz ao vê-la esperando o bebê dele.

Cora concordou com a cabeça.

– Talvez... afinal de contas, esta é a *única* coisa que posso dar a ele. Um herdeiro.

O telegrama do Duque dizia simplesmente: *Chegando esta noite. Wareham*. Até mesmo depois de considerar a natureza essencialmente pública daquela comunicação (que seria lida pelos responsáveis dos correios em Londres e em Lulworth, para não mencionar o garoto do correio), Cora sentiu intensamente a economia nas quatro palavras. Não havia nada para ela ali, nenhuma insinuação de que estivesse pensando em chegar em casa, em vê-la de novo. Até as cartas da Índia eram assinadas *Seu marido afetuoso, Wareham*. Na época, ela achara "afetuoso" não muito apropriado como expressão de carinho, mas agora teria recebido com prazer qualquer coisa mais conciliatória do que este singelo enunciado dos fatos. Ainda não conseguia acreditar que Ivo passava no país dois dias inteirinhos sem que ela soubesse.

Ela havia esperado o momento de seu retorno por tanto tempo, ensaiando mentalmente as conversas que teria com ele, planejando a comida, a companhia, as flores. Havia ordenado ao jardineiro-chefe, o sr. Jackson, que forçasse centenas de pés de jasmim para que estivessem prontos para a chegada do Duque, pois uma vez Ivo dissera à esposa que era a sua flor preferida. Havia praticado os duetos de Schubert que os dois tocaram juntos para poder tocar sua parte sem precisar ter a partitura. Passara muitas horas com o padre Oliver tentando reunir a complicada narrativa da família Maltravers, para poder se referir assim, como que por acaso, à gagueira do 4º Duque ou às linhagens de sangue dos galgos mestiços de Lulworth. Fizera tudo o que conseguira imaginar para ser uma Duquesa convincente. Uma Duquesa inglesa, que conhecia as regras, que sabia fazer mais do que gastar dinheiro. Não lhe ocorrera que Ivo talvez não estivesse tão ansioso quanto ela estava em fazer sua parte na reunião. Havia imaginado Ivo chegando o mais depressa possível de Southampton, picante e ardente. E aqui estava o tipo de telegrama que o Duque poderia ter mandado para seu mordomo. Com toda certeza, ela fora castigada pela questão do retrato, isolada aqui em Lulworth sem nada para fazer durante meses.

Resolveu não descer para o almoço. Não tinha nenhuma vontade de outra escaramuça com a Dupla Duquesa. Talvez mandasse chamar Sybil e separasse alguns vestidos para ela.

Bateram à porta, e um lacaio trouxe duas cartas que vieram na segunda posta do dia. Uma de Londres, outra de Paris. Na primeira, Cora reconheceu a letra da sra. Wyndham. A outra caligrafia também parecia familiar, mas foi preciso algum tempo para lembrar onde a tinha visto antes. Aqueles traços inclinados para trás que traíam a mão canhota do autor... lembrou das tabuinhas de marfim que eram usadas como cartões de dança nos bailes de Newport. Estendeu a mão, apanhou o cortador de papel e abriu a carta com impaciência.

Querida Cora.

Espero que eu ainda possa chamá-la de Cora. Receio ainda pensar em você como Cora Cash, embora eu saiba que você agora é aquela augusta criação, uma Duquesa inglesa. Escrevo-lhe porque estou indo para Londres no verão – fui convidado a dividir um estúdio em Chelsea e ganhei uma apresentação para Louvain, cujo trabalho, como você sabe, muito admiro. Naturalmente, a maior atração da Inglaterra é ser agora o país em que você vive. Imagino que os seus dias e as suas noites estejam cheios, mas será que poderei reivindicar o privilégio de velho amigo e fazer uma visita? Se, diante de nosso último encontro, essa perspectiva lhe parece dolorosa, só posso pedir desculpas antes de mais nada, mas você pode pensar em mim como um amigo cujo afeto não é senão desinteressado; por favor,

me avise. Afinal de contas, nós nos conhecemos desde pequenos e espero que esta amizade continue.
Seu amigo afetuoso,
Teddy Van der Leyden

Lendo a carta, Cora sentiu na base da coluna vertebral uma dor indefinida, que havia começado ao ver o nome Louvain. Não sabia se Teddy ouvira falar do retrato, mas, enquanto lia, percebeu que ele não teria escrito tão abertamente se soubesse daqueles seus *contretemps* do verão. Ele ainda estava em Paris, Cora refletia, por isso era bastante possível que o pequeno escândalo não tivesse chegado até ele. Estava certa de que, em algum momento, Teddy acabaria sabendo, mas pelo menos teria a chance de falar com ele primeiro. Pensou tristemente que o tom daquela carta era mais afetuoso do que qualquer coisa que havia recebido de seu marido. Teddy escrever para *ela*. As cartas de Ivo eram bem escritas, cheias de observações sardônicas sobre os marajás indianos e suas cortes e sobre as dificuldades de prever o comportamento instável do Príncipe Eddy. Embora fossem correspondências cuja leitura valesse a pena, não eram as cartas que ela gostaria de ler. Cora desejava uma carta que fosse para ela, somente para ela, uma carta que lhe desse algum vislumbre de seu coração. Tirando-se algumas observações menos circunspectas sobre o Príncipe, não havia nada nos escritos de Ivo que não pudesse ser publicado no *Times*. Era como se elas fossem enviadas apenas com o objetivo de ser um registro de sua visita à Índia; em nenhum lugar Cora encontrou uma sentença, ou mesmo uma frasezinha – e ela havia examinado minuciosamente – que indicasse que ele escrevia para a mulher que ainda amava. Ela tivera a esperança de que talvez essa ausência de emoção epistolar fosse um daqueles hábitos ingleses que tinham de ser entendidos e tolerados, como aquela estranha relutância em apertar mãos ou o orgulho de falar com um sotaque tão exagerado que era quase incompreensível. Cora sabia muito bem que ainda estava aprendendo os costumes daquela terra, mas a carta de Teddy com aquela declaração de amizade aberta só a fazia se perguntar se a reserva de seu marido não seria resultado de sua educação e também um sinal de que ele já não se importava com ela.

Cora escreveu uma cartinha para Teddy, convidando-o para uma visita no verão, segundo suas conveniências. Exaltou a belezas de Lulworth descrevendo a cidade: a luz aqui realmente é mais suave e mais clara no final da tarde do que qualquer luz que temos em nossa terra. E deu uma pista sobre o iminente parto: quando nos virmos, espero poder apresentá-lo a um novo membro da minha família. Essas eram palavras de uma Duquesa inglesa, pensava ela. No final, tentou corresponder à sinceridade dele a com a sua: "Estou muito ansiosa por vê-lo novamente. A minha vida mudou muitíssimo, mas não tanto que eu possa dispensar os amigos da minha juventude. Agora posso ser chamada de Duquesa, mas continuo uma garota americana que às vezes sente falta de sua terra natal. Por favor, venha a Lulworth, terei imenso prazer em vê-lo novamente. Sinceramente, Cora Wareham." Leu a carta inteira e acrescentou um P.S.: "Aguardo ansiosamente para apresentar você ao meu marido."

Endereçou a carta a Teddy, aos cuidados do Traveller's Club e tocou a campainha, chamando o criado. Depois que a pequena nota foi seguramente despachada, voltou-se para a outra carta. Era uma dissecação da temporada londrina até o momento, cheia de mexericos; a sra. Wyndham agora atuava como patrocinadora das gêmeas Tempest, de São Francisco, que eram muito ricas e muito atrevidas e já haviam conquistado meia dúzia de pretendentes aristocráticos. Wyndham escrevia: "Mas, minha querida Cora, elas sabem muito bem do seu casamento magnífico e já se declararam indiferentes a qualquer um abaixo do nível do Duque. De fato, estão sempre especulando se não deveriam passar o resto do verão na Europa Continental, onde seria bem mais fácil se tornarem princesas. Em vão, já mostrei que um marquês ou um conde com título antigo aqui na Inglaterra é o mesmo que qualquer príncipe continental, mas, agora que você é uma Duquesa, elas não conseguem pensar em outra coisa senão superar o seu nível!"

Cora sorriu a isso. Ela sabia que a sra. Wyndham estava preocupada por perder alguns de seus mais promissores *protegés* para Paris ou a para a Itália, onde havia abundância de príncipes e duques. Winaretta Singer, a herdeira da empresa fabricante de máquinas de costura, fora direto para Paris para seu *début* e se casara com o Príncipe de Polignac oito semanas depois de sua chegada. Os únicos príncipes na Inglaterra eram de sangue real e ainda estavam fora do alcance do dinheiro americano. Cora achava a sociedade parisiense bem menos receptiva do que Londres. Graças a uma série de governantas francesas, a jovem falava a língua com certa fluência, e mesmo assim tivera dificuldade para acompanhar a conversa frágil com o sotaque quebradiço do *bon ton* parisiense. Além do mais, corria que todos os franceses mantinham amantes, quer fossem casados, quer não. Ela se lembrava de ter visto uma francesa arrebatadora no *Bois de Boulogne*, que usava um vestido listrado de seda lilás enfeitado com renda preta, mas fora o andar sinuoso da mulher que prendera a atenção de Cora. A francesa se movimentava com tanta fluidez que ela se vira olhando pelo simples prazer de ver a mulher deslizar pelas alamedas de cascalho do *Bois*. Quando perguntou à Madame St. Jacques, sua companheira em Paris, quem era a mulher, a resposta foi bastante prosaica: era Liane de Rougement, naquele momento sob a proteção do barão Gallimard "... embora tenha corrido por aí que ela poderá transferir seus favores para o Duque de Ligne". Cora tentou esconder seu espanto. Ela sabia que existia esse tipo de mulheres, naturalmente, mas não esperava encontrar uma tão imaculadamente bem vestida e caminhando despreocupada pela nata da alta sociedade parisiense. Não, ela não invejava a Princesa de Polignac.

Cora passou os olhos pelo resto da carta da sra. Wyndham. Embora entendesse por que essa senhora sentia a necessidade de desfiar a genealogia de todas as pessoas que mencionava ("Fui aos Londonderrys na noite passada, a marquesa é uma Percy, aparentada com os Beauchamp por sua mãe" – este era um conhecimento que Madeline Wyndham sentia ser essencial se a Duquesa americana quisesse ser aceita em seu novo ambiente), Cora achava enfadonha aquela meada de conexões. Todavia, o penúltimo parágrafo realmente despertou seu interesse. A sra. Wyndham descrevia os *tableaux vivants* apresentados por Lady Salisbury no dia anterior, como ajuda para a Cruz Vermelha. O tema dos *tableaux* tinha sido as grandes mulheres da história. A Duquesa de Manchester apareceu como a rainha Elizabeth, Lady Elcho foi Boadicea em uma biga puxada por pôneis de verdade, mas a *pièce de résistance* seria Charlotte de Beauchamp como Joana d'Arc – "no ensaio, ela esteve magnífica, vestida como um menino soldado". Contudo, no intervalo entre o ensaio com as roupas de manhã e a representação em si, Charlotte de Beauchamp simplesmente desaparecera. "No final, Violet Page teve que tomar o lugar dela, mas Violet não era nenhuma substituta para Lady Beauchamp. Eu podia ver que Sir Odo, na plateia, não tinha a menor ideia do que havia acontecido com a esposa, embora tenha dito que ela se queixara de dor de cabeça naquela manhã. De minha parte, achei que ela parecia o retrato da saúde no ensaio com as roupas. Suas Altezas chegaram a expressar suas preocupações."

Cora ficou surpresa com a história. Era difícil imaginar o que impediria Charlotte de assumir o centro do palco diante do Príncipe e da Princesa de Gales. Ela achava improvável que algo trivial como uma dor de cabeça desanimaria Charlotte de representar em um evento como esse. Os papéis nos *tableaux vivants* de Lady Salisbury eram entusiasticamente disputados. Os personagens principais eram reservados para as belezas reconhecidas do momento. Cora pensou que algo bastante importante deveria ter acontecido para impedir Charlotte de pisar no palco em sua roupa de Joana d'Arc, suas longas pernas esguias vestidas apenas com a malha.

No final da carta, depois de uma delicada insinuação de que Cora poderia gostar de receber as gêmeas herdeiras ("você descobrirá que elas estão bastante deslumbradas e até intimidadas por você"), a sra. Wyndham escreveu: "Acabo de ouvir que o Duque voltou. Você deve estar muito contente por tê-lo em casa. Acredito que aquele infeliz incidente com Louvain agora esteja completamente esquecido e que você possa assumir na sociedade a posição que é sua por direito."

Cora pôs a carta no colo e se encostou na poltrona – a dor nas costas agora estava mais acentuada. Evidentemente, era a última pessoa no país a saber que seu marido estava de volta. Até a sra. Wyndham sabia mais sobre os movimentos do Duque. Era humilhante. Levantou-se penosamente e começou a se movimentar bem devagar pelo quarto. Quando parou para olhar pela janela, que dava para os gramados descendo até o mar, mal conseguiu distinguir uma forma rosa e uma verde indo em direção à casa de verão. Só podiam ser sua sogra e Sybil. Os olhos de Cora estavam péssimos para distinguir os rostos, mas sentiu-se animada, imaginando Fanny encontrando a estátua de Eros e Psiquê de Canova no pavilhão. Era uma bela peça, mas Cora achava que a sogra não compartilharia esse ponto de vista. Foi interrompida em seu pensamento por uma repentina aceleração da dor bem incômoda nas costas, como se dedos de ferro estivessem espremendo suas entranhas. Pôs a mão na moldura da janela para se firmar, e a dor acalmou. Sir Julius dissera que, se aquela sensação viesse com regularidade, era sinal de que o bebê estava chegando. Encostou a testa no vidro e expirou profundamente, tentando calar seus pensamentos borbulhantes. Ela não queria que o bebê chegasse hoje, queria estar pronta, cheirosa e encantadora, com o colar de pérolas negras em volta do pescoço, quando o marido retornasse. Ainda que ele não se importasse mais com a esposa, ela queria estar com sua melhor aparência. Contudo, assim que as formas rosa e verde desapareceram dentro da casa de verão, sentiu outro espasmo e entendeu que aquilo estava além de seu controle. Tocou a campainha e se sentiu aliviada ao ver sua criada entrando no quarto momentos depois.

– Bertha, você precisa mandar chamar Sir Julius. Acho que está na hora! – Cora estremeceu. – Desça até o correio e passe um telegrama dizendo-lhe que venha logo.

Bertha olhou para ela muito preocupada.

– Claro, srta. Cora, mas você acha que pode ficar aqui sozinha? Não gostaria que eu chamasse a Duquesa Fanny ou Lady Sybil?

Cora fez uma careta.

– Não, de modo algum. Não quero ver ninguém, especialmente a Duquesa. Não quero que ela comece a se intrometer na minha vida de novo. Não, pegue a carroça e desça até a vila o mais depressa que puder. Mande o telegrama e espere a resposta. Com um pouco de sorte, Sir Julius pegará o trem da tarde.

Bertha hesitou. Ela via que o rosto da srta. Cora ficara pálido e que havia gotas de umidade na testa, ao longo da linha dos cabelos. No entanto, a criada sabia que era melhor não discutir com sua patroa.

A caminho do estábulo, não sabia se deveria contar a algum dos criados... a Mabel, talvez; mas ponderou que não se podia confiar em ninguém. A notícia cairia nos ouvidos de Bugler, e aí seria apenas uma questão de tempo para a Dupla Duquesa saber de tudo. Nada do que acontecia em Lulworth podia ser escondido da Duquesa Fanny por muito tempo... ela tinha o olho implacável da sra. Cash para detalhes.

Havia um espelho manchado na chapeleira no corredor entre a escada dos criados e a porta dos fundos que dava para o pátio do estábulo. Bertha viu seu reflexo e ajustou o chapéu para que ficasse inclinado no melhor ângulo, a aba lançando uma leve sombra sobre seus olhos.

O sr. Veale, o chefe dos correios, ficou surpreso ao ver a criada. Normalmente os telegramas da casa eram trazidos pelo garoto do estábulo. É claro que ele estava alerta para o que vinha implícito na chegada da criada: o conteúdo deste telegrama deveria ser mantido em particular. Examinou curiosamente a criada da Duquesa, que lhe entregou o formulário. Ouvira falar sobre ela através de sua sobrinha, que trabalhava na destilaria da casa: "A Duquesa lhe dá vestidos que mal e mal foram usados... olhando para ela, não se saberia que está em serviço".

Olhando para Bertha (que era um pouco mais alta do que ele), o sr. Veale pensou que seria quase verdade, apenas o tom de sua pele indicava que ela jamais seria confundida com uma senhora.

Ele datilografou o recado: "Por favor, venha logo, Cora Wareham." Quando terminou e recebeu a confirmação do correio, em Cavendish Square, olhou para a criada.

– Já chegou lá, srta...

– Jackson – a voz da criada era profunda, e seu sotaque era forte.

– Mandarei um dos meninos subir com a resposta, srta. Jackson.

Bertha fez uma negação com a cabeça.

– A Duquesa quer que eu espere.

O sr. Veale sentiu uma coceira sob o colarinho duro de seu uniforme. Ele se arrepiou com a insinuação de que seus garotos não mereciam confiança com uma mensagem de natureza confidencial. Quis protestar, mas lembrou que a Duquesa e sua criada eram estrangeiras. Elas não sabiam como as coisas eram feitas aqui.

– Bom, então sente-se, srta. Jackson.

Ele falou bem claramente, para ter certeza de que ela entenderia, e fez um gesto em direção ao banco de madeira encostado na parede do correio.

– Muito obrigada, mas prefiro o ar livre. Vou dar uma voltinha pela vila.

O sr. Veale observou enquanto ela permanecia parada na porta, abrindo seu guarda-sol. Neste ângulo, de costas para ele, a criada realmente parecia uma senhora.

Bertha descia lentamente a rua da vila. Não estivera na vila de Lulworth mais de uma ou duas vezes desde que havia chegado à casa. Em seus raros dias de folga, preferia caminhar no parque ou ficar em seu quarto, lendo revistas ilustradas. Era uma rua bem bonitinha, as casas todas construídas com a mesma pedra cinzenta, a maioria dos telhados cobertos de palha, embora alguns dos maiores fossem de telhas de ardósia. Bertha ficou impressionada quando viu esses bangalôs com telhado de palha pela primeira vez. A srta. Cora os chamara de antiguidades, mas Bertha achava que pareciam velhos e surrados. Achava que as calhas salientes pareciam as sobrancelhas grossas de velhos. Ela girava o guarda-sol, cuja cor combinava exatamente com o tom creme da blusa. A srta. Cora encomendara os dois ao mesmo tempo: ela só andaria com um guarda-sol combinando com sua roupa.

Bertha sabia que estava sendo observada enquanto descia a rua. Havia algumas mulheres pendurando a roupa lavada. Era um belo dia, e o banco na frente do Square and Compass estava, como sempre, cheio de pessoas idosas. Ela se espantou ao chegar a Dorset e ver como os moradores eram pequenos. Em sua terra, ela era alta, mas não demais. Entretanto, aqui na vila, sentia-se como um gigante. No campo, sempre via homens que mal chegavam a seu ombro trabalhando. Olhava para as casinhas com seus telhados carrancudos e portas baixas e começava a achar que os moradores simplesmente não tinham espaço para crescer. Ao passar pela corda com as roupas penduradas, viu que os aventais e as anáguas eram remendados e gastos, lembrando as roupas estendidas lá na Carolina do Sul. Alisou as saias. A seda a lembrava de que havia escapado daquela vida esfarrapada. Não fosse pelo reverendo e a sra. Cash, Bertha estaria como essas mulheres, pendurando trapos. Tentou imaginar se sua mãe teria recebido a última carta com o dinheiro que enviara: 25 libras, o que era igual a 125 dólares. Quantas mães teriam filhas que podiam enviar todo esse dinheiro? Esse pensamento e o farfalhar da saia de seda a distraíram do fato de não ter notícias de sua mãe desde que chegara à Inglaterra e da percepção de que, por mais que forçasse os olhos, já não conseguia visualizar o rosto da mãe.

Deu meia-volta e retornou ao correio. O sr. Veale estava de pé na porta, acenando para ela.

– A resposta já chegou, srta. Jackson.

E entregou o telegrama.

Estarei no trem das 5 horas, Julius Sercombe.

Bertha sentiu os ombros caírem com o alívio e enfiou o papel no bolso.

– É só isso, srta. Jackson? – o sr. Veale flutuava cheio de curiosidade.

– Sim, muito obrigada.

– Confio que esteja tudo bem na casa. Devem estar todos animados com o retorno do Duque...

Bertha assentiu e tomou as rédeas do burrinho, ciente de que a patroa estaria contando os minutos até que ela chegasse O chefe do correio limpou a garganta nervosamente.

– Por favor, transmita meus respeitos à Sua Graça e diga-lhe que estaremos honrados se ela vier visitar o correio. Eu me sentirei muito feliz em mostrar-lhe a máquina do telégrafo quando ela quiser. É o último modelo, semelhante a qualquer coisa na metrópole.

Bertha disse:

– Sim, darei o recado... e agora, por favor, com licença! – e deu uma chicotadinha no traseiro do burro.

Por que diabos aquele homem imaginava que a srta. Cora desejaria visitar a agência do correio? Talvez ele tivesse pensado que haveria algum dinheiro envolvido...

Ela saiu pela estrada que ia da estação aos portões da casa. Ouviu os sinos da igreja baterem quinze para... – havia levado uma hora e meia. Esperava que a srta. Cora estivesse conseguindo suportar. Deu outra chicotada no burrinho. Avistou um homem alguns metros à frente, caminhando na beira da estrada – ele se movimentava com energia, braços e pernas se mexendo, cabeça erguida, muito diferente daqueles velhos que se arrastavam do lado de fora do *pub*. Também estava muito bem vestido, usando um paletó escuro e um chapéu de feltro. Uma deliciosa suspeita passou por ela quando agitou as rédeas para o burro andar mais depressa. Conforme a distância entre os dois diminuía, Bertha sentiu um frio na barriga e o sangue correndo para seu rosto.

– Jim! – chamou, com a voz estalando de animação.

O homem parou e se virou. Por um momento ela achou que talvez estivesse enganada. Ele estava com a pele bem mais escura e o rosto bem mais fino do que ela lembrava... mas então ele tirou o chapéu e correu para ela.

– Eu estava justamente pensando em você! – disse ele, e sorriu.

Havia novas rugas em volta de seus olhos e sua boca, mas ela bem lembrava o olhar que Jim lançava agora para ela. Sorriu e abriu os braços.

Depois de alguns minutos, ele falou:

– Que golpe de sorte encontrá-la em uma estrada desse jeito! Durante todo o caminho, vim pensando em como poderia conquistá-la – ele havia subido na carroça e estava sentado ao lado de Bertha, perna contra perna, as mãos se tocando quando ela mexia com as rédeas.

Jim suspirou no ouvido de Bertha antes de continuar.

– Por que não damos uma paradinha no mato... só um pouquinho, antes de subirmos até a casa? Ah, Bertha, é tão bom vê-la de novo!

Pôs as mãos sobre as dela, que sentiu esse toque inundá-la por inteiro. Bertha se encostou em Jim e permitiu que ele pegasse as rédeas e conduzisse-os para a beirada do parque. Ela observou enquanto Jim saltava com leveza e amarrava as rédeas em uma árvore. A pele dele estava bem mais escura do que a criada lembrava, seus cabelos tinham um tom mais claro, mas a expressão era a mesma: olhos azuis famintos e brilhantes. Jim estendeu a mão, e Bertha hesitou um segundo, pensando no rosto branco de Cora, mas ele a puxava para baixo, e não havia espaço em sua mente para qualquer outra coisa senão o fato de ele estar bem ali.

Por fim, ela o afastou.

– Não podemos... não agora! – e tentou empurrá-lo quando ele se inclinou para beijar seu pescoço.

– Esperei tanto por isso! – a voz de Jim era abafada nos cabelos dela.

– Eu sei, mas o bebê da srta. Cora está para nascer, e ninguém está com ela. Tenho que voltar!

Mas Jim não a soltava.

– Fique comigo, Bertha. Ela tem um marido e a casa cheia de criados! Eu só tenho você, e você não imagina como eu queria estar a seu lado!

Ela sentia os dedos de Jim remexendo em seu colarinho. Bertha se curvou, afastando-se dele e o encarou.

– O Duque não está lá, e ela não quer que ninguém saiba até o médico chegar!

Os dedos de Jim pararam de tentar desenredar os botõezinhos de madrepérola e passá-los pelos minúsculos laços.

– O Duque não está em Lulworth? – perguntou ele relutante.

– Ele mandou um telegrama dizendo que estaria aqui esta noite. Quer dizer que você pensou que ele já estaria aqui? – Bertha sentiu-se nervosa.

Será que Jim havia brigado com o Duque? Será que perdera seu posto?

– Achei que estivesse. Quando ele não voltou esta manhã, pensei que tivesse vindo para cá e esquecido de mandar me chamar... – franziu as sobrancelhas. – Sua Graça não ficará feliz se voltar para o clube e descobrir que eu fiz as malas e trouxe tudo para cá! Bom, não posso fazer nada – Jim sorriu para Bertha. – Eu só vou dizer ao Duque que não aguentei ficar mais nem um minuto longe de você. Ele vai compreender.

Bertha sentiu-se aquecida pelo sorriso, mas não conseguia eliminar uma pontada de pena de Cora. Abanou a cabeça.

– Tenho que voltar, Jim... Está na hora de a minha patroa ter seu filho, e ela precisa de mim.

Jim puxou Bertha para si e a agarrou.

– Ah, ela não precisa de você como eu!

A criada sentiu a respiração dele forte e apressada. Sentia o cheiro da goma de seu colarinho derretendo. Relaxou um pouco abraçada a Jim, lembrando como os dois se davam bem, mas, de repente, desenroscou-se dele e pulou para dentro da carroça. Não acreditava que Jim a deixaria ir espontaneamente, e sabia que era preciso bem pouco para ele a convencer a ficar por ali.

CAPÍTULO 23

Um ramo de cerejas

Bertha não bateu, entrou direto e viu Cora encostada na lareira com as mãos estendidas, o rosto contorcido pelo esforço para não gritar. Sybil estava de pé ao lado dela com um lenço ensopado com água-de-colônia, e dizia:
– Por favor, Cora, deixe que eu vá chamar a mamãe!
Cora ofegava:
– *Nnão... eu... nnão... queero...* ela... se intrometendo.
Em seguida, o espasmo passou, e ela se ergueu e viu Bertha.
– Sir Julius está chegando, srta. Cora! Ele vai estar aqui em breve.
Bertha bem gostaria de tocar o braço de sua patroa para tranquilizá-la, mas sentiu-se constrangida com a presença de Sybil.
– Ai, graças a Deus! Não sei quanto mais disso vou aguentar! – e se encolheu quando começou outra contração.
Bertha disse:
– Com licença por um momento, srta. Cora... acho que eu sei o que pode ajudar nessa dor.
A criada saiu disparada pelo corredor, desceu barulhentamente a escada sem tapete dos criados e foi para o labirinto de peças por trás da área da criadagem. Bateu na porta da despensa, onde sabia que Bugler estaria. Ele usava camisa de mangas longas, polindo um castiçal de prata.
– Sr. Bugler, a Duquesa precisa da chave do armário dos venenos – falou Bertha, estendendo a mão.
Assim que fez isso, percebeu que tinha sido um erro. Bugler não gostava de gente que tomava liberdades: o armário dos remédios era responsabilidade dele.
– Ah, sim. Eu poderia saber por que a Duquesa não me chamou ela mesma?

Bertha engoliu em seco.

– Ela está indisposta, sr. Bugler. Não quer ver ninguém neste momento.

Bem devagar, Bugler soltou o castiçal e fez sinal para que Bertha o acompanhasse. Tinha esperança de que o mordomo não compreendesse plenamente o significado de sua missão. Quando ele abriu o armário dos remédios, que ficava debaixo do armário em que toda a louça mais valiosa era guardada, ela se dirigiu para lá, na esperança de ver logo o vidrinho, mas Bugler foi mais rápido, postou-se na frente do armário, obrigando-a a pedir o frasco do remédio para tosse.

Bugler entregou o vidrinho resmungando.

– Você vai trazê-lo direto de volta quando Sua Graça não precisar mais, srta. Jackson. Eu não gosto de deixar estes preparados soltos por aí. Algumas das criadas podem ser muito bobinhas. – ele encarava Bertha.

No entanto, ela manteve os olhos abaixados e pegou o remédio com o ar mais respeitoso que pôde. Viu-se até dobrando os joelhos de forma conciliatória. Isso funcionou, é claro, pois Bugler não disse mais nada e virou as costas para ela, transformando o ato de trancar novamente o armário em um espetáculo grandioso.

Bertha caminhou o mais depressa que pôde sem realmente correr até a escada dos criados. Quando passou pela porta da cozinha, escutou a barulhada de boas-vindas em torno de Jim. As outras criadas gostavam bastante dele: era um rapaz que havia feito grandes realizações. Não seriam tão receptivas (pensou Bertha) se soubessem que era ela a namorada dele.

Ao chispar como um caranguejo pelas escadas – as anáguas não a deixavam subir de dois em dois degraus –, Bertha tropeçou, e o vidrinho caiu. Por um segundo, gelou, achando que ele se espatifaria nas tábuas, mas o robusto frasco marrom era à prova de dedos trementes e não sofreu nenhum dano. O remédio para tosse era famoso por conter grandes quantidades de éter que, segundo dizia o rótulo, amortecia todas as dores e sofrimentos. Bertha certa vez tomou um pouco, por causa de uma dor de dente, quando chegou à Inglaterra, e ficou impressionada como aquela dor aguda se tornou menos intensa. Não se sentira tentada a pedir mais depois que a dor diminuiu, mas sabia que muitas garotas guardavam um vidrinho debaixo do colchão. Uma delas havia tomado tanto, antes do Natal, que ficou com os olhos vidrados e as mãos encharcadas de suor, e derrubou todo um serviço de chá no chão da copa. O salário de um ano da garota era apenas uma fração do preço do serviço e, por isso, ela foi demitida. Quando o quarto dela foi revirado, encontraram dez vidrinhos do remédio de Hallston debaixo do colchão. Desde então, todos os remédios eram guardados no armário dos venenos.

Cora estava caminhando para lá e para cá agarrada a Sybil quando Bertha voltou. Ela torceu o nariz enquanto tomava o remédio, mas daí a pouco Bertha viu os olhos da patroa começarem a perder o foco. Sybil levou-a até uma *chaise-longue*, e, assim que a Duquesa se deitou, a criada começou a afrouxar as fitas e rendas do vestido e a desabotoar as botinas de pele de cabrito.

Quando o efeito do éter começou a desaparecer, Cora percebeu o que a criada fazia.

– Bertha! Eu quero estar bem quando o meu marido chegar! Você tomará as providências, não é?

Bertha sorriu.

– Não se preocupe com isso, srta. Cora.

E Cora estendeu a mão, pedindo um pouco mais do remédio.

A chegada de Sir Julius de Londres, cerca de quatro horas mais tarde, confirmou os boatos que corriam pela vila, de que a Duquesa havia entrado em trabalho de parto. Fora do *Square and Compass*, a conclusão dos fumantes de cachimbo de barro era que um menino saudável só poderia ser uma boa notícia, já que, sendo assim, muito dinheiro seria investido em melhorias na propriedade, para que o jovem tivesse alguma coisa para herdar. Todos haviam ouvido falar da fabulosa fortuna da nova Duquesa, mas até então ninguém vira comprovação disso em consertos das casas, escoamento de canais ou replantio de cercas-vivas. No empório, a conversa era mais de curto prazo, concentrando-se nos vestidos novos a serem usados no tradicional jantar dos moradores para comemorar o nascimento de um herdeiro do ducado. As mães não sabiam se alguma de suas filhas seria escolhida para trabalhar no quarto da criança. Os pais de grandes famílias, por sua vez, perguntavam-se se suas esposas ganhariam o emprego de amas de leite. Weld, o chefe da estação, antecipava a presença de alguém da realeza no batizado e pensava em arranjos florais; o auxiliar do vigário pensava em qual membro de sua turma de tocadores de sinos merecia a honra de anunciar a novidade.

Na casa, as criadas circulavam entre a atividade necessária para a iminente chegada do Duque e o desejo natural de se reunirem na cozinha para interpretar cada pedido de água quente ou lençóis limpos que vinha do quarto da Duquesa. Boa parte dessa discussão era teórica, já que nem a cozinheira, nem a sra. Softley, a governanta, jamais haviam parido – as criadas, naturalmente, eram solteiras, e o título de "sra." (em geral atribuído às senhoras casadas) em vez de "srta." era apenas honorífico, conferido com o posto. O sr. Bugler teve que entrar mais de uma vez para lembrar sua equipe de que o patrão era esperado a qualquer momento e que ainda não havia nenhuma lareira acesa na sala de música.

Lá em cima, no apartamento da Duquesa, havia períodos de calma pontuados por gritos que se tornavam mais intensos conforme a noite avançava. Esses gritos teriam sido bem mais altos se Sir Julius não fosse um entusiasta do uso de anestesia no parto. Ele não era nada a favor do argumento de que o sofrimento físico fosse parte indispensável do parto – castigo que se abatia sobre as mulheres desde que Eva experimentara o fruto proibido – e, em sua experiência, suas clientes aristocratas também não eram. Ele jamais assistir a um nascimento em que a mulher recusasse o abençoado alívio do clorofórmio.

O parto da Duquesa progredia lentamente, mas isso era esperado em uma primeira vez. Ele não se sentia muito à vontade com a ausência do Duque. Caso houvesse alguma dificuldade, era imperativo ter o consentimento do marido para quaisquer procedimentos que fossem necessários. A Duquesa de Buckingham, a famosa Dupla Duquesa, já havia insinuado que o Duque queria um herdeiro "acima de tudo o mais" – mas Sir Julius já tinha realizado um número suficiente de partos da nobreza para saber que os desejos da sogra nem sempre eram os do marido. Sinceramente, ele esperava que não houvesse nenhuma escolha a fazer, pois gostava da Duquesa americana. Quando ele lhe falara sobre o hospital, que estava construindo para que as mulheres pobres pudessem dar à luz em segurança, ela escutara atentamente e prometeu uma importância que fez toda a diferença em seus planos. O médico atendia outras pacientes, senhoras com dinheiro e posição, que organizavam partidas de *whist*, bazares e até concertos para ajudar o hospital, mas tinha a impressão de que faziam isso mais para seus próprios fins sociais do que por qualquer devoção maior à filantropia, e, certamente, as importâncias levantadas não tinham nenhuma relação com o esforço dispendido ou com o número de vestidos encomendados. Por isso, ele apreciava muitíssimo a forma direta como a Duquesa tratava do dinheiro.

A noite avançava, e ainda não havia nenhum sinal do bebê ou de seu pai. Cora estava perdida em um mundo crepuscular pontilhado pela dor: nadava para a consciência em uma contração, e, em seguida, o cheiro suave do clorofórmio a jogava de novo no vazio. Por fim, despertou com uma dor tão intensa que por um instante achou que estava sendo cortada ao meio. Então, escutou Bertha dizendo que estava tudo indo muito bem... e depois, o nada.

Quando voltou a si de novo, pedaços de conversas afundavam em sua consciência emergente.

– O nariz dos Maltravers, com certeza!
– Parto complicado, tive que usar o fórceps...
– Ele é moreninho como o pai!

E, então, escutou um som diferente, que a lançou em pleno estado de alerta: o som agudo e claro do choro de seu bebê.

Cora abriu os olhos e viu a sogra, um enorme corvo azul, segurando um pacotinho branco. Lutou para sentar-se, e lá estava Bertha, de seu outro lado, arrumando um travesseiro debaixo de suas costas.

Tentou falar, mas sua voz estava arranhada e rouca.

– Meu bebê! – e estendeu os braços.

A Dupla Duquesa olhou para Sir Julius do outro lado e abaixou a criança para que Cora pudesse vê-la.

– Aqui está ele, o Marquês de Salcombe!

Cora tentou tirar o bebê das mãos da Dupla Duquesa, mas Fanny recuou ligeiramente.

– Não prefere se recuperar um pouco, minha querida Cora? – perguntou ela com firmeza.

A jovem acenou uma negação com a cabeça e sussurrou:

– Dê o meu bebê...

A Dupla Duquesa olhou novamente para Sir Julius, que falou:

– Estou encantado em dizer, Duquesa, que a senhora tem um menininho saudável!

Em seguida, fez um gesto para a Duquesa Fanny, que teve que pôr a criança nos braços de Cora.

A jovem olhou para aquele rostinho enrugado, os olhinhos leitosos desfocados, os cabelos espantosamente fartos, e abraçou o filho.

A luz se fora, e Cora estava meio adormecida, com o bebê nos braços. A Dupla Duquesa havia saído, e agora só estava ali a enfermeira que Sir Julius trouxera, ocupando-se com o berço dourado entalhado que a sra. Cash enviara na semana anterior. Cora mal conseguia manter os olhos abertos quando escutou os primeiros toques dos sinos. O ruído se disseminava tão claramente pelo vale que ela não ouviu a porta se abrindo; aconchegou mais o bebê para protegê-lo do barulho e, de repente, sentiu a mão em seu rosto. Ali estava Ivo, ajoelhado a seu lado, os lábios tocando a cabeça do filho.

– Você tem um filho! – disse ela.

Ivo tomou a mão livre da esposa e a beijou. No mesmo instante, ela viu que o rosto do Duque estava suave com a ternura, sem nenhum vestígio de raiva ou de pressão. Ele voltara para ela, seria o marido que ela havia conhecido na lua de mel, agora pai de seu filho. Toda a espera havia terminado. Cora esqueceu tudo, toda a preocupação e toda a ansiedade, ao identificar a ternura no rosto de Ivo. Queria dar-lhe algo em troca.

– Pensei em dar ao bebê o nome de Guy, como seu irmão.

Ele não disse nada. Depois se levantou e virou o rosto para a janela. Por um momento horroroso, ela pensou que havia cometido um erro idiota. Ivo mal falava de seu irmão, mas Cora sentia que esse irmão sempre ocupava algum lugar em seus pensamentos. Ela quis mostrar que compreendia aquela perda, mas tudo o que havia feito foi lembrar a tristeza dele. Ia chamando o marido pelo nome quando ele se virou. O rosto de Ivo estava na sombra, e ela não conseguia enxergar muito bem a expressão, mas não havia nenhum equívoco no tom de sua voz.

– Obrigado, Cora. Agora tenho tudo o que eu queria.

E se deitou ao lado dela, que enfim conseguiu respirar aliviada.

CAPÍTULO 24

Protocolos

Cora examinou como ficaria a disposição dos convidados mais uma vez. O porta-cartões de marroquim vermelho para marcar os lugares em volta da mesa havia sido um presente de casamento da sra. Wyndham. Era a primeira vez que o usava, e bem gostaria que a própria sra. Wyndham estivesse presente – ela saberia se Lady Tavistock, como esposa de um homem do reino, teria precedência sobre Sybil, que era filha de um Duque. Naturalmente, Sybil não se importaria com o lugar onde se sentaria, desde que fosse perto de Reggie, mas qualquer quebra de etiqueta por parte de Cora seria atacada por seus detratores, especialmente a Dupla Duquesa.

O Príncipe de Gales só permaneceria por duas noites e vinha sem a Princesa, mas viajava com dois camareiros, um secretário particular e oito criados. Cora recebera instruções minuciosas e irritantes de sua sogra a respeito de como receber o visitante real. Lagosta ao Thermidor era seu prato preferido; ele gostava de tomar conhaque (e não vinho) depois do jantar; e não tolerava atrasos entre os pratos. Talvez desejasse jogar bacará depois da refeição e por isso Cora deveria assegurar-se de que houvesse bons jogadores que compreendessem que o Príncipe sempre deveria pensar que ganhou por conta de sua habilidade. Havia os sais de banho que ele preferia; a galinha assada fria de que gostava (perto da cama, para o caso de alguma fome no meio da noite), e o estandarte real, que deveria tremular no telhado enquanto o Príncipe estivesse ali.

Cora ficara encantada quando recebeu da Dupla Duquesa uma carta, dizendo que o Príncipe desejava ser o padrinho de seu filho. Um sinal como esse, de generosidade da realeza, era indício de que o caso Louvain não havia prejudicado de modo permanente seu mérito social. Depois de quase um ano de isolamento em Lulworth, ela ansiava pelo retorno a Londres – mas Ivo deu de ombros quando escutou a novidade:

– Mais problema do que vale a pena, mas não podemos recusar.

Em consequência disso, Cora procurou esconder o prazer que sentia com a visita real, mas sua mãe não tinha nenhum motivo para esconder nada. Os Cash, que haviam chegado poucos dias depois que Cora dera à luz, tiveram de voltar para Newport para o final da temporada. A sra. Cash achava exasperante a estada em uma casa da qual não era a dona, mas a perspectiva de se sentar ao lado do Príncipe de Gales mudava tudo. Então, passou um telegrama para o sr. Worth, em Paris, encomendando novos vestidos e mandou suas pérolas para serem novamente preparadas.

Cora apanhou o cartão que dizia "Teddy Van der Leyden". Ele seria o padrinho do pequeno Guy. Quando lançou a sugestão a Ivo, para sua surpresa, ele abriu um sorriso.

– Ora, é claro que ele precisa de um padrinho americano. Como é esse homem? Espero que tenha uma ferrovia, no mínimo...

Cora protestou, dizendo que Teddy vinha de uma família *knickerbocker*, família antiga, descendente dos primeiros colonos holandeses que absolutamente não eram do tipo donos de ferrovias (não que houvesse algo errado com as ferrovias), e que, na verdade, Teddy era um artista. Ivo a olhou um pouco mais de perto e depois deu uma gargalhada.

– Um pintor americano... minha mãe ficará *encantada*.

Os dois haviam concordado que Sybil e Reggie também seriam padrinhos. Cora tinha esperança de que isso pudesse acelerar um pedido de casamento, e Ivo via mais uma oportunidade de irritar a Dupla Duquesa. No entanto, quando Cora lançou o nome de Charlotte Beauchamp, Ivo hesitou.

– Você acha mesmo que a Charlotte é uma guardiã moral adequada? Não acredita que seria melhor alguém mais confiável? E Odo, que tal?

Cora insistira, apesar disso.

– Eu gosto de Charlotte, pelo menos ela não é chata.

Ivo olhou para fora da janela e acabou dizendo:

– Bom, se é isso que você quer, minha querida, não vou impedir...

E, nesta noite, Cora decidiu pôr Teddy ao lado de Charlotte. Naturalmente, ela mesma deveria sentar ao lado do Príncipe, mas pensou que Teddy acharia Charlotte intrigante – afinal, ela havia sido retratada por Louvain, o herói dele. A maior dificuldade era descobrir um lugar para sua mãe. Reggie Greatorex era bastante seguro, mas Cora sabia que sua mãe ficaria mortificada se não estivesse perto do Príncipe e, segundo o protocolo, a Duquesa Fanny teria que se sentar perto de Sua Alteza. Resolveu deixar a mãe do lado oposto, de modo que o Príncipe, visse o lado bom de seu rosto. Seu pai ficaria ao lado da Dupla Duquesa, para que Cora pudesse ver por si mesma se havia algum flerte por ali.

Finalmente, o plano dos lugares na mesa terminou. Ela precisava, mesmo, de uma secretária para escrever todos os cartões, alguma garota impecável que cuidasse de sua correspondência e soubesse a maneira correta de se dirigir a um baronete. Sua mãe e sua sogra haviam sugerido essa ideia, mas Cora não queria ter uma garota inglesa de nariz comprido e mal vestida chamando sua atenção para tudo o que ela desconhecia. Estava cansada daquela gente que trabalhava para ela e a fazia sentir-se uma roceira. Ficava doente com aquelas pequenas pausas que Bugler usava para indicar que ela havia atravessado algum inédito rubicão do comportamento correto. Quando Cora pediu que servissem em seus quartos o desjejum de todas as senhoras hospedadas na casa, ele fez uma pausa e depois disse:

– Em Lulworth, Sua Graça, é costume as senhoras descerem para o desjejum.

Cora havia olhado para ele de cima a baixo.

– Bom, está na hora de Lulworth adotar novos costumes. Não tenho a menor intenção de descer para o café da manhã e não me parece correto esperar que as minhas convidadas desçam.

Ela se virou para encerrar o assunto, mas Bugler não se mexeu.

– Muito obrigada, Bugler. É só.

Ele olhava para um ponto nos arredores de seus joelhos. Ela via um fiozinho duro escapando de sua narina.

– Peço desculpas, Sua Graça, mas será que a Duquesa de Buckingham saberá dessa mudança?

Bugler mantinha seu olhar baixo e a voz neutra, mas não havia equívoco no significado de suas palavras.

– Não tenho o hábito de consultar a Duquesa a respeito dos meus arranjos domésticos, Bugler... não que isso seja da *sua* conta. Pode ir.

Bugler saíra, deixando Cora sentindo-se idiota por se permitir a provocação. Tranquilizou-se pensando que o demitiria depois do batizado. Há muito tempo desejava fazer isso, mas não teve a coragem de tomar essa providência enquanto Ivo estava fora. Agora que ele estava de volta, Cora sentia que estava na hora de assumir seus encargos de dona da casa.

Olhou para o retrato de Eleanor Maltravers pendurado na parede na frente de sua escrivaninha. Ainda estava se acostumando a ter aquele quadro em seu quarto. Ele antes ficava no corredor que levava para a torre norte, em uma alcova escura. Cora um dia o encontrara ali, em uma de suas longas perambulações pela casa durante a gravidez, e ficara intrigada. A julgar pelo cetim laranja de seu vestido e pelo decote profundo, via-se que o retrato fora feito antes que a Senhora de Cinza ganhasse o apelido. Cora pensou que Eleanor deveria ter mais ou menos sua idade quando o retrato foi pintado, mas era difícil confirmar, pois ele estava imerso em camadas de pó e sujeira. Depois de certa hesitação, mandou o retrato a Duveen, em Londres, para ser limpo, concluindo que Ivo dificilmente faria objeções ao fato de ela restaurar uma pintura que ninguém notava há séculos. Havia se esquecido do quadro com a agitação do nascimento do bebê e o retorno de Ivo, e ficou surpresa quando o caixote foi entregue. Ivo levantou uma sobrancelha quando viu a marca de Duveen em estêncil na caixa e perguntou:

– Você andou fazendo compras de novo, Cora?

Ela abanou a cabeça, negando. Fez sinal ao lacaio para abrir a caixa, mordendo o lábio enquanto ele tirava os pregos da madeira. Ivo estava na porta, passando a mão na cabeça de seu cachorro e assoviando. Cora prendeu a respiração quando o criado começou a tirar os papéis do embrulho; a presença de Ivo a estava deixando nervosa. Então um pedaço da tela estava exposto, e Eleanor foi revelada. Sua pele agora estava branca e o vestido luminoso. A limpeza deixava claro que o fundo era cheio de detalhes, havia até um daqueles galgos mestiços enroscado em cima de uma almofada com franjas verdes. Ivo parou de assoviar e deu um passo para enxergar melhor.

– Esta é realmente Eleanor? – perguntou, examinando o retrato. – Puxa, ela é *algo!*

Cora escutava, esperando um tom de desaprovação, mas ele se virou e sorriu.

– Você é uma garota esperta, Cora! Eu passei por este quadro a minha vida inteira, mas acho que nunca o tinha visto de verdade antes. Obrigado por me fazer enxergar! – e pôs a mão no ombro dela, que sentiu o corpo afundar com o alívio.

Não queria que ele percebesse como havia ficado nervosa e, por isso, disse o mais animadamente que pôde:

– O sr. Fox diz que acredita ser um Van Dyck. O rosto, com certeza, ainda que o restante tenha sido terminado pelo ateliê – ela tomou a mão de Ivo. – Eu gostaria de pendurar este quadro no meu quarto. Você se importa?

– Claro que não me incomodo. Eleanor tem sorte... você a transformou de fantasma em beleza! Acho que temos de mandar limpar todos os quadros, está na hora de vermos as coisas de modo diferente por aqui! – Ivo balançou a mão de sua esposa. – Minha vassoura nova: é isso que você é! Quero que varra todas as sombras, toda a poeira! Você é a única que tem coragem de fazer isso!

– Coragem? – perguntou Cora. – Não é muito assustador mandar limpar alguns quadros.

Cora pôs o rosto perto do dele, regozijando-se com a aprovação. Ivo tocou o rosto dela.

– Não para você, querida. E é por isso que estou tão contente que seja a minha mulher.

Cora se lembraria desta cena sempre que visse uma sobrancelha erguida ou escutasse uma inspiração mais forte dos criados quando ela sugerisse alterações na maneira como a casa era administrada. Eles talvez não gostassem de suas ideias, mas nada disso tinha importância se Ivo as aprovasse. Se seu marido desejava um rompimento com o passado, nada a deteria. Ela não estava a fim de ser uma senhora cinzenta, abatida pelos cantos. Seria a Senhora de Lulworth.

Tocou a sineta chamando a sra. Softley. Queria fazer uma inspeção em todos os quartos de hóspedes para certificar-se de que estavam todos como deveriam estar, se aquelas fotografias medonhas do Duque e da Duquesa haviam sido retiradas. Nesse momento, Ivo entrou; estivera cavalgando e tirava o casaco enquanto ia até ela. Beijou-a de leve na boca.

– Bom dia, Duquesa. Como estão os planos de batalha? – espiou por cima do ombro para ver os lugares à mesa. – Perto de quem vou ficar?

– Entre minha mãe e Lady Tavistock.

– Cila e Caribdis, hein?! Bom, pelo menos o suplício será rápido: Sua Alteza não gosta de se demorar à mesa! Só prometa que não terei de jogar cartas com ele, que é um jogador lamentável... às vezes pode ser bem complicado deixá-lo vencer.

Ivo passou o dedo no pescoço de Cora visível acima do colarinho alto de sua blusa; ela pegou a mão dele e a beijou.

– Prometo que vou poupá-lo das cartas. Levarei as senhoras para a galeria comprida.

Cora sentia o dedo dele traçando os relevos de sua coluna por baixo da seda fina da blusa. Agora que estava ali, ele sempre a tocava. Essas últimas semanas com Ivo e o bebê tinham sido as mais felizes desde a lua de mel. Quando Cora lembrava como estivera preocupada antes do retorno do marido, quase dava risada. Desde que voltara, ele era tudo com o que ela havia sonhado. A presença de seus pais e a da Dupla Duquesa não haviam estragado nada. Fanny havia demonstrado um tato fora do comum ao convidar o sr. e sra. Cash para irem a Conyers antes do batizado. Cora não poderia sentir-se mais espantada com o convite, mas Ivo dissera:

– Parece que a Dupla Duquesa superou a aversão aos americanos, pelo menos aos homens americanos, eu diria. Quase sinto pena da sua mãe.

Cora precisou de um momento para entender o que ele estava dizendo, e então abanou a cabeça sem acreditar. Ivo deu uma risada.

– Desculpe, Cora! Será que ofendi as suas sensibilidades puritanas? – depois, ficou mais sério. – É assim que ela funciona!

– Você acha que eu deveria contar para a minha mãe?

– Pelo amor de Deus, *não!* Deixe a situação acontecer. Além do mais, eu quero ficar aqui sozinho com você.

Cora não podia recusar.

Agora Ivo estava puxando um cacho dos cabelos da esposa para fora do coque. Ela pôs a mão para detê-lo. Ainda havia muito a fazer. Cora disse:

– Venha comigo até o quarto do bebê. Quero mostrar uma coisa.

Ele soltou os braços, fingindo render-se.

– Como você quiser, querida, como você quiser!

Foi atrás dela pelo corredor até o quarto do bebê; não era o quarto dele quando criança, que ficava no lado norte da casa, em um andar mais alto. Cora havia preferido deixar o pequeno Guy e suas babás nos quartos adjacentes ao dela, não aguentava pensar que o bebê estivesse muito longe. A babá inicialmente resmungara porque perderia seu cantinho com uma escada que descia para a área da criadagem, mas Cora aumentou seu salário em dez libras por ano, e as objeções dela desapareceram.

O bebê estava no enorme berço dourado que a sra. Cash havia comprado em Veneza. Ivo rira quando o viu e disse que no mínimo devia ter sido feito com pedaços da Verdadeira Cruz. Ignorando a perturbação e a irritação da babá, Cora foi direto ao berço e pegou seu bebê. O corpinho dele pesava no ombro dela, e seus dedinhos foram direto para os cabelos da mãe, exatamente como os dedos do pai minutos antes.

– Ele sorriu para mim hoje de manhã, Ivo! Arregale os olhos para ver se ele imita você também!

Ivo abriu os braços para pegar seu filho.

– Você estava rindo para a sua linda mãe, homenzinho? Estou vendo que tem bom gosto!

Cora sentia-se radiante de orgulho e felicidade. Quando Ivo estava com o bebê, ela via que os olhos dele, em geral tão sombrios, eram na verdade de um castanho amarelado, cheio de manchinhas douradas. Ela sabia que Ivo desejava um herdeiro, mas não imaginara que o marido ficaria tão encantado por ser pai. A babá Snowden dissera em tom de censura que jamais tinha visto um homem passar tanto tempo no quarto do bebê.

Cora estava ao lado, sorrindo para o bebê nos braços dele. Foi recompensada com um rápido lampejo de gengivas e olhinhos faiscantes.

– Está aí, Ivo, ele está sorrindo para nós! – ela viu o rosto do marido tenso com a emoção, a boca em um código que ela não sabia decifrar. – Acho que ele vai ser um menino feliz!

– A felicidade é um talento – disse Ivo devagar.

Depois, beijou o alto da cabeça do bebê e o entregou à babá Snowden que estava indecisa na porta, mal conseguindo esconder a irritação com a presença do casal.

– Obrigado, Snowden – agradeceu Ivo. – Guy deve descansar para amanhã.

– Não se preocupe, Sua Graça. Sua Senhoria estará muito bem preparado.

Cora sentia sempre o mesmo estremecimento de espanto cada vez que ouvia seu filho ser chamado de "Sua Senhoria". Ivo podia rir da ideia de que a sra. Cash tinha de um berço, mas será que não era tão absurda quanto esta mania de dar a um bebezinho daquele tamanho um título? Parou para olhar a roupa do batizado, que estava em cima da mesa. Aquela peça estava na família há gerações, Ivo e seu pai tinham sido batizados com ela. A seda ficara amarelada pelo tempo, e a renda coberta de manchas marrons, como as mãos de uma senhora idosa. Àquela altura, Cora já sabia que era melhor nem falar em substituição...

Ivo a esperava no corredor, pegou a mão dela e a puxou para seu quarto, que não fora tocado nas reformas que Cora andara fazendo em Lulworth. O magnífico brocado azul no baldaquim estava empoeirado, meio esfarrapado, e as cortinas pendiam em dobras frouxas, desbotadas onde haviam sido tocadas pelo sol.

– Bom, agora sou eu que tenho uma coisa para mostrar a você, querida.

Fez Cora sentar em uma das pesadas cadeiras de madeira entalhada, foi até a escrivaninha e, com a chave, abriu uma gaveta, de onde tirou uma bolsinha de veludo. Foi até Cora e, ajoelhando-se diante dela, esvaziou a bolsinha em seu colo. Ela precisou de um tempo para se dar conta de que estava olhando para um colar com uma esmeralda do tamanho de um ovo de codorna no centro.

– Comprei em Hiderabad. Acho que será apenas magnífico o suficiente para você!

Cora ergueu as mãos para tocar as pérolas que usava, como sempre.

– Tire e experimente este.

Obediente, a jovem abriu o fecho do colar de pérolas, e Ivo envolveu seu pescoço com o novo colar. Era pesado e espetava, depois do peso suave das pérolas. Ele pegou a mão da esposa e a levou para diante do espelho, manchado pelo tempo. O reflexo era ligeiramente ondulado, mas não havia como disfarçar o esplendor daquele colar. A esmeralda caía logo acima dos seios; as facetas em forma de lágrima permitiam que ela brilhasse como um lago coberto de musgo de profundeza sem fim, e os salpicos do diamante acima dela pareciam uma cascata. Era a coisa mais espetacular que ela já vira em toda sua vida, nada chegava perto... nem mesmo na faiscante coleção de sua mãe.

– É inacreditável, Ivo!

Ela virava a cabeça de um lado para outro, admirando os raios verdes da gema. Por trás, Ivo pôs as mãos nos ombros de sua esposa.

– Até o *nizam* ficou impressionado! Ele quis comprar por duas vezes o preço que paguei, mas eu disse que este colar só poderia pertencer a você, porque você é a única mulher do mundo inteiro que não seria superada pelo brilho dessa joia!

– Acho que a minha mãe vai ficar morrendo de inveja! – comentou Cora.

– E a minha também – afirmou Ivo com um sorriso. – É o presente perfeito.

Naquele anoitecer, Cora usou um vestido de brocado dourado coberto por renda prateada. O tecido luminoso destacava os tons de bronze dos cabelos, e a esmeralda em seu pescoço fazia seus olhos irem do cinza ao verde. Ela falava com seu pai perto da janela da galeria comprida e de vez em quando se mexia, de modo que os raios do sol poente tocassem as gemas em seu pescoço e espalhassem reflexos pelo teto abobadado. Cora estava exatamente debaixo daquela sua constelação particular quando Teddy entrou e ficou parado por um instante, pasmo. A garota inquieta de que ele se lembrava se tornara uma força magnificente. Parecia mais alta do que a lembrança que ele guardara. Havia uma determinação que era nova: ela parecia ter assumido a forma final. Sentiu-se aliviado por Cora ter mudado tanto. Esta nova personagem tão grandiosa por fim afastaria de sua cabeça a memória da garota pedindo que a beijasse naquela noite em Newport.

O lacaio anunciou o nome de Teddy, e Cora voou para ele de braços abertos.

– Meu querido Teddy, mal posso acreditar que você realmente está aqui!

Ela se inclinou para beijar o rosto do amigo, e Teddy sentiu aquele cheiro sensual dos cabelos de que se lembrava no terraço em Sans Souci. Sabia que nada havia mudado – Cora poderia ser tão majestosa e tão ducal quanto quisesse, mas ainda era a mulher que ele desejava ter em seus braços.

Ainda segurando a mão dele, Cora sorriu conspiratoriamente.

– Acho que agora somos primos que se beijam, somos dois americanos no exterior...

– É claro, *Duquesa* – Teddy dava ao título todo o seu peso.

– Ora, por favor... você não vai ficar me chamando de *Duquesa*. Para você, sou Cora, ainda sou aquela mesma garota! – ela estava rindo, mas Teddy teve a impressão de perceber um pouquinho de ansiedade no tom daquela voz.

– Se você tem certeza de que isso é permitido...

Teddy sorriu ao pronunciar as palavras, mas aquela era uma questão real. Não sabia muito bem que resposta desejava. Percebeu a pequena cicatriz do lado de baixo do pulso que havia beijado uma vez e se perguntou, não pela primeira vez, o que Cora teria feito com a carta que ele escrevera antes do casamento... Ela a teria guardado como recordação? Cuidadosamente dobrada no compartimento secreto de uma caixa de joias ou enfiada em um livro de poesias? Ou a teria rasgado, ou jogado no fogo? Ela não respondera, claro... Teddy não esperava que Cora respondesse, mas bem gostaria de saber que expressão teria o rosto dela ao ler a carta. Cora encontrou seus olhos por um instante, e Teddy quis tanto beijá-la que precisou fechar as mãos nas costas para que não as estendesse para agarrá-la. Talvez Cora tenha sentido isso, pois recuou um pouquinho e disse com firmeza:

– Venha conhecer meu marido antes que o Príncipe desça!

Teddy a seguiu até a lareira, onde o Duque conversava com outro homem e com a garota de cabelos vermelhos de quem se lembrava do barco. Por um momento, o americano ficou sem saber se o Duque lembraria seu rosto, mas, quando se aproximava, pensou que os duques talvez não tivessem o hábito de prestar atenção em estranhos.

Cora se movimentava entre os dois, apresentando um ao outro. Teddy percebeu que ela estava nervosa e gostou daquilo. Ele desejava algum reconhecimento de seu passado, ver um fiozinho dos cabelos arrebentar na compostura aristocrática dela.

– Bem-vindo a Lulworth, sr. Van der Leyden! É a sua primeira visita à Inglaterra?

O rosto de Ivo estava polidamente curioso. Teddy não viu nenhum tremular de reconhecimento. O Duque parecia um tanto diferente do homem que o americano vira caminhando no convés do SS *Berengaria*. Parecia mais solto agora. E, como dizem os franceses, parecia muito feliz dentro de sua pele.

– Não, eu estive aqui há cerca de um ano e meio, quando voltava para a América. Creio que viajamos no mesmo navio. Lembro do seu nome na lista dos passageiros da embarcação.

Ivo inclinou a cabeça para observar Teddy devidamente.

– É uma pena que não tenhamos sido apresentados, você poderia ter me contado todos os segredos de Cora. Eu sei pouquíssimo sobre a vida americana de minha esposa.

O olhar de Ivo encontrou o de Teddy, que se esforçou para não piscar. O Duque o olhava bem de perto, como se soubesse exatamente como Teddy se sentia em relação à sua mulher. O jovem americano viu-se em posição de defesa em relação ao rival. O Duque talvez fosse uns dois dedos mais alto, mas Teddy se sentia mais forte.

Cora, que acompanhava a conversa, interrompeu-a, fechando a mão em torno do pulso de Teddy.

– Se eu tivesse algum segredo, sei que Teddy jamais teria contado! Nós, americanos, somos a alma da discrição!

– Não sei se todos os americanos, Cora, mas este com certeza é! – disse Teddy.

O aperto de Cora no punho de Teddy ficou mais forte.

– Bom, Teddy, você tem que ir falar com a minha mãe. Não pode adiar mais essa conversa com ela.

Teddy acenou para o Duque e disse:

– Acho que não é nenhum segredo que as garotas americanas devem ser obedecidas!

O Duque mostrou os dentes em um sorriso de quem estava se divertindo.

– Pela minha experiência, todas as mulheres esperam obediência...

Teddy se deixou levar até a sra. Cash, que olhou para ele sem entusiasmo. Ela detestava ser lembrada de seu acidente, e havia dito para Cora que achava a presença de Teddy, em Lulworth, de muito mau gosto.

– E como vai a sua mãe, sr. Van der Leyden... e a sua irmã? – ela mudou um pouquinho de lugar para que Teddy ficasse diante do lado bom de seu rosto.

– As duas estão muito bem, obrigado, minha senhora, embora eu tenha a impressão de que a senhora as tenha visto há bem menos tempo do que eu. Já faz um ano que estou na Europa.

– Ah, sim, creio que ouvi dizer que você estava em Paris... pintando – a sra. Cash diminuiu o volume da voz na última palavra.

Teddy não se abalou.

– Pois é, eu estava estudando com Menasche.

– E pretende voltar para Nova York, sr. Van der Leyden? Deve ser difícil para sua mãe ter o único filho tão longe!

– Bom, eu recebi da Biblioteca Pública de Nova York a encomenda de um mural e, por isso volto no outono.

Cora bateu palmas ao escutar a novidade.

– Puxa, Teddy, isso é esplêndido! Eu sei que você vai fazer algo maravilhoso. Qual é o tema?

Teddy percebeu que Cora estava realmente gostando e que a mãe dela não estava gostando nada dessa história.

– Ainda não decidi. Cheguei a pensar em fazer o mito de Perséfone. Eu só gostaria de poder usá-la como modelo, Cora... você seria perfeita.

Teddy tinha a intenção de fazer um elogio e ficou espantado ao ver o alarme no rosto de Cora.

– Que pena que estou aqui... Ser imortalizada em uma biblioteca pública seria *algo!*

Teddy estava dizendo que poderia trabalhar a partir de esboços quando escutou uma inspiração profunda e um farfalhar de saias. Então, o lacaio anunciou:

– Sua Alteza, o Príncipe de Gales.

Teddy deu um passo atrás. Não queria parecer ansioso para encontrar aquele homem. Tinha a esperança de ser imune ao fascínio da realeza, embora não conseguisse deixar de examinar minuciosamente o Príncipe. Ele era mais baixo do que havia imaginado e bastante redondo. Nem mesmo o *dinner jacket* (que o Príncipe preferia às caudas mais reveladoras do fraque) disfarçavam sua circunferência. A boca e o queixo estavam cobertos por uma barba *vandyke* pontuda, e ele fez uma avaliação geral da sala através de um par de olhos azuis gelados sob pesadas sobrancelhas.

A primeira pessoa a quem a realeza se dirigiu foi uma senhora loura, cuja reverência foi tão abjeta que sua testa praticamente tocou o chão aos pés do Príncipe. Ele sorriu a isso e beijou a mão da mulher quando ela ergueu novamente o corpo.

– Duquesa Fanny, é um prazer vê-la por aqui, no seu velho cenário!

Teddy percebeu que o sorriso de Cora perdia o calor, a reverência dela foi dura, quase um espasmo... uma vírgula em itálico em comparação com a fluente assinatura cursiva da outra mulher. Mas o Príncipe pareceu não notar e disse:

– Sim, estou muito satisfeito de *estarrr* de volta aqui e em companhia tão *encantadorrra...*

Cora guiou o Príncipe entre os convidados até onde sua mãe estava. A reverência da sra. Cash foi um modelo de dignidade: ela não abaixou a cabeça, manteve as costas eretas e os olhos fixos no rosto do Príncipe. Apesar da profundidade da reverência, não havia equívoco na régia inclinação da cabeça da sra. Cash: o sentido é que ela estava diante de alguém no mínimo de seu mesmo nível social. O Príncipe a cumprimentou pela filha.

– Não sei onde *estarrríamos* sem vocês, *amerrricanos*...

A sra. Cash meio que fechou os olhos, como se concordasse.

Cora olhou para Teddy e, relutante, ele deu um passo à frente.

– *Sir*, eu gostaria de apresentar o sr. Van der Leyden, que é um de meus amigos de infância e também um dos padrinhos de meu filho.

Teddy pensou por um momento que poderia manter-se firme, mas, quando o Príncipe parou à sua frente, viu-se curvando a cabeça como se empurrado pela força inexorável da régia austeridade.

– De que lugar na *Amérrrica*, sr. Van der Leyden?

– Nova York... *sir* – Teddy não conseguiu dizer "Sua Alteza".

– Cidade muito cheia de *enerrrgia*. Eu gostaria muito de voltar lá, mas nesses dias me é impossível ir a lugares tão distantes, tenho muitas responsabilidades. O dever antes do *prrrazer*, não é?

Teddy olhava para a forma redonda e para os olhos de pálpebras pesadas do Príncipe tentando descobrir exatamente quanto prazer aquele homem teria sacrificado pelo dever. Esse não era um rosto que desejasse pintar, pensou o jovem artista.

Quando serenamente o Príncipe seguiu adiante, Teddy olhou para a frente e viu que o Duque o observava. Surpreendeu-se ao perceber que o marido de Cora acenava imperceptivelmente com a cabeça, como se tivesse lido seus pensamentos e concordasse.

Alguém ofereceu uma taça de *champagne* ao Príncipe, que a recusou com um gesto e virou-se para Cora.

– Mas, minha *querrrida* Duquesa *amerrricana*, não poderíamos ter um coquetel? Encontrei um cavalheiro encantador da Luisiana que me mostrrrou como fazer um drink esplêndido, com *whisky, marrraschino* e *champagne*. Eu *gostarrria* muito de *saborrreá-lo* de novo.

O Príncipe parecia ansioso, embora plenamente consciente de que qualquer capricho seu naturalmente seria satisfeito. Cora fez um sinal para Bugler. Momentos depois, entraram dois lacaios carregando uma bandeja com garrafas, decantadores e uma enorme tigela de ponche de prata.

O Príncipe se ocupou misturando o coquetel.

– Uma parte de *whisky* para uma medida de *marrraschino* e duas doses de *champagne*. Agora, Duquesa Fanny, quero que experimente isso, e você também, sra. Cash. Vocês podem me dizer se tem o sabor que deveria ter.

As duas mulheres se aproximaram, a Dupla Duquesa com ansiedade, e a sra. Cash com a devida reticência republicana. O Príncipe derramou uma garrafa da *champagne* Pol Roger na mistura e, depois de mergulhar duas taças na tigela, ofereceu uma para cada senhora. A Duquesa Fanny tomou um gole e se pronunciou:

– Deliciosa, *sir*, embora um pouco mais forte do que estou acostumada.

– Esplêndido – disse o Príncipe, seu lábio inferior em pêndulo rebrilhando. – E o que acha, sra. Cash?

– Acredito que se beneficiaria com o acréscimo de um pouquinho de hortelã fresca...

O Príncipe olhou em espanto para ela por um instante; ele costumava pedir opiniões sinceras, mas não tinha o hábito de recebê-las. Houve uma pausa mínima enquanto ele se indagava se teria havido alguma afronta à sua dignidade e, de repente, deu uma risada e disse:

– Muito bem, agora sei por que as *amerrricanas* são anfitriãs tão boas, sra. Cash. Atenção ao detalhe. Sem a menor dúvida, *acrrrescentemos* a hortelã.

Teddy procurou não sorrir. Estava acostumado a ver a sra. Cash prevalecer, mas o grupo ali reunido não estava. Ele notou a loura, que agora sabia ser a Duquesa Fanny, examinando sra. Cash cautelosamente, como se estivesse reavaliando um adversário.

O Príncipe oferecia uma taça a Cora quando o lacaio anunciou:

– Sir Odo e Lady Beauchamp.

Teddy viu o Príncipe enrijecer e lembrou-se das instruções no bilhete de Cora.

– O Príncipe de Gales quebra todas as regras, mas espera um perfeito comportamento de todos os demais. Ele detesta quando as pessoas se atrasam, embora a Princesa seja famosa por sua falta de pontualidade. Portanto, faça o favor de descer para o jantar assim que ele estiver pronto. Nós, americanos, temos de ter um comportamento melhor do que o de todos, naturalmente, para escaparmos impunes.

Não obstante, o casal que entrava não parecia nem um pouco envergonhado pelo atraso. O sujeito estava ruborizado, seus olhos azuis saltados reluzindo, os lábios ligeiramente separados, mostrando seus dentinhos brancos. Ele fez uma graciosa reverência para o Príncipe, expondo a extravagante fartura dos louros caracóis de seus cabelos.

– Deve perdoar-me, sir, mas a minha mulher não conseguia decidir entre o *chartreuse* e o *mauve*. Ela não se mexia até que eu a aconselhasse, e você sabe que eu não conseguia tomar uma decisão. Ela estava simplesmente arrebatadora nas duas cores, e, no final, teve que usar o vermelho, como está vendo – ele fez um gesto para a esposa, que afundou em reverência de modo a expor seu decote.

– Alteza... – murmurou ela, erguendo a radiante cabeça loura para olhar para o Príncipe com um sorriso que não expressava nenhum arrependimento.

– É a sua anfitriã que terá que perdoá-la, naturalmente, embora eu esteja bastante inclinado a concordar com você, Sir Odo, pois o resultado valeu a espera.

O Príncipe fez um gesto para Lady Beauchamp. O vestido era de cetim vermelho vivo bordado em negro em um motivo repetitivo de abelhas, formigas e escorpiões. A linha do pescoço e a cintura eram guarnecidas com pedras de azeviche que se entrechocavam levemente quando ela se movimentava. Era um vestido teatral, até afrontoso, mas Lady Beauchamp era assim, pensou Teddy. Ela mantinha a cabeça bem erguida, e o jovem artista podia ver as linhas fortes de seu pescoço encontrando a clavícula. Era bela e terrível em igual medida, lembrava Salomé segurando a cabeça de João Batista, mas não era apenas seu perfil implacável, perfeito, que o fazia olhar para ela, transfixado. Ele já tinha visto essa mulher, um ano atrás, de pé na plataforma da estação de Euston com o Duque. Ele jamais perdoara a maneira como ela puxara a mão de Ivo para dentro de seu regalo – um intimidade feroz, em público. Ainda lembrava as curvas tão bonitas de seu rosto e a maneira como seus olhos estavam fixados no Duque. Era uma imagem que jamais o deixara, porque Teddy sabia que tinha visto o rosto de uma mulher dizendo adeus ao homem que amava.

CAPÍTULO 25

Eros e Psiquê

A sala de jantar em Lulworth ficava na parte mais antiga da casa. A entrada para o cômodo era abaixo de um lance de degraus rasos, e, até mesmo em uma noite de verão, parede e chão de pedra significavam que ali fazia alguns graus a menos do que no restante da casa. Nesta noite, contudo, a atmosfera quase de cripta era dispersada pelo calor dos doze candelabros de prata dourada sobre a mesa e pelo cheiro suave que vinha das touceiras de jasmim pelas janelas. A sala brilhava conforme a luz das velas atingia os copos de cristal, os brilhantes que pendiam dos candelabros, e os diamantes nos pescoços das mulheres. No entanto, o calor e a luz estavam apenas na superfície. De vez em quando, uma corrente de ar gelado passava por um ombro nu ou por um pescoço descoberto, e fazia a dona estremecer. Aqui o conforto não era a ordem natural das coisas: essa sala havia sido construída para conter as violentas bebedeiras de barões medievais que lutavam pelos favores do rei, não para sustentar a polidez empoada de aristocratas do *fin de siècle*. O chão era coberto principalmente por um tapete Aubusson, mas sob ele estava a pedra dura e fria. Os lacaios alinhados pelas paredes da sala sabiam muito bem disso, estavam de pé, em cima do perímetro gelado, esperando para puxar as cadeiras, encher copos e servir a comida a convidados que não se importavam com sua existência, assim como não se importavam com as cotovias cujas línguas estavam em *aspic* à sua frente.

Teddy esvaziou seu copo. Ele sabia que estava bebendo depressa demais. A aparência da mulher que vira na plataforma da estação o impressionara. Cora o chamou para levar Lady Beauchamp ao jantar, o que havia abalado qualquer fiapo de sua compostura *knickerbocker*. Charlotte havia percebido sua confusão, mas atribuíra a causa disso equivocadamente.

– Não se preocupe, sr. Van der Leyden, o vestido é só para fazer a cena. Eu não mordo.

Ela colocou a mão coberta por uma luva preta no braço dele com uma grande encenação de docilidade.

À mesa, ele teve um alívio passageiro quando Charlotte se virou para conversar com o homem à sua direita. Teddy ocupou-se em uma conversa agradável com Lady Tavistock, à sua esquerda, mas sabia que assim que terminasse a falsa sopa de tartaruga, não escaparia de Charlotte Beauchamp.

Lady Tavistock não estava muito interessada em Teddy desde que verificara que ele não era um americano rico. Quando ele disse que era artista, no rosto da mulher surgiu a expressão vivamente curiosa que ela teria ao visitar um instituto de cegos.

– Ah, que fascinante! Imagine você que eu nunca havia realmente encontrado um artista antes... quer dizer, não socialmente. É claro que a Duquesa Cora gosta muito de pintores. Estava na casa de Bridgewater quando Louvain mostrou o retrato. Foi uma sensação! – ela deu uma olhadela para a extremidade da mesa onde Cora escutava o Príncipe de Gales e assentiu. – Estou muito contente por vê-la de volta.

Teddy não entendeu muito bem a essência das observações, mas supôs que não precisava entender nada. Lady Tavistock era muito parecida com uma das amigas de sua mãe: mulheres treinadas desde o nascimento para calibrar a posição social. Elas acompanham o sucesso como os girassóis acompanham a curva do sol, mas, uma vez luz e calor desaparecidos, elas se tornam implacáveis. Sentiu uma espécie de alívio culpado. Em Paris, havia imaginado Cora invencível, e, mesmo assim, aqui ela estava sujeita ao escrutínio de mulheres como Lady Tavistock.

Ele ainda tentava entender a presença de Lady Beauchamp aqui em Lulworth. Cora saberia da ligação dela com seu marido? Teddy sabia que *liaisons* com mulheres casadas eram lugar-comum em Paris e supunha que aqui também, mas não conseguia imaginar Cora recebendo complacentemente a amante de seu marido. A ideia de uma rival seria bastante estranha para ela, que havia sido educada para ser o prêmio, não a mulher que fingia não enxergar.

Teddy percebeu que Odo Beauchamp, sentado à sua frente, estava bebendo ainda mais depressa do que ele. Gostaria muito de ter uma ideia de quanto ele saberia a respeito de sua mulher com o Duque. A julgar pela maneira como os olhos dele ficavam indo de um para o outro, imaginou que realmente suspeitasse.

Entrou um lacaio carregando um aparelho de prata com uma enorme rolha do lado. Teddy pensou que parecia uma prensa de cidra, mas, pelos sussurros animados em sua volta, conseguiu entender que era uma prensa de carne e que eles teriam *caneton à Rouennaise*, uma rara iguaria muito apreciada pelo Príncipe. Teddy ficou observando enquanto o mordomo girava a rolha do dispositivo e recolhia o sangue em uma jarra de prata.

Ouviu Odo Beauchamp dizendo:

– Os patos são sufocados, de modo que não se perde nada do sangue.

Teddy não sabia se Cora, que sempre havia zombado dos complicados jantares de sua mãe, estaria gostando de toda essa pompa e espetáculo. Lembrava-se de algumas frases na carta da jovem: "Ainda sou uma garota americana que às vezes sente falta de sua terra". E também gostaria de saber quanto ela conhecia das correntes de ilusão que passavam em volta da mesa. Cora parecia radiante sentada ao lado do Príncipe, mas Teddy sentiu certa satisfação meio canalha em saber que a vida da jovem não era tão perfeita quanto a fabulosa joia que tinha no pescoço.

O lacaio oferecia-lhe o pato espremido no molho de sangue. Teddy olhou para o líquido vermelho formando um laguinho em seu prato e se deu conta de que Charlotte Beauchamp falava com ele.

– Então, sr. Van der Leyden, Cora me disse que vocês se conhecem desde pequenos... – sua voz tinha um tom baixo, e ela se virou, olhando para ele como se todo o seu futuro dependesse daquela resposta.

– Nova York é uma cidade enorme, mas também pode ser bem pequena. Cora e eu frequentávamos as mesmas festas, os mesmos piqueniques e as mesmas aulas de dança desde muito pequenos. Eu ensinei Cora a andar de bicicleta e ela fez com que eu deixasse de me sentir embaraçado no *cotillion* do governador. Éramos parceiros no crime.

– É, mesmo? Então estou surpresa que você a tenha deixado escapar tão facilmente. Pode ser bastante difícil desistir de seu primeiro cúmplice.

Ela baixou as pálpebras, e, por um instante, Teddy sentiu a intensidade da mulher que ele vira dizer adeus a seu amante.

– Ah, Cora sempre esteve destinada a coisas maiores – disse ele da maneira mais superficial que conseguiu. – Nós sempre soubemos que o tempo dela conosco, meros mortais, seria limitado.

Os olhos de Teddy analisaram o perfil velado da sra. Cash.

Charlotte entendeu imediatamente o que ele dizia e inclinou-se para sussurrar:

– Ela é bastante majestosa, hein! Acho que o coitado do Príncipe sente que ela está roubando o espetáculo.

– Acredite: em Nova York, a sra. Cash é considerada peso-leve.

Charlotte riu daquelas palavras, e o momento de intensidade desapareceu.

Teddy já não tinha dúvida sobre a intimidade que existira entre esta mulher e o Duque. A questão agora era saber se essa intimidade ainda persistia. Ele estava habituado a interpretar as pessoas por seu corpo e pela massa que deslocavam a seu redor. Havia certa deliberação nos movimentos de Charlotte, desde a maneira como apanhava sua taça de vinho ao gracioso desvio de ombro que a levou a ficar cara a cara com ele e o fez pensar que não era mulher incerta de seus sentimentos.

– Espero que você não esteja seduzindo a minha mulher com um iate oceânico a vapor, sr. Van der Leyden... – Teddy olhou para Odo Beauchamp do outro lado da mesa. As maçãs do rosto rosadas e luminosas do homem discordavam do conjunto de seus lábios estreitos. – Vocês, americanos, com seus brinquedinhos extravagantes, deixam a vida bem difícil para ingleses insípidos como eu.

Odo ergueu a taça e a esvaziou, e Teddy notou que a mão do homem tremia ligeiramente quando pôs o copo na mesa. O jovem artista riu.

– Lamento decepcioná-lo, sir, mas não tenho nenhum iate a vapor, nenhuma ferrovia e nem mesmo um carro a motor. Não tenho nada para seduzir a sua mulher além dos meus limitados poderes de conversa.

Odo afundou na cadeira, e Charlotte disse:

– Além do mais, Odo, ninguém descreveria você como insípido.

Evidentemente esta observação agradou ao marido, que sacudiu os caracóis louros de seus cabelos como se para reconhecer a verdade daquelas palavras. Teddy percebeu a reação de ciúme e quis saber mais sobre a mulher sentada a seu lado. Via um escorpião bordado no franzido vermelho da manga do vestido e não conseguia saber se seria uma advertência ou a marca de quantas vezes ela mesma teria sido picada.

Exatamente uma hora e quinze minutos depois que haviam sentado para jantar, Cora se preparava para apanhar o olho bom de sua mãe e dar o sinal de que estava na hora em que as senhoras deveriam se retirar, quando viu a Dupla Duquesa levantando-se de sua cadeira, os olhos estudando a sala. Cora rangeu os dentes, mal podia acreditar que até mesmo sua sogra faria esse jogo descarado pelo poder, mas sabia que não deveria se deixar provocar, e disse o mais meigamente que pôde:

– Ah, Duquesa Fanny, muitíssimo obrigada por assumir o comando. Eu estava apreciando tanto a conversa com Sua Alteza que posso dizer que ficaria sentada aqui a noite inteira – levantou-se e sentiu-se grata pelos dois ou três dedos a mais de altura que tinha em relação à sogra. – Senhoras, vamos?

Os lacaios deram um passo à frente, e as mulheres se levantaram em um farfalhar de sedas. Os homens ficaram de pé. Coube ao Príncipe escoltar Cora até a porta, já que estava sentado à direita dela. Enquanto seguiam, ele sussurrou:

– Está declarando outra guerra *amerrricana* de independência, Duquesa?

Cora olhou para aquele velho gordo cujos olhos estavam iluminados pela malícia.

– Isto depende, sir. Se eu tiver a aprovação régia...

O Príncipe passou os olhos por Cora e assentiu com a cabeça imperceptivelmente.

– Eu sempre achei que um dia o Novo Mundo prevaleceria!

Os homens não se demoraram muito na sala de jantar, logo se juntaram às senhoras na galeria comprida. Ivo entrou por último, e, pela rigidez em seus ombros e as linhas em torno de sua boca, Cora sabia que o marido não estava muito contente. Ela bem gostaria de saber o que teria acontecido quando as senhoras se retiraram.

Depois de ter combinado com o Príncipe um jogo de bacará, foi procurar o marido.

– Pensei que você poderia gostar de tocar piano, Ivo – e continuou, abaixando a voz. – Assim você não precisa falar com ninguém.

Ele concordou com a cabeça.

– Está assim tão óbvio? Não sei se vou aguentar Odo Beauchamp mais um minuto. Não me importo com ele quando está sóbrio, mas quando está bêbado é insuportável. Você tem razão, vou tocar um pouco até conseguir olhar para ele de novo.

Atravessou a porta e foi para a sala de música.

Enquanto isso, Cora examinava a sala como um batedor em patrulha de reconhecimento, procurando sinais de problema. O Príncipe estava muito contente jogando bacará com o sr. Cash, seu camareiro Ferrers e a Dupla Duquesa. Cora esperava que seu pai percebesse que a questão do jogo era armar uma luta galante antes de perder para o Príncipe. Teddy olhava para um retrato do 4º Duque com o padre Oliver; a mãe de Cora estava em outro grupo com Charlotte, Odo e Lady Tavistock; Reggie e Sybil permaneciam em um canto fingindo que jogavam xadrez.

Cora foi até onde estava sua mãe. Odo falava sobre uma peça de teatro que tinha visto em Londres. Com aquele rosto vermelho e olhos azuis redondos, Cora pensou que ele mais parecia uma boneca da qual ela havia gostado muito há anos. Ele fez uma pequena pausa, e, nesse instante, o piano começou na sala de música. *Um noturno de Chopin*, pensou Cora.

Odo se virou para a música, escutando com a cabeça inclinada.

– Ora, vejam só... eu não tinha a menor ideia de que Maltravers fosse tão romântico. Você sabia disso, Charlotte?

Quando Odo se virou para a mulher, Cora viu que ele oscilava ligeiramente e se deu conta de que estava bêbado, mesmo, como o Duque havia dito.

– Ele certamente toca com expressão – a voz de Charlotte era neutra.

– Ah, é mais do que simples expressão, Charlotte. Escutando isso qualquer um diria que é uma alma atormentada.

Havia algo no tom de Odo que foi perturbador para Cora.

– Espero que não, Sir Odo. Que tipo de esposa isso faria de mim? – disse ela, rindo e virando-se para Charlotte. – Estou tentando organizar um passeio de bicicleta para amanhã; se você acha bom, pensei que poderíamos almoçar perto da torrinha, e quem quiser pode ir de bicicleta para lá. O que você acha?

Charlotte negou com a cabeça.

– Eu devo ser a única mulher na Inglaterra que ainda não aprendeu a andar de bicicleta. Além do mais, não tenho roupas apropriadas.

Cora ia oferecer alguma coisa quando Odo disse:

– E aquela fantasia encantadora de Joana d'Arc que você tinha? Serve perfeitamente para andar de bicicleta. Uma vergonha que ela nunca tenha sido revelada na peça de Lady Salisbury. Todo mundo ficou decepcionado. Lembre-me de novo, Charlotte, por que você não apareceu aquele dia... o que é agora? ...uma dor de cabeça? Estava tão mal que nem me deixou vê-la aquele dia. E veja você agora, radiante de saúde – tomou a mão da esposa e a levou aos lábios. – Deve haver algo no ar de Lulworth que faz bem para você.

Cora viu Charlotte puxar a mão e esfregá-la na saia para tirar a impressão dos lábios dele. Ela se virou para Cora como se o marido não tivesse dito nada.

– Se você puder me emprestar alguma coisa para usar, tentarei dominar a bicicleta. E vocês, Lady Tavistock, sra. Cash? Virão se juntar a essa minha humilhação?

A sra. Cash disse:

– Ih, eu aprendi a andar de bicicleta há alguns anos, mas acho melhor deixar isso para os jovens. Aqui há morros demais para o meu gosto...

Lady Tavistock concordou.

Odo inclinou-se para a frente.

– Se é para andar de bicicleta, minha querida, eu certamente farei parte do grupo – Cora sentiu a umidade de gotas de cuspe em seu rosto. – Não quero que você desapareça de novo – Odo se encostou para dirigir-se ao grupo reunido. – Tenho realmente que lutar para não ficar atrás da minha mulher...

Ele havia levantado a voz e o tom de desafio ressoou pela sala. Cora viu Teddy se virar e os que jogavam cartas olharam. A jovem Duquesa sabia que devia fazer algo para conter a situação: a mãe olhava para ela como que dizendo que era dever de Cora segurar as rédeas. Odo oscilava mais obviamente agora, e estava claro que preparava outra explosão. Olhou para Charlotte, mas ela olhava para o chão. Era um teste para a determinação de Cora como anfitriã, estava sendo observada para verificarem como trataria isso.

Cora deu um passo à frente e pôs a mão no braço de Odo, dizendo com todo o encanto que conseguiu reunir:

– Bom, tenho que concordar com você, todos nós lutamos para não ficarmos atrás da sua mulher. Ela é o modelo a que aspiramos. Ora, tenho certeza de que em uma questão de semanas estaremos todos usando vestido cheios de insetos rastejantes, porque a Charlotte vai na frente, e nós temos de ir atrás. Mas agora quero que venha comigo, Sir Odo. Temos uma estátua nova no caramanchão, e eu gostaria de saber o que pensa dela... e você também, Teddy. Eu gostaria muito de saber o que os dois *connoiseurs* pensam do Canova ao luar.

Odo parecia relutante, mas se deixou ser conduzido para fora da sala, e Teddy foi atrás. Os olhos de Charlotte não saíram do chão durante essa troca de palavras. Ela agora levantou a cabeça e olhou para a sra. Cash.

– A sua filha tem tantas realizações, sra. Cash!

A sra. Cash lançou um olhar majestoso.

– Gosto de pensar que eu a criei para saber resolver qualquer situação...

O ar da noite ainda estava quente, Cora sentia o cheiro das rosas e o leve odor da maresia. Em dois ou três dias, a Lua estaria cheia e agora iluminava a pedra branca do caramanchão. Cora acenou, dispensando o criado que segurava uma lanterna.

– Não. É melhor vermos isso ao luar.

Foram andando pela trilha de cascalho, as pedrinhas fazendo um ruído alto sob seus pés, mais alto ainda naquele jardim silencioso. Odo havia se acalmado, permaneceu em silêncio até o momento em que se detiveram diante do pavilhão com um telhado em forma de sino sustentado por seis colunas. Atrás da pedra opaca dos pilares, Psiquê estava sendo revivida pelo beijo de Eros, seu dorso nu esticando-se para encontrar os lábios dele. Cora havia comprado a estátua sem vê-la, pela opinião de Duveen (depois de verificar sua procedência, é claro). Ela uma vez ouvira alguém dizer que Ivo admirava uma estátua de Canova em Veneza e achou que poderia agradar o marido. Quando a estátua emergiu da caixa que a embalava, ficou surpresa e levemente perturbada pelos braços musculosos de Eros e pela curvatura das costas de uma Psiquê em êxtase, buscando a boca do amante. De dia, a peça era arrebatadora, mas agora, na meia-luz prateada, era intoleravelmente íntima. As cintilações da luz nas sinuosas curvas do mármore fizeram Cora sentir como se estivesse invadindo um momento de arrebatamento muito particular.

Odo deu um passo à frente e passou a mão pelo flanco desnudo de Psiquê.

– Que acabamento glorioso! Não concorda, sr. Van der Leyden? Quase tão bom quanto a realidade...

– A técnica é impecável, com certeza – disse Teddy cuidadosamente.

Sentia-se quase nervoso estando ali, diante da estátua, ao lado de Cora. Teddy sabia que ela o levara para lá para contrabalançar Odo, mas era difícil deixar de pensar naquela noite em Newport, quando ela havia aproximado seu rosto ao dele, Psiquê para seu Eros.

– Estou contente por sua aprovação, Sir Odo. Parece que funciona muito bem aqui no caramanchão – falou Cora, desejando que Odo parasse de acariciar a estátua.

– Ouso dizer que Ivo gosta dessa estátua – arriscou Odo. – Aí está um sujeito que sabe apreciar a forma da mulher.

Teddy apalpou os bolsos procurando sua caixa de cigarros. Quando acendeu o fósforo viu o clarão amarelo nos olhos de Odo.

– Ah, Teddy, posso? – Cora olhou para o cigarro dele.

– Claro, me desculpe – e ofereceu sua cigarreira.

– A minha mãe ficaria horrorizada se visse isto! – Cora se inclinou para a chama, e a esmeralda em seu pescoço cintilou.

Teddy a observou levando o cigarro à boca.

– Não vamos contar para ela, não é? – Teddy apelava para Odo. – Somos confiáveis, podemos guardar um segredo.

Odo não olhou para ele, estava descansando o rosto ruborizado no mármore frio da asa de Eros.

Cora inspirou a fumaça com gratidão.

– Você lembra, Teddy, a festa dos Goelet, em que os cigarros eram feitos de notas de cem dólares? Será que muita gente realmente fumou aqueles cigarros?

Teddy deu uma risada.

– Eu com certeza não fumei. Para falar a verdade, acho que ninguém fumou. Todos aqueles milionários de Newport levam o dinheiro muito a sério para o transformarem em fumaça...

– Parece vulgar agora, não é? – disse Cora, hesitante. – Embora eu me lembre que, na época, achei uma ótima ideia.

Ela soltou uma fina corrente de fumaça.

– *Autres temps, autres moeurs*. Acho muita coisa diferente por aqui – comentou Teddy, olhando-a diretamente nos olhos –, mas algumas coisas são muito parecidas.

Cora percebeu o significado daquele olhar e franziu as sobrancelhas como se ele tivesse trazido algo difícil para seu jardim de reminiscências deliciosas. Ela jogou o cigarro na grama e o amassou com o pé.

– Tenho que ir para ver o Príncipe – falou a jovem.

Teddy a viu desaparecer na casa e descobriu que estava segurando a respiração.

– Que ceninha tocante... – a voz de Odo assustou-o, e Teddy largou o cigarro. – Para tristeza sua, a Duquesa deve ser a única mulher, em toda a Inglaterra, que está apaixonada pelo marido. Linda, rica e fiel... que idiota você foi deixando-a ir embora!

Teddy fechou o punho dentro do bolso. Ele sabia que não deveria pegar a isca, mas não conseguiu deixar de dizer:

– Por mais curioso que seja, eu não quis ser o marido de uma fortuna.

– Como você é honrado! – Odo estava sendo amargo, a mão continuava na pele gelada de Psiquê. – Eu gostaria de poder dizer o mesmo da minha mulher. Ela era bonita, e eu era rico. Achei que seria um bom negócio, mas Lady Beauchamp não manteve sua parte. Ela só precisava fazer o papel da esposa em público. É claro, eu achava que ela tinha uma *tendresse* pelo Duque... mas todos têm uma fraqueza, até eu – ele riu. – Mas tinha que ostentar seus sentimentos em público... eu poderia ter perdoado qualquer coisa, menos aquilo.

Teddy acendeu outro cigarro. Não ofereceu um a Odo.

– Bom, e por que você veio para cá? Eu diria que este seria o último lugar em que gostaria de estar...

– Uma oportunidade boa demais para resistir, meu velho. Eu sabia que isto aconteceria, e aqui está. A minha querida mulher não é a única que pode se comportar muito mal em público. Pretendo causar uma ceninha – ele riu de novo e começou a se movimentar em direção à casa.

Teddy, entendendo o que ele queria dizer, estendeu a mão para agarrar a mão do homem, mas Odo foi rápido demais. Correu para trás da estátua e disse:

– Não tente me deter, não é de seu interesse fazer isto. Você tem que entender que, quanto mais cedo a sua velha amiga Duquesa souber o que está acontecendo debaixo do nariz dela, mais cedo ela precisará do conforto de um "velho amigo".

Teddy tentou agarrá-lo de novo, mas Odo o viu chegando perto e se encondeu atrás de uma coluna. Ambos estavam bastante bêbados, mas Teddy ficara desajeitado com o álcool, enquanto Odo parecia estar firme. O jovem artista tentou agarrá-lo de novo, mas Odo se afastou de repente, e Teddy caiu no chão, batendo a cabeça. Ficou deitado ali estonteado, sentindo o gosto do granito na boca. Pensamentos e sentimentos turbilhonavam por sua cabeça como mercúrio, imprevisíveis e relutando em se aglutinar. Teddy sabia que devia agir, que deveria impedir o que estava para acontecer, mas via-se bastante passivo, pernas e braços relaxando em seu leito de pedra, porque, de certa forma, ele também sabia, e se detestava por isso, pois Odo tinha razão.

Da porta, Cora inspecionava a galeria comprida. O Príncipe ainda jogava cartas, o padre Oliver continuava com a sra. Cash, e Lady Tavistock, Sybil e Reggie não se mexeram (nem, ao que parecia, as peças do xadrez). Ivo ainda tocava na sala de música. Ela não sabia onde estava Charlotte – não a censurava por se retirar para a cama de modo a fugir de Odo. Tentava imaginar como seria o casamento deles. Qualquer um podia ver que os dois não eram felizes e, mesmo assim, quando estavam juntos pareciam tão deslumbrantes e poderosos que não se conseguia olhar para outro lado. Cora não imaginava o que eles falariam quando estavam a sós. Evidentemente, devia haver algo que os unisse, alguma afinidade, ou, o que era mais provável, alguma fraqueza que os dois compartilhavam. Cora ficou chocada quando Charlotte confessou seu desprezo pelo marido, mas havia algo ainda mais perturbador na maneira como agia esta noite, como se estivessem fazendo um jogo cujas regras só eles conheciam. Ela estremeceu, não se sentindo muito à vontade enquanto descia pela galeria até a sala de música. Queria ver Ivo, lembrar-se de sua própria boa sorte.

Ele tocava alguma peça que ela não reconheceu, algo rápido e esplendoroso, com notas em cascatas. Cora entrou na sala de música e, para seu espanto, viu que Charlotte estava de pé ao lado do piano. Os dois estavam olhando para outro lado e não viram Cora. Quando Ivo chegou ao final de um trecho, Cora viu Charlotte se estender sobre o piano a virar a página da partitura. Fez isso com jeito, sem alvoroço, e, até onde Cora podia ver, nenhum olhar era trocado entre ela e Ivo, embora houvesse algo na intimidade do movimento, uma antecipação e uma reação à necessidade sem qualquer comunicação aparente, que perturbaram Cora mais do qualquer olhar a teria perturbado. Ela ficou ali, no limiar da sala, tentando não pôr em palavras o temor que sentia, tentando convocar o sorriso luminoso e a mão estendida, tentando voltar por onde viera, quando sentiu uma respiração quente em sua nuca e escutou a voz de Odo.

– Eles formam um casalzinho encantador, você não acha? É como se os dois se entendessem perfeitamente...

Sentiu-se enrijecer a esta revelação do que estava implícito naqueles pensamentos. Cora estava quase se retirando, quando ele continuou.

– É realmente uma pena que você e eu estejamos aqui. Muito inconveniente... – a voz de Odo era quase um sussurro, mas ele estava tão perto dela que era impossível fingir não ter escutado.

Cora virou um pouco a cabeça e disse:

– Ah, mas não sou ciumenta, Sir Odo. Charlotte e Ivo são velhos amigos. Eu não poderia esperar que ele dispensasse todos os amigos por minha causa. Além do mais, eu também gosto da sua mulher... marido e mulher não deveriam compartilhar os mesmos gostos?

Odo não disse nada, e Cora esperou. Esperava que ele avançasse ou se retirasse. Ela não lhe daria abertura, nada faria para convidá-lo a revelar o que ela sentia estar queimando naquele perspicaz rosto gordo. Se Odo se virasse agora, Cora seguiria em frente como se nada tivesse acontecido, fingindo que jamais tinha visto Charlotte se curvar sobre Ivo como se fosse a dona dele, ou que Ivo tivesse tocado sem olhar para cima porque sabia que Charlotte viraria a página exatamente no momento certo. Cora passou os dedos pela esmeralda em seu peito. Ela podia fazer isto, pensou. Ela podia encostar no ombro de seu marido e sugerir que ele tocasse qualquer coisa, até *La belle Hélène*, já que o

Príncipe era tão parcial em relação a Offenbach. Cora sorriria para os dois sem perturbá-los, e o Príncipe a cumprimentaria pela noite maravilhosa e todos iriam pacificamente para a cama. Isso é o que ela faria, sem olhar para trás.

Mas aí Charlotte se inclinou para virar outra página, e seus lábios meio que se separaram. Odo agora respirava com força, e mesmo quando Cora se viu deslizando graciosamente pela galeria, uma anfitriã no comando de suas tropas. Ela sabia que ele iria estilhaçar seu elegante esforço. E a jovem se sentiu satisfeita com isso.

Ele se afastou dela e virou seu corpo de modo que o próximo comentário pudesse ser escutado por todos na galeria.

– Não creio que você fosse gostar tanto da minha mulher, Duquesa, se soubesse onde ela foi no dia da peça de Lady Salisbury. Na ocasião, ela foi como uma desesperada ao encontro do seu marido nas docas. Ela nem se preocupou em arranjar uma desculpa em que se pudesse acreditar. Não que alguém fosse acreditar nela, já que todos sabiam aonde tinha ido. Talvez eu não seja muito razoável, mas acho *mesmo* que ela poderia ter esperado até depois da representação...

Odo começou com certa calma, mas, conforme a raiva tomava conta, sua voz foi ficando mais alta e mais forte. A música parou, e Cora sentiu a ferroada do silêncio ao seu redor. Olhou para baixo, não aguentava levantar os olhos e ver a confirmação nos rostos deles – a confirmação de que todos sabiam a respeito de Charlotte Beauchamp e seu marido...todos, ou melhor, todos menos ela.

De repente, o silêncio foi rompido.

– Está na *horrra* de ir *parrra* a cama, Sir Odo. Você pode pedir desculpas amanhã de manhã, quando estiver *sóbrrrio* – a voz do Príncipe havia engrossado com o desprezo. – Duquesa *Corrra*, talvez você *queirrra* me *mostrrrar* o seu Canova. Estou *prrrecisando* de um pouco de ar *frrresco*...

Cora sentiu a mão em seu braço, ergueu o olhar e viu que os olhos pálidos do Príncipe tinham perdido a indolência das pálpebras pesadas e estavam cheios de algo parecido com preocupação. Ela engoliu em seco e conseguiu dizer:

– Sim, está uma bela noite, *sir*.

O Príncipe sorriu em aprovação e a conduziu galeria abaixo. Cora olhava direto em frente, tentando não deixar seu sorriso americano hesitar. Quando chegaram à porta, ela ouviu o barulho atrás de seu corpo aumentar.

Na escada, passaram por Teddy, que reparou nos vergões de fúria no peito de Cora, de vermelho flamejante em oposição ao verde-escuro da gema. Ele se deu conta de que Odo devia ter feito a "linda ceninha". O rosto de Cora estava imóvel, sua boca puxada em uma horrível imitação de sorriso. Ela olhou direto através dele e desceu a escada com o Príncipe, como se Cora fosse feita de vidro. Teddy sentiu as mãos suando com a culpa. Ele poderia ter detido Odo ao voltar para dentro, tivera a chance, mas não havia feito nada. Subiu os degraus e entrou na galeria, tentando não pensar nos ombros rígidos de Cora e naquele sorriso pavoroso. Ninguém olhou para ele quando entrou, as pessoas tinham se dividido em grupinhos pelos cantos da sala; apenas Odo estava sozinho, curvado e com as mãos nos joelhos, como se houvesse acabado de correr. Ninguém falava ou olhava para ele, que estava como um campeão caído após perder uma luta, a plateia indiferente. Teddy hesitou um instante. Depois, avistou o Duque ao piano com Charlotte Beauchamp de pé a seu lado. Os dois não se olhavam, era como se estivessem encantados, como se estivessem presos ali para sempre, esperando que o encanto fosse quebrado.

Teddy foi até Odo e deu um tapa em seu ombro. Odo olhou para ele, o rosto escarlate, os olhos azuis injetados de sangue, mas sorriu mesmo assim.

– Tarde demais, sr. Van der Leyden, você perdeu a parte mais engraçada.

A força do soco de Teddy fez Odo se espalhar no chão. Quando conseguiu se levantar, o nariz estava ensanguentado, mas o sorriso ainda estava ali.

– Não sei bem o que fiz para merecer isso. Você devia ser grato a mim, meu velho.

Teddy recuou para bater no homem de novo, mas sentiu a mão de alguém em seu braço. Viu que era o amigo do Duque, Greatorex.

– Deixe, ele não merece – disse Reggie. – Além disso, está bêbado. Espere até ele ficar sóbrio.

Teddy se deixou levar. Ouviu uma voz feminina dizer em um volume baixo, mas autoritário.

– Bugler, ajude Sir Odo a ir para seu quarto. Ele não está se sentindo bem.

Bugler estalou os dedos, e dois lacaios pegaram Sir Odo pelos cotovelos e caminharam com ele por todo o comprimento da galeria. O sorriso de Odo não hesitou nem por um segundo.

Teddy dizia:

— Eu tentei detê-lo, entrando, sabe... será que foi muito ruim?

Reggie olhou para ele e disse:

— Bastante ruim. Beauchamp é um grosso.

Teddy resmungava.

— Eu devia ter dado um soco nele no jardim.

— Talvez... mas esta briga não é sua, é? — Reggie deu uma espiada em Ivo.

Teddy acompanhou o olhar e viu o Duque se levantar e fechar a tampa do piano com um clique. Ignorando Charlotte, que continuava ali de costas para a galeria, ele caminhou em direção ao grupo e olhou através de todos com um sorriso sem alegria.

— Bom, acho que já nos divertimos o suficiente por esta noite, por isso, com licença... — fez meia reverência na direção da sra. Cash e da Dupla Duquesa e desceu a galeria. Seus passos compridos batiam nas lajes de pedra com a precisão de um metrônomo.

Teddy olhava para o perfil de Charlotte Beauchamp. Como reagiria ao que acontecera? Um momento depois, ela se virou, e ele teve sua resposta: Charlotte sorria e, ao contrário do sorriso do Duque, o dela parecia ser um sorriso de legítimo deleite.

Ela deslizou até ele.

— Confesso que estou em dívida com você, sr. Van der Leyden. Sei que estou sendo desleal, mas Odo mereceu isso. Ele tem uma cabeça fraca para a bebida. Eu não me importaria se ficasse bobo ou sentimental, mas ele simplesmente fica *mau*. Coitada da Cora. Se Odo mostrar a cara amanhã, eu o farei rastejar — e pousou a mão de leve no braço de Teddy para mostrar que estavam todos ligados, gostando ou não gostando.

Apesar de tudo, Teddy ficou impressionado com a valentia daquela mulher. Deu uma espiadela na sra. Cash e na Dupla Duquesa para ver se elas a contestariam, mas as duas pareceram aliviadas ao ver que a ordem havia sido restabelecida.

Teddy fez uma pequena reverência, admitindo que apreciava o que Charlotte havia feito, e fez um sinal para o lacaio lhe trazer uma bebida. O criado trouxe um copo de conhaque. Ainda estava bebendo quando o sr. Cash apareceu.

— Muito bem, Teddy. Aquele filho da mãe teve o que merecia. Eu bem gostaria de ter batido nele, mas a minha mulher jamais me perdoaria — então, deu de ombros para indicar seu desamparo.

Teddy terminou o conhaque.

– Foi um prazer.

Olhou para o bem-apessoado rosto aquiescente daquele senhor e sentiu uma onda de raiva e desprezo passar por seu corpo. Estavam todos pensando em fingir que nada havia acontecido, deixariam o que era desagradável para trás e continuariam serenamente a vida, como cisnes navegando em água suja. Cora não teria opção que não fosse nadar com eles, sem jamais olhar para a água. Soltou o copo, mas não acertou a mesa. O objeto caiu, estilhaçando-se no chão de pedra.

Teddy olhou em volta, percebeu que os rostos se viravam em direção à origem do barulho.

– Por hoje, chega! – exclamou.

CAPÍTULO 26

Jamais se dobrar

A notícia da explosão de Odo chegou à área da criadagem antes que o Príncipe e Cora estivessem a meio caminho do caramanchão. O lacaio estava tão repleto de novidades que se esqueceu de soltar a pesada bandeja de prata que carregava e ficou ali, de pé, segurando a peça cheia de taças e copos enquanto contava o que havia acontecido lá em cima. As criadas superiores estavam comendo o pudim na sala da sra. Softley e, por isso, perderam o início da história. Mas logo foram informadas pela criadinha que trouxe o Madeira e o bolo esponja.

— E a nova Duquesa estava ali o tempo todo até que Sua Alteza chegou e a levou para o jardim. O que a senhora acha que vai acontecer, sra. Softley? — perguntou a garota quase sem ar.

A governanta terminou de verter o Madeira em copinhos de cristal lapidado.

— Basta, Mabel. Você sabe que eu não tolero mexericos entre a criadagem. Volte para o seu trabalho!

No entanto, quando Mabel desapareceu, a sra. Softley falou:

— Bom, eu sempre disse que Sir Odo Beauchamp era pura maldade. Ela jamais deveria ter se casado com ele. Os homens nunca melhoram — e olhou para Bertha, sentada ao lado da criada de Lady Beauchamp.

— É melhor subir, srta. Cash, e você também, srta. Beauchamp. Tenho um pouco de sais no meu armário, caso precisem...

Bertha levantou-se relutante; ela sabia que estava sendo dispensada para que os criados de Lulworth pudessem falar livremente sobre a questão. Tentou apanhar o olho de Jim, mas ele estudava as próprias mãos, o maxilar fixo. Ela caminhava o mais devagar possível, mas ele não olhou para a frente. Demorou-se no corredor, dizendo à outra criada que precisava apanhar uma camisola nova na lavanderia. Via o enorme painel com as campainhas sobre a porta; quando a srta. Cora tocasse, ela subiria, mas antes queria falar com Jim.

Por fim, ele veio caminhando pelo corredor junto com Bugler. Bertha pensou que o mordomo se dirigiria a ela, mas ele entrou na dispensa. Quando Jim passou na lavanderia, Bertha o agarrou pelo braço, e ele a puxou e beijou. Ela tentou empurrá-lo, mas, como sempre, sentia a necessidade de segurá-lo bem perto de si.

– Agora não, Jim. Não aqui.

Ele perguntou:

– Então quando, srta. Bertha Jackson? Nós vivemos na mesma casa, e, pelo tanto que a vejo, eu poderia estar na Índia...

Ele falava despreocupadamente, mas Bertha podia perceber a frustração no tom de sua voz. No começo, tudo fora excitante: beijos roubados e abraços apressados em corredores vazios, mas isso não podia ir muito mais longe. Jim não havia falado em casamento desde que voltara, e, embora Bertha o desejasse, ela não estava preparada para arriscar seu emprego sem pelo menos a perspectiva de uma aliança...

– Você não olhou para mim lá dentro, Jim. Isso quer dizer que sabia da história do Duque e Lady Beauchamp?

Jim não disse nada, e Bertha sabia qual era a resposta.

– E por que você não me contou? Eu deveria saber. Eu poderia ter... – ela se interrompeu.

– Você não poderia ter feito nada, Bertha, essa é que é a verdade. É por isso que não contei. O que eles fazem lá em cima é problema deles. Você não vai querer se intrometer. Bom, de qualquer maneira, não havia nada que pudesse impedi-la de imaginar tudo por sua conta. A única razão pela qual não fez isso é que você toma o lado da srta. Cora em tudo. Ela é uma estrangeira, Bertha, e o Duque gosta das coisas feitas aqui na terra dele.

Bertha começou a sentir raiva.

– Ah, é? ...e isso quer dizer que andar com aquela mulher pelas costas da srta. Cora está certo, é? – Bertha usou a mão para empurrá-lo. – Não esqueça que eu também sou estrangeira!

Jim pegou a mão dela.

– Não tome as coisas assim, Bertha. Para mim, você nunca vai ser estrangeira!

Tranquilizada, ela deixou sua mão na dele.

– Coitada da srta. Cora. Vai ser bem difícil para ela... ela achou que compreendia tudo.

Jim falou:

– Não sei se alguém vai entender o Duque! Em um minuto ele está jogando a água da barba em mim porque está gelada, e, em seguida, ele me dá vinte guinéus para comprar roupas novas. Uns dias ele me trata como lixo, não me diz *uma única* palavra educada, e daí a pouco se torna a pessoa mais encantadora, quer saber se eu tenho uma namorada, se pretendo ir até o fim no meu serviço e tudo mais. Quando o barco estava saindo, havia dias em que me dava ganas de pular na água e voltar para casa nadando... quer dizer, se eu soubesse nadar – deu uma risada. – Na volta não foi tão ruim, acho que ele estava querendo chegar logo em casa. Uma coisa eu sei: o Duque não estava esperando ver a Lady Beauchamp direto assim. Nós mal tínhamos chegado ao clube quando ela mandou um bilhete para ele. O patrão pareceu bem irritado e jogou o bilhete no chão.

– Como é que você sabia que era da Lady Beauchamp? Ele contou para você?

– De jeito nenhum. Não, eu é que juntei os pedaços quando ele saiu, vi pela letra, que era dela. Só dizia isso: "Estou esperando você," assinado com um C.

– Mas como é que você sabe que era da Lady Beauchamp? C poderia ser Cora – disse Bertha.

– Estava escrito em papel comum, sem coroa, sem nada. E por que a Duquesa não assinaria o nome *dela*? Bom, de qualquer jeito, eu sei que era Charlotte. Ela veio se despedir antes de irmos para o casamento na América. Foi de carruagem com ele até a estação. Parecia que ela estava indo a um enterro.

Uma campainha começou a tocar. Bertha olhou por cima do ombro de Jim e viu que era a do quarto da Duquesa.

– É srta. Cora, tenho que ir.

Ela começou a se afastar, mas Jim segurou sua mão.

– Nós temos que ir embora logo, Bertha. Vamos aproveitar a oportunidade. Antes que seja tarde demais!

Bertha olhou nos olhos dele, mas a campainha soou de novo, e ela ouviu passos descendo para o saguão.

Será que aquilo era uma proposta de casamento?

– Vou precisar fazer meu enxoval antes – disse ela, sorrindo.

Os olhos dele se arregalaram ao compreender. Jim estava prestes a dizer alguma coisa quando a campainha tocou e eles ouviram a porta de Bugler se abrir.

– Até mais tarde – falou Bertha.

Em seu quarto, Cora andava em volta dos móveis, arrancando o colar de seu pescoço. O fecho prendera em seus cabelos e ela já começava a entrar em desespero para tirá-lo. Deu um último puxão, e o colar explodiu, espalhando diamantes pelo quarto. Bertha abriu a porta, e Cora gritou para ela:

– Onde você estava? Veja o que aconteceu... eu não consegui tirar sozinha!

Cora sabia que não estava sendo nada razoável, mas sua fúria era tão forte que ela precisava berrar com alguém. Bertha começou a apanhar os destroços faiscantes.

– Não se preocupe, srta. Cora, não deve ser muito difícil consertar...

– Ah, deixe isso aí e me tire desse vestido infernal!

Cora se retorcia enfurecida no brocado dourado. Bertha se levantou devagar, seus movimentos eram uma censura. Colocou as gemas em cima da penteadeira e levou um momento para arrumá-las em uma pilha certinha.

Cora berrava com impaciência, sentia como se formigas se arrastassem por todo o seu corpo. Quando, por fim, Bertha desatou as cordas de seu espartilho, a pele de sua patroa estava gelada e pegajosa. Cora foi se olhar no espelho. As maçãs de seu rosto eram duas manchas vermelhas, seus lábios estavam pálidos. A jovem tremia, todo o calor e irritação que a possuíam minutos atrás desapareceram, e ela agora se sentia gelada e muito cansada. Queria deitar, fechar os olhos e apagar tudo o que acabara de acontecer. Pensava no Príncipe cuidadosamente guiando-a pelo jardim, contando mais uma vez que tinha visto Blondin atravessar as cataratas do Niágara na corda bamba.

– *Errra* um homenzinho, pensei que ele *poderrria* ser *empurrrado* pelos respingos... confesso que tive que fechar meus olhos uma *porrrção* de vezes.

O Príncipe havia parado para admirar a estátua de Antonio Canova.

– Depois ele me foi *aprrresentado*. Estava muito composto, como se tivesse dado uma caminhada no *parrrque*. Perguntei qual *errra* o *trrruque* dele, e ele me disse que o mais importante era olhar *semprrre parrra a frrrente*, se concentrar no *prrróximo* passo e nunca olhar *parrra* baixo. Estava muito *sérrrio* quando me contou isso, como se estivesse me passando um *segrrredo*. Eu *encontrrro* muita gente que me conta coisas, mas nunca me esqueci dele.

O Príncipe fez uma pausa.

– Uma bela estátua, Duquesa, vocês, *amerrricanos,* têm estilo!

Ele não mencionou a explosão de Odo na galeria, mas, mesmo assim, Cora compreendeu que o Príncipe estava lhe dando conselhos.

Ela escutou a porta abrir. Sabia que era Ivo, qualquer outra pessoa teria batido. Olhou para cima e teve a surpresa de ver que ele sorria. Parecia completamente à vontade, como se este fosse o fim de uma noite perfeita.

– Então é aqui que você está se escondendo... Eu estava começando a me perguntar se o Príncipe não teria carregado você – ele estava bem-humorado. – Você realmente é uma excelente anfitriã, querida. Ninguém poderia se queixar de tédio em uma de suas festas!

Os olhos deles se encontraram. Ivo sorria para a esposa calmamente, seus olhos eram escuros demais para que ela conseguisse ler o que diziam. Ela teve a satisfação de vê-lo ter um sobressalto ao perceber a pedraria cintilante do colar em cima da penteadeira.

– Não quero falar com você – disse Cora tranquilamente. – Não agora, e certamente, não até depois do batizado...

Ivo foi até a esposa e se dobrou para pôr o rosto na altura dela, como se estivesse se dirigindo a uma criança. Seu sorriso não vacilava.

– Não me diga que você está emburrada, Cora. Você não é assim. Com certeza não está levando a sério a explosão de Odo. Todo mundo sabe que ele vive criando problemas. As pessoas geralmente não gostam que ele vá a suas casas, mas tenho a impressão de lembrar que foi *você* quem insistiu em chamar os Beauchamp para virem aqui – ele deu de ombros.

Cora deu um passo atrás.

– O que aconteceu esta noite não foi exatamente causado por mim – disse, furiosa.

– Você sabia que o seu amigo americano deu um soco e derrubou Odo depois que você saiu dali? Eu diria que um bando de espectros apareceu nesta festa em especial – ele ainda sorria, mas Cora percebeu que um músculo em seu maxilar se contraía.

Bertha, que estava atrás do armário, sem ser vista por Ivo, achou melhor se mostrar antes que a conversa fosse mais adiante. Tossiu e saiu dali com a camisola e o roupão de Cora e os estendeu em cima da cama. Procurava manter uma expressão neutra, como se não tivesse ouvido nada.

– É só isso, Sua Graça? – perguntou humildemente para Cora enquanto se dirigia para a porta.

Cora estendeu a mão para detê-la.

– Não, eu gostaria que você ficasse – virou-se para Ivo. – O Duque já está saindo.

Cora não sabia se seu marido iria protestar, mas ele continuou sorrindo, como se não houvesse nada errado.

– Sim, sim... claro, você precisará de todas as suas forças para amanhã. Durma bem, Cora – e saiu, fechando delicadamente a porta atrás de si.

Cora afundou na cama. Ela não entendia o que estava acontecendo. Ivo se comportava como se nada houvesse ocorrido, e como se a errada, se é que havia alguém errado, fosse ela. Isso a deixava com raiva, mas também cheia de esperanças. Será que Ivo teria a audácia de ficar furioso com ela se as acusações de Odo fossem verdadeiras? Aí ela se lembrava, contra a sua vontade, de Ivo e Charlotte ao piano, do espaço entre os dois, da intimidade. Começou a sentir frio novamente e puxou o roupão em volta do corpo. Ivo e ela haviam estado tão próximos desde seu retorno...todos aqueles mal-entendidos que haviam estragado os primeiros dias do casamento pareciam ter sumido. A explosão de Odo significava que toda aquela proximidade tinha sido uma mentira? Em quem deveria acreditar?

Bertha viu Cora toda aconchegada na cama, as mãos se retorcendo, formando uma treliça de ansiedade com os dedos. Ela via a confusão no rosto da patroa e não sabia se deveria contar para ela o que sabia sobre o Duque e Lady Beauchamp... mas se lembrou de Jim dizendo aquele "Não é da nossa conta, Bertha" e hesitou.

– Você parece estar com frio, srta. Cora. Quer um pouco de leite quente?

A patroa olhou para ela com gratidão.

– Sim, obrigada, Bertha, seria muito bom... – e se deitou entre as pilhas de travesseiros, fechando os olhos.

Quando Bertha entrou na sala da criadagem, o silêncio se instalou.

– Um pouco de leite quente para a Duquesa, por favor – ela pediu a uma das criadas da cozinha, que a encarava com olhos redondos e culpados.

Enquanto a garota saía correndo para ir à leiteria, Bertha viu uma taça de prata em uma prateleira alta. Todos os anos, havia uma partida de críquete entre a casa e a vila. Este ano, a casa ganhara. Bertha havia achado o jogo muito confuso, mas tinha gostado de ver Jim correndo pelo campo, as mangas arregaçadas, os braços fortes e compridos, e sentia-se aquecida pelo orgulho quando algo que ele fazia provocava aplausos. Ela não conseguia imaginar uma cena dessas lá em sua terra, patrões e empregados na mesma equipe. Viu, então, os rostos que a inspecionavam curiosamente, loucos para saberem qualquer coisinha sobre a Duquesa americana... esta era sua casa agora, pensou ela, mas sentia pertencer a este lugar tão pouco quanto sentia pertencer a Newport. Bertha era sempre alguém de fora, a estranha que interrompia o fluxo da conversa, que incomodava... lembrava a cabana em que havia crescido, mas ali também ela sabia que era uma estranha com seu vestido de seda e seu sotaque metido a besta.

Manteve deliberadamente os olhos fixos na copa até o leite ser trazido pela criada da cozinha. Subiu com a bandeja para o quarto da Duquesa. Tinha esperança de ver Jim, mas não havia ninguém por ali. Enquanto caminhava pelo corredor, que levava ao quarto da srta. Cora, ouviu uma porta se fechar e viu um lampejo de vermelho na outra ponta. Bertha levou um susto. Será que Lady Beauchamp teria ido ver srta. Cora?... depois de tudo o que havia acontecido? Seguiu pelo corredor o mais depressa que o leite quente permitia e abriu a porta. O alarme era desnecessário. Cora estava completamente adormecida, rosto relaxado, braços estendidos. Bertha percebeu que sua patroa não parecia sequer um dia mais velha do que a garota que certa vez lhe pedira lições de beijos. Pôs o leite na mesinha de cabeceira e enfiou as cobertas embaixo da patroa, formando um casulo. Tirou uns fios de cabelo do rosto de Cora.

O quarto estava escuro, mas havia uma faixinha de luar entrando por uma lacuna entre as cortinas. Cora abriu os olhos com relutância, não queria acordar agora, quando estava tudo em calma e silêncio. Queria dormir até de manhã, quando o alvoroço e a premência do dia empurrariam todos os seus pensamentos para um cantinho perfeitamente controlável de seu cérebro. No entanto, agora estava plenamente consciente, a cabeça zumbindo com as imagens da noite anterior... Charlotte inclinando-se para virar a partitura, Odo sussurrando em seu ouvido, o toque do Príncipe em seu braço, o sorriso desafiador e os olhos opacos de Ivo. Levantou-se e acendeu a lâmpada ao lado da cama. Enfiou o roupão, iria até o quarto do bebê. Queria sentir o corpinho quente de Guy e sentir o cheiro de sua cabeça com a penugem macia. Pelo menos seu filho era uma certeza.

O quarto cheirava a eucalipto e a bebê. Cora entrou e apagou a lâmpada. Escutava a respiração acelerada de Guy em seu berço dourado. Pela porta do cômodo, distinguia o trovejar dos roncos mais profundos da babá. Foi até o berço e pegou o bebê, embalando-o agarradinho em seu peito. Procurava não pensar em nada, somente no cheiro suave de seus cabelinhos e os leves acordes de sua respiração... mas não conseguia apagar a imagem de Charlotte estendendo o braço para virar a partitura. Lembrava a maneira como a Dupla Duquesa examinava a explosão de Odo, não chocada ou surpresa, mas avaliadora, como se estivesse calculando os danos.

Cora aconchegou um pouco mais o bebê, pensando que todos deviam saber, todos menos ela... achava a própria ignorância quase tão perturbadora quando a ideia da traição de Ivo. Sentia-se como uma mudinha de árvore que começava a soltar raízes, penetrando o solo em busca de estabilidade e alimento, só para encontrar o vazio. Pensava nos criados, em Sybil, e até na sra. Wyndham... será que todos sabiam que seu marido amava outra mulher? Será que todos tinham sorrido e escondido os fatos para que Ivo pudesse se casar com a fortuna que naquele dia caíra a seus pés de modo tão conveniente no bosque do Paraíso?

E aí pensava em Charlotte, sua "amiga"... a única mulher em Londres cujo guarda-roupa ela invejava. Chegara a pensar que elas eram iguais... na aparência, nas roupas, na posição. Elas haviam trocado olhares em cima daquela insipidez geral. Será que Charlotte estivera fingindo o tempo todo? Lembrava estar de pé em outro quarto, na noite anterior ao casamento, e ter lido no bilhete que havia encontrado em sua maleta de viagem: *Que o seu casamento seja tão feliz quanto o meu tem sido*. No mesmo instante, Cora percebera que o bilhete era malicioso e o destruíra. Procurou encontrar outros indícios que tivesse deixado passar. Será que a ignorância era sua própria culpa?

O bebê estremeceu com um guincho, e Cora percebeu que o estava apertando demais. Relaxou a pegada, foi até a janela e puxou as cortinas. A luz estava em cima do mar agora. Via a sombra do caramanchão em forma de sino se estendendo pelo gramado prateado. A agulha de metal da torre deixava uma faixa longa e fininha como uma corda bamba na grama. Será que ela conseguiria ir em frente como Blondin, sem jamais olhar para baixo?

Nesse momento, sentiu uma mão em seu ombro e uma respiração em seu ouvido. O rosto de Ivo estava na sombra, mas ela o escutou dizendo:

– Eu disse a você, Cora: tenho tudo o que quero.

E ainda que não pudesse ver os olhos dele, percebeu o apelo e as desculpas em sua voz e não conseguiu resistir. Deixou que Ivo abraçasse a ela e a Guy, e se encostou nele, que beijava seus cabelos e sua testa. Aquilo era tudo o que ela queria, também...

CAPÍTULO 27

E aí todos os sorrisos congelaram

A primeira coisa que Teddy sentiu ao acordar naquela manhã foi a palpitação em sua mão direita, onde os nós dos dedos haviam encontrado o nariz de Odo Beauchamp... mas a pulsação quente da dor foi acompanhada por um rubor de vergonha. Ele não se arrependia de ter batido em Odo, o sujeito merecia; pensando bem, agora sabia que o que havia parecido nobre na noite anterior era bastante egoísta. Teddy não conseguira impedir Odo de fazer sua horrenda revelação e havia amenizado a culpa com a violência. Pensou no que sua mãe diria se soubesse que ele andava por aí socando baronetes ingleses. Ela se sentiria constrangida pela falta de autocontrole do filho e ficaria horrorizada com as emoções que estavam por trás daquilo tudo. Enquanto tentava esticar os dedos machucados, Teddy sabia que o cara em quem desejara dar um soco não era a verdadeira vítima, mas, sim, o próprio Duque.

A porta se abriu e entrou um criado com água quente e toalhas. O lacaio arrumou os itens de barbear de Teddy diante do espelho. Quando o jovem americano foi até lá, o criado viu sua mão e fez uma expressão solidária.

– O senhor quer que eu arranje algum unguento para isso? Parece ruim...

Pelo olhar conhecedor do rapaz, Teddy percebeu que ele estivera na galeria na noite anterior.

– Sim, por favor, é espantosamente doloroso... – respondeu com tristeza.

O criado tomou essa confissão como um convite, e prosseguiu.

– Não se preocupe... o senhor devia ver como ficou aquele homem! O criado dele subiu e desceu a noite inteira com bife e gelo. E agora teve que fazer as malas porque Sir Odo está indo no trem da manhã. Ele precisa se consultar com um médico em Londres, acha que o nariz está quebrado.

Pelo sorriso do rapaz, o machucado de Sir Odo evidentemente havia sido um sucesso.

– Não percebi que tinha batido com tanta força – disse Teddy.

– Não sei bem se bateu, *sir*... mas talvez ele tenha pensado que não seria mais bem-vindo – o criado deu uma espiada em Teddy para sentir se seria repreendido por fazer mexerico e passou a navalha para ele. – Sinto pena é de Lady Beauchamp; seja lá o que ela tenha feito, é um purgatório estar casada com um cara assim. Minha prima foi criada lá, e as histórias que ela contou eram chocantes... e eu trabalhei lá quinze anos.

Teddy teria gostado de perguntar de que Sir Odo seria culpado, mas estava no meio do barbear e não podia falar.

– Ela disse que era um lugar horrível. Embora o pagamento fosse bom, minha prima deu o aviso depois de seis meses.

O criado passou uma toalha para Teddy.

– O senhor vai ao passeio de bicicleta? Vai usar o *blazer*?

Teddy assentiu com a cabeça.

O criado preparou as roupas e perguntou:

– É só isso?

Teddy procurou uma moeda no bolso e a segurou para o ajudante.

– É muito gentil de sua parte, *sir*, mas eu não posso pegar... a verdade é que o senhor fez um grande favor para todos nós dando um soco em Sir Odioso.

Teddy demorou para se vestir. Odo Beauchamp poderia ter saído, mas o jovem artista não tinha nenhuma vontade de ver o Duque no desjejum. Agora estava lamentando o impulso que o levara a escrever para Cora e a aceitar o convite dela. Teria sido melhor deixá-la sozinha. Teve sua chance em Newport e não aproveitara. Ela não respondeu à carta que Teddy enviara antes do casamento, mas naquele momento era tarde demais para dizer que a amava. Se não tivesse sido tão escrupuloso sobre o encontro que vira na estação de Euston, teria dado uma informação útil para Cora, não uma supérflua declaração de amor. Ele não quis sujar as mãos, mas, ao menos, tinha esperança de que ela renunciasse ao Duque e frustrasse a sra. Cash porque ele, Teddy, finalmente havia entendido que a amava. E agora estava diante das consequências de sua própria fraqueza: Cora havia se casado com um homem cuja verdadeira natureza ela não conhecia e, o que era pior, se casara por amor. Teddy lembrava a maneira como o rosto dela havia mudado quando foi vê-la em Nova York, como ela havia perdido aquela gloriosa certeza egocêntrica. E tinha visto também, na rigidez de seus ombros na noite anterior, o quanto as revelações de Odo deviam ter ferido. Teddy poderia ter avisado, mas ele não estava interessado em proteger Cora, só queria que ela o escolhesse.

Olhou pela janela o jardim aquático no terraço lá embaixo, com suas estátuas e fontes. Na noite anterior, enquanto examinava o deslumbrante jardim, ouviu Lady Tavistock dizer para a Dupla Duquesa:

– Tão glorioso agora! Diga você o que quiser, Fanny... afinal, há bons usos para herdeiras americanas e seu dinheiro...

Teria Cora percebido exatamente o tipo de negócio que havia feito? Estava certo de que não.

E agora? Agora que ela sabia com que tipo de homem havia casado, o que deveria fazer? Seguir em frente, feliz com o título que seu dinheiro havia comprado? Pela janela, Teddy via um homem escovando uma das fontes, tirando o lodo das chuvas da primavera. O jovem americano sentiu-se furioso por Cora, que havia sido iludida para que as fontes de mármore de Lulworth fossem esfregadas e limpas. Ele achava que ela valia bem mais do que aquilo. Não podia oferecer a ela tudo isso, aquele arsenal de fontes, balaustradas e príncipes, mas seus sentimentos pelo menos eram diretos: ele amava a mulher, não a herdeira. Poderia dar a ela uma saída. O escândalo seria imenso para os dois. Com toda a certeza, ele teria que abandonar sua encomenda da Biblioteca Pública de Nova York, mas seria a prova de seu amor. Desistira dela por causa de sua arte, mas agora dizia para si mesmo que Cora estaria em primeiro lugar.

Sim, pensou, ele agiria: o mundo poderia ficar chocado por oferecer seu amor a uma mulher casada, mas isso não importava. Rejeitou o pensamento dos semicerrados olhos azuis de sua mãe e da pia retidão de seus amigos da Washington Square. Não era um oportunista ou um adúltero, mas um homem que sacrificaria tudo para salvar a mulher que amava.

Viu-se de repente no espelho e sorriu para seu ar resoluto. Só então desceu as escadas para juntar-se à festa da bicicleta.

O Príncipe de Gales foi o primeiro a descer de bicicleta pela trilha de cascalho. Seu equilíbrio era instável, mas ele conseguiu fazer a primeira curva sem incidentes. Ninguém ousava sequer sorrir ao vulto corpulento que balançava de um lado para outro, pois ele era muito sensível em relação a seu peso, e qualquer um que tivesse esperanças de permanecer em seus favores tinha que fingir estar vendo o jovem esguio que o Príncipe imaginava que ainda era. O Coronel Ferrers, camareiro do Príncipe, pedalava por perto, em um ritmo calculado para não contrariar seu régio senhor. Em seguida, vinham Sybil e Reggie. Ele pedalava perto dela ostensivamente para o caso de haver algum acidente. Cora e Teddy vinham atrás do grupo, já que as senhoras mais velhas haviam declinado arriscar sua dignidade. Charlotte Beauchamp ainda não aparecera, e Ivo alegou ter questões da propriedade a tratar.

Cora anunciou a partida depressa, vendo que Teddy queria falar com ela sobre a noite passada e sem muita vontade de conversar sobre aquele assunto. Ainda sentia o braço de Ivo em torno dela quando cumprimentava os convidados naquela manhã, e isso lhe permitira manter o sorriso radiante ao enfrentar tantos rostos curiosos. Havia ignorado todas as perguntas não ditas e esboçou os planos do dia como se nada tivesse acontecido. Sua mãe aprovara, e até a Dupla Duquesa lhe dera uma graciosa inclinação de cabeça... mas Cora sabia que seu autodomínio era bem frágil e que não podia se dar ao luxo de ser arrogante. Percebeu que Teddy estava lutando para conter suas emoções e tentou desviá-lo com seu melhor comportamento de Duquesa.

– É tão bom ver você de novo, Teddy... Estou muito contente porque você vai ser o padrinho do Guy, não quero que ele seja completamente britânico! Não se preocupe com a cerimônia, será muito simples. O ritual católico é bem parecido com o episcopal.

Teddy não respondeu logo, e depois disse:

– Não é com a cerimônia que estou preocupado.

Cora acelerou um pouco, agora as pedrinhas voavam sob os pneus. Teddy mantinha o ritmo ao lado dela.

Por fim, ela disse com irritação, abandonando os modos de Duquesa:

– Ontem você só piorou as coisas batendo em Odo Beauchamp. Eu sei que as suas intenções eram boas, mas você não vê que isso deixa tudo... muito esquisito?

Teddy percebeu que Cora estava começando a adotar sotaque britânico. Cora logo continuou.

– Eu sei que convidar Odo foi um erro, mas eu queria que Charlotte estivesse aqui. Ela é minha amiga particular, sabe...

Cora reduziu um pouco a velocidade, não queria ficar perto demais dos outros.

– É mesmo? E se eu contasse que ela é a última pessoa a merecer a sua amizade?

Cora apertou o freio e parou com uma derrapada no cascalho. Olhou muito séria para ele.

– Eu não daria a menor importância. Charlotte não foi muito feliz na escolha do marido, mas isso não quer dizer que ela não possa ter amigos!

Teddy ficou aborrecido com a postura de Cora. Não era essa a cena que ele havia imaginado. Tinha pensado que ela estaria de coração partido com as revelações da noite passada e atormentada com a traição do marido mas, em vez disso, ela parecia estar censurando a *ele* por provocar uma cena. Ela realmente parecia ter se tornado parte daquele mundo britânico, que para ele era um mar sem ondas em uma noite sem luz, a superfície calma escondendo as fortes correntes que passavam embaixo. Resolveu mergulhar e, botando a mão no pulso de Cora, disse:

– Você vai simplesmente ignorar o fato de que o seu marido é amante de Charlotte Beauchamp?

Cora tirou a mão dele de cima da sua e respondeu corajosamente:

– E como é que você sabe disso, Teddy? Você conhece meu marido e Charlotte Beauchamp há menos de um dia. Se eu resolvi acreditar que não há nada entre eles, como é que você pode dizer que não é assim?

O sol ia saindo de trás de uma nuvem, e Cora teve que apertar os olhos para enxergar seu amigo. Teddy nunca a tinha visto tão simples, os olhos apertados, o rosto matizado de raiva e o corpo escondido naquelas calças ridículas de ciclista, mas achou aquela repentina feiura mais cativante do que a mulher perfeitamente vestida que vira na noite anterior.

– Não tenho *nenhum* direito de dizer nada. A não ser pelo fato de gostar de você e não conseguir aguentar vê-la ser enganada.

Os dois ficaram calados por um instante. Cora respirou fundo e adotou novamente seus modos de Duquesa.

— O Príncipe já deve estar na tenda do piquenique. Tenho que chegar com ele, senão minha mãe vai inventar uma visita real a Newport!

Ela fez um espetáculo ao montar na bicicleta, mas Teddy a puxou para que ficasse cara a cara com ele. Cora tentou escapar, mas ele a segurou e ela teve que escutá-lo.

— Não, Cora, não posso deixar você fingir que não aconteceu nada. Você não é uma garota que possa viver na sombra. Merece estar circundada pela verdade e a luz. Seu marido e Lady Beauchamp mentiram para você o tempo todo. Eu vi os dois juntos na estação de Euston antes que ele viesse para o casamento. Eu não sabia quem eram eles naquela época, é claro, mas aquilo deixou uma tal impressão em mim que, assim que vi Lady Beauchamp ontem à noite, eu a reconheci imediatamente.

Cora estava agitando as mãos na sua frente, o gesto de que ele tão bem se lembrava. Era como se estivesse tentando afastar o que era desagradável.

— Não entendo você. Por que está fazendo isso?

Ele viu que ela estava piscando depressa.

— Porque eu amo você, Cora — ele pronunciou as palavras calmamente e chegou a pensar que ela não tinha escutado. — Eu *conheço* você e amo você. Vim para cá pronto para ser seu amigo e nada mais, mas agora que estou vendo a sua verdadeira situação, a maneira como você foi enganada... todos esses... esses abutres pairando em cima de você e querendo o seu dinheiro... eu tenho que falar claramente. Esta não é a vida que você deveria ter, Cora, fazendo concessões a príncipes e se preocupando se uma velha Duquesa abalada deve ou não deve ir na frente da outra. Nenhuma dessas pessoas *faz* nada, a não ser dar uns tiros por aí e mexericar. É claro que as casas são lindas, e todo mundo tem uma perfeita educação, mas como é que você consegue viver em um mundo construído em cima de mentiras?

Cora tinha virado a cabeça para o outro lado, mas ele sabia que ela estava escutando. Teddy pensou rapidamente em sua mãe e em como se sentiria decepcionada com esse desperdício de emoção. Estremeceu, quase lamentando a respeitável carreira que poderia ter como pintor em Nova York, mas Cora à sua frente não lhe dava outra opção. Teddy só podia continuar.

— Cora, venha comigo! Eu amo você, não o seu dinheiro ou qualquer outra coisa... nós podemos ter uma vida sem mentiras, sem subterfúgios, uma vida em que poderíamos ser abertos e sinceros um com o outro. Podemos viver na França ou na Itália, entre gente que não se importa com duquesas e regras. Você gostava de mim, Cora. Não posso acreditar que todo aquele sentimento tenha desaparecido!

Por fim, ela virou a cabeça para olhar para ele.

– *Sentimento*? Eu queria me casar com você, Teddy, mas você ficou apavorado. Agora é tarde demais.

Ele começou a protestar, mas o rosto dela era cruel.

– Chega, por favor!

Teddy teve o prazer de ver que havia uma lágrima escorrendo no canto de um olho. Ela escutou, pensou.

Aí Cora abanou a cabeça e disse:

– Temos de alcançar o Príncipe. Ele não gosta de ficar esperando.

E saiu pedalando, afastando-se dele, a roda da frente virando de um lado e do outro, como se Cora não estivesse se equilibrando muito bem. Teddy foi atrás.

O almoço havia sido arrumado à sombra de duas faias, a toalha de mesa branca estava recoberta com as sombras rendadas das folhas. A refeição seria servida em uma tenda encomendada em Londres por Cora, e ela sabia muito bem que o Príncipe não consideraria um jantar *al fresco* desculpa para comida de má qualidade. Na tenda, havia um barril de ostras no gelo, lagostas, caviar, terrinas de *vichyssoise*, línguas de cotovia em *aspic*, tortas de caça, *salmagundi*, uma variedade de sorvetes e um fogareiro para fazer omeletes bem leves. Para beber, havia *champagne, hock*, claretes, *sauternes* e conhaque, além de chá gelado e água de centeio com limão. Cora esperava que houvesse gelo suficiente; em Newport, o sol era tão forte no verão que refeições como esta sempre terminavam mornas em uma poça de água. Pelo menos na Inglaterra a temperatura era mais temperada. Ela descobriu que, caso se concentrasse bastante nos detalhes das comidas, procurando lembrar exatamente tudo o que havia pedido, poderia manter fora da cabeça os outros pensamentos que tentavam entrar. Teddy podia menosprezar essa vida dizendo que era sem graça, mas agora mesmo tudo o que ela desejava era atravessar esse dia, queria que não faltasse gelo, e não houvesse nenhum silêncio. Este almoço, afinal, estava sob seu controle.

O Príncipe já estava sentado com Lady Tavistock. Para alívio de Cora, sua mãe estava sendo habilmente seduzida pelo camareiro do Príncipe. A Duquesa Fanny flertava com o sr. Cash, embora uma rápida olhadela de vez em quando indicasse que ela mantinha o Príncipe sob vigilância. Reggie dava a Sybil uma "tutoria" na bicicleta, que envolvia correr a seu lado enquanto ela pedalava, o braço firmemente em torno da cintura da jovem. O padre Oliver estava encostado em sua poltrona, os olhos semicerrados, embora Cora tivesse a impressão de que ele estivesse escutando atentamente as conversas a seu redor. Viu Teddy puxar uma cadeira perto do religioso.

Ivo devia estar a caminho. Cora procurou entender os minúsculos ponteiros cravejados de pedras preciosas de seu relógio de pulso: quase 13 horas. Quando a deixara esta manhã, ele havia prometido estar de volta em boa hora: "Não se preocupe, Duquesa Cora, estarei presente e correto". Ela normalmente não gostava quando Ivo a chamava de Duquesa Cora com aquele brilho irônico no olhar, mas estava achando que ele a comparava com a mãe dele. Nesta manhã, todavia Cora não se importou muito com essa ligação. Vasculhou o mar verde do parque em busca dele, na esperança de que ninguém a visse apertando o nariz para focar seus olhos míopes. Pensou ter visto algo se mexendo a meia distância, mas não teve coragem de ficar ali por muito tempo com o rosto retorcido como o de uma gárgula. Bugler estava a poucos metros, e ela acenou para ele se aproximar.

– Aquele ali é o Duque vindo da casa?

Bugler assentiu e disse:

– Ele está com uma senhora, Sua Graça. Não tenho muita certeza a esta distância, mas eu diria que é Lady Beauchamp – Bugler se permitiu uma tremulação que pareceu um sorriso. – Cuidarei para que seja posto mais um talher na mesa.

Cora ficou olhando aquelas duas pessoas que se aproximavam pelo gramado. Quando as distinguiu, viu que Charlotte usava branco e carregava um guarda-sol rosa em uma das mãos, com a outra pousada no braço de Ivo. A jovem Duquesa não conseguia distinguir os rostos, mas teve a impressão de que não estavam conversando. Sabia que deveria se mexer, mas estava hipnotizada pelo avanço deles. Era tão decidido, tão firme.

Ouviu uma tosse atrás de si. Era o Coronel Ferrers.

– Duquesa, creio que o Príncipe está ficando com fome.

Cora teve um sobressalto.

– É claro, que falta de consideração minha!

Fez um sinal para Bugler começar a servir e se aproximou do Príncipe.

– Perdoe-me, *sir*, por fazê-lo esperar tanto... eu deveria fazer uma reverência pedindo desculpas, mas acho que ficaria muito engraçada fazendo isso com esta minha roupa. Como pode ver, o Duque e Lady Beauchamp estão chegando, mas vamos castigá-los pelo atraso começando imediatamente.

E começou a instalar o grupo em volta da mesa, colocando sua mãe ao lado do Príncipe e Teddy ao lado de Sybil. Sentou-se à cabeceira, com o Príncipe de um lado e Reggie do outro. Reggie não precisava de nenhuma atenção, e o Príncipe estaria sob o domínio de sua mãe. Cora queria poder observar a mesa sem ter que conversar. Sentia-se entorpecida. Essa manhã se sentira muito segura de Ivo, mas agora ele estava testando sua fé de novo.

Ivo inclinou a cabeça para toda a mesa ao chegar.

– Que visão maravilhosa... parece que tropecei em um oásis no deserto. Como não tive nada a ver com tudo isso, posso dizer que está tudo magnífico! Sempre achei que comer ao ar livre tinha a ver com areia e mosquitos. Cora, jamais deixo de ficar impressionado como vocês, americanos, insistem em mostrar como a vida deveria ser!

Cora fez um sinal com a cabeça para a mãe; não estava muito confiante para falar.

– Bom, é verdade que, na minha terra, não vemos razão para sofrer – disse a sra. Cash, deliciada por ter uma abertura para conversar. – A meu ver, não há nenhuma desculpa para inconveniências quando se pensa um pouquinho e se faz o planejamento com algum tempo. Na minha terra, verifico para que todos os piqueniques e festas de bicicleta estejam tão bem decorados e organizados como se estivessem ocorrendo na Sans Souci. Não há realmente nenhum motivo para qualquer pessoa sentir frio, ou calor, ou desconforto de qualquer espécie. Sou muito meticulosa nessas questões, ouso dizer, mas meus convidados sempre agradecem – ela sorriu calidamente para o Príncipe. – Espero que possamos tentá-lo a voltar aos Estados Unidos em breve, Alteza. Já recebemos alguns membros da realeza europeia... o Grão-Duque Alexandre da Rússia e o Príncipe

Coroado da Prússia, entre outros. Creio que, se Sua Alteza decidir nos visitar, podemos garantir seu conforto.

O Príncipe serviu-se muito bem de caviar antes de responder.

– Não tenho a menor dúvida, sra. Cash. Sempre achei que os *amerrricanos* são o povo mais *hospitaleirrro*, em casa e no exterior. Realmente, acho que as *anfitrrriãs amerrricanas* como a sua filha *fizerrram* muito para elevar o *espírrrito* da sociedade! Quando vou a uma festa dada por uma *anfitrrriã amerrricana*, sei que a comida *serrrá* deliciosa, a *atmosferrra calorrrosa*, as *mulherrres estarrrão* na última moda e o caviar *serrrá* farto.

Ele sorriu gulosamente. Seus olhinhos azuis abrangiam o prazer de sra. Cash e a raiva da Dupla Duquesa a este seu pequeno discurso. Então, continuou.

– Mas infelizmente, não *poderrrei* visitar a *Amérrrica* em um *futurrro prrrevisível*. A rainha, *grrraças* a Deus, está em boa saúde, mas tenho consciência de que posso ser chamado a qualquer momento.

O Príncipe parecia solene, e Ferrers, percebendo que haveria mudança na régia disposição, perguntou à sra. Cash se ela sabia algo sobre os novos carros elétricos.

Cora se recompôs depois do choque de ver Ivo chegar com Charlotte. Tentava tirar da cabeça a explosão de Odo e a revelação de Teddy, raciocinando que Ivo devia ter trazido Charlotte deliberadamente. Não haveria nenhum mexerico se ele se dispusesse a escoltar Charlotte em público diante de sua mulher. Com isso, Cora sorriu para Charlotte, que disse:

– Sinto muito pela ausência de Odo. Ele teve negócios urgentes a tratar na cidade. Pediu mil desculpas e insistiu em que eu ficasse para o batizado. Espero que isso não perturbe muito o número de convidados para sua festa.

Cora mal ouvia as palavras de Charlotte. Estava impressionada pela excelente aparência da outra mulher. Seu langor habitual havia sido substituído por um vigor novo. Mais uma vez, aquela era a mulher que Louvain pintara como uma linda predadora.

– Creio que podemos resolver isso. Tenho certeza de que a Duquesa Fanny ficará muito feliz em jantar com Lady Tavistock.

As duas riram, e Cora acreditou que tinha se saído bem até ver Teddy olhando para ela. Sentiu uma dor indistinta na base do crânio.

Depois do almoço, ela decidiu voltar para casa de carroça. Não queria outro *tête-à-tête* com Teddy e precisava de tempo para se arrumar para o batizado. Para sua surpresa, viu a sogra sendo ajudada a tomar o assento a seu lado. Ivo mandara buscar a carruagem aberta para as outras senhoras, e Cora esperava seguir sozinha na carroça, mas a Dupla Duquesa insistira em que o sr. Cash fosse com a esposa e protestou, dizendo que um passeio de carroça a lembraria dos "velhos tempos" em que havia passado muitas horas felizes perambulando pelos terrenos.

Cora partiu calada. Estava com a cabeça cheia demais para conversar com a Duquesa Fanny.

– Isto me traz de volta meus anos em Lulworth – disse a Dupla Duquesa. – Fui muito feliz aqui.

Ela suspirou melancolicamente, e Cora respondeu dando uma boa chicotada no burro. Fanny continuou em seu tom mais reconfortante.

– Quando a encontrei, Cora, devo confessar que eu não sabia se você compreenderia o que significava ser a senhora de Lulworth. Pensei que você era teimosa demais, e que estava muito acostumada à sua própria maneira para avaliar os sacrifícios que seriam exigidos de você. Ivo não é um homem fácil, e tive a impressão de que você não teria paciência para lidar com ele. Achei que uma garota inglesa compreenderia melhor o que seria exigido. Parece que eu estava errada. Poucas mulheres teriam tratado Charlotte Beauchamp com tanta calma. Você não deixou seus sentimentos atrapalharem.

Cora olhou para as moscas voando em torno da cabeça do burro e o ritmo do lombo do animal se movimentando nos arreios.

– Se posso lhe dar um conselho, está na hora de você falar com Charlotte. Você deve deixar muito claro para ela que não irá tolerar esse comportamento tão descarado. Diga-lhe que você tem o apoio do Príncipe e o meu, e que, se Charlotte e aquele marido horroroso dela não conseguem ser discretos, ela se verá sem amigos. Creio que ela entenderá – a Duquesa Fanny pôs a mão no braço de Cora. – E não se preocupe, Ivo não irá interferir. Ele parece bastante dedicado à família agora que você lhe deu um filho. Afinal, mulheres como Charlotte são cansativas.

Cora puxou as rédeas e fez o burro parar com um resmungo.

– Obrigada pelo conselho, Duquesa Fanny, mas prefiro cuidar das coisas do meu jeito – entregou as rédeas à Duquesa. – Acho que vou descer e dar uma caminhada. Tenho certeza de que lembra como controlar o burro.

Cora saltou da carroça e foi caminhando o mais depressa que pôde, até não enxergar mais a carroça ou o olhar espantado da Duquesa. Sentou-se na grama por um momento e enfiou a cabeça entre os joelhos.

Quando, por fim, ao levantar a cabeça, vislumbrou o mar enchendo a lacuna entre os morros, sentiu uma repentina vontade de se atirar na água e nadar livre para se livrar de todo o peso que estava sendo jogado em suas costas. E, quando olhou na outra direção, viu o estandarte real ondulando acima da casa e ouviu o sino da capela batendo a meia hora. A babá estaria vestindo a roupa do batizado em Guy nesse momento, envolvendo seu corpinho suave nas rendas amareladas. Guy também era parte disso. Logo estariam todos reunidos em torno da pia batismal na capela; agora ela só poderia voltar, vestir-se e sorrir enquanto eles batizavam seu filho. Ela não olharia para baixo; por enquanto, não.

CAPÍTULO 28

"O fim da luz do dia"

Cora havia pensado em cada detalhe do batizado, das flores na capela às *bonbonnières* brancas e prateadas, mas não levara em consideração a cerimônia em si. Normalmente, sentia-se cada vez mais impaciente em igrejas, desejando que a repetição e o ritual transcorressem mais depressa para que ela pudesse estar em algum outro canto. No entanto, hoje, ao lado da pia batismal, sentia-se grata pela cerimônia que exigia dela apenas um silencioso assentimento com a cabeça. Ouviu o nome de batismo do bebê por inteiro: "Albert Edward Guy Winthrop Maltravers". Ela protestara sobre o Albert, mas a Dupla Duquesa havia dito:

– Se você quiser que o Príncipe de Gales proceda como padrinho, terá que dar o nome dele ao bebê. Não precisa chamá-lo por esse nome, nem o próprio Príncipe se importa com esse Albert, mas é um sinal de respeito.

Cora examinou a fila dos padrinhos: o Príncipe de Gales dizendo muito alto os seus "améns", Sybil e Reggie trocando olhares cúmplices enquanto davam seus votos, Teddy olhando para ela enquanto prometia educar a criança nos caminhos de Deus (enquanto os olhos dele diziam que cuidaria dos dois). Deixou cair seu olhar, não aguentava pensar sobre o que Teddy estava oferecendo para ela agora mesmo. Quando levantou os olhos novamente, viu Charlotte estudando o bebê com tal prestimosidade que chegou a se espantar. Não era apenas o olhar vazio de uma mulher sem filhos analisando o bebê dos outros; havia algo de atento e predatório nela, como se estivesse esperando para dar um golpe.

Cora sentiu-se zonza. Suas pernas tremiam, e ela teve que se firmar com a mão no braço de Ivo. Ele olhou para ela e pôs a mão sobre a cabeça da esposa. Cora sentiu a boca enchendo de saliva, engoliu desesperada e olhou para o céu pela cúpula de vidro. Desejava que seu corpo não entrasse em pânico, devia continuar em frente.

Viu o padre Oliver encarando-a e percebeu que ele queria que ela pegasse Guy. Por um segundo, ficou sem saber se conseguiria segurar o bebê, sentia-se muito fraca, mas deu outra olhadela no rosto de Charlotte e abriu os braços para pegar o filho.

Cora mantinha os olhos fixos no bebê enquanto todos se reuniam à sua volta para admirá-lo. Ele era inequivocamente o filho de Ivo, aquele rostinho minúsculo dominado pelo nariz romano do pai. Ouviu a Dupla Duquesa dizer que "...naturalmente, ele tem o perfil dos Maltravers" e o padre Oliver concordando que ele tinha "algo do 4º Duque".

Teatralmente, como se estivesse concedendo uma enorme honra, a Dupla Duquesa estendeu os braços para pegar o neto, que Cora, relutante, lhe entregou – e, para alegria secreta de sua mãe, Guy começou a gritar no momento em que a Duquesa Fanny o tomou em seus braços. A mulher não conseguiu acalmá-lo. Cora viu a expressão de aborrecimento no rosto da Duquesa e ia tomando Guy de volta quando Ivo interveio, pegando o pequeno garoto e o acomodando em seu ombro. A comprida saia rendada do vestido de batizado descia em cascata sobre o fraque do pai. Ivo disse alegremente para sua mãe:

– Vejo que você não perdeu seu toque!

O chorinho de Guy foi desaparecendo e se transformou em soluços. Cora queria rir e abraçar o marido e o filho, mas Teddy e Charlotte estavam um de cada lado, e ela não conseguia se mexer.

Foi um alívio estar do lado de fora, com o grupo do batizado voltando para o chá em casa. Todos os criados de fora e o pessoal da vila estavam alinhados ao longo da trilha entre a capela e a casa e, conforme o Príncipe passava por eles (conversando com Ivo, que ainda segurava o bebê), subiam da pequena multidão gritos de "Deus abençoe o Príncipe de Gales" e "Deus abençoe o Duque de Wareham", até que algum espirituoso berrou:

– É a Duquesa que precisa de bênção!

O Príncipe e Ivo estavam bem mais à frente e escutaram essa observação, mas Cora estava do lado da sra. Cash e não podia ler a expressão de sua mãe. O rosto de Cora queimava: a ideia de que sua vida estava sendo esmiuçada pelos moradores da vila era insuportável. Quis olhar em volta para descobrir quem teria pronunciado aquelas palavras, mas não podia demonstrar para eles que aquilo incomodava.

Sua mãe dizia:

– Tenho que cumprimentá-la, Cora, por ter preparado tudo muito bem. Lulworth melhorou tanto que mal se pode reconhecer. Os criados aqui são naturalmente tão bons que você não precisa ensinar nada, como tenho que fazer lá em casa. Mesmo assim, você deixou tudo bem mais confortável. Quando penso como era... – ela estremeceu. – É como disse o Príncipe: nós, americanos, temos um talento para a hospitalidade; andando por aí pode-se entender exatamente por que ele aprecia tanto esse talento. Talvez o seu pai e eu devêssemos arranjar uma casa em Londres para a temporada do próximo ano.

Cora sentia os olhares do pessoal alinhado pelo trajeto como golpes. Virou-se para a mãe e disse:

– Para falar a verdade, mãe, eu estava pensando em passar uns meses nos Estados Unidos. Seria muito bom rever todos os meus velhos amigos, e estou louca para apresentar-lhes o pequeno Guy. Talvez eu possa voltar com vocês no veleiro.

A sra. Cash não disse nada por algum tempo, e Cora desejou estar caminhando do outro lado de sua mãe para poder ver o que ela pensava.

– Bom, é claro que eu gostaria muito que você nos fizesse uma visita, você sabe que eu simplesmente adoro o meu neto, o Marquês... – a sra. Cash fez uma pausa reverente no título. – Mas tem certeza de que meu genro está pronto para uma viagem? Afinal, ele acaba de voltar de uma...

Cora apressou-se em dizer:

– Eu estava pensando em ir sozinha, mãe, só eu e o bebê. Ivo tem muito a fazer por aqui... – sua voz foi abaixando.

– O lugar da esposa é ao lado do marido, Cora. Quaisquer que sejam as suas inclinações, o seu dever é ficar ao lado dele. Tenho certeza de que a eduquei para compreender que na vida há mais do que o seu próprio prazer.

A sra. Cash parou e virou o rosto para a filha. Cora viu seu olho bom radiante.

– Não sei, mãe, se Ivo se incomodaria...

– Que bobagem, Cora! Não é uma questão de se incomodar. Vocês são marido e mulher, e basta.

– É muito difícil, mãe. Todo mundo aqui se conhece a vida inteira, eu sou sempre a estrangeira. Você não sabe o quanto eu anseio por estar em um lugar em que as pessoas não fiquem mexericando e futricando a respeito do meu sotaque e da minha última gafe.

E do casamento, Cora pensou, mas não pronunciou as palavras.

A sra. Cash pegou a mão da filha e a apertou com força. Não era um gesto de afeto.

– E você acha que se chegar lá, depois de um ano de casamento, sem o seu marido não haveria bisbilhotice? Garanto que as pessoas teriam o que falar, Cora. Não há nada que a sociedade de Nova York vá gostar mais do que ver o casamento da minha filha, a Duquesa, dando errado. Não posso deixar você estragar tudo o que pensei só porque não consegue controlar o seu marido. Desculpe, Cora, mas este é um assunto seu, não meu.

A sra. Cash soltou a mão da filha e se virou para falar com a Dupla Duquesa e com o sr. Cash, que acabavam de alcançá-los.

Cora parou para abrir o guarda-sol. Preferia ser espiada e olhada pela multidão do que passar mais um minuto com a mãe. Quase arrebentou o cabo de marfim do guarda-sol na pressa de conseguir sombra, suas mãos tremiam tanto que ela não conseguia fazer os raios deslizarem pela haste. Houve um momento de trégua, quando o clarão do sol da tarde foi filtrado pela seda cor de creme, e Cora inspirou profundamente, recompondo o rosto. Ela devia ter imaginado que sua mãe reagiria assim, mesmo sendo um choque saber que, mais uma vez, para a sra. Cash sua própria supremacia social estava muito adiante da felicidade de sua filha. Cora testou os cantos de sua boca para ver se conseguia esticá-los em um sorriso. Nesse momento, sentiu a mão de alguém em seu cotovelo e ouviu um guincho animadíssimo.

– Você vai me odiar por fazer isso hoje, mas não posso evitar! – Sybil tomou a mão de Cora e balançou-a com entusiasmo. – Minha queríssima Cora, ele me pediu, e eu aceitei!

Sybil se balançava para lá e para cá de tanta felicidade.

– Vamos anunciar o nosso noivado na hora do chá. Por favor, não fique zangada comigo por roubar o espetáculo de Guy, mas, como o Príncipe está aqui, a mamãe não vai poder ter um chilique. Ah, estou tão feliz que acho que posso até explodir!

Cora sentiu seu rosto se suavizar.

– Querida Sybil, fico muito contente! Tenho certeza de que você vai ser muito feliz. Vocês dois foram feitos um para o outro! Onde está Reggie? Quero ser a primeira a cumprimentá-lo!

Reggie foi até Cora, e os três entraram juntos na casa. Quando subiram as escadas para o terraço, Sybil foi na frente para poder apanhar um lenço.

– Eu sei que vou começar a chorar.

Enquanto sua amiga corria pela escada, Cora disse para Reggie:

– Eu sempre esperei que isso fosse acontecer... mas o que fez você demorar tanto?

Reggie deu uma risada.

– Para falar a verdade, não sei. Acho que eu tinha uma vaga ideia de que um homem deve fazer alguma coisa antes de se casar, mas aí me dei conta de que eu só estava deixando a Sybil infeliz e de que realmente não havia nenhum motivo para esperar mais... não teremos nenhum dinheiro, é claro, mas acho que ela não se importa com isso. Na noite passada, eu vi o que poderia acontecer se não fizesse nada. Eu não queria que Sybil se sentisse frustrada.

Os olhos de Reggie piscaram para onde estava Charlotte Beauchamp, ao lado de Lady Tavistock. Cora acompanhou o olhar dele.

– Não, isso jamais aconteceria – disse ela o mais alegre que pôde. – E agora você tem que contar para Ivo. Ele vai querer ter a satisfação de ver a cara de Fanny quando ela se der conta de que perderá sua acompanhante...

A notícia do noivado deu à Cora o ânimo necessário para comandar o chá do batizado. O bolo foi cortado, e a saúde de Guy foi brindada com chá e *champagne*. Depois do brinde, Reggie se levantou e fez um discursinho jeitoso anunciado seu noivado com Sybil. Ivo pediu mais *champagne*, e todos beberam em honra ao casal – quer dizer, todos menos a Duquesa Fanny, que teve um gracioso desmaio. Sybil tentou correr em direção à mulher, mas Ivo a deteve, pediu os sais e apoiou sua mãe na namoradeira onde caíra, antes de passar os sais voláteis sob o nariz dela. Quando a Duquesa começou a apresentar sinais de consciência, ele disse:

– Bom, muito bom, mãe... não se preocupe por estar perdendo Sybil. Sem ela, você poderá tirar uns dez anos de sua idade, e ninguém ousará acreditar que você tem um diazinho a mais do que 35 anos.

A Duquesa olhou furiosa para o filho, mas o Príncipe de Gales ria tanto que ela foi obrigada a juntar-se a ele, e seu sorriso não desmoronou quando do o Príncipe disse:

– Difícil acreditar que você já é avó, Fanny. Para mim, você será sempre uma jovenzinha esguia!

A Duquesa pôs as mãos em sua cintura muitíssimo apertada no espartilho e falou:

– Espero que sim, *sir* – então, suspirou teatralmente.

Não havia como voltar para sua posição anterior, e ela se viu forçada a manter uma aparência nobre enquanto Sybil tagarelava com Cora sobre noivas e véus.

O Príncipe despediu-se depois do chá; tomaria o trem noturno para Balmoral. Enquanto Cora o acompanhava até a carruagem, ele fez uma pausa para olhar pelos morros o horizonte que se suavizava na luz do entardecer.

– É um local glorioso, Duquesa. Sempre foi um dos meus preferidos e agora que você está aqui, vejo que *terrrei* a oportunidade de *aprrreciar* ainda mais esses encantos. Anseio por voltar.

Cora sorriu e fez uma reverência, mas, quando a carruagem saiu do campo de visão, ela se sentiu fraquejar. Se Ivo não estivesse atrás dela, Cora teria caído no chão.

– O que foi que o Príncipe andou sussurrando agora mesmo, Cora, que fez seus joelhos fraquejarem? Espero que ele saiba que pelo menos *esta* Duquesa de Wareham não está sob as ordens dele. Ou você foi tentada por Tum Tum? Embora, a julgar pelo desempenho dele na bicicleta hoje, duvido que tenha grande coisa a oferecer...

Ela se afastou, dizendo:

– Estou com dor de cabeça, Ivo, e vou me deitar. Lamento, mas você terá que se arranjar sem mim esta noite.

– Não se preocupe, tenho certeza de que minha mãe ficará satisfeitíssima de retomar o papel de castelã. Ou será que devo avisar a sua mãe? Que perspectiva... – Ivo passou a mão no rosto de Cora. – Não sei se devo chamar um médico, acho que não vou conseguir resolver tudo sem você por muito tempo.

– Não, sei que vou me sentir melhor assim que descansar. Foi um longo dia.

– O mais longo... – disse Ivo e pegou o braço dela enquanto subiam os degraus da casa.

Bertha ia se juntar aos criados superiores, que se reuniam para sua própria versão do chá do batizado, quando o menino do saguão a deteve no corredor, com um pacote na mão.

– Srta. Jackson, srta. Jackson... isto chegou para você! – ele sacudiu o embrulho. – Acho que é da América!

Bertha pegou o pacote, que havia sido redirecionado muitas vezes. Fora para Nova York, para Londres e chegara aqui em Dorset. O endereço para retorno era do Rev. Caleb Spragge, na Carolina do Sul. Ela sentiu a boca secar. Levou o pacote para o quarto de passar roupa e o deixou em cima da mesa. Encontrou uma tesoura e cortou a cordinha forte que o segurava. Arrancou o papel pardo, revelando uma caixa de papelão com pouco mais de meio metro de comprimento por cerca de um palmo de largura. Bertha ouvia a agitação e o alarido das criadas no corredor, queria muito sair dali e se juntar a elas, não queria abrir a caixa, mas, quando viu aquele monte de fios e nós muito complicados, soube que não poderia ignorar que havia ali dentro.

Levantou a tampa. Dentro havia uma carta, e algo que parecia roupa embrulhada em papel de seda. Abriu a carta – a data era 12 de março, há quatro meses.

Minha cara Bertha.

É com imensa tristeza que escrevo para lhe contar que a sua mãe faleceu ontem. Ela esteve doente por algum tempo e me parece que no final estava feliz por estar indo se encontrar com o Criador. Ela falava muito de você e muitas vezes me disse como se sentia orgulhosa porque você estava abrindo seu caminho no mundo. Nesses últimos meses, começou a fazer esta colcha de retalhos para a filha. Terminou um ou dois dias antes de falecer. É evidentemente um trabalho de amor.

Lamento ser o portador desta má notícia, mas sinta-se confortada com o pensamento de que sua mãe está em lugar melhor.

Seu amigo afetuoso,

Caleb Spragge

Bertha se encostou na mesa por um instante. É verdade: quando veio para a Inglaterra, ela sabia que nunca mais veria sua mãe, mas o fato ainda a fazia estremecer com a perda. Puxou o envoltório de papel de seda e tirou a colcha.

Não era muito grande, talvez do tamanho da mesa da cabana, doze quadrados de 10 por 8 centímetros, com faixas de tecido entrelaçadas em torno de um motivo central. Com um aperto no coração, viu uma faixa de algodão listrado de azul e branco da saia de sua mãe e, do outro lado, um pedaço de estamparia de cachemira, do xale que Bertha havia mandado para ela. Em cada quadrado ela encontrava algum momento de uma vida que ela vagamente lembrava, uma listra desbotada de um avental, um pedaço de um saco de farinha com os dizeres "finíssima farinha Cash". Bertha reconheceu, no centro de um quadrado, um pedaço da faixa vermelha e branca que sua mãe usava para conter seus cabelos rebeldes. Os pontos eram miúdos e uniformes em algumas partes da colcha, mas, em outras, a costura era irregular, apressada, como se sua mãe estivesse desesperada para chegar ao fim. Era como se estivesse enviando para a filha um recado e não partiria até terminar. Ela não sabia ler ou escrever, portanto, esta colcha era sua última vontade e seu testamento, seu presente de despedida para a única filha. Bertha a segurou no rosto, sentindo as mãos da mãe no tecido macio e quente. Pela primeira vez, desde que havia deixado a Carolina do Sul, ela se permitia chorar.

Tocou um sino, e Mabel entrou.

– A Duquesa desceu, srta. Jackson. Querem você lá em cima – viu o rosto de Bertha e parou. – Está tudo bem? Era má notícia?

Mabel parecia ansiosa por detalhes.

Bertha assentiu com a cabeça.

– Sim, era má notícia, mas de muito tempo atrás.

Dobrou cuidadosamente a colcha e a embrulhou no papel de seda. Subiu até seu quarto e a deixou ali. Só então desceu para atender a srta. Cora.

A jovem estava sentada no banco da janela com o rosto comprimido contra o vidro. Cora havia soltado os cabelos e o peso castanho dourado caía sobre seus ombros como uma pele de animal. Havia perdido seu ar de Duquesa, pensou Bertha.

– Ah, você está aí. Estou com uma tal dor de cabeça, Bertha... – sua voz soava fraca e incerta.

A criada derramou um pouco de água-de-colônia em uma flanela e a comprimiu nas têmporas de sua patroa.

– Obrigada.

Cora olhou para ela por um instante, como se estivesse decidindo alguma coisa, e perguntou:

– Você alguma vez já se apaixonou, Bertha?

A serviçal enrijeceu, perguntando-se aonde aquilo estava levando.

– Eu não saberia dizer, srta. Cora.

A Duquesa abanou a cabeça.

– Bom, você alguma vez já conheceu alguém que é bom *e* malvado, que faz você amá-lo em um minuto e, no minuto seguinte, odiá-lo? Que faz você se sentir maravilhosa e terrível, e você nunca sabe como estará em seguida?

As mãos de Cora se retorciam pelos cabelos, enrolando-os em volta dos dedos até apertar tanto que os nós ficaram brancos devido à falta de circulação. Bertha pensou que a única pessoa, em toda sua vida, que cabia na descrição de srta. Cora era a própria srta. Cora, que era ótima sendo muito boazinha e sendo má. Mas esse não era um pensamento que ela pudesse enunciar. Bertha sabia que a patroa falava do Duque e, por isso, deu a resposta menos comprometedora possível:

– Eu acho que o mundo está cheio de gente contraditória, srta. Cora.

– Ah, mas ele não é só contraditório, Bertha. É como se ele quisesse me desequilibrar – Cora parou bruscamente. – Eu não devia estar falando com você sobre isso, você é a minha criada, e Ivo é meu marido, mas eu já não sei mais o que pensar...

Bertha viu que um dos dedos de sua patroa estava ficando azulado e delicadamente tirou-o dos cabelos.

– Por que você não fala com a sra. Cash? Ela sabe muito mais sobre a vida de casada do que eu, srta. Cora.

– Ah, eu tentei. Minha mãe só quer uma filha Duquesa. Ela não se importa com os meus sentimentos. – Cora bateu com a cabeça no vidro.

Bertha não podia dizer nada a respeito daquilo, porque sabia que era verdade.

– Eu simplesmente não sei mais quem é Ivo! Às vezes eu acho... não, eu sei... que ele me ama, mas, no momento seguinte, ele é uma pessoa completamente diferente. Na noite passada, logo antes de Odo fazer aquela cena, eu vi alguma coisa entre Ivo e Charlotte. Eu sei que tem coisa ali, algum sentimento de que não sou parte. Mesmo assim, quando Ivo diz que me ama, eu acredito nele, mas ele não pode amar nós duas, será que pode? – Cora olhou para Bertha em súplica, como se a resposta da criada tivesse o poder de decidir seu destino.

Bertha queria passar um pano e limpar a preocupação do rosto de Cora, mas não podia mentir para ela. Sabia que Jim ia ficar zangado pelo que ela estava para fazer, mas não podia aguentar enquanto a srta. Cora se torturava.

– Srta. Cora, se eu contar uma coisa, promete que não vai ficar furiosa comigo?

Bertha sentou-se no banco da janela diante de Cora, para que pudesse olhar direto nos olhos da patroa.

– Ora, claro, por que eu ficaria furiosa com você?

– Porque você não vai gostar do que eu tenho para dizer. Quer que eu continue?

– Sim, sim, prometo que nada do que você disser pode ser pior do que eu já imaginei – uma lágrima escorreu do olho de Cora, mas a jovem Duquesa não pareceu notar.

Bertha remexeu no corpete e extraiu dele a pérola de Jim de seu lugar, perto do coração.

– Reconhece isto, srta. Cora?

Cora pegou a pérola e a rolou pela palma da mão.

– Parece que poderia ser do meu colar, mas não pode ser, a menos que alguém tenha quebrado... – olhou alarmada para sua penteadeira.

– Não, o *seu* colar está bem seguro. Esta veio de outro colar, igual ao seu.

Cora testou a pérola nos dentes.

– É bem verdadeira, mas o que tem a ver comigo?

Ela segurava a pérola em uma das mãos e, com a outra esfregava o pescoço, onde o colar estaria. Pensou em Ivo fechando a joia naquela tarde em Veneza.

– Eu só posso dizer para você, srta. Cora, e lamento ser eu quem está fazendo isso, que Lady Beauchamp tinha um colar de pérolas negras igualzinho ao seu. Ele arrebentou uma noite em que estávamos em Sutton Veney e eu... – Bertha fez uma pausa, ela não queria que Cora soubesse que tinha sido Jim quem roubara a pérola. – Foi aquela noite quando você não voltou da caçada. Ela estava usando o colar no jantar, e ele arrebentou. Acho que ela pegou todas as pérolas, menos esta aqui.

Cora falou devagar, como se estivesse tentando reunir as informações em sua cabeça.

– Você está dizendo que Ivo deu a Charlotte um colar igual ao meu? – ela franziu as sobrancelhas.

– É, deu.

Cora se levantou e foi até a penteadeira. Tirou o colar da caixa de marroquim verde. Comparou as pérolas com aquela em sua mão.

– Idênticas.

Virou-se e olhou para Bertha, que se levantou para ficar diante de sua patroa. Pela expressão de Cora, a criada não sabia dizer se seria censurada pelo que havia dito. Ao falar abertamente, ela havia rompido a parede invisível de deferência que havia entre as duas. Mas logo pensou em todas as coisas que nunca havia dito para sua mãe e decidiu que não poderia parar agora. Tinha ido contra o conselho de Jim, até mesmo contra seu próprio interesse, para contar à srta. Cora algo que ela podia muito bem resolver não escutar. Aí lembrou-se de como Cora tinha certezas e era radiante em outros tempos, e como ela parecia apagada agora. Bertha era apenas uma criada, mas Cora importava para ela. Não seria apenas uma espectadora.

– Tem mais uma coisa também – disse. – Pouco antes do seu casamento, você recebeu uma carta do sr. Van der Leyden. A sua mãe não queria que você lesse nada que pudesse perturbar a sua cabeça, por isso eu guardei aquela correspondência. Não li, e também não dei para a madame, mas achei que você deveria saber.

Bertha esperava que a srta. Cora não lhe pedisse a carta, mas a patroa parecia sequer ter escutado o que ela dissera. A jovem continuava rolando a pérola entre seus dedos.

– Por que você não me contou isso antes? – e fez um gesto com as pérolas.

– Não era meu papel fazer isso, srta. Cora. Enquanto você estivesse feliz, que bem teria isso feito? – Bertha hesitou.

– Então por que está me contando agora?

– Porque agora eu acho que você precisa saber a verdade, srta. Cora.

As pérolas bateram ruidosamente na madeira quando a jovem as deixou caírem na mesa.

– É, acho que preciso...

Ela fechou os olhos por um momento e depois os arregalou, armando os ombros como se estivesse despertando de um longo sono. Fez uma careta para si mesma no espelho alto entre as janelas.

– Preciso que você arrume os meus cabelos de novo!

Bertha sentou-se diante da penteadeira e entregou a escova à Cora, cujos olhos encontraram os dela no espelho.

– E, depois, quero que você descubra se Lady Beauchamp foi para a cama. Acho que está na hora de retribuir a visita dela.

Bertha concordou e começou a escovar os cabelos cor de castanha da Índia, que a cada escovada voltava à vida com um estalido. Quando os fios estavam plenamente vivos como uma coroa de chamas, Cora pôs a mão na de Bertha.

– Obrigada – disse.

CAPÍTULO 29

Como domar um cavalo-marinho

O quarto de Charlotte Beauchamp ficava na parte medieval da casa, em uma das torres acima da galeria comprida. Cora não queria deixá-la ali, porque essa parte da casa ainda não havia sido reformada, mas, quando discutia as acomodações para a festa da casa com Bugler, o mordomo disse que Lady Beauchamp preferia o quarto da torre. Depois, quando Charlotte escreveu aceitando o convite para o batizado, ela dizia: *Por favor, será que posso dormir no meu velho quarto da torre, Cora? Era o meu quarto quando eu vivia em Lulworth, e sempre me faz lembrar aqueles dias felizes.* Naquela época, Cora não havia pensado muito a respeito, se surpreendeu com o fato de alguém preferir repousar na parte mais fria da casa, mas agora, pisando nos degraus de pedra muito gastos, ela se deu conta de que Charlotte estava reivindicando seu território. Também era verdade que o isolamento do quarto da torre significava que Sir Odo teria sido abrigado a alguma distância dali.

Cora esfregou entre os dedos a pérola negra que Bertha lhe dera. Havia desejado pulverizá-la, mas agora se agarrava ao objeto e estava gostando da fúria que aquilo despertava nela. A ideia de que Ivo dera a ela e à Charlotte exatamente o mesmo colar a fazia chutar os degraus enquanto seguia. Tinha sido iludida, não apenas sobre seu relacionamento com Charlotte, mas também em seus sentimentos por ela. Cora se agarrara àquele colar como a um talismã, valorizara a memória daquela tarde em Veneza durante todos os meses de saudade do marido em Lulworth; naquele momento, dizia para si mesma que eles estavam muito bem casados. Agora, enquanto sentia o caminho pelo corredor de pedra, não tinha esse conforto. Nada era só dela. Ivo talvez a tivesse amado à sua maneira, mas não havia nada de especial nela... o que lhe dera era sua ração de amor, nada mais, nada menos. Não tinha nem mesmo se incomodado o suficiente para pensar em um presente diferente.

Parou na entrada do quarto de Charlotte. Ao lado havia uma placa de latão e um cartão escrito "Lady Beauchamp" em sua melhor letra, com a caligrafia dela mesma. Cora tirou o papel e o picou em tantos pedacinhos quantos conseguiu. Bateu à porta e entrou sem esperar a resposta. O quarto estava escuro, mas Cora podia ver a silhueta de Charlotte contra a janela ao luar. Evidentemente ela esperava alguém, pois se virou cheia de expectativas quando a Duquesa entrou, os braços estendidos em boas-vindas. Quando pisou sob a luz do luar, Cora pôde ver que Charlotte estava usando um *peignoir* feito de algum material prateado, enfeitado com penugem de cisne. Com os cabelos claros brilhando pelas costas, ela parecia alguma etérea divindade das águas.

Cora usou sua vela para acender a lamparina a gás sobre a mesa e ajustou o bico para que a chama dourada destruísse a aura cintilante de Charlotte. Queria enxergar muito bem aquela mulher. Quando as duas eram amigas, Cora gostava da elegância e da beleza de Charlotte, tanto como apreciava seu puro-sangue Lincoln ou as estátuas de Eros e Psiquê no caramanchão. Cora gostava muito dela, e, sem a menor dúvida, Charlotte era a mulher mais atraente em seu círculo. Muitas damas inglesas pareciam apagadas, mas Lady Beauchamp tinha uma pele tão macia quanto uma orquídea. Jamais havia ocorrido a Cora sentir ciúmes da postura ou das roupas perfeitas de Charlotte, mas agora olhava para ela não como amiga, mas como uma rival. Charlotte era apenas quatro anos mais velha do que ela, mas esses anos haviam dado mais firmeza a seu rosto. Eram quase da mesma altura, mas, apesar de todas as tardes amarrada naquele enrijecedor de espinha vertebral, Cora sabia que Charlotte era a mais graciosa. Quando Lady Beauchamp atravessava uma sala, seus movimentos eram tão fluidos, que parecia deslizar. Ela parece mais uma Duquesa do que eu – pensou Cora, enfurecida.

Charlotte tentou esconder a surpresa ao ver Cora em vez do visitante que esperava.

– Estou contente que esteja se sentindo melhor, Cora. Soube da sua enxaqueca e ia levar para você um *cachet fièvre*... sempre trago de Paris porque acho que é a única coisa que funciona, mas pensei que você estivesse dormindo – ela tinha a fala arrastada de sempre, mas suas mãos estavam puxando a penugem de cisne da camisola.

– Tenho a impressão de que isso pertence a você.

Charlotte olhou para Cora um instante, depois pegou a pérola negra da mão dela.

– Eu achei que faltava uma, mas nunca tive certeza. Depois que o colar arrebentou, nunca me animei a mandar para o conserto – e inclinou a cabeça para um lado. – Bom, você não está usando o seu colar. Espero que o fato de encontrar esta pérola não a tenha chateado – Charlotte abriu um sorriso exagerado, mostrando as covinhas.

Cora bem gostaria de falar, mas as covinhas de Charlotte a deixaram muda de raiva.

Charlotte fez um gesto para ela.

– Então agora você sabe como é... ser uma duplicata, Cora! – deu uma risadinha. – Você sabe como são raras pérolas desse tamanho e dessa cor? Deus sabe onde Ivo conseguiu arranjar um segundo colar!

Cora quase disse para si mesma: "Não acredito que não enxerguei isso. Fui muito burra".

Charlotte a ignorou, andava para lá e para cá no quarto, o corpo sinuoso até mesmo naquela agitação.

– Eu costumava usar quando estivemos separados para me lembrar dele. Nunca entendi por que ele deu pérolas para você também. Será que estava tentando me atormentar? Ele sabe ser cruel. Jamais me perdoou por me casar com Odo, mesmo sabendo que eu não tinha escolha, mesmo sabendo o tipo de homem que meu marido é – Charlotte inspirou profundamente. – E aí aparece você, sabe-se lá de onde. Uma americana, que não sabia nada e não entendia nada... no começo, achei que era pelo seu dinheiro, mas quando a vi em Conyers usando as pérolas negras, percebi que ele também estava me castigando. Mas tive a minha vingança: apresentei você a Louvain. Eu sabia que você era exatamente o tipo de criatura linda e mimada que acharia Louvain irresistível. Eu sabia que assim que Ivo visse você pelo que você era, ele voltaria para mim.

Virou-se para Cora e sorriu de novo, mostrando os dentinhos brancos.

A Duquesa teve a sensação de que Charlotte sabia do beijo no estúdio de Louvain. Ficou envergonhada por aquela mulher saber de que modo *ela* se comportaria. Mas tinha sido só um beijo.

– Ele é o meu marido, Charlotte, quer você goste, quer não goste – disse. – Ele se casou comigo, nós temos um filho. E acredito que Ivo me ame.

Cora pensava na maneira como ele a abraçara a noite passada, no quarto do bebê.

– Ah, sim...! É mesmo... – as covinhas de Charlotte estavam em evidência de novo. – Só porque você comprou um título e tudo isso – fez um gesto pelo quarto da torre –, não significa que você tenha comprado o amor dele. É claro que Ivo é grato a você por salvar Lulworth e por dar-lhe um filho. Você tornou a vida dele bem mais fácil, de muitas maneiras. Só que Ivo não é o tipo de homem que se acomoda. Sim, você é a esposa, mas eu sou a mulher que ele ama. É triste, mas essa não é uma posição que você possa comprar.

Cora não aguentava escutar mais nada. Pegou a lamparina da mesa e a jogou com toda a força em Charlotte. A mulher se desviou, e a lamparina estilhaçou o espelho. A parafina se derramou no chão, e riachos de fogo começaram a lamber as bainhas das cortinas. Charlotte se embrulhou no *peignoir prateado* e foi até a porta.

– Vejo que vou ter que arranjar outro lugar para dormir – disse enquanto saía do quarto. – Você bem podia tocar a sineta. Claro, você pode reconstruir a casa do zero, mas sei que o seu marido é bem mais ligado ao lugar como ele é...

Cora puxou a corda da campainha com toda a força, mas ninguém apareceu. Percebendo que não podia confiar em Charlotte para dar o alarme, pegou a jarra de água e jogou no tecido em chamas, extinguindo apenas parte delas. Cora agarrou a colcha de veludo da cama e a lançou em cima do que restava do fogo. O brocado chiou baixinho debaixo da colcha. O tecido queimado cheirava como os cabelos incendiados de sua mãe. Cora então pisoteou o veludo amontoado até ter certeza de que todas as chamas haviam sido apagadas.

O quarto agora estava escuro, mas, quando ela se virou para deixá-lo, a Lua saiu de trás de uma nuvem, e a luz prateada revelou algo pequeno e escuro exposto em cima do lençol. Cora achou que seria a pérola do colar, mas, quando se curvou para apanhá-la, percebeu que, embora fosse uma pérola negra, era bem pequena e estava emoldurada em ouro, com uma perna que passava pela casa do botão de uma camisa para fechá-la. Indignada, Cora jogou a abotoadura no chão e correu para fora do quarto cambaleando pelo corredor escuro sem uma vela, até bater em alguém que vinha na direção oposta.

– Cora? – era a voz de Teddy. – É você?

Inicialmente, ela não disse nada, apenas encostou a cabeça na jaqueta de lã de Teddy. Ele cheirava a fumaça de cigarro. Ficou ali, amparada na solidez calorosa do rapaz, e sentiu-se a salvo.

– Você está tremendo, Cora, o que está acontecendo? Eu estava indo para a cama quando escutei um tremendo barulhão... Bom, este não é o seu quarto. O que você andou fazendo?

Teddy suava preocupado, mas estava segurando Cora em seus braços, com uma das mãos acariciava os cabelos dela, e, com a outra, puxava a jovem para mais perto. Ficaram em silêncio por um minuto. Cora então falou, com a voz abafada na jaqueta:

– Estou muito contente por você estar aqui.

Aí ela foi para trás e olhou para ele. O rosto da jovem estava ensombrecido, seus olhos eram órbitas escuras. Ela continuou.

– Você me escreveu uma carta antes do meu casamento, uma carta que eu nunca recebi, Teddy! A minha mãe não queria que eu a lesse, mas agora eu gostaria de saber o que havia nela.

Teddy pegou uma das mãos de Cora e a beijou.

– Eu dizia que o meu maior arrependimento era ter deixado você aquela noite em Newport. Dizia que a deixei por medo, porque achei que sempre estaria na sombra do seu dinheiro, mas, quando cheguei a Paris, me dei conta de que havia sido um covarde. Sim, eu estava seguindo o que acreditava ser a minha vocação, mas o custo de perder você tinha sido muito alto. E então ofereci a você o meu amor, Cora, ainda que soubesse que era tarde demais.

Ela assentiu com a cabeça e pôs a mão no rosto dele.

– Eu não teria escutado suas palavras naquele momento. Agora é diferente, não aguento mais. Fui tão idiota, Teddy! Pensei que era a mim que ele queria, mas poderia ter sido qualquer pessoa, desde que fosse rica.

Teddy apertou as mãos dela.

— Deixe-o para trás, Cora, deixe tudo isso para trás. Eu quero você, só você, e vou cuidar de você.

Ela olhou para ele.

— Só que você tem que entender que eu não sou a garota que você deixou em Newport. Eu mudei. Tenho um filho e não posso deixá-lo ele para trás. Não quero que Guy cresça assim. Ajudar a mim significa ajudar a ele também.

Teddy agarrou as mãos dela.

— Se é o que você quer, Cora... não vou deixá-la infeliz de novo.

Na escuridão, ouviram o relógio da capela bater 1 hora.

Bertha esperava acordada quando Cora voltou para seu quarto, e arfou ao ver que o vestido e as mãos da jovem estavam cobertos de fuligem. Olhou para a patroa pedindo uma explicação, mas Cora acenou, descartando a pergunta não verbalizada.

— Quero que você faça a mala para mim, só uma troca de roupas e minha camisola. Deixe algum espaço para as coisas de Guy. Estou indo para Londres com o bebê... mas é segredo, Bertha. Não quero que ninguém saiba o que estou fazendo.

Bertha engoliu em seco.

— E você quer que eu vá junto, srta. Cora?

— É claro! Você terá que me ajudar a cuidar do Guy. Não posso deixá-lo para trás, e não vou levar a truta velha daquela enfermeira!

— Vamos por muito tempo? — Bertha botou a mão em cima da mesa, procurando apoio.

— Para sempre.

A criada começou a tremer, mas Cora não notou a agitação dela e continuou, insistindo.

— Vou levar Guy para um passeio no parque depois do café da manhã. Quero que você pegue a carroça e me encontre naquela curva da alameda, pouco antes do pavilhão. Dali podemos levar a carroça para a estação e tomar o trem para Londres. O sr. Van der Leyden vai arranjar alguns quartos para mim em um hotel. Não quero que ninguém consiga me encontrar.

Bertha afundou. Ela começara tudo isso, mas não havia previsto as consequências. Seja lá o que acontecesse agora, teria que deixar para trás alguém que amava. Ela não tinha mais nenhuma família de verdade, somente a srta. Cora e Jim. Durante muito tempo, havia pensado que podia ter os dois, mas não mais. Agora, teria que escolher.

Cora estava agitada demais para dormir, notou a criada. Bertha derramou um pouco de água em uma bacia e lavou o rosto e as mãos da patroa. Depois, trouxe uma camisola limpa.

– Você deve descansar um pouco agora, srta. Cora. Vai precisar de força amanhã.

Ajudou a jovem a se deitar e disse boa-noite.

Quando chegou à porta, ouviu Cora perguntar:

– Você acha que estou fazendo a coisa certa?

Bertha não sabia se poderia fingir que não havia escutado, mas Cora a chamou com a voz ligeiramente trêmula:

– Bertha...?!

Bertha olhou para ela.

– Não sei se poderia dizer que é a coisa certa, mas sei que você não vai se sentir feliz até fazer alguma coisa, e admito que essa é a sua maneira de seguir em frente.

Girou a fechadura e saiu. Não tinha mais tempo para Cora esta noite.

Bertha nunca havia ido ao quarto de Jim. Todos os criados dormiam no porão, o mais distante possível das criadas, que dormiam no sótão. Ela nem sabia exatamente qual era o quarto dele. Sabia que, se tropeçasse em Bugler, nos alojamentos dos homens a esta hora da noite, seria demitida ali mesmo, mas agora essa era a menor de suas preocupações.

O corredor dos criados era iluminado por uma única lâmpada piloto. Bertha se arrastou pelas paredes, escutando roncos e resmungos que vinham de trás das portas fechadas, tentando reconhecer os de Jim, mas todos os roncos e os resmungos pareciam iguais. Por fim, encontrou a porta de seu amado pelas botas que ele deixara do lado de fora para o garoto do saguão recolher e limpar. Só Jim e o sr. Bugler tinham esse privilégio de limpar os calçados, e os pés do criado eram muito maiores do que os do mordomo.

Ela deu mais uma olhada pelo corredor, empurrou a porta para abri-la e deslizou para dentro. Era uma noite quente, e ele estava deitado de bruços com apenas um lençol cobrindo a parte de baixo de seu corpo. Bertha não resistiu e passou a mãos pelas costas dele, na direção do montinho de suas nádegas. Jim acordou assustado e agarrou o pulso dela.

– Bertha! O que você está fazendo aqui?

Jim virou o rosto para ficar de frente e a criada percebeu que ele estava nu sob o lençol.

– Eu queria falar com você – disse ela.

Ele a puxou para a cama e começou a beijá-la. Depois de um minuto, Jim falou:

– Bom, então diga... – mas suas mãos estavam remexendo nos botões da blusa de Bertha.

Ela tentava juntar as palavras, mas descobriu que não conseguia dizer nada. Não queria pensar em nada, só nas mãos de Jim em seu corpo, sentir a pele dele colada à sua. Em resposta, Bertha abriu o último botão e começou a soltar as cordas de seu espartilho.

Quando ela tirou todas as roupas, Jim sussurrou em seu ouvido:

– Tem certeza, minha muitíssimo querida?!

Em resposta, ela envolveu o corpo dele com os braços.

Mais tarde, Bertha não se permitiu o cálido conforto dos braços de Jim e começou a procurar suas roupas por ali, no escuro. Quando acabou de se vestir, sacudiu Jim até ele acordar.

– Jim, tem uma coisa que preciso dizer para você.

Ele rolou para o outro lado.

– Agora não, Bertha!

– Não, você tem que me ouvir. Eu vim aqui para contar que a Duquesa está indo para Londres hoje e vai me levar com ela – Bertha tentava manter sua voz em sussurro, mas era difícil não deixar a emoção irromper. – Ela não vai voltar, Jim. Ela está deixando o marido. Acho que quer fugir com o sr. Van der Leyden...

Jim despertou ao ouvir as palavras e pegou a mão dela.

– Você não pode ir com ela, Bertha. E se ela resolve voltar para a América? Deixe a sua srta. Cora estragar a vida dela, se quiser. O seu lugar é comigo – ele sussurrava, mas a raiva em sua voz era inequívoca.

Bertha se retorceu para se afastar dele.

– Eu não posso simplesmente deixá-la. Você sabe, fui eu que piorei tudo. Mostrei para ela aquela pérola que você me deu, do colar de Lady

Beauchamp. Fiquei com pena da minha patroa... todo mundo estava mentindo para ela. Eu quis contar a verdade à Duquesa.

Jim deixou a mão cair.

– Ela tem uma família, Bertha. Você é só a empregada.

– Mas ela precisa de mim. Eu sei que precisa. Ela não tem mais ninguém, mesmo.

– Então, o que foi isso? – ele apontou para a cama. – Algum tipo de prêmio de consolação?

Bertha olhou para outro lado.

– E-e... eu... eu queria você, Jim – ela estendeu a mão para acariciá-lo, mas ele a afastou.

– E eu quero você, o tempo todo. E agora você está indo embora. Se você prefere ir com ela, não posso impedir, mas não sei se algum dia voltaremos a nos ver – ele se afastou dela e enterrou o rosto no travesseiro. Em seguida, bateu com os punhos ali e continuou.

– Então, não vá! – sentou-se e agarrou-a pelos ombros. – Case comigo, Bertha. Podemos ir para Londres. Eu posso trabalhar como camareiro em um daqueles hotéis. Nós podemos ter uma vida nova. Não me deixe por aquela sua patroa mimada que não pode viver sem a criada!

Bertha se levantou.

– A srta. Cora nem sempre é fácil ou boazinha, mas eu não posso deixá-la agora.

Ela pensou na colcha de retalhos que estava em cima de sua cama. A srta. Cora era a pessoa mais próxima que tinha de uma família agora... elas estavam juntas pelo tempo e pelas circunstâncias. A srta. Cora fazia parte de sua vida. Bertha sabia tudo sobre sua patroa, do sinal no omoplata direito à maneira como soprava os cabelos do olho quando estava furiosa. Sabia qual era o humor de Cora por seus ombros, sabia o que ela ia dizer pela curva de seus lábios. Não tinha muita importância para Bertha que sua patroa não a observasse da mesma maneira. Cora era o território dela, seu lar era onde Cora estivesse.

Sabia que não conseguiria explicar isso para Jim. Ele riria dela, diria mais uma vez que eles estavam ali para limpar a bagunça. Bertha tinha pensado que talvez se sentisse diferente depois de se deitar com Jim, mas agora sabia que o desejo não bastava. Nem a proposta de casamento mudou a maneira como ela se sentia.

Havia muitas coisas que Bertha queria dizer, mas escutou um barulho no corredor lá fora e não pôde fazer mais nada a não ser comprimir os lábios em sua cara mal-humorada antes de escapar.

No corredor, viu o garoto do saguão curvado em cima dos sapatos de Bugler. Pôs os dedos nos lábios, e ele concordou com a cabeça. Bertha procurou no bolso e encontrou uma moedinha de seis *pence*, que, em silêncio, botou na mão do garotinho. Em seguida, saiu se arrastando pelas paredes o mais depressa que pôde.

CAPÍTULO 30

Um nome de 900 anos

O bebê estava dormindo, Cora escutava seus ronquinhos que pareciam minúsculos relinchos enquanto empurrava o carrinho pela trilha de cascalho o mais delicadamente que podia. Não queria que ele começasse a chorar agora. A babá Snowden tinha se zangado em desaprovação quando Cora anunciou que levaria o bebê para um passeio.

– Mas... Sua Graça, o Marquês está dormindo. Ele sempre dorme esta hora da manhã.

Cora simplesmente levantou Guy do berço e disse à babá para deixar o carrinho preparado.

Ela agora já tinha passado pelo caramanchão e estava para fazer a curva na alameda de entrada. Olhou para a capela no morrinho. A visão a fez se dar conta de quanto estaria deixando para trás; essa construção de pedra cinzenta e fria havia abrigado tanto de sua alegria e de sua decepção... queria dar uma última olhada, mas então ouviu Guy choramingar baixinho e sabia que devia se apressar antes que ele estivesse totalmente acordado.

Cuidadosamente, ela desceu a alameda de entrada empurrando o carrinho, seguindo o mais naturalmente possível. Esta era a parte mais exposta do trajeto, qualquer um olhando lá de cima ficaria espantado ao ver a Duquesa se aventurando tão longe da casa com o carrinho do bebê. Os criados poderiam atribuir isso a outro exemplo de sua excentricidade americana, mas, se Ivo a visse, ele saberia que alguma coisa estava acontecendo. Ela se tranquilizava sabendo que Ivo sempre cavalgava a esta hora, mas acelerou, empurrando o carrinho na subida; uma vez passada a crista do morro, estaria fora de vista. Lá de cima, Cora via as guaritas do portão norte na próxima cumeeira; na curva estava o Bosque da Enguia, onde Bertha a estaria esperando.

Cora sabia que a criada não estava totalmente feliz com essa fuga clandestina, mas não havia outro jeito. Ela não podia aguentar ver Ivo; sabia que, se o visse, toda a sua certeza seria obscurecida pela presença dele. Jamais conseguiria reconciliar o que agora sabia sobre o marido com a avassaladora atração que ainda sentia por ele, e não queria amolecer. Ela havia sido usada, iludida, humilhada. A cada vez que pensava nos colares e nas covinhas de Charlotte, tinha vontade de quebrar alguma coisa. Como poderia ter esquecido que a história sempre teve a ver com o dinheiro? Ivo se casara com ela porque era rica e a tinha usado para castigar a mulher que realmente amava.

Cora empurrava o carrinho de bebê com tanta força que Guy acordou e começou a choramingar. Passou a mão no rostinho dele e tentou acalmá-lo. Tranquilizado pelo som da voz da mãe, a criança fechou os olhos de novo. Cora agarrou a alça do carrinho quando desceu a estradinha do morro. Estava quase na trilha que levava pelos matos onde Bertha a esperaria. Cora podia sentir as gotas de suor escorrendo em suas costas, os cabelos começava a grudar no rosto. E então, finalmente, alcançou a cobertura das árvores e sentiu o cheiro do frio musgoso da antiga floresta. Continuou a descer a trilha relvada até ouvir o burro bufando...

– Bertha?? – ela chamou.

Bertha desceu a pé a trilha até a patroa. Seus passos eram lentos, e seu rosto estava inchado e pesado. Cora estremeceu aborrecida. Por que Bertha estaria assim? Ela não estava deixando um casamento para trás!

– Vou segurar o Guy, e você pode conduzir, Bertha. Pegou algumas roupinhas para ele?

– Tive que pegar na lavanderia. Não consegui entrar no quarto dele – a voz de Bertha estava desanimada. – Nem todas estão limpas.

– Não tem importância, podemos arranjar novas em Londres! – Cora tentava parecer radiante.

Ela tirou do carrinho o bebê ainda adormecido e subiu para o assento traseiro da carroça. Bertha sentou-se na frente e pegou as rédeas. Cora ouviu a criada ofegar. Virou-se e viu Ivo de pé na trilha, a mão distraidamente dando uns tapinhas no focinho do burro.

– Indo para algum lugar, Cora? Não sei se este cara aqui tem energia para levá-la muito longe. Mas vejo que você tem uma mala. Talvez esteja indo para a estação...

Ele ficou ao lado da trilha, para deixá-las passar. Cora tentava entender como Ivo teria descoberto onde encontrar as duas. Olhou para Bertha, mas o rosto dela não tinha expressão.

– Bom, eu não vou detê-la se você tem que pegar um trem. Mas... Cora, eu não sou Barba Azul. Se quer deixar Lulworth, tem toda a liberdade... Com certeza você sabe muito bem disso.

Ele rodeou a carroça e foi até onde Cora estava sentada. Olhou para ela; seus olhos castanhos eram imperscrutáveis na obscuridade da floresta.

Cora balançou a cabeça.

– Eu não tenho nenhuma certeza de nada quando o assunto é você, Ivo.

Guy deu um gritinho, e ela começou a embalá-lo em seus braços. Ivo estendeu o braço e pôs a mão na cabeça do bebê. O barulho parou.

– Não estou aqui para impedi-la, mas eu gostaria de conversar – engoliu em seco – venha dar uma volta comigo. Tenho algo para contar a você.

Cora nunca havia escutado Ivo pedir alguma coisa de modo tão direto. Tentou pensar nas covinhas de Charlotte, na abotoadura com a pérola negra em cima do lençol branco, em Teddy e na carta que não havia lido. Contudo, ela só enxergava a imensa mão morena do marido acariciando a cabeça de seu filho.

Cora sentia o olhar de Bertha queimando em sua nuca e escutava o burro bufando e batendo os pés.

– Por favor, Cora! – Ivo quase sussurrava.

– É tarde demais, Ivo. Seja lá o que for que você tenha para me dizer é tarde demais – baixou os olhos para o bebê ao dizer isso, tentando controlar seu rosto.

Ivo agora falou mais alto:

– Desde o primeiro momento em que nos encontramos, achei que você tinha coragem, Cora, mas agora está fugindo de mim. Será que tem coragem de escutar o que tenho para dizer?

Cora se levantou.

– Bertha, por enquanto leve o bebê no carrinho de volta para a casa. Mandarei avisá-la quando quiser ir embora.

A criada desceu da carroça, e Cora pôs o bebê nos braços dela. Depois, virou-se para o marido.

Ivo hesitou um pouco, mas logo subiu na carroça e pegou as rédeas.

Os dois seguiram calados, sentados lado a lado, pela estradinha que ia até o mar. Quando chegaram nos penhascos, Ivo virou a carroça à esquerda.

Cora não sabia se Ivo falaria em algum momento. O burro se esforçava ladeira acima, e, só quando chegaram ao topo, Ivo se virou para ela.

– Eu queria trazer você aqui para explicar, Cora.

A jovem olhou para a costa lá embaixo. Havia uma enseada fechada logo abaixo deles, onde o esporão de uma rocha fazia uma curva, entrando desafiadoramente pelo mar adentro. As ondas haviam reagido, escavando a pedra cinzenta e abrindo dois buracos; por isso, o penhasco parecia uma serpente enrolada. A água entrava e saía daquelas aberturas, criando anéis concêntricos que faziam ondulações no mar. Ivo continuou.

– Ali está a Porta Furada. Guy e eu costumávamos nadar ali quando meninos. Há um truque para se atravessar os buracos nadando. Você tem que ir com a onda ou pode ser esmagado nas rochas. Nós conseguíamos lidar com o buraco maior muito bem, mas, um dia, quando eu tinha uns 11 anos e tanto, perguntei ao meu irmão se ele tinha coragem de passar pelo menor, que é muito mais difícil porque há só um palmo de folga para o erro na ida ou na volta. Percebi que, no fundo, Guy não queria fazer aquilo, mas fiquei em cima dele, provocando, desafiando até que ele teve que ir. Lembro que ele foi direto para baixo da água para não ser esmagado pelas ondas, mas o espaço era muito estreito, e eu não consegui ver quando ou se ele saiu do outro lado. Esperei um minuto, e mais um, e comecei a ficar preocupado. Talvez a contracorrente submarina tivesse empurrado meu irmão contra uma rocha, e ele tivesse desmaiado. Chamei-o aos berros e não tive resposta. Lembro até agora como fiquei aterrorizado – ele puxou a manga, e Cora viu os pelos negros de seus braços arrepiados. – Berrei um pouco mais, e aí vi que eu teria que procurá-lo. Eu não queria, mesmo, mas me lembro da sensação de que, já que tinha mandado o Guy para lá, eu tinha que ir atrás dele. Se nós dois morrêssemos, seria simplesmente justo.

Ele fez uma pausa, e os dois olharam o mar lá embaixo, passando agitado pelos canais rochosos. Um instante depois, Ivo voltou a falar:

– Mergulhei o mais fundo que pude, com os olhos arregalados para poder ver se encontrava meu irmão preso em alguma coisa, mas a água estava turva, e eu mal conseguia enxergar. Fiquei lá embaixo procurando durante um tempo longo demais e acabei sendo apanhado pela corrente submarina, que começou a me arrastar pelas rochas. Minha perna ficou presa, e eu não conseguia me mexer, meus pulmões ardiam, achei que ia me afogar. De repente, senti um braço debaixo dos meus ombros, e aquele braço me soltou. Guy tinha nadado de volta pelo buraco maior e, quando viu que eu não estava ali esperando, imaginou o que tinha acontecido e foi me tirar de lá. Se ele tivesse hesitado, eu não estaria aqui – Ivo olhou para Cora. – Ele salvou a minha vida, mas eu o matei.

Cora olhou espantada para ele.

– Eu pensei que ele tinha morrido em um acidente de montaria...

– Sim, foi isso, mas Guy montava maravilhosamente bem. Ele quis quebrar o pescoço.

– Você não pode saber isso, Ivo! – Cora estava alarmada pelo tom sombrio da voz de seu marido.

Ivo estava de pé na beira do penhasco. Cora começou a achar que ele estava perto demais da beira do precipício. O Duque logo falou:

– Mas eu sei. Foi por causa de Charlotte – Cora enrijeceu. – Veja, ela foi a primeira, a única a ficar entre nós. Quando chegou a Lulworth, tinha apenas 16 anos e era encantadora... – Ivo percebeu a expressão no rosto de Cora. – Ela era diferente na época. Acho que Charlotte ainda tinha... esperança.

Ele fez uma pausa.

– Fiquei encantado com aquela jovem, e ela gostava de mim. Mas então Guy, que não tinha nenhum interesse por mulheres, reparou nela e ficou bastante impressionado. Não flertou nem mesmo falou com Charlotte, ele simplesmente a venerava como se ela fosse uma das santas dele. No começo, ela não notou, mas eu via. Naquele verão, fiz tudo para que ela fosse minha. Queria me casar com Charlotte antes que Guy estragasse tudo. Eu sabia muito bem que a Charlotte não hesitaria. Acho que ela me amava, mas não o suficiente para desistir da chance de ser Duquesa. Minha mãe notou o que estava acontecendo e levou a jovem para passar a temporada em Londres. Ela não queria que Charlotte fosse a próxima Duquesa mais do que queria você, Cora – ele quase sorriu e deu um passo para mais perto da beira.

– Eu realmente preferiria ouvir essa história sentada ali – disse Cora, apontando para um pequeno afloramento de greda a uns bons 10 metros para trás.

Ivo pareceu alarmado.

– Você acha, mesmo, que eu iria... Ah, não, Cora, você entendeu tudo muito errado!

Em todo caso, ela pegou as rédeas da carroça e levou o animal para cima da pedra. Quando olhou em volta, Ivo a estava seguindo.

– Bom, aí o meu pai morreu, e nós voltamos para o enterro em Lulworth. Estávamos todos de luto, não havia nada para fazer, ninguém para ver. Só podíamos ficar olhando uns para os outros.

Ivo sentou-se ao lado de Cora na rocha e começou a jogar as pedrinhas a seus pés na direção do penhasco.

– Minha mãe foi para Conyers para garantir o próximo marido. Ela deixou Charlotte para trás... acho que não queria ninguém para confundir a visão do Duque. Com a minha mãe longe, não havia nada para impedir Guy de seguir Charlotte por todos os cantos como um peregrino. Ela percebeu e o incentivou... mas não me largou. Nós tínhamos ido longe demais para isso. Charlotte ficava ouvindo Guy contar a história dos Maltravers e seu glorioso passado católico, e depois lá vinha ela ao meu encontro, em algum canto onde não pudessem nos encontrar.

Ivo arremessou uma pedra maior, que bateu na beirada do penhasco e fez uma curva para cima antes de mergulhar.

– Nós dois sabíamos que meu irmão a pediria em casamento e que Charlotte aceitaria, e isso nos deixava imprudentes. Não podíamos nos encontrar na casa por causa dos criados, então usávamos a capela. Eu devia ter imaginado, mas depois sempre me pergunto se lá no fundo eu não queria ser apanhado.

Cora deu uma olhada no rosto de Ivo, mas ele olhava direto para o mar.

– Uma tarde, Guy nos descobriu no mezanino do órgão: não havia nenhum equívoco. Ele não disse nada, simplesmente saiu. Eu devia ter corrido atrás dele, mas estava contente porque tinha nos encontrado. Agora ele nunca se casaria com a Charlotte. Aí... o cavalo de meu irmão voltou sozinho naquela noite, e eu sabia o que tinha acontecido, o que eu tinha feito.

Cora pousou a mão no braço dele por um momento.

– No dia seguinte ao enterro de Guy, Charlotte me perguntou quando nos casaríamos, dizendo: "Afinal, agora não há nada que nos impeça." Ela não conseguia esconder a satisfação, e eu a odiava por isso. Disse a ela que nós tínhamos matado o meu irmão. Quando se deu conta de que eu nunca me casaria com ela, foi embora e se casou com Odo, porque ele foi o sujeito mais rico que ela conseguiu encontrar. Eu devia ter impedido, sabia que o Odo é um sujeito mau, sempre foi, o único talento que ele tem é criar problemas... mas eu nunca mais queria ver Charlotte. Em minha opinião, eles se merecem. Então, um ano depois, eu a encontrei quando saí com o Myddleton. Ela me contou como as coisas estavam ruins, e eu gostei mais dela porque estava sofrendo. Recomeçamos, foi um terrível equívoco. Nós dois estávamos tentando encontrar uma saída para a nossa infelicidade, mas não era uma coisa feliz – ele fez sombras nos olhos com as costas da mão. – Ironicamente, foi Charlotte que nos uniu. Se eu não estivesse com ela naquele dia, no Bosque do Paraíso, nunca teria encontrado você caída ali, no chão.

Cora pôs o rosto entre as mãos e, pela primeira vez, notou como sua face estava quente... simplesmente não havia reparado no sol.

– Você estava com ela, no bosque... – Cora começou a se levantar, mas Ivo a puxou de volta.

– Você não pode ir ainda, Cora. Por favor, deixe-me terminar a minha história.

Ela se sentou.

– Quando encontrei você, senti que poderia haver uma chance para mim. Você era tão radiante e livre e...

– Rica? – perguntou Cora.

– Sim, rica, mas... minha querida Cora, você não era a única herdeira que estava atrás de um título, embora fosse... – ele fez um pequeno floreio com as mãos e riu –, bom, a mais rica, de longe. É claro que eu tinha que me casar com uma mulher com dinheiro, mas não era a sua fortuna que eu queria, Cora, era você. Você nunca seria como a minha mãe, nem como Charlotte. Você não consegue guardar segredos e não sabe lidar com mentiras. Você não tem a menor ideia de como esconder as suas emoções...

Cora fechou os olhos; sentiu o sol batendo em suas pálpebras.

– Então você deve saber como estou me sentindo agora.

– Você está furiosa e se sente humilhada, e eu não posso censurá-la por isso. Eu devia ter contado o meu passado com Charlotte, mas isso significava admitir o que eu tinha feito para o Guy.

– O seu passado com Charlotte... *ou o seu presente*?! – Cora ficou espantada ao perceber a fúria em sua voz.

Ivo ficou de pé diante dela, de modo que agora o sol estivesse atrás dele. Cora não sabia se ele tinha feito aquilo deliberadamente, porque significava que ela não conseguia ver o rosto do marido.

– Você não entende, Cora? Eu daria qualquer coisa, *tudo*, para nunca mais ver Charlotte. Você se lembra das pérolas que lhe dei em Veneza?

Cora inclinou um pouquinho a cabeça.

– Eu uma vez tinha dado um colar igual para Charlotte. Dei para você o mesmo colar, como um sinal para Charlotte de que eu agora estava amando *você*. Eu queria que ela percebesse que o nosso casamento não era nenhum arranjo financeiro, mas era de verdade.

Cora disse, quase sem querer:

– Puxa, mas que *cruel*!

– Talvez, mas eu queria tirar ela da minha frente. Em todo caso, Charlotte se vingou tornando-se sua amiga e apresentando você para aquele pintor.

– Nada aconteceu, Ivo – ela interrompeu. – O Louvain tentou me beijar uma vez, mas foi só isso.

Ivo balançou a cabeça, descartando o comentário dela.

– Eu estava furioso com você naquela noite. Aquela festa tão vulgar, o retrato, tudo... achei que toda aquela cerimônia girava em torno da sua vaidade e que você não se importava de me humilhar se necessário fosse. Era como se estivesse se transformando na minha mãe – Ivo riu amargamente. – Charlotte sabia disso, é claro. Eu devia ter percebido que, embora você talvez fosse um pouquinho fútil e certamente um pouco boba, era inocente em toda essa bagunça. Levei meses para entender o que tinha acontecido. Charlotte me escrevia todos os dias quando eu estava na Índia, e comecei a ver o que ela estava fazendo. Foi o bebê que a deixou tão desesperada, sabe?

Cora lembrou o ar de ansiedade no rosto de Charlotte no batizado.

– Quando voltei para a Inglaterra, ela me encontrou. Implorou para recomeçarmos. Eu disse que nunca mais poderia estar com ela. Foi uma cena horrível. E aí, quando cheguei em casa, você estava com o bebê.

Ivo colheu uma margarida por ali e começou a arrancar as pétalas.

– Ela deve ter adorado quando você a convidou para vir a Lulworth. Eu devia ter impedido, mas não sabia como. E aí... bom, você sabe o resto.

Ela quis que Odo fizesse aquela revelação. Acho que Charlotte sacrificaria tudo se isso garantisse a minha infelicidade. Aqueles dois têm isso em comum, sentem prazer em causar a dor nas outras pessoas. Se você me deixar, quer dizer que ela venceu.

Cora se levantou. Via a costa se estendendo de um lado e do outro e não sabia de que lado ficava sua terra. Parou na frente de Ivo para que ele pudesse ver seus olhos.

– Eu fui ver Charlotte a noite passada. Encontrei uma das suas abotoaduras na cama dela.

– Na cama dela? – Ivo piscou os olhos. – Tem certeza de que era minha? Cora, juro que nunca estive perto da cama da Charlotte. Não desde que nos casamos. Você tem que acreditar em mim. Sei que não contei a você coisas do passado, mas eu nunca menti para você.

– Tenho certeza de que era sua, Ivo... – Cora pronunciou as palavras bem devagar e com tristeza.

Ela subiu e se sentou no banco da carroça.

– Vou voltar. Eu tenho que pegar um trem.

Cora deu uma açoitada no traseiro do burro, e o animal começou a caminhar penosamente na direção da casa.

– Cora, por favor! Espere!

Ela não olhou em volta, deu outra chicotada no burro. Agora Ivo corria a seu lado.

– Deve ter sido um acidente. Eu nunca fui ao quarto dela, mas ela veio ao meu, Cora. Pouco antes do jantar. Eu falei que não tinha nada a dizer para ela, mas Charlotte se atirou em cima de mim. Ela... bom, ela se ajoelhou na minha frente. Eu a empurrei, mas os cabelos dela se prendeu à minha camisa. Nós brigamos. A abotoadura deve ter ficado agarrada nos cabelos dela.

Cora olhou para ele ali embaixo, dava para ver uma gota de suor se formando em sua testa. Ela se deu conta de que nunca o tinha visto suar.

Não parou.

Ivo correu para a frente da carroça e segurou a cabeça do burro.

– Isso é tudo. Toda a história. Não tenho mais segredos. Se você quiser me deixar para ir embora com o seu americano, não vou impedir – ele viu o espanto dela. – Eu sei de tudo, Cora. A sua criada contou para Harness, e ele veio até mim. Ele está apaixonado por Bertha e não quer perdê-la.

Ivo deu de ombros melancólico, admitindo a semelhança entre patrão e criado. Então, continuou:

– Talvez você consiga ser feliz com Van der Leyden, ele parece bastante decente. Mas, Cora, ele não precisa de você. Teddy é livre para ir aonde bem entender, fazer o que bem entender, e eu só posso ser o Duque de Wareham. Só você pode dissipar todas as sombras, Cora. Antes de você aparecer, eu vivia em um mundo de segredos e mentiras, mas você não é assim, você vive na luz!

Ele fez uma pausa como se estivesse impressionado com as próprias palavras. Então prosseguiu.

– Não consigo imaginar a vida sem estar ao seu lado, Cora. Não posso voltar atrás. Se você se for agora, eu estarei perdido...

Ivo parou. Cora viu que ele estava bem perto da beira do penhasco. As palavras tinham sido sublinhadas pelo barulho das ondas quebrando nas pedras e o mar agitado lá embaixo. Os olhos dele estavam muito negros, suas pupilas bem dilatadas. Havia um músculo tremendo em seu queixo. Ela estendeu a mão e o puxou para si.

Assim que a carroça desapareceu, Jim encontrou Bertha. Pôs a mão no braço de sua amada, mas ela o afastou e continuou empurrando o carrinho do bebê.

– Eu tive que fazer isso, Bertha.

Ela não respondeu, continuou caminhando, os olhos fixos no bebê adormecido.

Jim seguia ao lado dela, os olhos azuis suplicantes.

– Eu pensei que ela a levaria embora, Bertha, e aí seria o fim para nós. Contei para o Duque que queria me casar com você e que, se ele me desse uma referência, eu contaria para ele o que a mulher dele estava planejando.

Bertha olhou para ele pela primeira vez.

– Você não tinha nenhum direito de fazer isso, Jim.

Ele a olhou diretamente.

– Eu quero que você seja a minha mulher, Bertha. Não podia simplesmente deixá-la ir embora.

Bertha parou de empurrar o carrinho e virou o rosto para ele.

– A decisão foi minha, não sua.

Jim pôs a mão em cima da mão dela que segurava a alça do carrinho.

– É, mas você ia fazer a coisa errada, Bertha. Você estava para desistir de mim só porque tem pena de uma mulher que não precisa da sua solidariedade – Bertha puxou a mão. – E você acha que ela faria o mesmo para você, Bertha? Acha que a sua preciosa srta. Cora levantaria um dedinho por você?

Jim botou o rosto bem perto do de sua amada.

– Você não falou de mim para ela, falou? Porque você sabe muito bem que ela não gostaria. A Duquesa Cora não se importa como você se sente, desde que esteja lá para fazer o que ela quiser.

Bertha sabia que até certo ponto ele tinha razão. Cora não ficaria feliz em saber que tinha um namorado.

– Talvez não seja com srta. Cora, talvez seja comigo, Jim – ela tomou fôlego. – Ontem eu soube que a minha mãe morreu. Ela era toda a família que eu tinha e agora se foi. Eu estou com srta. Cora *todos os dias* nesses últimos dez anos. É, sim, eu sou apenas a criada, mas, se eu deixá-la, estarei deixando tudo para trás. Você diz que quer se casar comigo, mas lembre que eu sou uma estrangeira, as coisas não vão ser fáceis para nós. Talvez eu esteja querendo um futuro que eu possa entender...

Jim pôs a mão debaixo do queixo dela para fazer com que olhasse para ele.

– Você lembra em Nova York, Bertha, quando você estava com muito medo de segurar a minha mão em público? Você realmente quer voltar para aquilo? Ninguém vai ficar olhando para nós em Londres. Todos são estrangeiros aqui. Eu também estou apavorado, minha querida. Eu passei a vida toda a serviço dos outros, mas calculo que juntos nós temos uma chance.

Ela não conseguia falar, então começou a empurrar o carrinho pelo cascalho em direção à casa. Jim não se mexeu e, quando ela virou a cabeça para olhar, ele estava ali, de pé no meio da trilha, segurando o chapéu na mão e girando-o sem parar. Ela fez uma pausa. Ele estava usando aquele chapéu-coco no dia em que voltara da Índia. Só que, na época, estava elegante, seus cabelos eram mais louros, sua pele estava escura. Ela se deu conta de que estava começando a moldar sua própria colcha de memórias, com ele bem no centro. Bertha o chamou, com a voz clara e definida:

– Venha caminhar comigo, Jim, eu tenho que levar o bebê de volta para o quarto. Depois, quem sabe... vamos ver!

Jim atirou o chapéu para cima de modo que ele caísse bem na sua cabeça, e correu para ela.

Havia três trens de Lulworth naquele dia, Teddy verificara cada um. Cora havia dito que enviaria um telegrama para seu clube, mas, depois de ter arranjado os quartos para ela no hotel, ele decidiu ir direto para a estação. Queria recebê-la para sua vida nova, queria arrancá-la da confusão e do vapor da estação ferroviária e conduzi-la direto para o futuro que brilhava à sua frente.

Olhou para o relógio da estação lá no alto, o próximo trem deveria chegar dentro de cinco minutos. Puxou a cigarreira. Pensou em Cora fumando no escuro, perto do caramanchão em Lulworth, na maneira como ela tocava o cigarro com seus lábios. Lembrou como foi segurá-la em seus braços a noite passada, os ombros ossudos, as orelhinhas delicadas.

Um carregador vinha caminhando pela plataforma, assoviando uma canção que Teddy pensou ser "Avante, soldados cristãos". Uma mulher com chapéu de palha limpou a fuligem em seu rosto com um lenço. Um quadradinho de sol na plataforma correspondia a um buraco no teto de vidro. Teddy olhou para cima e viu passarinhos indo e vindo pelas vigas de ferro. Diante dele havia um cartaz anunciando as delícias de Weymouth com "seu saudável ar marinho e seus arredores salubres". Jogou a ponta do cigarro na plataforma e pisou nela com o calcanhar. Não aguentaria a espera por muito tempo mais. Quando Cora chegasse, quando ele realmente a visse, pensou que acabaria aquele frio na barriga, anunciando que sua vida estava para ser tingida com uma cor diferente. Disse a si mesmo que, a partir do momento em que o trem parasse na plataforma, ele passaria a ser conhecido como o homem que havia fugido com Cora Cash.

Ouviu o apito da locomotiva, e a plataforma começou a se encher de vapor quando o trem de Weymouth entrou. Teddy recuou assim que os passageiros começaram a enxamear em sua direção: famílias voltando de um feriado à beira mar, dois homens de chapéus pretos com fitas de crepe em seu caminho de volta de um funeral, uma velha senhora carregando um *pug*. A multidão começou a rarear. Teddy agora podia ver claramente: todas as portas dos carros de primeira classe estavam abertas. Pensou ter visto um carrinho de bebê descer na plataforma, mas, quando o vapor se dissipou, ele percebeu se tratar de uma cadeira de rodas. Ficou sem fôlego por um instante. Se Cora não estivesse nesse trem, é porque não viria. A boca de Teddy estava seca, todas as suas dúvidas agora abriam espaço para um desamparo terrível em seu coração. Então ele viu duas mulheres descendo a plataforma em sua direção, ambas usando chapéus com véus de viagem; uma delas era da altura de Cora, e outra caminhava ligeiramente atrás, com um carregador que empurrava uma pilha de malas em seu carrinho. Teddy começou a seguir na direção delas, o coração quase saltando de seu peito. Devia ser Cora, ela estava parando para falar com ele, mas ele nunca vira a jovem se mover tão graciosamente. A mulher levantou o véu, e ele viu com uma arrasadora vivacidade a mecha de cabelos louros.

– Sr. Van der Leyden! Que agradável surpresa! – Charlotte Beauchamp deu um sorrisinho torto, admitindo que ambos eram perdedores naquele jogo. – Mas receio que não esteja à minha espera...

Ele olhava enquanto ela dizia esta última frase e se encolhia um pouco diante da força de sua decepção.

– Não, não estava – ele respondeu.

Charlotte pôs a mão enluvada no braço de Teddy, ergueu os olhos. Ele pôde ver que o branco dos olhos dela tinha sido trocado pelo vermelho. Ele viu sua própria dor e sua perda refletidas naquele olhar azul. Ele achava estranho que esta mulher que lhe causara tanta aversão fosse a única pessoa que pudesse entendê-lo agora.

Charlotte inclinou a cabeça para um lado e piscou rapidamente, como se tivesse alguma coisa no olho.

– Compreendo o seu desespero, sr. Van der Leyden. Eu sei o que é perder a pessoa que você mais deseja. Mas seja forte e espere.

Após dizer isso, Charlotte Beauchamp acenou com a cabeça para ele e saiu da estação, com a criada logo atrás. Teddy ficou olhando para ela, sem saber como poderia ter se equivocado, trocando aquela graça deslizante pelo passo apressado de Cora.

A plataforma agora tinha se esvaziado, mas ele não ousava se mexer daquele ponto onde, por poucas horas, tivera o futuro que tanto havia desejado. Com enorme esforço, começou a caminhar, sentindo cada passo como uma traição. Charlotte Beauchamp lhe dissera para esperar, mas esperar o quê, pensava ele, o que estaria ele esperando? Umas passadas rápidas em uma plataforma de algum lugar um dia ou de manhã, quando ele acordaria sem aquela faixa de infelicidade que já começava a se apertar em torno de seu peito.

No quarto do bebê, Cora liberou seu dedo do aperto da mãozinha de seu filho. Ele agora dormia. O céu começava a escurecer, e logo ela se arrumaria para o jantar. No quarto dela, Ivo também estava dormindo. A jovem se deitou ao lado do marido na cama, pondo o rosto perto do rosto dele para que fosse a primeira coisa que ele visse ao acordar. As feições de Ivo agora estavam mais doces, e, embora seus olhos estivessem fechados, seu semblante se mostrava iluminado. Cora se perguntava se afinal conseguira obter a capacidade de seu marido. Seja lá o que pudesse acontecer, ela agora sabia, e esse pensamento a enchia de ternura, que ele precisava dela. Nesse momento, Ivo se mexeu, procurando um sonho atrás das pálpebras, e se enrijeceu como se tivesse enfrentando um golpe invisível. Talvez ela jamais fosse conhecê-lo realmente. Há um ano e meio, esse pensamento seria insuportável para ela, mas Cora agora havia aprendido a viver com a incerteza, e até a gostar dessa incerteza. Desde que viera para a Inglaterra, havia aprendido a dar valor aos raros dias bonitos que irrompiam através da bruma e da escuridão, gostando ainda mais deles por serem imprevisíveis. Pode-se comprar um clima bem mais agradável, pensava ela, mas não se podia comprar aquela sensação de alegria inesperada quando um raio de sol entrava pelas cortinas, prometendo um novo dia deslumbrante.